ALPHA

OMEGA

谨以此书

献给

与我分享着他们对文字恒久不衰的热情的，

我亲爱的父母、艾伦和莎莉。

THE MAP
OF BONES
FRANCESCA HAIG

[美]弗朗西斯卡·海格 著　旺呆 译

广西科学技术出版社

骸骨迷宫

序

每次他在我梦里出现，都一如我首次见到他时的情景：漂浮在玻璃缸中，透过厚厚的玻璃和周身的黏稠液体，所有细节都模糊了，只能显示出身体的轮廓。我只看到一些零碎的画面：歪靠在肩膀上的头部，脸颊的曲线。我无法看清他的脸，但我知道那就是吉普，就如同我无比清楚他的独臂拥抱我的力量，或是他在黑暗中缓缓的呼吸声。

他的躯干向前蜷曲着，双腿悬空，身体像一个漂浮的问号，而我对此却没有答案。

我宁愿梦到其他场景，哪怕是他从高台跳下的画面。白天时这些画面常常在我眼前出现：他耸耸肩，然后一跃而下，坠落的瞬间显得无比漫长，最后，核弹发射井的水泥地面像研钵一样，把他捣得粉身碎骨。

当我梦到他在玻璃缸里时，那种恐怖的感觉并不一样，虽然没有鲜血在发射井地面上流淌，却更加令我难受，因为他正在一尘不染的导管和电线中间备受折磨。数月之前，是我把他从水缸中解放了出来。然而自从目睹他死在发射井后，我梦到他又重新被关进了玻璃缸之中。

梦境随后转换，吉普不见了，熟睡的扎克出现在我面前。他的一只手伸向我，我能看到指甲周围被咬过的痕迹，他的下巴上满是胡楂。

我们很小的时候，每晚都蜷缩在同一张床上睡觉。即便到了后来我们慢慢长大，他开始害怕我，鄙视我，我们的身体却一直那么亲密。当那张小床躺不下我们两个人时，我在自己的床上翻个身，会看到睡在房间另一头的他也会同时翻身。

如今我正注视着扎克熟睡的脸庞，从那上面绝看不出他究竟做了什么坏事。我是被烙印标记的欧米茄没错，但他的脸才应该刻上某种记号。他一手建立了水缸密室，下令屠杀自由岛上的人，怎么还能睡得如此安详，嘴巴微微张开，一副毫不在意的样子？醒着的时候他从不会安静下来，我记起他的双手总是动来动去，在空气中打着看不见的结。现在他终于一动不动了。只有他的双眼，还在随着梦中的动作而悸动。在他的颈部，一条血管随着心跳在不断起伏抽动，我也一样，它们本是一体的，当他的心跳停止时，我也会同时死去。人生中的每一次转机，他都无情背叛了我，但我们共同的死亡却是他无法打破的魔咒。

他睁开了眼睛。

"你想从我这儿得到什么？"他问道。

为了避开他，我一路逃到自由岛，然后又来到东方的死亡之地，但我的孪生兄弟仍旧在那里，在我沉静的梦中注视着我。似乎有一条绳索把我们两个绑在了一起，我们彼此跑得越远，越会感觉到绳索不断变紧。

"你想从我这儿得到什么？"他又问了一遍。

"我要阻止你。"我说。我曾经说过我想挽救他，可能这两者之间根本没什么区别。

"你办不到。"他说，嗓音里没有丝毫胜利的意味，只是斩钉截铁，坚如磐石。

"我都为你做了些什么？"我问他，"而你又对我们做了些什么？"

扎克没有回答，只有烈焰默默回应。大爆炸再次出现，白色闪光占据了梦境，偷走整个世界，只留下无尽的烈火。

目录
CONTENTS

第一篇
跋 涉

1•阵痛●●●●●15

2○忍耐○○○○○○25

3•渗透者●●●●●●32

4○避难所○○○○○○45

5•僵持●●●●●●56

6○练习○○○○○○71

7•吟游诗人●●●●●●84

8○沉没滩○○○○○○97

9•莎莉与赞德●●●●●●106

10○新联合○○○○○○120

11•方舟密卷●●●●●●132

第二篇
重 围

12○采石场○○○○○○147

13•盟军●●●●●●165

14○开拔○○○○○○176

15•格斗●●●●●193

16○南瓜田○○○○○○203

17•卡丝的赌注●●●●●●213

18○集结○○○○○○228

19•霍巴特之殇●●●●●●238

20○破局○○○○○○249

21•缓冲●●●●●●255

22○艾尔莎○○○○○○269

23•乔的秘密●●●●●●285

24○树洞○○○○○○294

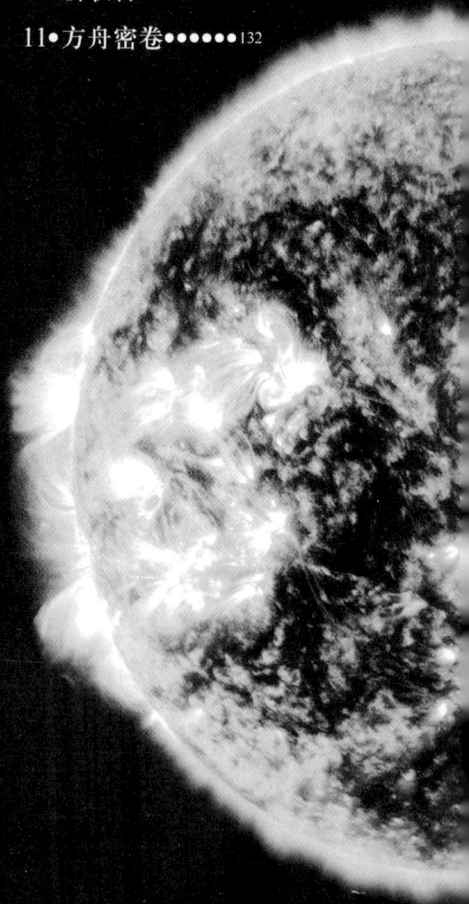

第三篇
方　舟

25●骸骨迷宫●●●●●●303

26○潘多拉计划○○○○○○319

27●希顿教授●●●●●●331

28○坐标○○○○○○342

29●迈进●●●●●●350

30○佐伊的往事○○○○○○361

31●通风井●●●●●●373

32○入口○○○○○○384

33●搜索●●●●●●397

34○真相○○○○○○410

35●房间●●●●●●421

36○死结○○○○○○429

37●淹没●●●●●●441

38○无望角○○○○○○446

39●罗萨林德号●●●●●●457

第一篇

跋　涉

1 阵痛

我从烈焰中惊醒，尖叫声划破黑暗的夜空。我伸出手去想找吉普，却只摸到身上的毯子，上面覆盖着一层苍白色的灰烬。每天我都要适应吉普已经不在这个事实，但每次醒来，我的身体都会忘记这一点，执意要去寻找他的温暖抚慰。

我再次躺下，尖叫的回声远远传来。大爆炸在睡梦中出现的次数越来越多了，间或还在我清醒时闪现在眼前。我越来越理解，为什么那么多先知都变成了疯子。作为一名先知，就像在结冰的湖面行走，每个幻象都如同脚底浮冰的一道裂纹。在很多日子里，我都确信自己将要冲破脆裂的理智冰层，陷入精神失常的无底深渊中。

"你在冒汗。"派珀看着我说。

我的呼吸粗重急促，半天缓不下来。

"天气并不热，你发烧了吗？"

"她还没法说话，"佐伊在火堆另一边说道，"你还得等一会儿。"

"她在发烧。"派珀边说边摸了摸我的额头。每次只要我看到幻象，他都是这种反应，迅速来到我身旁，在幻象还没来得及消失之前问一大堆问题。

"我没病。"我坐起来把他的手拂到一旁，然后抹了一把脸，"又看到大爆炸了而已。"

不管这幻象已折磨了我多少次，它仍是说来就来，而且威力丝毫不减，将我的神经根根锉断，痛彻骨髓。它的声响如一片漆黑，在我的耳旁轰鸣。迎面而来的灼热感已经超越了疼痛，它无所不在。火焰到处都是，烈火有多大根本无法形容。地平线已被吞没，整个世界在一瞬间消失无踪，只剩下永无止境的烈焰。

佐伊站起身来，踏过火堆的灰烬走到我面前，把水壶递给我。

"它出现的次数越来越多了，是吧？"派珀问。

我从佐伊手里接过水壶，回应派珀道："难道你一直在数吗？"他什么都没说，只在我喝水时一直盯着我。

我知道到那天晚上为止，我已经好几个礼拜没有尖叫了。为此我尝试了各种方法，备受煎熬。比如不睡觉，在幻象来临时紧紧屏住呼吸，以及咬紧牙关，感觉两排牙齿快要磨碎了。尽管如此，派珀还是注意到了。

"你一直在观察我？"我问。

"没错。"我紧盯着他，他却毫不畏缩。"为了抵抗组织，我必须尽我所能。你的职责是忍受这些幻象，而由我来决定如何利用它们。"

我不敢再凝视他，将目光从他身上移开。

数周以来，我们见到的世界都是一片灰烬。即使在离开死亡之地以后，大风依旧从东方吹来厚厚的黑色尘埃，布满天际。我骑在派珀和佐伊后面时，能够清楚看到灰尘落在他们的耳廓。

如果我忍不住哭泣，那眼泪一定会变成黑色。但我根本顾不上流泪。况且，我为谁而哭呢？吉普？自由岛上被杀死的人？被困在新霍巴特的居民？还是那些依旧悬浮在水缸密室中，不知人间岁月的实验品？实在太多太多了，而我的泪水对他们一丁点用处都没有。

过往时光长满尖刺，而我已饱受其害。回忆划破我的皮肤，像生长在死亡之地黑水河边的荆棘一样残酷无情。我也试着去回想欢乐时光：在自由岛上跟吉普一起坐在窗边，或者在新霍巴特时，跟艾尔莎和妮娜在厨房里谈笑风生……然而到了最后，我的回忆总是停留在相同的地点：发射井的地板上。在那些最后时刻，神甫揭露了吉普的过往，吉普一跃而下，尸体躺在我下方的水泥地上一动不动……

我开始羡慕吉普的失忆症。因此，我教会自己学着忘记。我开始专注于眼前，感受身下骏马的坚实和温暖，跟派珀一起蹲在地上，研究绘在尘土中的地图，打算我们下一个目的地；看着蜥蜴从荒废的土地爬过，肚皮在灰烬中留下无法破解的讯息。

十三岁那一年刚刚被打上烙印时，我常常盯着镜子中正在愈合的伤口，默默对自己说："我就是这个样子。"对于现在的新生活，我只能再次自我催眠，试着去接受它，一如从前接受我被烙印的身体。这就是我的生活，每天早上轮到我放风，佐伊晃着我的肩膀把我摇醒时，每当派珀把土踢到火堆上，表示又该继续上路时，我都会对自己说，这就是我现在的生活。

自从发射井事件后，整个温德姆地区到处都是议会的巡逻队，我们要想回到西部，只能先往南走，穿过死亡之地——这片广阔无边的大地毒瘤。

到了后来，我们不得不让马儿们自寻生路。沿途都找不到青草，它们可没办法像我们一样靠吃蜥蜴肉和蛆虫生存。佐伊建议吃掉它们，但派珀指出，它们跟我们一样瘦骨嶙峋，我不由得松了口气。他说得没错，马儿们背上的骨头就和蜥蜴的脊骨一样尖兀突出。佐伊刚把缰绳解下，它们就迈开只剩骨架的腿飞奔而散，至于究竟是为了逃离我们，还是只想要尽快离开这片死亡之地，我并不清楚。

我曾经以为自己很清楚大爆炸造成的破坏，但在那几个星期里，我的认知完全被刷新了。我看到大地的皮肤像眼睑一样被生生剥去，只留下烧焦的石头和灰烬。大爆炸之后，人们用"破败不堪"来形容这个世界。我曾听到吟游诗人的歌里唱到"漫长的冬季"，灰烬经年累月遮蔽天空，地上万物不生。现在，几百年过去了，死亡之地退守到东方，但我在那里的所见所闻，让我更加理解是怎样的恐惧和愤怒催生了大清洗运动，当时幸存下来的人把在大爆炸中免遭破坏的所有机器捣毁殆尽。在残余机器周围设立禁地并不只是立法那么简单，这更像是一种本能。关于大爆炸时代之前机器能够帮助人类如何如何的传说和故事，全都被机器造成的终极破坏留下的铁证——也就是火焰与灰烬所掩盖。议会为破坏禁忌之地禁令所设的严厉惩罚从没有执行过，人们对机器的极端厌恶支持着这条法律，从没有人去破坏。偶尔有机器的碎片从灰烬中显露出来，人们就会战栗着远远逃开。

人们见到我们，被大爆炸在身体上刻下标记的欧米茄人，也会仓皇逃开。这和人们对大爆炸的恐惧是同源的，这种恐惧蔓延开来，最终导致阿尔法人将我们全部驱逐。对他们而言，我们的身体就像血肉组成的死亡之地，荒芜贫瘠，破败不堪。作为双胞胎中有缺陷的一方，我们携带了大爆炸造成的污点，这和东方烧焦的大地一样确切无疑。阿尔法人把我们从他们居住耕种的土地上远远赶开，以求得在这片饱受摧残的土地上勉强生存。

派珀、佐伊和我像黑色幽灵一般从东方而来，第一次洗漱时，下游的水立刻变成了黑色。甚至洗完之后，我手指间的皮肤依然一片灰黑。而派珀和佐伊的黑色皮肤则蒙上了一层浅灰色调，怎么也无法洗干净，那是饥饿和疲惫导致的苍白色彩。死亡之地并非那么容易就能甩在身后，我们向西方进发时，每晚铺开毯子，仍要抖掉上面的灰烬，而到了早上，仍然能从嗓子里咳出灰土来。

*

派珀和我坐在山洞入口附近，看朝阳缓缓升起，将黑夜再次驱走。一个多月之前,在去发射井的路上,我们曾睡在同一个山洞里,也曾一起坐在同一块平滑的大石头上。在我膝盖旁边,数周之前派珀磨刀的痕迹依然清晰可辨。

我看了一眼派珀,他独臂上的刀伤已经愈合,只留下一道粉色条纹,伤疤凸起呈蜡色,在伤口缝合处有明显的褶皱。神甫用刀在我脖子上造成的伤口也终于痊愈,在死亡之地时,伤口一直敞开着,边缘附近都是灰土。不知如今这些灰尘是否仍在那里,变成被疤痕封印在我体内的黑色污点?

派珀手中握着刀,刀锋上插着昨晚剩下的兔子肉,他把刀递过来,上面都是脂肪,冷凝成灰白的线条。我不禁摇了摇头,转过身去。

“你必须吃点东西,”他说道,“我们还要走上三个星期才能到达沉没滩,如果要去找那两艘船的话,到西海岸还要更久。”

我们的对话都以船开始,再以船作为结束。它们的名字已经变成了魔咒:罗萨林德号,伊芙琳号……有时候我觉得,如果那两艘船没有在危险的未知海域沉没的话,我们的期望也沉重得足以让它们沉至深深海底。当下,那两艘船就是一切希望所在。我们成功除掉了议会的神甫,解决了她用来追踪所有欧米茄人的机器,但这远远不够,尤其是在自由岛大屠杀事件发生之后。或许我们拖慢了议会的步伐,干掉了他们最有威力的两件武器,但那些水缸密室仍岿然不动,毫无损伤。我亲眼见过它们的存在,无论是在幻象里还是在无情的冷酷现实中。一排排的玻璃缸,每个都如同地狱般可怕。

这就是议会给我们所有欧米茄人准备的归宿。如果我们没有自己的应对计划并为之努力奋斗,那我们将会在灰烬中日渐腐朽,而且这样的岁月永无尽头。或许我们能延缓水缸密室计划一段时间,但也仅此而已。自由岛曾经是我们的归宿,而今它已湮没在鲜血和烟雾中。所以,目前我们只能去寻找那两艘船,数月之前派珀派他们从自由岛出发,去寻找方外之地。

很多时候我都觉得,这整个计划更像是一种期望,并没有实现的可能。

下次月圆时,这两艘船就出发整整四个月了。"在大海上,这可真他妈是一段漫长的日子。"我们刚坐到大石头上,派珀就这样说道。

我没办法给他安慰,只能保持沉默。问题并不只是方外之地是否存在那么简单。真正的疑问在于,如果它确实存在,究竟能带给我们什么。换句话说,那里的人知道哪些我们所不知道的,有什么我们无法企及的本领。方外之地不能只是另一个自由岛,仅仅让我们躲开议会的追捕而已,那只能让我们获得暂时喘息的机会,和自由岛没什么不同,并非真正的解决方案。那里必须有更伟大的意义,即真正的另一种选择,另一种生活。

如果这两艘船找到了方外之地,肯定会试图穿过危险重重的大海原路返回。如果他们幸存下来,在试图回到被占领的自由岛时又没有被抓住,那么接下来他们应该回到位于西北海岸无望角的一个集合点。

"如果如果如果如果……"听起来实在没什么机会，每一点希望都比前一个要更加渺茫，而与此同时，扎克的水缸密室却每天都在实实在在地迅速壮大。

派珀已经越来越清楚，在我沉默时施加压力并没有用，他望着太阳慢慢升起，继续说道："以前我们派出去的船，有一些在数月之后成功回到自由岛，但除了长途航行造成船体损坏，以及船员患上坏血病之外，都一无所获。还有两艘船再也没能回来。"他沉默了片刻，脸上没有一丝表情。"问题并不在于距离，或者是风暴。一些水手带回来的旅途故事，我们绝对难以想象。几年前，我们最好的船长之一霍布率领三艘船向北驶去，他们离开了两个多月，当时已接近冬天，霍布回来时只剩下两艘船。西海岸冬季的风暴非常肆虐，我们已经习惯，如果并非必要，我们并不在冬天乘船往返自由岛。但是霍布告诉我们，在更北的地方，整个海面都开始结冰，另一艘船就那样在冰层间撞毁了。"他用力张开手掌，然后握紧拳头。"所有船员都失踪了。"他又停顿了一下。我们两个都看到，野草上沾着霜花。冬天马上就要来了。

"听过这些，"他继续说道，"你还相信罗萨林德号和伊芙琳号仍然在大海的某处航行吗？"

"我对于信仰没什么概念，"我说，"但我希望他们还在。"

"这对你来说就足够了吗？"他问。

我耸耸肩。"足够"究竟代表什么？什么"足够"了？足够让我继续走下去，我如此猜想。我已学会不再期望更多。只要能让我在每天的休息过后，可以鼓足勇气折起毯子，把它塞回背包里，然后跟着派珀和佐伊又一次踏上征途，在大平原上再走一整夜，这就足够了。

派珀又把兔肉递过来。我转过身去。

"你必须停止这样。"他说。

他说话的口气一如既往，似乎整个世界都在他的号令之下。如果我闭上双眼，完全可以认为他仍在自由岛的议院大厅里发号施令，而不是蹲在一块石头上，衣衫褴褛，污渍斑斑。有时我非常羡慕他的自信，这个世界竭尽全力想证明我们一钱不值，而他却无畏地给全世界一记耳光。其他时候，这让我感到困惑。我经常发现自己在观察他的一举一动。过去数周的艰苦生活，让他变得越来越瘦，皮紧紧包着颧骨，但却没能改变他突出的下巴，仍是一副充满挑衅的模样，他的双肩也依然像以前一样舒展开来，对于占了多少空间则浑不在意。他的肢体所表达出的语言，我永远也学不会。

"停止什么？"我避开他的目光，问道。

"你知道我是什么意思。你不吃东西，也很少睡觉和说话。"

"我一直跟着你和佐伊没掉队，不是吗？"

"我没说你跟不上我们。只是，感觉上你不再是你自己了。"

"从什么时候开始，你对我是怎样的人了解得一清二楚了？你几乎都不了解我。"我的嗓门变得很大，划破了清晨的宁静。

我知道对他疾言厉色并不公平。他说得一点没错，尽管现在我们已经走出死亡之地，猎物也越来越丰盛，我却吃得越来越少。

我只吃一点必要的食物，能够保持体力，快速行进。在霜冻的日子里，轮到我睡觉时，我会把毯子从肩上移开，将自己暴露在寒冷的空气中。

我无法向派珀或者佐伊解释这一切，那意味着要谈到吉普。他的名字只有一个简单的音节，却如鲠在喉，吐不出来。

他的过去也让我无法开口。我不能向别人吐露这些。自从在发射井里，神甫告诉我吉普在被投进玻璃缸之前是怎样一个人，我就一直将她的话藏在心里。对于保守秘密，我从小就很在行。关于我从小看到的先知幻象，我向家人隐藏了十三年，一直到扎克揭发我为止。被囚禁在保管室四年间，我成功向神甫隐瞒了关于自由岛的幻象。而在自由岛上，我又向派珀和议院隐瞒了孪生兄妹的身份达数周之久。现在，我又开始隐瞒关于吉普的过往，他在幼年时如何折磨神甫，在她被打上烙印然后被送走时如何兴高采烈，长大之后，他又试图找到她，妄想花钱雇人去把她关进保管室里，以求得自身的安全。

我已能用指尖识别他的每一根椎骨，清楚了解他的髋骨曲线抵在我后腰的感觉，但为何他却让我感觉如此陌生？

然而到了最后，他在发射井里选择了死亡，以此来挽救我。那些日子里，似乎这是我们能给予彼此唯一的礼物，即献出我们的生命。

2 忍耐

在去沉没滩的半路上，佐伊领着我们先到平原边界处的一间安全屋打了个转。那座小房子里毫无生气，只有大风呼啸而过，把开着的前门重重关上。

"他们是跑掉了，还是被抓了？"我们走过的每间屋子都空荡荡的，我忍不住问道。

"都不是，他们只是着急离开罢了。"佐伊回答。在厨房地板上有个破碎的罐子，桌子上有两只没洗的碗，上面覆盖着一层绿色霉菌。

派珀弯腰看了看门闩。"门是从外面被踹开的，"他站起身来，"我们必须马上离开。"

虽然我无比渴望在室内睡一觉，但能离开这些屋子我还是很高兴，屋子里静悄悄的毫无声息，只有厚厚的灰尘。房子外面长满高高的野草，我们沿着草丛离去，一直走了一天半才停下扎营。

佐伊跪在地上，给前一天捉到的一只野兔剥皮，派珀和我负责生火。

"情况比我们想的要糟。"派珀说。他正伏下身子将小火苗一点点吹起来。"我们过半的网络肯定都被渗透了。"

这不是我们第一次见到被毁的安全屋。在去发射井的路途中，我们经过另一座安全屋，只剩下烧黑的横梁，还在冒着烟。议会在自由岛上抓了不少俘虏，抵抗组织的机密就从他们嘴里被一点点撬了出来。

佐伊和派珀开始评估我们已知的信息，我则坐在旁边一言不发。倒不是他们有意要把我排除在对话之外，而是他们的谈话都是关于人物、地点和其他信息的简称，他们彼此熟悉，而我则从未遇到过。

"没必要再经过埃文那里，"派珀说，"如果他们活捉了汉娜，肯定也会抓到他。"

佐伊仍在埋头对付那只兔子。她把兔子的后背抻直，一只手抓住两条后腿，另一只手持刀沿着白色皮毛的纹路割下去。兔子破损的内脏掉出来，像两只断裂的手掌。

"他们不是应该先找到杰丝吗？"佐伊问。

"不会的，她从没有跟汉娜直接接触过，应该是安全的。不过，埃文是汉娜的接头人，如果她被抓了，那埃文也就完了。"

此刻我意识到，抵抗组织在大陆上的间谍网络比我想象的要大得多，也更加错综复杂。究竟有多少其他安全屋的门闩被撞断，门户破损，房间里空空如也？整个间谍网就像一件羊毛套头衫，有几条线松了，而每条线都可能会毁掉整件衣服。

“那要看汉娜能坚持多久，”佐伊说，“也许她能为埃文争取一些时间，让他可以成功逃脱。茱莉亚被捕后坚持了三天。”

“汉娜可没有茱莉亚那么坚强，我们不能假设她会坚持那么久。”

“莎莉跟汉娜也没有接触过。而且，西部的一些小屋应该还没有被发现。”佐伊继续说道，“他们直接向你汇报，跟东部的间谍网没有关系。”

我插了一句：“我从没有意识到，抵抗组织在大陆这里如此活跃。”

“你以为自由岛是唯一重要的地方？”佐伊问。

我耸耸肩。“至少是抵抗组织的主要阵地，不是吗？”

派珀噘起了嘴。“自由岛之所以重要，在于它存在的意义。它是一种象征，不仅仅对于抵抗组织是如此，对于议会也一样。它是一个标志，代表这世界上可以有另一种生活方式，但它永远都没办法容纳下所有欧米茄人。即便在最后几个月里，我们都不得不拒绝一些流亡者的入岛申请，直到我们的容纳能力有所准备为止，包括运输舰队和必需品供应能力都要同步跟上。”他冷冷地摇摇头，“自由岛永远都不会是最终的解决方案。”

佐伊打断了他：“自由岛上大部分人并没做什么事。他们感觉自己是伟大的先锋队，不过是因为他们住在这，仅此而已。或许他们加入了护卫队，或者在警戒岗哨轮过几次班，但事实上并没有多少人将自己主动奉献给反叛事业，到大陆去参与救援，加入安全屋网络，监视议会的一举一动。就算是在议院里跟派珀在一起的某些人，他们很乐意坐在议院大厅里，看看地图谈谈战略，但你会发现，肯主动往返大陆的还不到一半。苦差事仍然要在大陆进行，然而他们一旦到了自由岛，大多数都不会再回来。"

"我不会用这种措辞，但佐伊说得没错，"派珀说道，"自由岛上很多人都洋洋自得，他们认为待在那里就行了。大部分工作都是留在大陆的人，还有操控情报船，奔波于两岸之间的人做的。佐伊比其他人做得都要多，而她从未去过自由岛。"

我立刻抬起头来。"真的吗？我很肯定你去过。"我说。

"他们从不愿任何阿尔法人踏足那里，虽然我理解其中的原因。"佐伊仍在弯着腰对付那只野兔，她把毛皮从血肉上扯下来，就像脱手套一样。"为什么你会认为我去过那里？"

"我猜那是因为你一直在梦到大海。"

在听到自己说出来之前，我根本没意识到，原来我知道这件事。在那些紧紧倚靠共同入眠的夜里，我分享了她的梦境，如同分享她的水壶和毯子一样。在她的梦里都是海洋。或许这正是我之前没有感到惊奇的原因：多年以来我一直梦到自由岛，对此早已经习惯，习惯了大海的永不平息，以及灰色、黑色和蓝色的不停变换。然而在佐伊的梦境里，没有岛屿也没有陆地，只有翻腾起伏的大海。

前一秒钟佐伊还蹲坐在火堆旁，手里捏着软绵绵的兔子，眨眼之间她的刀已经抵到我肚子上。

"你到我的梦里去窥探了？"

"退下去。"派珀说道。他没有大声喊叫，但仍然是命令的口气。

刀锋纹丝未动。她另一只手攥住我的头发，指关节戳在脑壳上，把我按在那里。刀锋已经刺穿套头衫和衬衣，平放着抵在我的腹部，我的皮肤感觉到它冰冷的缺口。我的头被扭到后侧方，我看到她扔掉的兔子伏在地上，脖子扭曲，双目圆睁。

"见鬼，你到底都在干些什么？"她问。随着她的身体靠近过来，我感觉到刀锋越发迫近。"你都看到了什么？"

"佐伊。"派珀警告道。他把手臂绕在她脖子上，但没有用力，只是缠住她，然后静静等着。

"你都看到了什么？"她又问道。

"我告诉你了，只有大海，波浪重重。我很抱歉，但我没办法控制。我也是刚刚才意识到。"我没办法向她解释这中间的原委。我能感觉到她的梦境，并非有意窥探，而是跟我在自由岛时窥测海面的情况一样，如背景噪音般出现了。

"你说过不是那样的，"她炽热的呼吸喷在我脸上，"你说过你不能读取别人的思想。"

"我确实不能，并不是那样的。我只是有时会看到一些印象。我不是故意的。"

她把我往后推了一把。我稳住身形，把手伸到肚子上摸了摸。

有红色的东西沾在手上。

"那是兔子血。"派珀说。

"这次是，下次就不一定了。"佐伊说。

"如果能让你好受点的话，"我说，"你也知道我梦见了什么。"

"你叫得那么大声，十英里之内的每个人都知道你梦见了什么。"她把刀扔到剥了一半皮的兔子旁边，"这并不意味着你就有权利去我脑袋里左看右看。"

我理解那种感受。我永远也不会忘记，神甫在审问时留给我的那种侵入感。所有的思想感觉都被她的窥探玷污了。

佐伊向着河边走去。"我很抱歉。"我在她身后喊道。

"让她去吧。"派珀说。"你没事吧？让我看看你的肚子。"他说着伸手来掀我的套头衫。

我一把将他的手打开。

"这到底是怎么回事？"我盯着佐伊的背影问。

派珀把兔子捡起来，将肉上沾的泥土抖掉。"她不应该那么做。我会跟她谈谈。"

"我不用你为了我找她谈话。我只是想知道到底发生了什么。她为什么反应如此激烈？她为什么会这样？"

"那对她来讲并不容易。"他说。

"谁又容易了？对我来说那也不容易，这是肯定的。你也一样，我们都一样。"

"给她留点空间吧。"他说。

我挥手指着四周的大平原，苍翠的野草绵延不绝到数英里之外，天空如此广阔，看起来就像侵蚀到大地上一样。"空间？这里什么都没有，只剩下空间了。她没必要每时每刻都在我面前出现。"

我并未收到回应，只有风吹野草的声音，在天空下嚓嚓作响，还有派珀的刀在兔子肉里面移动时血淋淋的摩擦声。他已经把皮剥完了。

佐伊直到天色破晓才回来。她吃饭时一言不发，睡觉时躺在派珀另一侧，平时她都是睡在我们两个中间。

我反复想着她之前说过的话："一旦到了自由岛，大多数人再也不会回来。"我不禁猜测，当大海在她熟睡的思想里起伏时，她是不是在想念派珀？她为了跟他在一起放弃了所有，而他却漂洋过海去了自由岛，只剩下她一个人。

3 渗透者

还在死亡之地里跋涉时，我第一次听到派珀和佐伊提及莎莉和沉没滩。他们本应躺下休息了，但我却在警戒点听到他们说话的声音越来越大。天刚微微亮，我自告奋勇第一个去放哨，不过当我听到他们吵起来时，我离开警戒点，回到火堆旁。

"我永远也不想把莎莉拖进这摊浑水。"佐伊说。

"谁？"我问。

他们同时转过来看向我，两个人的动作整齐划一，脸上带着同样的表情，眉毛扬起的角度，探询的眼神都如出一辙。虽然他们在争吵，我仍感觉自己像个局外人，打扰了他们。

派珀回应我说："我们需要一个基地，以及一些可以信任的人手。如今安全屋网络已经分崩离析，而莎莉能给我们提供庇护，如此一来，我们就可以开始重新召集抵抗力量，派人去无望角搜寻那两艘船。如果有必要的话，还得装备新的船只。"

"我早就告诉过你了，"佐伊仍然无视我的存在，只对着派珀说，"我们不能把莎莉卷进来，我们不能去求她，这太危险了。"

"她是谁？"我又问。

"佐伊跟你说过，我们幼年被分开以后，是怎么过的吗？"

我点点头。他们在东方长大，在那里人们会让双胞胎在一起多生活几年。派珀被打上烙印赶出家门的时候已经十岁，佐伊也离家出走去追随他。他们两个东躲西藏，靠小偷小摸和打零工勉强糊口，一路上也得到不少富有同情心的欧米茄人帮助，后来，他们才加入了抵抗组织。

"莎莉是其中一个帮过我们的人，"派珀说，"准确点说，她是第一个。当时我们还非常小，最需要帮助。"

很难想象佐伊和派珀会需要别人帮助。不过我提醒自己，当时他们有多么年少，甚至比我被家人送走时还要年幼。

"她接纳了我们，"佐伊说，"教会我们一切。她教我们的事情可真多。我们投奔她时，她已经很老了，但多年以前，她曾是抵抗组织最棒的特工之一，一直在温德姆工作。"

"在温德姆？"我想我一定是听错了。在阿尔法城镇里，决不允许欧米茄人居住，更别说是在议会的中心城市温德姆了。

"她是一名渗透者。"派珀说。

我从佐伊看到派珀，又从派珀看到佐伊。"我从没听说过这些人。"我说。

"这就对了，正是要如此。"佐伊不耐烦地说。

"这曾是抵抗组织最隐秘的计划，"派珀说，"放在这几年，肯定是行不通的。这还要追溯到以前，议会对于给所有欧米茄人打上烙印并不像今天这么严格，尤其是在东方。我们说的是五十年以前，甚至更久。抵抗组织成功招募了一小批没有烙印的欧米茄人，他们身体上的缺陷非常小，能够被隐藏或者伪装起来。莎莉的一只脚有些畸形，但能穿进正常的鞋子里，于是她不断练习用这只脚正常走路。一开始对她来说非常痛苦，但她用了两年多时间，终于成功了。在议会内部一共有三个渗透者，都并非议员，而是作为顾问或者助理，潜伏在权力的最核心位置。"

"议会对渗透者恨之入骨。"派珀微笑着说，"甚至不是因为他们窃取了机密信息，而是他们获取情报的方式，即冒充阿尔法人，有的长达数年之久，这让议会难以接受，因为这证明了事实上，我们并非如此不同。"

"莎莉是渗透者当中最厉害的，"佐伊说，"当前抵抗组织的半数，都是依赖她从议会刺探出的情报才能建立起来。"说起莎莉，佐伊一贯的讽刺语气全都不见了，能将言辞变成刀剑的扬眉毛动作也消失无踪。"但是现在她太老了，"佐伊继续说道，"都快走不动路了。她已很多年不为抵抗组织工作，我们去投奔她时，她已经退休了。别的不说，这太冒险了。长期以来，她在议会的通缉名单上一直名列首位，而且，他们知道她长什么样。我不想再把她卷进来。"

"无论是否愿意，我们每个人都无法置身事外。"佐伊说道，"很快议会就要去抓她，他们才不会管她是不是年老体弱。"

"这么多年以来，她一直没被议会发现，"佐伊说，"我们不能把她拖下水。"

派珀顿了顿，然后轻声细语对佐伊说："你知道她永远都不会拒绝我们。"

"正因如此，我们去找她才不公平。"

他摇摇头。"我已经让自由岛遭遇了灭顶之灾，如今我们再没有别的选择。"

我仿佛再一次看到了那场景：庭院里血流成河，在地板的石缝里慢慢凝固。

"就算你把卡丝和吉普交给神甫，议会也绝不会放过自由岛。"佐伊说道。

"这我很清楚，"派珀说，"但我们不能假定抵抗组织里的其他人也会这么想。你也看到当时他们是如何反应的，当那么多人被杀以后，人们总要找个替罪羊。我们并不知道，如果我们再次出现，他们会如何应对，尤其是我们还和卡丝一起。我们无法确定，这对她来说是否安全。如果我们要与抵抗组织重新取得联系，就必须从某些我们能够信任的人开始。"

佐伊再次把脸转过去，眼睛只注视着派珀。"莎莉经历的苦难已经够多了。"她说。

"她一定希望我们去找她。"派珀说。

"你有那么大胆子，敢替她说她希望些什么吗？"佐伊说着慢慢微笑起来。派珀也对着她微笑了，就像是她的影子。

*

在去沉没滩沿路经过的每个定居地，我们竭尽全力散布消息，把议会企图用水缸囚禁所有欧米茄人的计划公之于众。尤其重要的是，我们试图警告他们不要主动投身于避难所。这些占地广阔的安全营地，本应由议会为挣扎在生死线上的欧米茄人提供庇护，在那里任何欧米茄人都能通过出卖劳力，获得食物和居所。它们是欧米茄人的最后选择，对阿尔法人来说也是一种保护。无论他们把欧米茄人赶到多贫瘠的土地，收取多高的税率，避难所都是一种保证，即确保我们不会被饿死，从而带他们一起下地狱。然而近些年来，那些踏进避难所大门的人，再也无法离开了。各地的避难所迅速扩张，变成囚禁欧米茄人的水缸基地。

然而一次次地，当我们试图在定居地散播这些消息时，却遭到人们沉默以对。他们抱着双臂，谨慎地盯着我们。我记起在新霍巴特城外，吉普和我是如何放火的：当火苗被点燃并扩散之后，它开始借助自己的势头传播。相比之下，散布关于议会水缸计划的消息，更像是意图用嫩绿的树枝在雨中点火。这并非那种你可以在酒馆里与陌生人分享的故事，那只适用于关于左邻右舍的八卦而已。我们只敢向那些同情抵抗组织的人提起这一话题，在自由岛大屠杀之后，谁又会主动承认呢？多年以来，议会都否认自由岛的存在，现在他们转而宣扬它已沦陷的消息。自由岛街头的鲜血让这种坦诚变得安全起来，它已不再是对议会的威胁，反而变成了一个可以让人们引以为戒的传说。

这种警告已经开始发挥作用，人们比以往更加小心翼翼了。我们接近定居地时，人们从田里直起腰看到我们，双手都会握紧草杈和铁锹。我们冒险进入特鲁里，这是一座规模很大的欧米茄城镇，但每次我们踏进酒馆，里面热闹的交谈声立刻止歇，就像油灯被突然吹熄一般。每一桌的人都转头看向门口，对我们上下打量。他们的高谈阔论再也没有重启，转而被窃窃私语所取代。有些人看到佐伊没有烙印的脸庞，马上推开椅子转身离去。毕竟，在酒馆里谁有胆量在三个衣衫褴褛的陌生人面前谈论抵抗组织，何况三人中间还有一个先知，外加一个阿尔法人。

最令我们沮丧的遭遇，不是那些拒绝与我们讲话的人，反而是那些看起来好像相信我们，但却无动于衷的人。有两个定居地的居民听了我们的故事，貌似也理解了阿尔法人对付我们的计划，明白水缸计划是过去几年来议会政策所要达到的目标。然而，我们不断听到的疑问是，我们对此又能如何呢？没人想要承受这条消息带来的沉重负担。他们所背负的已经够重了，我们在经过的每个地方，都看到人们脸庞消瘦，眼窝深陷，眼眶骨几乎要撑破面皮而出。很多人住在简陋的窝棚里，牙齿和牙龈沾染着苍红色的物质，那是他们为了缓解饥饿感，每天嚼槟榔导致的。我们又能指望这些人听到这个消息后，可以做些什么呢？

我们发现被废弃的安全屋那天，我和佐伊起了争执，两天之后的黎明时分，派珀动身去平原西部一个偏远的欧米茄小城镇侦察，不到中午他就回来了，虽然天气寒冷，汗水仍湿透了他的衬衫前襟。

"法官死了，"他说，"镇子上都传遍了。"

"这是个好消息，不是吗？"我疑惑道。几乎从我记事以来，法官就在统领着议会，不过这些年来，他一直处在扎克及其盟友的控制之下。"如果他只是个傀儡，是死是活又有什么不同呢？"

"如果他的死只是为更激进的人扫平了道路，那这显然不是个好消息。"佐伊说道。

"情况比那还要糟。"派珀说着，从口袋里掏出一张纸。佐伊接过来将它展开，我挨着她蹲在草丛中去读上面写的字，尽量不去想两天之前，她的刀曾抵在我肚子上。

"议会领袖被欧米茄恐怖分子无情杀害。"标题这样写道。下面用小一号的字体写着："自称'欧米茄抵抗组织运动'的恐怖分子，昨天暗杀了议会常任领袖法官的孪生姐妹。"

我抬头看了一眼派珀。"这可能吗？"

他摇摇头说道："基本不可能，扎克及其密友已经把法官的孪生姐妹关起来五六年了，自那以后他们一直以此来控制他。这显然是个圈套，他们只不过认为，法官已经没有利用价值了。"

"那么，形势到底发生了什么变化？以前你一直说，他们需要他，因为人们想要议会由看起来属于温和派的人来领导。"

"现在不必要了。你听着。"他一把抓过布告，大声念道：

"在担任议会领袖的十四年间，法官一直是欧米茄人坚定的保护者。而今，欧米茄煽动者做出如此暴行，引发议会相关人士对人身安全的迫切关注……"

"说得好像这些年他们没把自己的孪生兄弟姐妹关起来似的，如果还没扔进水缸的话。"佐伊嘲弄道。

派珀继续读下去："对所有阿尔法人来说也是一样。这次针对我们政府最高首脑的袭击进一步表明，欧米茄异议分子越来越威胁到阿尔法人，乃至欧米茄人的安全。将军被迫挺身而出，接替法官的职位。她对法官的英年早逝表达了深切哀悼……通过这种怯懦的行为，这些恐怖分子令欧米茄人失去了一个坚定的盟友，同时证明那些鼓吹欧米茄人'自治'的人，是多么残酷无情，为了破坏议会的伟大事业，甘愿杀掉他们的同类。"

"这招真是一石二鸟，"他说着把布告扔到草丛中，"他们终于解决了法官，同时把责任推到我们身上，以激发人们反欧米茄的情绪，在与温和派的争端中占得上风。"

"这么说，现在是将军掌管大权了。"我说。

"被迫挺身而出个屁，"佐伊骂道，"为了这一刻，她早就谋划了数年之久。改造者和主事人也将会在整个计划里占据重要地位。"

议员们从来不使用真实的名字。在过去，他们采用议会名字来掩盖身份，防止因孪生兄弟姐妹被攻击而受到伤害。这些年来，几乎所有议员都把他们的孪生亲人关进了保管室，甚至水缸密室里，此时这些精心设计的名字就变成了华丽的符号，每个名字都是一种宣言，向世界宣告他们的政治议程。

将军，主事人，改造者……我记起在自由岛时，派珀的图纸上画着这三个年轻议员的脸孔，他们是温德姆真正的掌权者。主事者一头浓密的黑色鬈发，半掩住脸上的微笑；将军长着一张棱角分明的脸，颧骨给人冷酷无情的感觉。还有改造者扎克，我的孪生哥哥，他的面容凝固在画师的笔触中。这是我最熟悉的陌生人。

　　"事实上，他们三个已经掌权好多年了，"派珀说，"但现在他们觉得能够彻底干掉法官，这可不是个好兆头。这表明他们对自己的支持率已经足够自信，不用再躲在他背后操纵一切了。"

　　"比那还要复杂，"佐伊说道，"你们也都听说了，自由岛上的死亡人数如此之多，在我们经过的所有地方，人们都对此有所不满。我敢打赌，某些阿尔法人也对大屠杀感到一丝不安。通过干掉法官再栽赃给抵抗组织，增加了他们的支持率，使自由岛事件看起来像是一场正义的战争，要对抗冷酷无情的欧米茄激进组织，他们残忍的策略是必须的。"

　　这是一张由恐惧织成的网，由议会精心操控。恐惧不仅来自欧米茄人，也同样来自阿尔法人。我已经见识过，他们如何躲开我们，视我们为活动的大爆炸警示器，我们有缺陷的身体就是残留的剧毒。虽然我的突变从外表根本看不出来，但这并没有什么区别，当我还是个孩子时，阿尔法人经过我居住的定居地，我额前的欧米茄烙印已足够引发他们的口水和谩骂了。即便在收成好的日子里，阿尔法人也一直躲开我们。后来到了大干旱那几年，当时我还小，甚至阿尔法人都开始饿肚子。那一年粮食歉收，我已经到了定居地，人们忍饥挨饿，心中充满恐惧，开始互相指责，议会确保攻击的矛头总是指向欧米茄人。他们在法官死因上撒的谎，只不过是议会构想多年故事的最新版本，即我们对抗他们。

我捡起布告，上面还残留着派珀口袋里的余温。"这一切都加快了，不是吗？议会要让每个人都陷于恐慌当中，阿尔法人和欧米茄人都一样。"

"他们不再有神甫做帮手了，"派珀说，"她的机器也完蛋了。别忘了我们取得的成就。"

我闭上双眼。扎克再也无法利用神甫残酷无情的才智，我应该对此心怀感激，然而我一想起这件事就无法呼吸，心痛的感觉深入骨髓。她死了，意味着吉普也死了。

"关于将军这个人，你们有多了解？"我问他们。

"不够了解，"佐伊坦承，"自从她登上舞台以来，我们一直在关注她。但是，渗透者能打入议会城堡内部的岁月，已经过去几十年了。想进入温德姆已非常不易，更别说接近议会了。"

"我们所知道的都是坏消息，"派珀说，"她是反欧米茄激进分子，跟主事人和改造者一样。"

听到别人提及扎克时使用他的议会名字，我仍然有所感触。在发射井里，神甫这样说过："我曾经有另一个名字。"我不由得疑惑，我的哥哥是否会再次想起，他的本名叫做扎克。我猜不会，他应该想将那个名字留给过去，连同他被迫与我分享的童年生活一起，远远抛在身后。

"将军的地位比其他两个人要更牢固一些，"派珀继续说道，"他们都在非常年轻时上位，这在议会里司空见惯。那个地方就是个虎穴，很多议员都活不长。不过，将军是他们所有人中政治手腕最强硬的。她一开始为指挥官工作，传说她毒死了他，从而获得当前的地位。"

我记起指挥官之死被宣布时的情景，那时我还在定居地生活。"英年早逝。"议会布告如此写道。对将军来说，看起来一点也不早，时机刚刚好。

"将军从未对这些传言做任何辩解，"派珀说道，"无论是否属实，都足够让她成为人们恐惧的对象。每次出现反对她的情况，结局都很糟糕，当然是对她的敌人来说如此，他们会遭遇丑闻，耻辱，背后陷害，甚至落得被暗杀的下场。所有反对她的人，最后都一个接一个闭嘴，或者出局了。法官能够在位那么长时间，只不过是因为他对于将军和其他两个人来说还有价值，是个可以利用的名义领袖而已。"

"为什么是她当上新的领袖，"我问，"而不是主事人，或者扎克？"

派珀蹲下身，将手肘放在膝盖上。"主事人是通过军队进入议会的，"他说，"他在士兵当中很受拥戴，追随者众多，但他玩政治的手段比不上另外两个人。他们需要他，他进入议会比较早，性格平易近人，还受到军队的拥护，被士兵们视为自己人。不过传言说他没那么激进。但别理解错了，他依然臭名昭著。首先，他掌管着军队，这些年来每当需要强制推行议会的法则时，他都是推动力量。不过，虽然他残忍冷酷，却不是推动大型变革的幕后黑手。绝大多数对欧米茄人来说最糟糕的变革，包括把定居地从肥沃的土地上越赶越远，以及增加税收，这些似乎都出自将军的主意。而严格执行登记制度则源自改造者。也有可能是神甫，在幕后跟他一起策划。"

"那么，关于扎克如何进入权力中心，你又知道些什么？"

"可能比你知道的要少。"派珀说。

要是以前，我会同意他的说法，我会抢着说，我比任何人都了解扎克。如今，我和他之间却产生了无法弥合的距离，我们中间横躺着神甫的尸体，还有吉普的，以及所有那些漂浮在圆形玻璃缸里无声无息的人。

派珀继续说道："改造者一直表现得像个局外人，这源自他被分开得太晚了，而且不像其他两个人一样在温德姆长大。不过，他有神甫做后盾，这让他变得无比强大。我认为水缸密室是他的面子工程，数据库也是。他一直不怎么圆滑，将军则不同，她既能魅力迫人，又能凶狠残暴。改造者却只表现得冷酷无情，而且是以他自己的方式。"

"你没必要告诉我这些。"我说。

派珀点点头。"不过，现在他失去了神甫，地位可能会有变化。"

我记起在吉普和神甫死后，扎克如何让我赶紧逃走。他大喊着要我在士兵到来前赶紧离开，我仍记得他声音中的犹豫不决："如果他们发现你牵涉其中，那我就完了。"他害怕的究竟是将军还是主事人，或者两个都怕？在发射井事件之前，我还想说服自己，在某种程度上，扎克想过让我重获自由。但存有如此信念的自己已经和吉普一起，被留在了发射井的地板上。

"我们必须尽快赶到莎莉那儿去，"派珀说道，"没有别的选择了。在那里，我们才能召集抵抗组织，寻找那两艘船。他们已经踏平了自由岛，杀掉了法官，如今他们正在一点一滴地毁掉抵抗组织的间谍网络。"

天空此刻阴云密布，给人一种崭新的压抑感，令我觉得我们三个人无比渺小。只有三个人在大风侵蚀的平原上，对抗议会所有的阴谋诡计。每个夜晚当我们在高高的野草间跋涉时，避难所里正有越来越多的水缸不断就位。天知道他们囚禁了多少人。而且每天都有更多的人涌入避难所。

我没办法再声称自己了解扎克，但我清楚知道，这还远远不够。在我们都被送进水缸之前，他是不会满足的。

4 避难所

次日午夜过后，我开始感觉到些什么。我变得紧张不安，在前行时不停环顾四周，然而黑暗中什么都看不到。记得扎克和我还小时，一群黄蜂在我家屋檐下筑了个巢，就在我俩的卧室外面。嗡嗡的吵闹声让我们睡不着觉，于是躺在小床上低声咒骂，这样过了好多天，直到父亲发现那个蜂巢才算完。我现在的感觉就和当时相似，一阵频率极高的嗡嗡声在我耳内回响，我无法理解其中的深意，但它让夜间的空气都变得酸臭不堪。

随后，我们经过了避难所的第一个指示牌。当时我们正处于温德姆和南部海岸的中间地带，沿路都避开马车道。不过，我们离马路还是不远，正好看到指示牌，于是爬到附近去看上面写了什么。

木牌上用白色大字写着：

人民的议会欢迎你来到9号避难所，往南六英里即是。

保证我们彼此的健康安乐。

人身保障和充足食物，通过劳动即可获得。

避难所，在艰难岁月里给你庇护。

欧米茄人上学是违法的，但很多人还是通过各种方式掌握了基本阅读，包括像我一样在家学习，或者去参加非法学校。我不禁怀疑，究竟有多少经过这面指示牌的欧米茄人能够读懂上面的字，又有多少会相信上面传达的信息。

"在艰难岁月里，"派珀嘲弄道，"也不说说正是他们的苛捐杂税，还有把欧米茄人赶到不毛之地的政策，才让岁月变得如此艰难。"

"还有，就算艰难岁月过去了，也不会再有什么区别，"佐伊补充道，"一旦人们进到里面，就再也出不来了。"

我们都知道那意味着什么：半死不活的欧米茄人，漂浮在水缸中一动不动。当他们困在那些安全却恐怖的玻璃缸中时，他们的阿尔法亲人却过着无忧无虑的生活。

我们沿着指示牌的方向前进，同时借助沟渠和树木的掩护，与马路保持着安全距离。当我们接近避难所时，我发现自己慢了下来，距离使我心绪不宁的根源越近，我的动作越迟缓。黎明时分，避难所已经隐约可见，我费力走向它，感觉就像在河流中往上游艰难跋涉。天色越来越亮，我们尽量爬到近处。离避难所百尺之遥有一座小山包，我们从山顶的灌木丛里望出去，正好能看到避难所。

避难所比我想象的大得多，几乎是一个小型城镇的规模，外面的墙甚至比议会在新霍巴特城外立起的围墙还要高，在十五英尺高以上，由砖块而不是木头筑成，墙头布满乱糟糟的线缆，像一群大鸟把窝都扔在了上面。越过墙头，我们能瞥见里面房屋的顶部，可以看出来各种不同结构的建筑都有。

派珀指向避难所西侧，那里有一座巨型建筑若隐若现。它至少占去避难所一半的面积，墙壁上仍有新砍松木的淡黄色痕迹，跟其他建筑经过风吹雨淋变得灰白的木墙比起来，显得亮堂得多。

"没有窗户。"佐伊说道。

只有短短几个字，但我们都知道那意味着什么。在那栋建筑里，一排排水缸正在静静等待。有些可能是空的，有些仍在安装当中。不过，我内心深处的厌恶感觉让我确信，很多水缸都已被填满了。数百条生命浸没在黏稠的液体中，甜到发腻的溶液慢慢渗入他们的眼睛、耳朵、鼻子和嘴巴里。这些人都静默无声，除了机器的鸣响，什么动静都没有。

避难所里几乎所有设施都禁锢在围墙之内，除了在东侧有一块农田，被木栅栏所环绕。栅栏太高不容易翻越，木条之间的缝隙又太窄，人无法从中穿过，但足够我们看到里面沿着田垄整齐生长的作物，还有几个工人在甜菜和西葫芦地里除草。大概有二十个，都是欧米茄人，弯着腰辛苦耕作。西葫芦已经长得很肥了，每个都比我们三人过去几餐吃的所有东西加起来还要大。

"至少他们没有全被关进水缸里，"佐伊说，"无论如何，还没有都关进去。"

"那儿有多少，六亩地？"派珀冷声说道，"看看这地方有多大，尤其是那座新的建筑。我们在自由岛的记录显示，每年都有成千上万的人投奔避难所。最近由于收成不好，税收又高，去的人更多。单看这个避难所，就能容纳五千人以上。靠这块地的产出，根本不可能养活他们，估计连让守卫吃饱都够呛。"

"这只是做做样子，"我说道，"就像一场街头艺人表演，装出人们想象中避难所应有的样子。这都是表面工程，好让人们源源不断地投奔而来。"

在这座避难所里，还有些别的东西让我感到不安。我不断搜寻，忽然意识到并非是有什么东西让我难受，而是缺了什么东西。这里几乎没有任何声息。派珀说了，在围墙里面应该有好几千人。我想起新霍巴特集市还有自由岛大街上的喧闹声，以及艾尔莎抚养院里孩子们无休止的吵嚷声。然而，我们听到避难所里传出的唯一动静，只有工人们的锄头在冻土上敲击的声响。里面没有人们说话的嗡嗡声，我也感觉到，在那些建筑物里都没有人移动。我记起在温德姆见过的水缸密室，那里唯一的声音就是电流的嗡嗡声。人们的喉咙都被管子堵住了，如同瓶子拧上了木塞。

在避难所通往东方的路上，忽然出现人的动静。我们看到，那并非骑马的士兵，只是三个路人，背着行李在缓慢移动。

等他们走近了我们才发现，他们是欧米茄人。个头较矮的男人有条胳膊只剩半截，另一个男人瘸腿很严重，一条腿扭曲着像块漂流木。在他们中间是个小孩。虽然他瘦得不成样子，很难看出年龄，我猜他不过七八岁而已。他走路时低着头，完全由紧拉着他手的高个男人引路。

他们身形消瘦，脑袋看起来太大，跟身体完全不成比例。不过，最让我感到心痛的，是他们背着的行李，里面的东西被紧紧裹起来，一定经过精心挑选。几件珍藏的财物，以及所有他们认为在开始新生活时必需的东西。高个男人肩上扛着把铁锹，另一个男人的包裹上挂着两口锅，走起路来咣当作响。

"我们必须阻止他们，"我说，"告诉他们这里面在等待他们的究竟是什么。"

"太晚了，"派珀说，"守卫会看到我们的，那就全完了。"

"而且，就算我们能接近他们而不被守卫发现，我们又能说些什么呢？"佐伊说道，"他们会以为我们是疯子。看看我们现在的德性。"我从佐伊看到派珀，然后又看了看自己。我们身上脏兮兮的，饿得不成人形，衣服又破又烂，在死亡之地沾上的那层灰色污渍仍然没能褪去。

"他们凭什么相信我们？"派珀质问道，"我们又能带给他们什么？曾经，我们还能把他们安全送到自由岛上，或者至少还有抵抗组织的安全屋网络。而现在，自由岛已经没了，我们的网络也在崩塌之中。"

"那也比被关进水缸里要好得多。"我仍然坚持。

"这我很清楚，"派珀说，"但他们根本不理解。我们又如何向他们解释水缸计划呢？"

石墙上的一扇门打开了。三名穿着红色制服的议会士兵走出门外，等着新来的欧米茄人。他们随意地站着，双臂抱在胸前，静静等候。我再一次为扎克如此无情而有效的计划感到震惊。高额税率起了作用，把绝望的欧米茄人都赶到了避难所去，讽刺的是，这些地方都是用他们交的税盖起来的。进去以后，他们将被水缸吞没，再也无法浮上来。

东边木栅栏后面的农田里，忽然有了动静。一个工人跑到栅栏旁边，向着路上的旅人拼命挥手。他挥动两只手臂，指向路人们来时的路径。很明显，他要表达的意思是快走！快走！他的动作如此激烈，却以一种悄无声息的方式传达，这画面实在反差太大。我不知道他究竟是个哑巴，还是不想引起守卫的注意。田里的其他工人都看着他，一名妇人向他走近两步，可能是想帮他，或是要阻止他发出信号。无论如何都已不重要，她忽然间僵住了，回头望着后面。

一个士兵从农田后面的木头房子里跑出来，他以迅雷不及掩耳之势解决了挥手的男人，在他脑后一记重击，将他打翻。第二名守卫赶过来时，这个欧米茄男人已经倒在地上。他们拖着他一动不动的身体回到房子里，消失在我们的视线中。另外三个士兵出现在农田里，其中一个沿着栅栏来回巡视，盯着剩下的工人，吓得他们迅速弯下腰，埋首于自己的工作当中。从远处望过去，整件事就像一场影子戏，迅速演变而后归于沉寂。

这一切在刹那间就结束了，士兵们反应如此迅速，我觉得新来的人根本没看到这场小骚动。他们仍然低着头，坚定不移地走向等在门口的士兵，如今只剩下五十英尺的距离。就算他们看到了那个男人的警告，然后转身就跑，难道就能得救吗？守卫眨眼间就能徒步赶上他们。或许这次警告徒劳无功，一点用都没有，但我还是很钦佩那个挥手的男人，不敢去想他接下来的命运究竟如何。

两个男人和小男孩抵达避难所门口。他们停了一下，跟守卫简单交谈两句，一名守卫伸手去要高个欧米茄人扛着的铁锹，后者交给了他。三个人迈步走进去，士兵随后把门拉上。高个子欧米茄人转头看了一眼身后的平原，他根本看不见我，但我还是不自觉地举起手，像那个农夫一样拼命挥动：快走！快走！这根本毫无意义，只是一种身体的本能反应，和溺水的人在水下想要呼吸一样徒劳。大门已经开始关上，高个男人转回身，迈进避难所里。大门咣当一声在他身后紧紧关闭。

我们无法挽救这三个人，而且更多的人还在来这的路上。附近定居地的人们会权衡许久，然后考虑要把什么东西带上。他们关上家门，而这个家，他们再也回不去了。更糟的是，这里只是一个避难所，在这片大陆上还有很多很多，每个都建造了水缸设施。在自由岛时，派珀的地图显示，共有近五十个避难所，如今每个都变成囚禁活死人的牢笼基地。我的目光无法从那座新盖的建筑上移开。就算我不知道里面有些什么东西，它看起来也挺吓人的。现在我清楚知道，这个建筑是一座恐怖的纪念碑。派珀用胳膊肘碰了碰我，拉着我向灌木丛深处走去，这时我的肺才能再次呼吸，颤抖着吸入一大口空气。

*

离开避难所几里地后，派珀忽然觉得，他看到东面的矮树丛里有什么动静。但当他赶到那里时，只发现野草被践踏的痕迹，地面干巴巴的没留下脚印，根本没办法追踪。第二天派珀和我在一个山谷里休息，佐伊负责警戒，她听到一声燕雀的鸣叫，赶紧把我们弄醒，低声解释说，早冬可不是燕雀唱歌的时节，那声鸟叫可能是口哨声，是某种信号。我拿出匕首，等着佐伊和派珀巡查营地四周，但他们什么都没发现。那天我们提早拔营，在日落前上路，避开空旷的地界前行，晚上也是如此。

午夜时分，我们在一座山谷穿行，谷内到处都是大爆炸之前时代的金属柱子残骸。这些铁柱受到冲击但没有倾倒，只是变得弯弯曲曲，在我们头顶划出高达四十尺的弧线，跟锈迹斑斑的肋骨一样，而我们则好像正在穿过早已死去的远古巨兽的尸骸。晚上一直刮着大风，大风让说话变得非常困难，在山谷里，寒风吹过排排铁柱，发出更加刺耳的声音。

我们从谷底刚开始往上爬时，一个男人突然从一根生锈的铁柱后跳出来，一把抓住我的头发，我还没来得及尖叫出声，他已把我扭过身去，另一只手的匕首已横在我的脖子上。

"我一直在找你。"他如此说道。

我把目光从他的刀柄上移开。派珀和佐伊就在我身后几步远，如今都已飞刀在手，做好了投掷的准备。

"放开她，不然让你血溅当场。"派珀说道。

"让你的人退下去。"陌生男对我说。他语气沉着，就像拿着飞刀怒发冲冠的佐伊和派珀，他一点也没放在心上。

佐伊翻了翻白眼。"我们不是她的人。"

"我很清楚你们是谁。"他对她说。

我脖子上的匕首正好停留在神甫的小刀留下疤痕的位置。如果他要割破我的喉咙，那块结疤变厚的皮肤会稍许延缓刀锋切入的速度吗？我尽量把头转向旁边，想看清他的脸，但我只能看到他一头黑发，不像派珀和佐伊的那样蜷曲，而是散成蓬松的螺旋卷，垂到他的下巴处，蹭到我脸颊上痒痒的。他根本没有在意我，除了那把咽喉处的匕首。我又把头慢慢转过去一些，每动一下，刀锋迫体的感受就更强烈，但我终于看到了他的双眼，正紧盯在派珀和佐伊身上。他比我们年纪都大，但估计仍不超过三十岁。我肯定在哪里见过这张脸，但这段记忆却感觉非常不真实。

派珀在我之前找到了答案。

"你以为我们不知道你是谁，"他说道，"你是主事人。"

现在我知道在哪里见过他了，那是在自由岛的一幅素描上。纸上的寥寥数笔如今变得有血有肉，丰满的双唇，眼睛外侧的鱼尾纹都生动起来。他紧紧抓住我不放，从如此近的距离向上看去，他的眼睛在黑暗的脸上闪闪发亮，鱼尾纹就像月光上的道道山脊。

"退下去，"主事人又说了一遍，"否则我就杀了她。"

三个人影从佐伊和派珀身后的黑暗中突然冒出来，两个人手持长剑，第三个人拿着一张弓。我能听到弓弦扯动的声音，弓已拉满，箭尖对着派珀的后背。派珀没有回头，佐伊转过身来面对着这三个士兵。

"如果我们真的退开，到时又如何阻止你杀她？"派珀平静地问道，"或者把我们都杀了？"

"除非不得已，我不会杀她。我是来谈判的，否则你以为我为什么不带大队人马来？我冒了很大风险才找到你们，来跟你们对话。"

"你在这里干什么？"派珀还是那种没有耐心的厌烦口气，就像在酒馆里跟一个讨厌的家伙聊天一样。但当他把飞刀举过肩头，我能看到他手部肌肉紧张的线条，以及手腕精心摆放的角度。刀锋在月光下像一枚银色的小小飞镖，如果我没有见过它们动起来的样子，可能还会认为它看起来很美。

"我需要跟这个先知谈谈她的哥哥。"主事人说道。

"每次你要跟人谈话时，都会把刀子放在他脖子上吗？"派珀质问。

"我们都很清楚，这不是一次普通的谈话。"在我身后的主事人纹丝不动，但我能看到他手下细微的动作。月光在一个士兵的长剑锋刃上移动，他正向派珀一寸寸移近，箭手的弓弦不断颤动，很明显，箭身又被往后拉了一截。

"在你恐吓我们的情况下，我不会跟你对话。"我说道，每一个字出口，都能感觉到他的匕首在我脖子上越压越紧。

"你们要搞清楚，我不是个喜欢虚张声势的人。"他往上挪了挪刀刃，我的下巴被迫上扬。我能感觉到颈动脉贴着刀锋在不断跳动，一开始匕首还是冰冷的，现在已经被焐暖了。佐伊非常缓慢地往后移动，跟派珀背靠背站在一起，面对着他身后的士兵。弓箭手离她只有几尺远，一只眼微微眯起，用箭瞄准了佐伊的胸部。

派珀忽然发动攻势，接下来每件事似乎都以慢动作进行，我看得清清楚楚。我看到他全力扔出飞刀，手臂伸展开来，一根手指指向主事人，像在告发他一样。佐伊同时出手，两把飞刀朝弓箭手飞去，同时她俯身冲向一旁。同一时刻三把匕首飞了出去，同时箭亦离弦，划破片刻之前佐伊所在位置的气流。

主事人用匕首将派珀的飞刀击到空中，接下来各种声音不断响起，两把匕首的撞击声，佐伊飞刀击中弓箭手时他发出的喊叫声，她第二把飞刀撞在铁柱上的哐当声。那支箭越过我的左肩，迅速消失在夜色中。

"住手！"主事人对他的手下大喊。我捂着脖子，那把匕首刚才还抵在那里。我等着疼痛感袭来，热乎乎的鲜血从我指缝间喷涌而出。然而什么都没有，只有那个旧伤疤，血管在我手掌压迫下依然不停跳动。

5 僵持

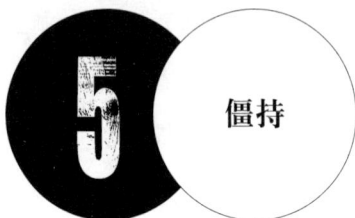

有那么几秒钟我们都一动不动。主事人蹲在我前面，手里的匕首指着派珀。派珀握着自己的飞刀，离主事人的匕首只有一两寸远。佐伊又有两把飞刀在手，背对派珀站在那儿。再过去是弓箭手，他正一脸痛苦，握住刺进他锁骨的飞刀。另两名士兵逼近身来，长剑伸出，挡在佐伊的刀锋之外。

我趁机去腰带里摸我的匕首，但金属摩擦声响起，主事人已把匕首插回刀鞘中。"退下去。"他边说边向手下点头示意。士兵领命后退几步，受伤的箭手忍不住低声咒骂。我无法看到他的血迹，但却能闻到血腥味，那明显的生肝臭味让我想起被剥了皮的野兔，还有自由岛上的遍地死尸。

"我想我们都互相了解了，"主事人说道，"我是来谈判的，但是现在你们应该清楚得很，如果要来硬的，那我一定奉陪。"

"你要再敢碰她，我就把你舌头割下来，"派珀狠狠说道，"到时你就不用谈话了。"

他说着从主事人身旁越过，一把抓住我，把我拉回佐伊站着的地方。佐伊已经把飞刀放低，但未放回鞘里。

"离我们远点。"主事人冲手下不耐烦地挥挥手，大声喊道。他们远远退入黑暗中，直到面孔都看不清了，我也再听不到受伤的弓箭手吃力的呼吸声。

"你没事吧？"派珀问我。

我一只手仍捂在脖子上。

"你扔飞刀的时候，他很有可能割破我的喉咙。"我低声说。

"如果对他来说，要跟你谈话如此重要，"派珀回答，"那他就绝对不会杀了你。这都是在玩弄手段。"他说话很大声，这样主事人也能听到了，"只是为了摆摆姿态，想让我们看看，他是个多么了不起的大人物。"

我抬起头看着派珀，想知道他对自己说的任何事都如此肯定时，究竟是什么样的表情。

佐伊正在扫视着山谷。"你其余的士兵都藏在哪儿？"她问主事人。

"我早告诉过你们了，我只带了侦察兵。你们有没有想过，如果我跟你们见面的消息传出去，那我会有什么下场？"

我转头看了一眼，他的手下在二十码外警惕地看着我们。剑手仍长剑出鞘，受伤的家伙已经扔掉手里的弓，靠在一根弯曲的金属柱子上，但又猛地站直身子，好像接触到这禁忌之物的残骸，比嵌在肉里的飞刀还让他痛苦。

"你是怎么找到我们的？"我转身面向主事人问道，"议会已经找了我们几个月了。为什么是你现在找上来？"

"你的哥哥还有将军认为，他们的机器能让他们追踪一切。或许他们在还有神甫和她的幻象帮忙时，可以做到这一点。但是，他们从不在老套的方法上花费时间。如果他们肯像我一样，多花时间听听年老的议员或者老兵们的建议，一定会学到很多东西。多年来，从温德姆到海岸线超过半数的定居地，都有野孩子做我的线人。如果你需要知道某个地方的最新动态，用一枚银币就能收买当地一个贪钱的小孩，而获得的消息则比任何机器所能得到的都要宝贵得多。有时候钱会打水漂，他们带来的常常只是谣言，导致虚惊一场，但是时不时地你也会走运。有未经证实的消息称，有人看到你们在特鲁里出现。然后有人来向我报告，说在温德拉什看到三个陌生人，有趣之处在于，是一个阿尔法女孩跟着两个欧米茄人。我已经让侦察兵跟踪你们四天了。"

"你为什么要这样做？"派珀打断了他。

"因为我们有共同点。"

派珀笑出声来，在黑暗中显得声音很大。"我们？你看看你自己。"

主事人可能从温德姆一路赶来，但他仍然有着议员的气派。不远的某个地方，肯定有一顶帐篷，士兵们一路扛到这里，给他支好，再铺上干净的床铺。当我们一路步行在齐腿深的积尘中艰难跋涉，或者在岩石遍地的山间拖着酸痛的脚板穿行时，他肯定有马骑。他的手下很可能会给他打水,供他洗漱,因此他的面庞和双手上毫无污垢,而我们三人则风尘仆仆。从他圆滚滚的脸颊可以看出来,他肯定从未在辛苦奔波一整夜后只能吃上一片蘑菇充饥,还要把里面的蛆虫抠出来;也不用花上十分钟,只为从一只蜥蜴瘦骨嶙峋的尸骸上刮下最后的肉末残渣。我们食不果腹,饥肠辘辘,这早就写在脸上,当我看到他吃得肥嘟嘟的脸孔时,也像派珀一样笑出声来。在我身后,佐伊不屑地往地上吐了一口唾沫。

"我知道你们为何发笑,"主事人说道,"但我们的共同点比你们想象的要多。我们都期待着同一件事。"

这次轮到佐伊发笑了。"如果你知道,我想要你和议会的其他混蛋有什么下场,你就不会这么说了。"

"我早就告诉你们了,如果你认为我们都是一样的,那你就大错特错了。"

派珀开口道:"当欧米茄人在受罪时,你们都兴高采烈睡在羽绒床上。你们内部只是对如何压榨我们有不同意见而已,这对我们来说又有什么区别呢?你们时不时自相残杀,但我们的境遇绝没有好转。"

"情况已经发生了变化。"

"让我猜一猜,"派珀挖苦地说,"突然之间,你开始关心欧米茄人了?"

"不,一点也不。"他的诚实让佐伊都闭上了嘴,她本来想要打断他的。

主事人面无愧色继续说道："我关心阿尔法人，想要维护他们的利益，这是我的职责，就像你的行动都是基于欧米茄人的利益一样。"

"我不再统领着议院了。"派珀坦言。他指了指自己，衣衫褴褛，满面风霜之色。"你看我这样子像是抵抗组织的领袖吗？"

主事人并不在意他说了什么。"改造者和将军正在干的事，或者即将要做的，对我们所有人，无论是阿尔法还是欧米茄，都是一种威胁。"

"你究竟在说些什么？"我问道。

"别在我面前惺惺作态，"他说道，"你是从水缸密室里逃出温德姆议会城堡的。你很清楚他们正在重建大爆炸之前的机器，重新利用电力。据我猜测，关于神甫的数据库，你所知道的一定比你肯承认的要多得多。按照改造者的说法，是神甫的兄弟独自一人杀了她，我可从没信服过。"

我保持沉默。

"多年以来，我一直在跟将军和改造者亲密共事，"他继续说道，"我甚至能够容忍他跟神甫的密切关系。"他的上嘴唇微微翘起，满是厌恶的表情。"至少她很有用。但是，随着局势不断发展，我们的做法开始出现分歧。我越来越清楚地意识到，你的哥哥和将军两人对待禁忌开始肆无忌惮。他们嘴上说得好听，他们很清楚这是公众的要求，但暗地里，他们不断推进破坏禁忌法令的计划，一直在这样做。

"他们一直在秘密行事，但只靠两个人的力量显然不可能。过去一年多来，将军和改造者私人卫队里的一些士兵来找我倾诉，说起他们正在看守的东西，包括水缸密室和数据库。我是通过军队进入议会的，这跟改造者和将军不同，后者也只是安了个军队的头衔给自己而已。我了解士兵们的想法，普通人的想法。我很清楚禁忌在人们心底的分量。你的哥哥和将军对于自己的计划太过着迷了，他们完全低估了大多数人对于机器的憎恨和恐惧。"

"比对欧米茄人的害怕程度还要深？"我问。

"这都是一回事，"他说道，"人们都很清楚，是机器造成了大爆炸，间接造成了双胞胎现象，才有了欧米茄人。"

这就是他对我们的看法：欧米茄人是一种畸变，是与大爆炸并列的恐惧之源，是需要解决的大麻烦。

他继续说道："后来神甫被杀，她的数据库被毁，我还期望过这件事就此为止了。然而，你的哥哥和将军对机器的热情丝毫未减。他们已经走得太远了，在偌大的议会里，法官是最后一个有能力公开反对他们的人。尽管他们掌握着他的孪生姐妹，在最后时刻他仍然坚决维护禁忌法令，因为他知道，如果他没有这样做，公众也不会支持。因此，他们一旦发现法官已经没有利用价值，就杀了他的姐妹，他也因此而丧命。"

"议会里的其他人呢？"派珀问道，"他们知道改造者和将军正在干的事情吗？了解他们两人的宏伟计划吗？"

"没有多少人清楚。大多数人都采取默许态度，他们并没有密切观察。如果这两人的计划成功了，那他们会很高兴从中受益，如果不幸失败了，那他们可不想牵涉其中。"

我不禁想到，选择毫不知情，从而摆脱掉知识的重担，是多么奢侈的一件事情啊！

"还有一些人别无选择，"主事人说道，"他们没能在改造者和将军下手之前，保护好自己的兄弟姐妹。"

"你的孪生姐妹呢？"我问。

"她在我手里，"他坦白道，"没有关在保管室，而是由我信任的士兵严密看守着。"

我心中一颤，后背不由得发凉。有一些晚上，我会梦到自己重回保管室的牢房里，永远困在其中，不知人间岁月，成为时间的囚徒。

"你觉得那比保管室要好？"

"对她和我来说，这样更安全。"他说，"按照目前的局势发展，我不认为能在温德姆给予她保护，在保管室里也不行。"

"你为什么要找我们？"我又问道。

"过去两年，自从我意识到他们对机器的痴迷程度以后，就一直在尽量收集信息，最大程度掌握他们的计划。我曾经使用过其他先知，他们人数很少，能力也参差不齐，有些没有实际用处，大多数到最后都疯掉了。"他不假思索随口而出，就像对他来说，一个发疯的先知，和断掉的车轮，或者生锈的铁桶没什么区别。

"然而你不一样，"他转向我说道，"据我所知，你的用处不小。如果你跟抵抗组织合作，"他冲派珀和佐伊点点头，"那么通过某种形式的合作，我们都能获益良多。"

"我已经告诉过你，"派珀一字一顿缓缓说道，"抵抗组织不再归我管了。"

"那么，你们不想做点什么来阻止水缸计划吗？"

"你觉得你能从我们这里得到什么呢？"我打断他道。

我们四个人围成一圈，在金属柱丛林中互相提防，而主事人的手下在远处密切关注着我们。

"我需要你的帮助，来阻止你哥哥和将军，"主事人说道，"还有他们对机器的无尽追求。"

这一切显得有些荒谬。他是议会的议员，要钱有钱，要人有人，而我们三个衣衫破烂，面黄肌瘦，筋疲力尽，根本无法想象他的势力有多庞大。

"你想要帮助？"派珀冷冷道，"那就去找你在议会的狐朋狗友吧。"

主事人笑了。"你真以为议会是一个欢乐大家庭，大家坐在议会大厅里，彼此相亲相爱？"他将目光从派珀又转到我身上。"当你在保管室里时，你以为改造者是想保护你免受谁的伤害？一个议员最大的敌人，恰恰是身旁最亲密的人，如果你一旦失势，他们获得的好处最多。看看法官的下场吧！"

"我们为什么要帮助你对抗他们？"派珀质问道，"你来找我们，只是因为被排挤出了权力中心，大权旁落走投无路了。"

"大权旁落？"主事人迎上派珀炯炯的目光，"你肯定知道那是什么感受。"

我再一次打断他："在机器问题导致你们分道扬镳之前，你选择了与他们共事。而我们为什么要跟痛恨欧米茄的人合作呢？"

"因为我能给你们更好的选择，不必被关进水缸里去。数十年来，避难所系统作为应对欧米茄问题的人道方式，一直运转良好。在税收财政支持下，它是一种切实可行的解决方案。没有了将军和你哥哥，一切就能按照以前的方式继续下去。"

"正因如此，我才不可能跟你合作，"我说道，"欧米茄人并不是问题所在，所有的问题都是议会带给我们的，不停地加税，还把我们越赶越远，只能住在寸草不生的土地上，还有烙印制度，以及其他所有的限制，让我们几乎没办法生存下去。"

"这些如今都不重要了，我们都很清楚，目前唯一要紧的是阻止水缸计划。"

"那你为什么不带更多士兵过来，把我抓回温德姆去？"我问道，"你知道的，有了我在你手上，你就能强迫扎克做任何你想要做的事了。"

"如果我认为那对自己有任何好处的话，我会这么做的。我也想过把你杀掉，从而干掉他。"他像曾扼住我咽喉的匕首一样毫无歉意，我仍能感受到那把匕首在我咽喉处的压痕。"在几个月以前，这样做或许有用。但现在，已经不仅仅是他的问题。他把自己和神甫绑得太紧，她的死削弱了他的地位。将军在议会的时间要比他长，势力也比他要牢固。如今他们两个杀了法官，将军大权在握，她绝对不会放手的。就算我威胁到改造者，甚至杀了他，也不会给这件事画上句号。而且，如果将军怀疑我们利用你做人质来控制改造者，她就会把他干掉。"

在我逃出温德姆之前，扎克曾经对我说过："我启动了一项计划，必须完成它。"但是现在他被卷了进来，就像被他自己运转的机器困住了一样。

"无论如何，"主事人继续说道，"你在外面作为与抵抗组织对接的人，对我来说更有价值。"

"我不会被你利用的。"

说这话时我想到的是派珀，几天前他刚刚跟我说过："你的职责是忍受这些幻象，而由我来决定如何利用它们。"男人们都把我看成可以利用的工具，对此我早就厌倦了。

"这对我们双方都有好处，"主事人说道，"我们要的是同样的结果。"

"你错了，我们要的并不相同，"他的这种说法，比匕首给我带来的伤害还要大，"你想要的是解决我们，就像扎克一样，区别只不过在于，你并不赞同他所采取的手段。"

"或许我们的目标最终会有分歧，但眼下，我们都想阻止正在进行的水缸计划。所以真正的问题在于，这件事对你来说有多重要。"

"我不会帮助你的。"

派珀插进来问道："如果我们帮助你的话，你会给我们提供什么作为回报？"

"情报。只有内线才可能知道的行动细节，能帮助抵抗组织阻止水缸计划。将军和改造者可能把我排斥在计划之外了，但我仍有途径获得你们梦寐以求的情报。"

"光有情报对我们来说没什么用，如果我们不能根据情报采取相应行动的话。"我说道，"或许以前把秘密情报收集到一起，然后躲起来就万事大吉了。然而，我们的人在自由岛上已经付出了血的代价。如果你想阻止水缸计划，必须召集效忠于你的士兵，然后帮助我们。"

"你要求得太多了，"他拒绝道，"如果我拿起武器反对你哥哥和将军，那会引发公开的战争，会死人的，你的人和我的人都一样。"

"很多人已经死了，"我说道，"还有更多的人会被关进水缸里，最终所有欧米茄人都会如此，这比死还可怕。"

"我很乐意帮助你阻止这种情况发生，你为什么就不能做同样的事呢？"他的嗓音很有说服力，我能想象他在议会大厅里滔滔不绝长篇大论的模样。"这些机器威力太强大了，我们根本没办法理解，天知道水缸会对我们造成什么影响。"

他直视着我的眼睛，我知道他的担忧是出自内心的。但我也很清楚，他只是在为阿尔法人忧虑，他所说的"我们"，并不包括被关在水缸里的欧米茄人。对他来说，我们只不过是背景噪音而已。

同时我也不断提醒自己，他掌管着大部分军队。我想起在新霍巴特看到的士兵，他们用鞭子把一个欧米茄犯人打得皮开肉绽，就像熟烂的水果。我还想起攻击自由岛的那些士兵，他们是否会向他报告，听从他的指令？

"把人们浸在药水里维持半死不活的状态，这样折磨人是错的，这才应该是你反对水缸计划的原因，"我愤然道，"因为这是无法言表的罪行。不应该是你害怕这些机器会造成什么后果，或者因为这违反了禁忌，所以你才反对它。"

"我也并非毫无同情心，"他说道，"阻止这些机器，对欧米茄人也有好处。相比别人来说，你们是机器引发大爆炸的更大的受害者。"他看了一眼派珀的左肩。"我并不是白痴，会相信议会把你们描述成邪恶异形的说法。我很理解你们更应该得到同情，而不是憎恶。"

"我们并不想要你的同情，也不需要你的同情。"派珀说道，"我们需要你的帮助，你的武器，还有你的士兵。"

"我们都很清楚那不可能。"

"那我们接下来没什么好谈的了。"我说。

他认真审视我的表情，我毫不退缩，迎上他的目光。

"你会改变主意的，"他说道，"到时候，你可以来找我。"

他准备转身离去，但我叫住了他。

"你想让我们相信你，"我说道，"但你甚至都没有告诉我们你的真名。"

"你知道我的名字。"他说。

"不是你在议会的名字。你真实的名字。"

"我已经告诉你了，"他的声音像花岗岩一样冷酷无情，"就算我告诉你父母给我取的名字，又会有什么不同呢？那个名字难道就比我为自己选的名字更真实吗？"

我对这个说法并不满意。"那么，你为何要选择主事人这个名字？"我继续追问。

他微微扬起下巴，盯着我看了一会儿。

"在我还年幼时，"他缓缓说道，"一个演艺团经过我的家乡，他们献上了一幕精彩的演出，不仅有诗歌演唱，还有杂耍和特技表演。一匹马能伴着音乐节奏用两条后腿跳舞，有个大汉驯服一条蛇，蛇在他身上爬。似乎半个镇子的人都跑去观看演出了，那是我见过的最不可思议的事情。不过，当别人都在为跳舞的马和踩高跷的人欢呼雀跃时，我却在观察那个引介他们出场的人。我看到他如何让我们为每个表演着迷不已，而在某段表演没有吸引我们时，又如何迅速切换，将其尽量压缩变短。是他在精心安排这一切。表演者都以自己的方式引人注目，但主事人才是确保演出正常运转的幕后英雄。他让观众变得像跳舞的马一样兴奋，而到了最后，他们毫不犹豫地往他的帽子里扔满了铜币。"

他俯过身来，就像要告诉我一个秘密。"我从来不想当踩高跷的人，或者玩蛇的人，我想成为主事人，是他让一切成为可能。这就是我现在的角色。你最好记住这一点。"

他说着往后退去，走向等候他的手下，他们几乎已隐没在黑暗中。

"给我一个理由，我们为什么不现在杀了你？"佐伊冲着他的背影喊道。

"那是你哥哥才会做的事，"他转身对我说道，"我还没走出三步远，改造者就会在我背后捅上一刀。"他咧嘴笑了一下，嘴唇一张一合，露出闪亮的牙齿，就像刀锋的光芒闪过。"我猜问题在于，你们到底有多像。"

说完他背对我们向前走去，这还是需要些勇气的。他的士兵离得太远了，没办法帮他。要取他性命，只是眨眼间的事。我清楚知道派珀会如何将手臂举到肩后，他扔飞刀的标准动作我都可以想象出来：手臂忽然往前伸直，匕首并非扔出去，而是脱手飞出，毫不动摇地插入主事人的后颈。

"别这么做。"我抓住派珀举起的手臂，指尖明显感觉到他的肌肉正在收紧。我用双手握住他的前臂，他并未移动，飞刀已经蓄势待发，他的目光也在追随着主事人的脚步，穿过残破的铁柱丛林。在他身旁，佐伊也举起一把飞刀，盯着远处等待主事人的士兵。

"给我一个让他活下去的理由。"派珀说道。

"不。"

他低头看着我，就像首次听到我说话一样。

"我不会玩那一套，"我继续说道，"这跟在自由岛时你问我的事情一样，当时其他人都希望我死掉。我不会把生命当成交易，衡量不同的人命价值有何不同。"

"现在他对我们是个威胁，"派珀说道，"让他活着对我们来说可不安全。而且，拜托，他还是个议员！是个可怕的家伙。"

这些都是事实，但我仍然没有放开派珀的手臂。

"世界上到处都是可怕的人，但他是来谈判的，并非来伤害我们。我们有什么权利杀了他，还有他的孪生姐妹？"

我们都陷入了沉默。主事人刚刚说的话一直在我脑海回响：我猜问题在于，你们到底有多像。

主事人快要走到士兵中间时，派珀挣脱我的手，大步走了过去。

"等一下。"派珀命令道。

主事人转身面向派珀，他的士兵立刻冲过来把他围住。剑手的长剑已扬起，就连弓箭手也用颤抖的左手从腰带里拔出一把刀，举起来对着派珀，他的右手仍按着没入他肩头的那把飞刀刀柄。

"你有一样我们的东西。"派珀说着倾身向前，从容不迫地把佐伊的飞刀从弓箭手身上拔下来。弓箭手深吸一口气，哽咽着咒骂了两句，但在主事人无动于衷的注视下，他没有反抗报复，只是按在伤口处的手更加用力了。鲜血从他的手指间喷涌而出，从手指关节处滴落。

主事人冲派珀点了一下头，然后又看向我这边。

"什么时候你改变主意了，就来找我。"他说完转身离去，招呼他的士兵跟在身后。

6 练习

"你得学习怎么和别人战斗。"第二天早上佐伊对我说。派珀去放哨了，佐伊和我本应休息的，但前一天晚上与主事人的遭遇，让我们都有些紧张不安。

"我不行。"我说。

"没人想要让你成为什么超级杀手，"她说道，"但是，派珀和我不可能每五分钟就来救你一次。"

"我不想杀人。"我记起自由岛之战中鲜血的气息，而且对我来说，每死一个人都是双重打击，幻象不仅让我能看到在战斗中被杀的人，还有他们的兄弟姐妹，也因他们的死去而同时亡故。

"你没得选，"佐伊说，"人们和主事人一样，会不停来找你麻烦。你必须能够保护自己，而我不可能一直陪在你身旁，派珀也不能。"

"我痛恨这种念头，"我坚持道，"我不想杀人，甚至包括议会的士兵，他们的兄弟姐妹也会死的。"

"你认为我就喜欢杀人了？"佐伊平静地反问我。

我沉默了片刻，最后说道："除非我被人攻击了，否则我不会去战斗。"

"按照你最近走的路来看的话，恐怕每周会有那么几次。"

她扬起一道眉毛，那样子让我想起吉普。

"拿出你的匕首来。"她说。

我把匕首从腰带的刀鞘里拔出来，那是在自由岛时派珀送给我的。它几乎和我的前臂一样长，两面的刀刃都很锋利，刀尖闪着寒光。刀柄上裹着一层牛皮，经过常年的磨损和汗渍，几乎变成了黑色。

"我能学习怎么扔它吗，就像你和派珀一样？"

她笑着从我手中接过匕首。"那你很可能会把自己耳朵削掉。这毕竟不是一把飞刀，重心是不一样的。"她在食指和拇指间拨弄着那把刀。"我不会把我的飞刀送给你。不过你可以学习一些基本要领，这样如果我们没在旁边拯救你的话，你也不会完全无助。"

我抬起头看着她。虽然我们有争执，但仍很难想象她不在身旁。对我来说，她挖苦的言辞如今和她宽阔的肩膀、闲不住的双手一样熟悉。每当深夜我们围坐在火堆旁时，她的小刀在指甲上摩擦的声音，就和蝉鸣一样司空见惯。

"你是准备离开吗？"

她摇摇头，但避开了我的目光。

"对我说实话。"我说。

"专心点，你必须学习使用这玩意儿。"她说着把匕首扔在地上。"现在你还不需要它。还有，忘掉高踢腿、后空翻之类看起来很花哨的动作。大多数情况下，打架都是近身擒拿，相当难看。战斗本身并没有什么好看的。"

"我知道的。"我说。在自由岛我已经见识过了，人们打起仗来绝望而蠢笨。长剑从滴血的手中滑落，尸体流尽了鲜血，变得像空麻袋一样。

"很好，"她说，"这样我们就能开始了。"

起初的几个钟头，她根本不让我碰匕首，而是教我如何利用手肘和膝盖近距离格斗。当一名攻击者从背后抱住我时，如何将手肘往后撞击他的肚子，还有如何往后仰头撞破他的鼻子。她还教我如何用膝盖猛击进攻者的裆部，以及如何聚集全身力量用手肘侧击敌人下颌。

"不要想着击中敌人，"她解释道，"否则就没什么效果。要击穿他们，你必须用尽全力跟上，瞄准敌人皮肤下六寸深的某一点狠狠攻击。"

当她让我试用匕首时，我早已大汗淋漓，疲惫不堪。即便如此，一开始她也只教我如何防守，用刀刃抵挡敌人的进击，利用刀柄保护手部。还有诸如侧身站立，这样留给敌人的攻击目标较小，以及双膝弯曲蹲马步，这样不会被轻易击倒。

然后她才进入匕首运用环节，教我如何突然进攻而事先没有预兆，如何直刺敌人腿上的大动脉，如何从下方猛击敌人腹部，如何在进攻过程中转动匕首。

"我不想知道这些。"我苦着脸说。

"我看你倒是很享受呢，"她说道，"至少这次你不再无精打采。过去几个星期你都没有此刻这般精神奕奕。"

我不禁怀疑这是不是真的。每掌握一个动作，感觉这些招数越来越熟练，确实有一种满足感。但与此同时，我又因为把别人刺得头破血流的想法而感到厌恶。行动和后果真能分得很清楚吗？进攻的招数不允许拖泥带水，犹犹豫豫，必须毫不含糊，干净利落。整个上午我们都在重复这些动作，一次一次又一次。这种感觉十分舒服，就像咬指甲一样，这种无意识的动作能够缓解情绪，不过当我咬指甲时，最后只会造成手指破皮疼痛。而佐伊教给我的这些重复动作则会让别人伤筋断骨，头破血流。在某个地方，死者的孪生亲人也会流血致死，而正是我持刀的手造成两个人不幸身亡。

佐伊恢复了战斗姿势，等着我做出同样的动作。

"如果你不加以练习，那就毫无意义。"她说道，"只有勤奋苦练，你才能在意识到需要动手前，匕首已经握在手里。这种感觉必须无缝衔接，这样才能变成一种下意识的行为。"

我见过她和派珀出手战斗，他们的身体动作流畅，并非有了想法才行动，而是行动本身已不用经过思考，变成一种本能。她说得没错，战斗本身并没有什么好看的。我也清楚，无论佐伊和派珀的动作多么惊人，结果都是一样的，只会造成流血和死亡，苍蝇在黏糊糊的尸体上贪婪吮吸。不过，当他们用刀锋回应这个世界时，我发现自己也很羡慕他们身体所表现出来的坚定不移。

到了午后时分，我们终于停下来。

"够了，"她说道，这时我刚刚挡下她最后一击，"你已经累了，这种时候就会犯愚蠢的错误。"

"谢谢你。"我说着把匕首插回腰带里，冲她微微一笑。

她耸耸肩。"让你有机会可以避免更多麻烦，做出改变，这符合我的利益。"她说着已经走开了，就像一扇门，在我面前砰的一声紧紧关上。

"你为什么要这样？"我从背后叫住她，"你为什么一直对我拒之千里，教我防身又扬长而去？"

她回头看着我。

"你想让我怎么样？"她反问，"你想让我握着你的小手，给你编辫子？我和派珀给你的还不够吗？"

我无言以对。不止一次，她都不惜赔上性命来保护我。如今抱怨她没有同时献上友爱的我，是不是太小气了？

"我不是故意要进入你的梦境的，"我说道，"我也无能为力。你不知道作为一个先知是什么感受。"

"你并不是第一个先知，我猜你也不会是最后一个。"她说着扬长而去。

*

两天后的黎明时分，两个吟游诗人不期而至。几小时以前，我们刚在佐伊和派珀熟悉的地方扎好营。这里是一座林木繁多的小山，能够看到路上的动静，附近还有一眼泉水。自从被主事人伏击之后，我们一直谨慎不安，稍有动静就溜之大吉。更糟糕的是，这两天雨就没停过，我的毯子早就湿透了，在背包里沉甸甸地往下坠，背包带蹭得我肩膀生疼。我们到这里时雨已经变得稀稀拉拉，但所有东西都湿透了，没办法生火。派珀值第一班岗，借助破晓时分的朦胧光线，他看到两个旅人正从大路上走来，跟我们来的方向恰好相反。他把我们叫过去。我已经在树林中找了个隐蔽之地，裹上毯子了，佐伊则刚打猎回来，腰带上挂着两只刚死没多久的野兔。

从山上望去，新来的人仍是路上的小点，但我们已经听到音乐声。等他们走得更近些，透过稀薄的晨雾，我们能看到其中一人正用手敲着她身旁的鼓，奏出他们前进的节奏。另一个长胡子的男人拄着根木杖，一只手拿着口琴举在嘴边，边走边吹出断断续续的曲调。

他们走到大路转弯的地方，没有沿路继续走，而是穿过高高的草丛，朝着山上我们躲避的树林走来。

"我们得走了。"佐伊说着已经把水壶塞回背包里。

"他们怎么会知道这个地方？"我问道。

"跟我一样，"派珀说，"以前在这条路上走过很多次。他们是吟游诗人，一直浪迹在路上。这里有数英里范围内唯一的泉水，他们正是为此而来的。"

"打包你的东西。"佐伊对我说。

"等等，"我说，"至少我们能跟他们谈谈，把我们所知道的告诉他们。"

"你什么时候才能变得更加谨慎呢？"佐伊不满地说。

"以防他们把消息传出去？"我说道，"那不正是我们一直要做的吗？自从离开死亡之地以后，我们就试图把消息散播出去，至今都没什么进展。"

"把避难所的消息传出去是一回事，"派珀说道，"关于我们的行踪被传出去又是另一回事。如果那天不是主事人，而是扎克找到我们，那现在我们早被关起来了，或者更惨。我正努力保护你，让我们都能好好活着。我们并不清楚，谁值得信任。"

"你也看到在避难所发生的事了，"我说，"每天都有更多的人主动前去，把那里当成避风港。如果我们能把真实发生的情况散播出去，就可以阻止他们。"

"你觉得这两个陌生人能比我们做得更好？"派珀问道。

"没错。"我说道，"能帮我们散播消息的人，可以四处行走而不会惹起怀疑，无论走到哪里，都会吸引一群人去倾听他们。他们能让消息变得流行起来，接下来传言就会无所不在了。"一个欧米茄吟游诗人，在任何一个欧米茄定居地都会受到欢迎，而一个阿尔法吟游诗人能在任何阿尔法村庄受到招待。吟游诗人是这个世界上流动的记忆，他们传颂的故事本来会随时光湮没，他们的歌曲传唱着人与人的爱情，家族的血统，某个村庄、城镇或者区域的历史。他们也传唱幻想出来的故事，像是伟大的战斗，还有各种逸事奇闻。他们在节日里表演，也在葬礼上哀悼，他们的歌声，就是这片大陆上通用的货币。

"没人会听我们说些什么，"我说道，"相反，人们会去听吟游诗人唱些什么。你们也知道的，歌声传播起来就像野火，或者瘟疫一样迅速。"

"它们都不是什么好东西。"佐伊指出。

"但它们威力巨大。"我说。

派珀仔细地看着我。

"就算我们能信任这两个吟游诗人，对他们来说，我们也要求得太多了。"他说道。

"让他们自己选择。"我说。

佐伊和派珀都没再说话，但他们停止了收拾的动作。音乐声越来越近，我回头看着山下两人慢慢走近。长胡子的男人没有靠木杖支撑着走路，而是将它在身前挥来挥去，试探前面路上有没有障碍物。他是个盲人。

当他们到达树林外边时，派珀冲他们打了个招呼。音乐声戛然而止，在一片沉默中，树林里的动静猛然变得大声起来。

"谁在那儿？"女人喊道。

"也是过路的。"派珀回答。

他们迈步走进空地。女人比我们都要年轻，红色头发结成辫子，一直垂到后背。我看不到她的缺陷，但她是被打了烙印的。

"你们要去北部的铂尔曼市场？"男人问道。他仍是一手持口琴，一手拿着木杖。他的双眼并未闭着，事实上他根本没有眼睛。在额头烙印的下面，皮肤直接延伸下去，盖住本应是眼眶的地方。他的双手都有多出的手指，从每个指关节处生出不规则的分支，就像长芽的马铃薯。我数了一下，每只手上至少有七根手指。

派珀回避了他的问题。"我们今晚天黑就走。这块空地将是你们的。"

男人耸耸肩。"如果你们在晚上赶路，那你不想告诉我们要去哪儿也没什么奇怪的了。"

"你们也是在晚上赶路。"我指出。

"此刻我们日夜兼程，"女人说道，"集市将在两天后开始。我们在阿伯利被耽搁了，洪水把那里的桥冲断了。"

"我一直在黑暗中赶路，就算天上有大太阳也一样。"男人指了指自己封闭的眼眶，"所以，我又有什么资格评论你们呢。"

"我们爱怎么赶路，与你无关。"佐伊说道。女人一直盯着她看，对佐伊没有烙印的脸庞和阿尔法身体上下打量。我不禁怀疑自己对这两个人的观察是不是太明显了。

"一点没错。"男人说道，并未因佐伊的口气而有任何情绪波动。

他和女人走到空地中央。他并没有挽她的胳膊，而是用手杖给自己指路。看着他用手杖与这个看不见的世界交涉，让我想起作为先知的感受。当我在海洋暗礁中或是温德姆山下的洞穴中穿行时，我的思想在我身体前方与空气交涉来寻找方向，正如这个人的手杖一样。

他坐在一根倒下的树干上。"有一件事我不太明白，"他说道，"如果你们在夜间赶路，那肯定是在躲避议会巡逻队。但你们行动起来又不像欧米茄人。"

"其中一个不是欧米茄。"女人说着又看了佐伊一眼。

"她是跟我们一起的。"派珀迅速说道。

"不只是她，"盲人转头面向派珀说道，"你也一样。"

"我是欧米茄人，"派珀说，"这位同伴也是，你的朋友会告诉你这一点。另一位女士可能不是欧米茄，但她是跟我们一起的，并不想找任何麻烦。"

"你说他们行动起来不像欧米茄人，是什么意思？"我问男人。

他转头面向我说道："如果没有眼睛，你的耳朵就会很灵。我说的不是听到跛腿或者拄拐杖走路的声音，这些都太明显了。我说的要高深得多，就是欧米茄人走路的方式。大多数欧米茄人走起路来都有些颓唐，我们都经历过足够的打击，也经常饿肚子，因此总是垂头丧气。大多数欧米茄人都可以通过脚步声听出来，我们迈步时小心翼翼，脚抬得不高，步子也不够大。我们拖着脚走路，步伐中有一点畏怯和犹豫。而他们两个，"他指着派珀和佐伊说道，"他们听起来并非如此。"

他竟能从他们移动的声音中听出这么多门道，我不由得震惊不已，但也深有同感。当我在自由岛上第一次见到派珀时，我也注意到了同样的细节，即他对待自己的果敢态度。岛上大多数人刚刚开始摆脱大陆给欧米茄人留下的压迫印记，但派珀却根本没有这种困扰。即便现在，他瘦骨嶙峋，裤子的膝盖位置已经磨损变成黑色，在行动时仍然带着一贯的散漫和自信气质。

男人又转向派珀说道："你动起来不像欧米茄人，跟这位阿尔法女士一样。不过，如果你能跟一个阿尔法人一同赶路，我猜你的故事一定不寻常。"

"你也听到他们说了，他们的故事不关你事，"女人说着拉住他的胳膊，"我们该走了。"

"我们已经走了够远的路，应该休息了吗？"他说着把木杖伸到前面。

"为什么你如此热心，坚持要问这问那？"佐伊问他，"大多数欧米茄人都想跟我们划清界限，至少看到我会如此。"

"让我来告诉你，"他说道，"我是个吟游诗人。我收集故事，就和有些人收集钱币，有些人收集首饰一样。这是我的职业。就算是个瞎子，也能看到这里有个故事。"

"这个故事我们不能随便跟人说，"派珀说道，"那对我们来说意味着麻烦，你很清楚这一点。"

"我不是会向议会巡逻队告密的人，如果你是这个意思的话，"男人说道，"就算是吟游诗人，这些日子也受到议会的压迫。他们不是我的朋友。"

"有传言说，议会将不再允许欧米茄人成为吟游诗人。"女人补充道，"他们不想让欧米茄人云游四方，只希望能随时监视我们。"

"我认为阿尔法最厉害的吟游诗人也没我唱得好。"男人挥舞着多出的手指说道。

"如果让士兵们听到你这样说，会把你的手指都砍掉的。"女人警告说。

"我们没打算去向他们告密，"派珀说道，"如果你们不把在这里见过我们的事说出去的话，我们今天完全可以一起扎营。"

女人和佐伊的表情仍很谨慎，盲人却微笑起来。

"那么，就让我们扎营吧。终于可以休息下了。对了，我叫伦纳德，这是伊娃。"

"我不会告诉你我们的名字，"派珀说，"但至少我不会对你撒谎，随口编几个假名字。"

"很高兴你这么坦白。"伦纳德说道。伊娃坐在他身旁，开始从背包里往外拿东西。她从包好的蜡纸里翻出几块煤，仍然很干燥。

"好吧，"佐伊说，"不过我们得快点生火做饭，这里离大路太近了，如果等雾散尽，再生火就太危险了。"

派珀开始生火，佐伊坐下来磨她的匕首，我挨着伦纳德坐在树干上。

"你说他们俩的举动不像欧米茄人，"我尽量把声音压低，让别人无法听到，"那我呢？"

"你也不像。"他说。

"但我跟他们也不像。他们总是非常……"我顿了顿，继续说道，"……自信，对每件事都很有把握。"

"我没说你跟他们相像。我只是说你走路也不像其他欧米茄人，"他耸耸肩，"姑娘，你似乎不在这里。"

"你这话是什么意思？"

他停顿片刻，然后笑起来。"你走起路来，就像你觉得大地不肯给你立足之地似的。"

我想起吉普死去那一刻，扎克发现我瘫坐在发射井顶部的平台上。空气是如此沉重，如果不是扎克祈求我赶紧离开以保住他的地位，我怀疑自己是否能再次站起来离去。这几个星期走过了这么多路程，原来我一直没有意识到，我迈出的每一步仍然担负着天空的重量。

1 吟游诗人

我们吃完了兔子肉，还有一些伊娃从包里翻出来的蘑菇和绿叶菜。

"你也是个先知吗？"吃东西的时候我问她。

她哼了一声："恐怕不是。"

"对不起，"我说道，没人想被误认为先知，"我只是看不到你的变异症状。"

伦纳德的脸色变得严肃起来。

"她的变异是最恐怖的一种，"他说道，"我很惊讶你到现在还没发现。"

接着他故意停顿了很长时间。我又仔细观察了伊娃一遍，还是没发现不对劲的地方。还有什么比成为先知更可怕的呢，先知是注定要疯掉的。

伦纳德往前探了探身子，装作耳语却大声道："红头发。"

我们大笑起来，笑声惊起两只画眉鸟，尖叫着飞走了。

"凑近点儿看。"伊娃说着把头转到一旁,把又粗又长的辫子掀起来。原来在她后脖子上有一张嘴,它轻轻张开,露出两颗歪歪扭扭的牙齿。

"唯一的遗憾是我不能用这张嘴唱歌,"她说着把辫子放下去,"否则我就用不着伦纳德吹口琴,也不用忍受他的牢骚了。"

火堆渐渐熄灭,太阳已经升起,伦纳德细心地把手擦干净,然后拿起吉他。

"可不能把兔肉的油脂弄到琴弦上。"他说着用手帕在丛生的手指间抹拭。

"如果你要弄出动静来,我最好去放哨,"佐伊说,"如果大路上有人过来,我们得在他们听到之前先发现他们。"她抬头看了看上方的树,派珀已经俯身单膝跪地,她一言不发踩到他腿上,一只手在他肩头稳了片刻,然后跳起身抓住了树枝,向上荡了过去,身体聚拢,双腿笔直伸出。伦纳德说起过她和派珀移动的方式,我能看出他话中的含义,即他们对自己的身体运用自如。

我对佐伊的羡慕之处,并非是她没有烙印的脸,或者是她的自信,甚至不是因为她可以避免像我一般受幻象侵扰。我羡慕的是她和派珀心意相通,连话都不用说就能共进退。这种亲密并不需要言语来表达。在我和扎克之间曾经也有过这样的时光,那时离我们被分开还早,他也没有想要对付我。但那毕竟已是陈年往事,童年时的亲密时光如今看来就像自由岛一般遥不可及,我们再也不可能回去。

伊娃拿起她的鼓，伦纳德用右手拨弄琴弦，一阵乐声从吉他上传出。他左手手指的动作则要缓慢得多。

当他告诉我，听出我脚步声中的踌躇犹豫时，我知道他说得没错。我一直在用寒冷和饥饿虐待我的身体，避开任何抚慰，因为对我在清醒时离弃的死人来说，已经不会再有任何抚慰。然而，这段乐曲却是我无法避开的欢愉。就像在东方困扰我们的灰尘一样，音乐也是无从抗拒的。我往后靠在一棵树上，静心倾听。

这是数周以来，我们竖起耳朵听到的最大的声音。我们的生活似乎被静音了。我们在夜间潜行，脚下踩断树枝都会心头一紧。我们躲避着巡逻队，交谈时经常小声耳语。我们每时每刻都处在危险之中，直到忽然发现，声音本身仿佛已经变成了需要配给的稀缺品。如今，就连吟游诗人最轻率的歌曲都像是一种反抗的行为，听着音乐响起，在勉强生存之外，我们终于有了更高尚的追求。

有些歌节奏缓慢，曲调悲伤，另一些则刺耳得多，音符火爆，像玉米粒在热锅里弹跳。有几首的歌词非常下流，让我们都笑了起来。我将目光从火堆移开，看到佐伊从高高的树枝上悬下来的脚，也在随着音乐节奏不停摇摆。

"你的孪生姐妹也对音乐这么有天分吗？"当伦纳德和伊娃停下来喝水时，我问他。

他耸耸肩。"关于她，我所知道的只是登记文件上的一个名字，还有我们出生的地方。"他从包里摸出一张破旧的纸，冲我挥了挥，然后笑了起来。"议会里那帮人的想法真是古怪，费了老大劲把我们分开，然后再强制我们把兄弟姐妹装在口袋里，无论去哪儿都要带着。"他摩挲着那张纸，好像能感受到指尖下的字迹似的。"这上面写着'伊利斯'，这是伊娃告诉我的，她勉强认识几个字。不过这就是我妹妹的名字，就写在纸上面。"

"你记不起任何关于她的事情吗？"

他又耸了耸肩。"他们把我送走的时候，我还只是个婴儿。关于她我所知道的都在这张纸上了，而且我还看不见。"

我再次想起扎克。关于他我又拥有什么呢？我被打上烙印然后被送走那一年，刚刚十三岁，对我来说远远不够，对他来说却已忍耐太久。我被关在保管室那些年，他来看过我，但只有寥寥几次。我最后一次见他，是在吉普和神甫死去的发射井里，他看起来情绪激动，神态疯狂，像被我砍断的电线一样嘶嘶不停。

下一首歌开始时，我还在回想着在发射井里与扎克共处的情景，仿佛又听到他让我逃跑时因恐惧而颤抖的嗓音。伊娃已经把鼓放下，换了一支长笛吹起来，因此只剩下伦纳德的歌声。上午刚刚过半，阳光透过树荫照射到空地上，留下道道斑驳的光影。我花了好一会儿才意识到伦纳德正在唱些什么。

他们乘着黑色战舰，

在黑夜中攻来，

他们把神甫的吻

用匕首送到每个岛民的喉间。

派珀一跃而起。佐伊悄无声息地从树上跳到地面，落在我左侧，然后往我们围绕火堆灰烬坐成的圆圈里靠近了些。

"我听说他们没有把自由岛上的人全部杀死。"派珀说道。

伦纳德的歌声停歇下来，但他的手指仍在吉他上弹个不停，音符持续不断从他的双手间倾泻而出。

"这是你听到的版本？"他问。音乐仍在继续。"或许吧，歌曲总是有些夸大。"

他说完又唱起来：

他们曾说自由岛根本不存在，

他们曾说那些都是谣言，

然而他们乘着黑色战舰攻占了自由岛，

紧接着他们就会冲你而来。

"你唱这首歌时，最好注意下谁在旁边听着，"佐伊说道，"不然你很可能会陷入麻烦当中。"

伦纳德微笑着反问道："你们三个还没遇上麻烦吗？"

"是谁告诉你自由岛的事的？"派珀问道。

"议会自己讲出来的，"伦纳德说，"他们散布消息说找到了自由岛，粉碎了抵抗组织。"

"但你唱的那首歌不可能是议会的版本，"派珀说，"你知道在那里发生了什么吗？"

"人们会跟吟游诗人攀谈，"他说道，"他们会告诉我们很多事。"他漫不经心地又拨了几下琴弦，"不过我猜想，你不需要别人来告诉你自由岛的事。我猜你比我更清楚那里发生了什么。"

派珀沉默不语。我知道他想起了岛上的往事。我也看到过，不只目睹，而且还听到人们的哭喊声，闻到长街上大屠杀的血腥。

"没有一首歌能描绘那场景，"派珀沉声道，"更别说改变它了。"

"或许不能，"伦纳德说道，"但一首歌至少能告诉人们发生过什么事，让他们知道议会对那些人干了些什么，警示他们议会是多么没有底线。"

"然后让他们不敢跟抵抗组织扯上任何关系？"佐伊问。

"或许如此，"伦纳德说，"这正是议会给出官方版本的原因。不过我希望，我的版本能有不同的作用，或许可以帮助人们意识到抵抗组织为何不可或缺。我能做的只是讲故事，他们听了以后会做什么，那是他们的事。"

"如果我们告诉你另一个故事去广为传播，"我试探着说，"可能会给你带来杀身之祸。"

"这得由我们来定。"伊娃说道。

派珀和佐伊什么话都没说。佐伊往前走了一步，站到派珀身旁。派珀深深吸了一口气，开始讲这个故事。

吟游诗人把乐器放在身旁，专心聆听。伦纳德的吉他背靠在他两膝之间，我们讲述时，我把它想象成一个盒子，而我们正在用言语把它装满。我们并未告诉他们我与扎克的关系，但其他事都没有保留。我们告诉他们水缸计划的存在，每个水缸都是装满恐惧的玻璃容器。我们还告诉他们失踪的儿童，和温德姆水缸密室下方山洞里小小的头骨。还有不断扩张的避难所，以及我们毁掉的机器，神甫也在那次事件中丧了命。

当我们终于讲完了，沉默持续了很长时间。

"这里面也有好消息，"伦纳德平静地说道，"关于神甫的死。上星期我们经过沉没滩附近。他们说她是从那一带出去的，因此那里的人们议论纷纷，传言她已经被杀死了。不过我还不敢相信这是事实。"

"这是千真万确的。"我说着，目光从他身上移开。我不想看到伦纳德回应此消息的笑容。他并不知道，吉普为这条好消息付出了生命的代价，而我仍在为之付出代价。

"其他的部分……关于水缸计划，这是真的吗？"伊娃不敢置信地问。

在我们作出回应之前，伦纳德先回答了：

"这都是真的。真是人间地狱啊，这要是编造的，就太牵强附会了。"他揉了揉封闭的眼眶。"这样一切都有了答案，解释了这些年为什么议会一直在加税，还严格限制我们的土地。他们是想把我们都赶到避难所去。"

"你觉得自己能把它写进一首歌里吗？"我小心翼翼问道。

他伸出一只手去，摸到吉他的琴颈上。"你的故事里存在一首歌，这是肯定的，虽然这首歌肯定不会很迷人。"他说着举起吉他，用拇指抚着上方的弦，像是在温柔地唤醒它。

"就像卡丝说的，散播这个消息会非常危险。"派珀说道。

伦纳德点点头。"确实如此。但是，如果关于水缸计划和避难所的消息没有传播出去，那会危及我们所有人。"

"这个要求对你们来说太过分了。"我说。

"你并没有要求我。"伦纳德淡淡地说道。他说话时，声音中并没有音乐感，语调严肃而平静。"你只是告诉我你知道的事情。现在我既然听到了，也就有了责任。"

*

轮到我放风的数个小时里，我都能听到伦纳德和伊娃在专心创作那首歌。首先他们确定了基调，讨论的声音偶尔传来：不行，试试这个……到了副歌部分再变弦……这个怎么样？不过，大多数时间他们并不说话，交流只通过音符进行。伦纳德弹出一个曲调，伊娃会重复一遍作为回应，然后他们一起演奏，改变旋律，加入和音。他们就那样坐在一起几个钟头，来回交换着音符。

伊娃躺下休息以后，伦纳德仍埋首于创作当中，不断填上新的歌词。他慢慢唱出歌词的不同版本，像往线上穿珠子一样，把它们填进逐渐成型的旋律当中，有时会撤下某一段，或者重新编排。派珀接替我去放哨之后，我听着伦纳德的吟唱进入梦乡，他深沉而沙哑的嗓音似乎一直在耳边回响。

我醒来时，月亮已经升上黑色的夜空，伦纳德仍在自弹自唱。我一路走到泉水边，音乐声一直相伴，或许正因为此，佐伊没有听到我的到来。她站在我前面二十英尺远的地方，泉水正从那里的岩石中喷涌而出。她斜倚在一棵树旁，一只胳膊揽在上面，头靠树干，双眼紧闭，仰脸向着天空，随着穿透树林的音乐声微微摇摆。

在河里洗澡时，我见过佐伊的裸体。我也见过她入睡的模样。甚至我还分享了她的梦境，她熟睡的思想就像一扇通往大海的门。然而，我从未见过她像此刻般毫无防备放松的样子。我转身准备离开，就像看到了什么不该看到的事情。她忽然睁开眼睛。

"你在监视我吗？"

"只是取点水。"我说着举起空水壶，就像举起一面白旗。

她又转身面向着泉水，看也不看我一眼说道："很久以前，曾经有个吟游诗人会经过我父母的村庄，一年来几次。她拉小提琴的样子，跟任何人都不相同。派珀和我那时还很小，我们常常在睡觉时间偷偷溜出去听她演奏。"

然后她没再继续说下去。我想说些什么但又很犹豫，因为我想起她在知道我窥到她的梦境之后，曾经把一把刀抵到我肚子上。

"如果你想找人倾诉……"我终于还是说了出来。

"你应该是预言未来的专家，"她打断了我，大踏步走到我面前，一把抢过水壶，"全神贯注聚焦未来吧，这才是我们需要你的地方。别再想打探我的过去。"她跪在泉水旁，拧开盖子，然后把水壶灌满。

我们面对面站着，我看着水滴从她淋湿的手上淌下，想说几句她没办法反驳的话。

在我开口之前，音乐声突然停止。派珀正在山头招呼我们过去。佐伊大步迈过我身旁，根本没有回头看我一眼。

"这首歌还没完成。"我们聚过来围着伦纳德和伊娃时，他警告我们。一场大雾随着黑暗降临，派珀再次把火点着。"在我们旅行途中，它还会不断改变，"他补充道，"其他吟游诗人也会加以改编。如果一首歌要想流传于世，就必须不断改编。"我想起曾经听过的歌都有不同版本，比如关于大爆炸的歌，就随着吟游诗人的不同，或者季节的更替而不断变化。

伦纳德平静地开始演奏，手指在吉他上弹出一串几乎是欢乐的和弦，完全没有使用之前为我们表演时，让我印象深刻的复杂指法。"我要让它尽可能简单，"他像看到我正盯着他的手指般，耐心解释道，"如果想让它流行起来，就得简单到任何一个吟游诗人，没有十五根手指也能弹奏。"

随着曲调的进展，悲伤的音符像走私货般不断跳跃而出，当进入副歌部分的时候，调子已转悲凉。伊娃的旋律与伦纳德不同，她悲怆的嗓音不断攀至新的高点，但他的则一直平稳而低沉。他们的歌声产生一种奇异的平衡和共鸣，令四周空间里到处弥漫着渴望的音符。

避难所里无法避难

铁门之后难有平静

一旦投奔其中，就会身陷囹圄

你将被关进水缸，如同活死人墓

他们把你扔进玻璃牢笼

不生，也不灭

陷身在漂浮的地狱中

无人会听到你哭

噢，你将永不再挨饿，你也永不会口渴

议会的水缸将你无情关起

噢，你将永不再劳累，你也永不会受冻

你将永远永远不会变老

而你要付出的唯一代价

只是放弃你今后的生活

他们把我们赶到不毛之地

他们用税收榨干我们的血汗

如果你被迫去了避难所

他们还会剥夺你的生活

在避难所的高墙之内

禁忌已经被遗弃

机器已经被唤醒

议会要把我们都扔进水缸里

噢，你将永不再挨饿，你也永不会口渴

议会的水缸将你无情关起

噢，你将永不再劳累，你也永不会受冻

你将永远永远不会变老

而你要付出的唯一代价

只是放弃你今后的生活

　　早上伦纳德和伊娃为我们表演时，我们为轻快的舞曲而欢呼，当伦纳德的手指在琴弦上展现出惊人的技巧时，也曾鼓掌致意。然而此刻，我们没有一个人鼓掌。最后几个音符倾泻而出，在树林中余音袅袅环绕着我们。此时，沉默是对这首歌最好的肯定。

　　我想送给这个世界一些东西，不是烈火，不是鲜血，也不是刀锋。近几个月以来，我参与的大多数行动都以血迹斑斑收场。然而这首歌不同，这是我们的创造，而非给世界带来毁灭。不过我非常清楚，这中间仍有很大风险。如果伦纳德被抓，那这首歌无疑会将他送上绞刑架，传唱此歌和暴力反抗的下场绝无不同。如果议会士兵听到他吟唱，或者顺藤摸瓜追溯到他身上，这首歌会变成一条绳索缠在他脖子上，因此而变成他和伊娃的挽歌。他们的孪生兄弟姐妹也将因此赔上性命。

　　"你们两个做的是非常勇敢的事情。"在黑暗中收拾行囊时，我对伦纳德说道。

　　他以自嘲的口吻说道："人们在自由岛上浴血战斗，而我只是个弹吉他的瞎老头子。"

"勇气也分很多种。"派珀说着将壶中的水倒在火堆上，确保没有余烬残留下来。

我们在路口和伦纳德与伊娃道别，在黑暗中互相快速握了下手，然后他们就转身向东而去，我们则继续往西。伦纳德又开始吹口琴，但琴声很快就随着距离拉远而渐不可闻。

接下来的几天里，我发现自己在磨刀时，都会哼唱那段副歌，刀锋摩擦的声音与歌的节拍合而为一。在捡木柴时我也会哼着那首歌的曲调。这只是一首歌，但它迅速占据了我的脑海，就像小时候母亲花园里疯狂生长的豚草一样。

8 沉没滩

我从未见过像沉没滩这样的地方。经过五个夜晚的跋涉，我们终于抵达时，正是破晓时分。向下望去，大海就像逐渐往内陆入侵，而陆地则乱了阵脚不断溃败。与吉普和我在西南海岸见过的陡峭悬崖，或者东海岸米勒河附近的海湾不同，在这里大海与陆地之间没有清晰的分界线，只有一堆混杂的半岛和海岬，侵入内陆的水湾好似被像大海的手掌所分割。在一些地方，大地逐渐消失变成潮湿的浅滩，然后才与大海彻底相接。在别处，低洼的小岛上蔓延着灰绿色的植物，可能是野草或海藻。

"现在是退潮期，"派珀对我说，"到了中午，这些小岛超过半数都会没于水下。那些浅滩和半岛也一样。如果涨潮时你正好在错误的海岬上，那可就麻烦了。"

"莎莉怎么能住在这里？多年前他们就不让欧米茄人住在海边了。"

"看到那里了吗？"派珀指着海岸线最远的地方。在那里海岬已逐渐消失在海水中，一连串岛屿松散地连在一起，刚刚能露出不断被侵蚀的平面。"那边有几个荒凉的海岬，土地盐分太大无法耕种，也太湿滑不能捕鱼，前一分钟还有路过去，下次涨潮马上又不见了。你就算给钱让阿尔法人去住在那里，他们也不肯。没有人到那里去。莎莉已经在那躲了几十年了。"

"并不只是因为地形人们才远离那里，"佐伊说道，"你看。"

她伸手指着更远的地方。越过杂乱的海岬，有什么东西在水里闪闪发光，反射着黎明的晨光。我眯起眼睛仔细观看，一开始我以为那是什么舰队，船桅聚集在海面上。但海面起伏不定，它们却纹丝不动。另一束反光射来，原来是玻璃。

那是一座沉没的城市。建筑的尖顶从海面穿刺而出，最高的要高出水面三十码以上。其他建筑仅仅能瞥见，在海面上的形状棱角太分明了，不可能是岩石。城市绵延不绝，有些尖顶遗世独立，有的则聚在一起。一些建筑的窗上仍有玻璃，但大部分只剩下金属的框架，将海水和天空包围其中。

"多年以前，我驾着莎莉的小船去过一次那里，"派珀说，"城市绵延数英里，是我见过的大爆炸时代之前城市中最大的一个。很难想象，究竟曾有多少人住在那里。"

我根本不必想象。盯着被玻璃刺穿的海面，我能感觉得到，仿佛听到城市被淹没时大海的怒吼，以及人们的哀嚎。他们是死于烈火，还是海水？究竟是谁先毁灭这里？

在一个能俯瞰下方陆地海水交错的海角，我们睡了一整天。我又梦到大爆炸，当我醒来时根本不知身在何处，人间岁月几何。佐伊过来要弄醒我换天黑前最后一班岗时，我已完全清醒，裹着毯子坐起身来，双手握在一起以平息它们的颤抖。我向监视哨走去时，意识到她正在看着我。我走路有些摇晃不定，耳旁仍回响着烈火永不满足的咆哮声。

正值涨潮时分，大海已将最远处的大多数海岬淹没，只剩下一些小丘和岩石露在水面上，海水被零星的陆地凝结其中。沉没的城市已一同消失。随着夜色渐浓，我看到潮水再次退去。我们下方的山坡上，阿尔法村庄已亮起了灯。

看着海潮落下，大海像狐狸跑出鸡窝一样退走，我想到的并非水下的都市，而是伦纳德那句简短的注释，即神甫出生于沉没滩。往下几英里的海岸线上某处，曾是她和吉普成长的地方。他们被分开时，她肯定被送走了，但吉普很可能继续留在这里。这里地势奇特，但却曾是他的家。他还是小孩子时，必然曾在这些山上漫步，可能他也曾爬到这个观景点，看着潮起潮落，就如我现在看到的一样，越来越多的陆地暴露在月光的照耀下。

天黑透时，我叫醒佐伊和派珀。

"快起来。"我说道。

佐伊伸了个懒腰，低声抱怨了一句。派珀则动也不动。我弯下身去，将毯子从他身上一把掀开，扔在他脚边，然后往监视哨走去。

这里仍在下方村庄居民的视线范围内，我们不能冒险生火，只能在黑暗中吃冷食。派珀和佐伊收拾东西时，我抱着双臂站在那儿，踢着脚下的树根。然后我们走下山，向着最深的水湾边缘深绿色的山坡走去。我们沉默地走了几个钟头，当派珀停下来给我水壶时，我一言不发接了过来。

"是什么让你心情那么差？"佐伊斜了我一眼，问道。

"我没有。"我辩解道。

"至少和你比起来，佐伊就像一道阳光，"派珀说道，"这变化不错。"

我没有接话。进入大海的范围以后，我一直都咬紧牙关。

我记起那天，吉普和我第一次看到海洋。我们一起坐在俯瞰悬崖峭壁的高高的草丛中，注视着大海将世界全部包围。就算他以前曾经看过，也不记得了。这对我们来说都新鲜无比。

现在我知道了，曾经他每天都会看到大海。他肯定已经习惯了，在日常生活中可能都不会瞥它一眼。我们曾坐在一起，对着大海赞叹不已。然而对他来说，大海可能就像村里的茅草屋一样熟悉不过。

我失去的不仅仅是吉普，就连我们共同的记忆也被夺走，随着我对他过去的了解，回忆都变成了谬误。

"最好不要记起。"我这样告诉自己，不由得加快了脚步，最好不要惊扰我已沉没的回忆。

*

在这复杂的地势间穿行，我们不得不万分谨慎，不只要避开阿尔法村庄，还要躲避延伸到高坡上的水湾和裂隙。有好几次，前方的路变成黑暗的海水，起伏在深邃的山体裂缝中。我们整晚都在赶路，只在黎明时短暂休息了一会儿。午后时分，我们离开了阿尔法村庄的范围，抵达散布的平地和深陷海中的海岬边缘。我停下脚步转回头来，最后望了一眼身后的阿尔法村庄。

"我也听到了，"佐伊说道，"伦纳德提起过，神甫来自这里。"

派珀走在前面，听不到我们说话。佐伊一只脚踏在岩石上，等着我赶上去。

"我曾认为抵达这里时，你会很好奇。"她继续说道。

"不只如此。"我说。我记起在营地里，她随着音乐摇摆时的面孔。我们一同前行，我低头看着前路，有史以来第一次，我壮着胆子说出神甫曾告诉我关于吉普的往事。我必须向别人说出来。而且，我将自己的秘密告诉她，像是某种形式的道歉，为我之前曾侵入她私密的梦境里。

神甫告诉我的，我都告诉了她：吉普如何残忍无情，在她被烙印并赶走时欢欣雀跃；当他继承家产以后，为了自身安危，又如何雇人追踪到她，想将她关进保管室里。

我告诉佐伊，吉普的过去是如何影响了我对每件事的感受。

当我看着沉没滩，试图想象他的童年时光，我根本认不出他来。相反，我对扎克却越看越清楚。扎克和吉普都有着同样的愤怒和不满，即孪生妹妹是个先知，还不肯被分开。我不断在逃离扎克，然而对吉普的过往想得越多，我越在他身上看到扎克的影子。还有神甫，我曾经最怕她，但当我听说她的童年往事后，我又看到了自己的影子。她被打上烙印，然后被放逐，正和我一般无二。

一切都要追溯到过去，每件事都像在重复发生，一面镜子对着另一面镜子，如此一来，这幅景象便循环往复，永无止境。

我将自己心中所想全部向佐伊倾吐出来。等我说完，她停下脚步，转身面对着我，挡住我的去路。

"你告诉我这些，究竟是希望我对你说些什么？"她问。

我无法回答。

"你觉得我会让你在我肩头痛哭，"她继续问道，"然后告诉你一切都会平安无事？"

她抓住我肩头轻轻摇晃。

"这又有什么不同？"她说道，"他或者神甫以前是怎样的人，又有什么所谓？根本没有时间让你做这些无用的灵魂探索了，我们想让你活下去，同时自己不会被别人杀掉。你这样自怨自艾，我们不可能保护你。你也在幻象里越陷越深了，我们都目睹过，当你看到大爆炸时，是如何尖叫颤抖。"她摇了摇头。"我以前曾看过你这样子。你必须同幻象作斗争，而当你对吉普的往事仍纠缠不休时，根本不可能办到。你还活着，他已经死了。而且听起来，他的死毕竟也不是什么巨大的损失。"

我一拳重重打在她脸上。几个月前我曾打过她一次，当时她对吉普作了类似的毁谤评语，但那只是在半明半暗中忙乱的一击。这次更加精准，一拳击在她的脸上。我不清楚我们两个谁更吃惊些。尽管如此，她的本能仍发挥出作用，她闪往左边，挡开了大部分力道，我的拳头擦过她的脸颊和耳朵。不过，我的指关节仍重重撞在什么东西上，像是她的颧骨或是下颌骨，同时我听到自己痛苦的尖叫声。

她没有还击，只是站在那儿，一只手举起来捧着半边脸。

"你还需要多加练习。"她说。她擦了擦脸颊，把嘴张大试探伤痛有多严重。她的下巴上出现一道红印。"而且，你的动作仍然不得要领。"

"闭嘴。"我说道。

"张开手掌，然后再合上。"她指导着，看着我将拳头开了又合。

她拉住我的手，把手掌翻转向下，然后有条不紊地将每根手指弯曲起来。"不过是点儿擦伤而已。"她说着一把扔开我的手。

"别跟我说话。"我说。我晃了晃手掌，有点期望听到骨头松动的嘎吱声。

"看到你生气，我很开心，"她说着微笑起来，"无论怎样都比你像个鬼魂游荡一样要好得多。"

我想起伦纳德对我说过的话："姑娘，你似乎不在这里。"

"不管怎样，你生气的对象甚至都不是我。"她说。

"你根本不知道自己在说些什么。"我从她肩旁越过，想要追上派珀，他都快走到视线范围之外了。

她从背后叫住我："你在生吉普的气。而这跟他的过去也没什么关系。你对他生气是因为他跳了下去，把你独自留在这世上。"

*

我们又在沉默中前进了几个钟头。派珀要带我们去的半岛实际上是一串小岛，由一道窄窄的陆地连在一起。潮水已经开始吞没地峡的两侧，岛与岛之间只留下一条很窄的通道。午后过半时分，我们穿过最后一道石峡，最末端的小岛出现在前方。虽然此刻海水已将它最低洼的边缘淹没，它看起来仍然地势很高。潮水已几乎涨至最高点，唯一能到达小岛的路径是一条礁石小道，已经被浪花冲刷得湿滑无比。

派珀仍在我们前面，已经走在去小岛的半路上。我转身面对佐伊，她紧跟在我身后。

"你什么时候才会告诉他吉普的事？"

"继续走，"她说，"几分钟之内这条路就会被海水淹没了。"

我一动不动。

"你打算什么时候告诉他？"我又问了一遍。浪花溅起在我腿

104

上，一阵寒意袭来。

"我认为你很快会自己告诉他。"她说着从我身边挤过去，在湿滑的岩石上艰难前行。

我本应感到解脱，然而此刻，这个秘密又回到我身上，告诉他的责任也落到我头上。要再一次把它大声说出来就像一道魔咒，似乎每次我说出这些话语，都会让吉普的过去变得更加真实。

9 莎莉与赞德

在最后一个小岛的边上，派珀和佐伊停步不前。派珀拦住去路，在长满林木的斜坡与地峡的交汇点蹲了下来。

我试图从他身边穿过去，他站起身抓住我的套头衫，把我往回拉。"等一下。"他说道。

"你干什么？"我扭身把他甩脱。

"看着。"他说着又蹲下身去，盯着前面的路。我不禁弯下腰，想看看究竟是什么让他如此专注。

他指了指离地面六英寸高的地方，悬着一条细线，有整条路那么宽。"都蹲下。"他说。身旁的佐伊蹲下，坐在脚后跟上。派珀往前靠了靠，用力拉了下那条线。

一支长箭忽然从我们头顶一尺高处飞过，消失在海水中。派珀站起身来，脸上露出笑容。在我们前方的岛上某个地方传来一阵钟声。我回头望了望海面，长箭连个涟漪都没留下。如果我们刚才还站着，那它肯定会直接从我们身上穿过。

"至少她会知道是我们来了，"佐伊说道，"不过你浪费了一支箭，她不会开心的。"

派珀弯身又拉住那条线，慢拉两次，快拉两次，然后又慢拉两次。在山顶上，钟声发出同样的节奏。

在岛上穿行时，又有三次，派珀或者佐伊突然把我们喊停，然后才迈过暗藏的引线。还有一次，在佐伊警告我离开路面之前，我已感觉到那个陷阱。我弯腰检查地面时，在空气与泥土之间，一种空洞感油然而生。我蹲下身子仔细观察，发现地上覆盖着一层长柳条编织而成的表面，上面还有树叶作为遮掩。

"这里是个六尺深的陷阱，"派珀说，"还有削尖的木桩插在坑底。我们还是小孩时，莎莉让佐伊和我挖的这个坑。这活儿可真不好干。"他大步走到我前面去，边走边说："快跟上来。"

我们沿着遍生林木的山坡往上攀行，还要避开陷阱，花了将近一个钟头才穿过这座岛。最终我们前方已无路径，来到小岛最南边的山峰上，一道悬崖临海而立，外围除了海浪，就是沉没都市令人难以置信的棱角。

"那里，"派珀指着最后那片树林说道，"就是莎莉居住的地方。"

放眼望去前面都是树，苍白的树干上嵌有棕色斑点，像是老人的手背。然后我看到一扇门，又低又矮，半掩在悬崖边缘堆积的圆石中。它离悬崖尽头如此之近，就像是通往虚空的门道，经过多年海风侵蚀，门上的木头已严重褪色，变得像周围在盐渍中生长的野草一般。房子利用周围圆石的遮蔽而建成，因此至少有一半是悬空在悬崖边缘之外。

佐伊开始吹口哨，节奏与派珀拉响的警示钟相同，两慢两快，然后又是两慢。

开门的老妇人是我见过最老的人。她的头发稀稀拉拉，我都能看到下面头皮的曲线。脖子上的皮肤像帽子一般下垂，就连她的鼻子看起来也非常疲倦，鼻尖垂下来像融化的蜡烛一样。我相当肯定她前额上没有烙印，但很难说清楚，岁月已经为她留下无法磨灭的烙印，额头密密麻麻都是皱纹。她的眼睑低低垂下，我猜想当她微笑时，眼睛肯定会消失其中。

然而此刻她并没有微笑，只是看着我们。

"我希望你们不要再回来。"她说。

"见到你我们也很高兴。"佐伊说。

"我知道你们不会来，除非走投无路了。"老妇人说着走上前来，脚步蹒跚不定。她的双腿都已变形，关节扭曲。她先拥抱了佐伊，然后是派珀。莎莉抱着她时，佐伊闭上了眼睛。我不禁想象佐伊和派珀在十来岁时，到处逃亡，第一次来见莎莉的样子。在这个老妇人眼里，他们变了多少？世界就像一块燧石，他们在其中摸爬滚打，变得犀利异常。

"这就是那个先知？"莎莉问。

"这是卡丝。"派珀回答。

"这些年我一直平安无事，可不是因为有陌生人被带到家里来。"她说道。

她在说话时不得不平衡呼吸的节奏，因此说得很慢。有时她在每个音节之间停顿，然后喘上一口粗气，每次呼吸都像一声叹息。

"你可以信任我。"我说。

她又盯着我看了一眼："再说吧。"

我们跟着她走进屋子里。她回手关上我们身后的门时，整座房子都颤动起来。我又想起身下的悬崖，还有拍打着礁石的海浪。

"放松点。"派珀说道。我还没意识到，原来我已紧紧抓住了门框。"这所房子已经在这几十年了，今天晚上它是不会掉到悬崖下面的。"

"就算多了一个不速之客的重压也一样。"莎莉补充道。她转身拖着脚步走进厨房里，踩在地板上的声音空荡荡的，在她和悬崖绝壁之间，只隔着一层木头。"既然你们都来了，我猜我最好准备点吃的。"

她在桌子旁忙活起来。我看到火炉旁有一扇紧闭的门，里面没有声音传出来，但我能感觉到里面有人，就像脖子背后的冷风般实在。

"谁在里面？"我问。

"赞德在休息，"莎莉说，"昨晚他一直没睡。"

"赞德？"我仍大惑不解。

莎莉看着派珀，扬起一道眉毛。

"你没告诉她赞德的事？"

"还没有。"说着他转向我。

"你是否记得，在自由岛上我告诉过你，我们还有两个先知？年轻的那个在被烙印之前，就被带到岛上了。"

我点点头。

"赞德从事卧底工作很在行，"派珀继续说道，"但我们不想让他参与到非常重要的事情中。"

"是因为他太年轻了吗？"

"你觉得我们能有这样的余地，可以让年轻人免于担负如此重担吗？"他说着笑出声来，"我们在大陆的一些侦察兵还只是毛头小伙子。不是这样的，事实上，甚至不是因为我们不信任赞德，我们从未想过他会故意背叛我们。原因在于他的情绪一直很不稳定。"

"过去几年情况越来越严重，"佐伊说，"不过就算在那之前，他一直都紧张不安，疑神疑鬼，就像一匹马踩到毒蛇那样。"

"这是个耻辱。"派珀说。

"这是他的耻辱，因为他带来了这么多麻烦？"我问道，"还是你的耻辱，因为你不能随心所欲利用他了？"

"两者都有行不行？"派珀说道，"无论如何，他对我们已经尽力了。我们把他安排在大陆上，抛开他的幻象不谈，能有未被烙印的同类冒充阿尔法人也是很有用的。而且有时候，他的幻象也非常有价值。不过到了最后，我们不得不把他带到这儿来。他无法再继续从事卧底工作了，而莎莉表示愿意接收他。"

"你们谈到他的时候，怎么一直用过去式？他现在不是在这里吗？"

"很快你就会见到他。"莎莉说罢，蹒跚着穿过厨房，打开那扇紧闭的门。

*

一个男孩背对着我们坐在床上。他和派珀一样长着一头浓密卷曲的黑发，只是要略长一些，一缕缕竖立着，就像用蛋清打出来的硬尖。床上方的窗户可以俯瞰大海。当我们走进房间时，男孩并未回头。

我们凑近了些。派珀挨着他坐到床边，然后招呼我坐在他身旁。

赞德大概有十六岁，脸上稚气未消。和莎莉一样，他没有烙印。派珀向他打了个招呼，他看都不看我们一眼，也根本没有回应。他的目光忽上忽下，就像在盯着我们头顶某种看不见的飞虫似的。

我感到他的内心支离破碎。我不清楚这种感觉是人人都能发现，还是只有先知之间能够彼此感受到。莎莉说他正在休息，但他内心里并未安息，只有无尽的恐惧。赞德的思想像发疯一般纷乱嘈杂，如同困在玻璃罐中的黄蜂。

佐伊在门口止住脚步。她看着赞德细长的手指在空气中无休止地乱抓乱舞，不由得咬紧了嘴唇。我记起她谈到幻象对我的影响时，曾经说的话："我以前也曾见到过。"

派珀抓住赞德的一只手，让它平静下来。

"很高兴再见到你，赞德。"

男孩张了张嘴，但什么都没说出来。我似乎在沉默中听到他脑海里纷繁的噪音。

"你有什么消息要告诉我们吗？"派珀问。

赞德往前靠了靠，脸快要贴到派珀脸上，然后低声一个字一个字说道："永恒烈火。炽热噪音。燃烧之光。"

"现在他白天和晚上都会看到大爆炸的景象，"莎莉说，"比以前频繁多了。"

"他以前从没有这么糟糕过，"派珀问道，"到底发生了什么变化？"

"请你让一让。"我对派珀说。

"骸骨迷宫。"赞德继续自言自语。

我抬头看着莎莉。"那是什么意思？"

"我怎么知道！"她说道，"平时他说话基本正常，有时却会蹦出这样的话来，大多数时间都提到烈火，有时候会说到骸骨。"

"骸骨迷宫的噪音。"赞德接着说道。

他的目光不再四处游离，心不在焉盯着屋顶的角落。我把双手按在他头部两侧，看进他的眼睛里。

我并不想让自己去刺探他的思想。我仍记得，神甫在保管室里意图探查我的想法时，我是一种什么样的感受。每轮审讯过后，我都感觉自己的脑袋变成了玩具屋，被人拿起来使劲摇晃半天，里面所有东西都变得散乱不堪。佐伊知道我曾无意中撞进她的梦境时，我也能够理解她的愤怒。然而我必须承认，对于能从赞德脑海中发现些什么，我依然非常好奇，热切地想看一看，他见到的情景是否与我相同。我希望可以确认一下，自己并不是独自一人忍受着大脑留给我的烈火幻象。如果说我想在他杂乱的脑海里寻找些什么的话，我猜其实我是想看到自己的影子。

当我试着探索他的思想时，他的眼神仍一片空白。偶尔他的嘴唇动两下，看上去像要说些什么，但最终还是什么都没说出来。言语在他的嘴唇上流产，空有动作，却没能发出声音。

他的思想已经被焚毁。一切都被烧成焦炭，消失无踪，变成灰烬与尘烟。这是唯一留下来的，烈焰在他脑海里多次爆发之后，只剩下灰烬和浓烟，还有失去了意义的词语，在他空空如也的脑海里回荡。

"是大爆炸的幻象把他折磨成这样的。"我说道。

让我感到不安的，并非是他这种状态古怪陌生，而是在我心中泛起熟悉的感觉。我感到自己脑海边缘也有这种疯狂的念头，像房梁里的老鼠般蠢蠢欲动。这种感觉一直都存在，时不时地，尤其是在保管室期间，或者大爆炸的幻象越来越频繁时，就会受到鼓舞，几乎要钻到眼前来。

"闪光。烈火。永恒烈火。"赞德再次脱口而出，感觉并不像是他主动说出来的，而是这些词自己要喷涌而出。每个词说出口时，他都抽搐不已，好像被自己嘴里发出的声音吓坏了。

"你们也知道，先知最终都会变成这样。"我尽量想让自己的语气平静下来。从知道自己是个先知那天起，我对此就有了清醒的认识。不过，见识到赞德的思想残渣后，我仍感到心中一凉，双拳紧紧握住，指甲深深插进掌心里。

赞德双臂抱着膝盖，身体开始前后摇晃。我意识到，他蜷缩成一团是为了躲避幻象，好像让身体变小就能幸免似的，结果当然是徒劳无功。我记起自己在小时候，也曾这样蜷曲着身体，把头深深埋进胸膛，双眼紧闭。然而并没有什么用。赞德说得没错，"永恒烈火"永远也不会离去。大爆炸的幻象会一直困扰着所有先知，但为什么如今出现得越来越频繁，会把赞德折磨成这样？

"让他休息吧。"莎莉说着走上前来，用一只手托起赞德的下巴。她把从赞德身上掉落的毯子举起来，再次盖上他的肩头。

我们刚要离开，他忽然睁开双眼，直直盯着我。

"露西娅？"

我看着派珀，等他解释。他扫了佐伊一眼，但她避开了他的目光，双臂交叉胸前，脸上露出冷冷的神色。

"露西娅？"赞德又问了一遍。

派珀抬起头看着我，说道："他肯定认出了你是个先知。露西娅也是个先知。"

自由岛上年纪大一点的那个先知，有烙印，派珀曾经对我说过。在去往自由岛的航行中，她乘坐的船只在风暴中失事，最后淹死了。

"露西娅去世了，"派珀对赞德说，"她搭的船沉没了，这是一年多以前的事，你早就知道了。"他的语气很快，声音很大，想做出不在意的样子，却极不自然。

我们转身离开，剩下赞德一人盯着窗外，试图分出碧海与蓝天的界线。他的双手不停抽搐扭动，我不由得想起伦纳德的手拨动吉他琴弦的情形。赞德的手也正在看不见的乐器上忙碌着，而这乐器存在于他疯癫的思想里。

"你会拿他怎么办？"莎莉关上卧室的门时，我问道。

"怎么办？"她笑了，"照你这么一说，好像我有得选似的。除了让他活着，保证他的安全，我还能做什么吗？"

即便到了另一个房间，我仍感到赞德让我心烦意乱。在紧闭的房门背后，他混乱的思想状态让我感到眩晕。因此，当莎莉让我们出门去收集柴火和蘑菇时，我不由得松了一口气，同时略感内疚。

派珀和我一起跪在树下，那里蘑菇丛生，又多又密。佐伊在附近捡柴。派珀以低低的声音跟我说话，以防被她听到。

"你看到赞德的遭遇了，作为一个先知他被折磨成现在这样子。"他抬头看了看二十码开外的佐伊，又放低了声音说道："同样的情景在露西娅身上也发生过。"他的语气低沉，眼睛紧闭。有那么一刻，我觉得仿佛置身于另一座岛上，潮水已经淹没了两座岛之间的地峡。"一直到她生命最后一刻。"他补充道。随后他迅速看了我一眼，然后继续说道："现在，大爆炸的幻象在你眼前出现得也越来越多了。那么，为什么你还没有发疯？"

我自己也常常想到这个问题。很多时候我感觉到，理智如同松动的蛀牙般就要离我而去。熊熊烈焰在我脑海内一次又一次爆发，周而复始，我也怀疑自己为何仍能保持清醒。如今我见到赞德说话像冒泡一样，如同热锅上的水滴，不禁又想到，离幻象把我逼到热锅上那一天还有多久？我还剩下几年时间，或是仅仅几个月？当那一天到来时，我自己会知道吗？

为什么我还没发疯？当我在内心深处苦苦探寻时，总是想到同一个答案，但这想法却不能说给派珀知道——都是因为扎克。如果说我身上还有什么确切的东西，当幻象竭尽全力要将我撕碎时，还能让我坚持下去，那它一定源自扎克。如果说我还有决心和毅力，那一定是由我对扎克顽固的信念来支撑的。扎克正是我人生的稳定元素，那并非是什么善良的力量，我已经见过太多他干的坏事，根本无法自欺欺人了。但那总是一种力量。我非常清楚，自己今天的一切都是由他塑造的，或者是在对抗他时造成的。如果我任由自己陷入疯狂的深渊，那我就再也不能阻止他，也无法再挽救他。届时，一切全都完了。

*

回到屋里，我们开始帮着莎莉准备晚饭。偶尔从卧室里传来赞德的声音，简短的词汇在夜晚的空气中回荡，"尸骨"和"烈火"不断从门下冒出来。他或许是疯了，但却清楚看到大爆炸如何塑造了这个世界：留下遍地骸骨和烈火。

"你在这里住了多久了？"我问莎莉。她将两只鸽子扔在桌上，我在一旁帮忙拔毛。每扯掉一簇羽毛，灰白的鸽肉都舒展开来，在我手指上留下一层湿乎乎的薄膜。

"好多年。好几十年。等你像我这么老了，就会发现时间变得很模糊。"

其实我想说，对先知来讲也是如此。我在不同的时间内穿梭往来，自己却没有决定权。每次幻象过后我醒来时，都会喘息不止，就像未来是一面湖，我被拖进湖水当中，而到了"当下"，我才能浮出水面。

"有时我也想过离开这里。对一个老太婆来说，这可不是什么好地方。过去我还能下到海边，捕几条鱼。这些日子我只能设几个陷阱抓鸟，再种点我能种的东西。我再也不想吃土豆了，这确定无疑。不过，这里非常安全。议会正在找一个跛脚的老太婆，我猜这个地方他们大概不会来。"

"那你的孪生兄弟呢？"

"仔细看着我，"她说，"你要相信，我比看上去还要老。如果阿尔菲和我在分开时就有了登记制度，那毫无疑问，议会早已通过他找到了我。但是那时候一切都不同，他们并未把我们的信息记录在案，现在他们正在这么做。无论我的兄弟现在在哪儿，他都有意识保持低调，照顾好自己。"

她站起身来，朝着火炉走去。经过派珀身旁时，她将手放在他宽阔的肩膀上，停留了片刻。当他第一次来这里时，还是个小孩子，他的手应该和她的一般大，或者很可能要更小一些。如今她必须站直身子才能够到他的肩头，她的手放在那里，就像一只飞蛾停在大树枝上。

我们吃饭时，赞德坐在桌子另一头，双腿不停摇晃，眼睛盯着房顶。派珀负责切开鸽子，用一把长长的弯刀将翅膀切了下来。看着他很难不去想他使用的其他匕首，他曾看到的，以及做过的事情。

不过，这顿饭把我拉回到现实的房间里。莎莉在鸽子里面塞了鼠尾草和柠檬，肉质又松又软。它和我们在路上吃的肉完全不同，那些都是在偷摸生着的野火上匆匆煮就，外面的肉烤焦了，里面却仍是冷的，还不时渗出血来。吃饭过程中我们没说几句话，直到没什么留在桌面上，只剩下一堆啃光的骨头。月亮已经升起，越过窗户高挂在天空上。

"派珀告诉了我你如何打进议会内部的事，"我对莎莉说道，"但他没告诉我，你后来为什么退出了。"

她沉默以对。

"他们暴露了，"佐伊说，"不是莎莉，是跟她共事的另外两个渗透者。"

"他们后来怎样了？"我问。

"他们被杀了。"派珀突然插进来说道。他站起身来，开始收盘子。

"议会杀了他们？"我问。

佐伊的嘴唇紧了紧。"他可没那么说。"

"佐伊！"派珀警告道。

"议会最终会杀掉他们，"莎莉说道，"他们是如此憎恨渗透者，就算严刑拷打套出了情报，也绝不会让他们活下去的。然而，他们并没有机会对拉克兰这么做，他先服毒自尽了。我们身上都备有毒囊，以防被抓住。不过，在爱萝丝有机会服毒之前，他们搜了身，把她的毒药收走了。"

"那之后在她身上发生了什么？"

派珀停止收拾餐桌，他和佐伊都盯着莎莉。莎莉直视着我的目光。

"我杀了她。"她说道。

10 新联合

"莎莉，"派珀轻声说道，"你没必要谈论这些。"

"我并不感到惭愧，"她说，"我很清楚他们会如何对待她，那比死还要可怕得多，而且最终他们仍会杀死她。道理我们都很明白，我们是整个情报网的中心，如果我们被攻破了，半个抵抗组织都会完蛋，我们所有的联系人，所有的安全屋，这么多年收集并传递的所有情报都会毁于一旦，那将是一场灾难。正因为此，我们才会随身带着毒囊。"

她仍然盯着我，我想告诉她我对此表示理解，但很显然，她不需要我的任何谅解。她并非在寻求宽恕，不管是我的还是其他人的都一样。

莎莉做的选择很可能比吉普的还要艰难，因为她必须献出的并非自己的生命。我再一次想起派珀对伦纳德说的话："勇气有很多种。"

"他们在议会大厅里遭到告发，"她继续讲述下去，"当时我正在楼上旁听席跟几名议员闲谈。拉克兰和爱萝丝根本没机会逃走，士兵已经等在那里准备行动了，每个人都至少有四名士兵去抓。拉克兰在被围起来时已经将毒囊拿在手里。我们的毒囊都放在带子里，再挂到脖子上。不过，看到拉克兰开始口吐白沫，身体痉挛，他们立刻明白了是怎么一回事，很快将爱萝丝按在地上动弹不得。"

她说话时语气平稳，然而当她把盘子推到一旁时，刀叉发出轻微的撞击声，显示她的手正在颤抖。

"我等着他们来抓我，"她说，"当时我已经把毒囊塞进嘴里，含在牙齿之间，随时准备咬破。"我看到她的舌头在嘴里移动，像在品尝往事一般。"然而却没人来抓我。我已经准备好了，如果当时有人在看着我，一定会发现我哪里不对劲。但是根本没人注意我，每个人都紧盯着楼下的混乱场面。我在原地站了片刻，观察局势的发展。拉克兰已经倒在地上不停翻滚，鲜血从嘴里流出来。服毒而死并不好受。有四个士兵已控制了爱萝丝，她的双手被按到背后。我像其他人一样盯着下面，然后意识到士兵不是冲我来的。不管是谁发现了拉克兰和爱萝丝的秘密，他肯定没有意识到我们有三个人。"

派珀把一只手搭在她胳膊上。"你没必要重新讲一遍整件事的经过。"

她指了指我。"如果她想跟抵抗组织共同进退，就需要知道会发生什么，现实究竟是怎样的。"她转过头直视着我。"是我杀了她，"她又重复了一遍，"我扔出一把飞刀，正中她的胸膛。这种死法比拉克兰要利索得多。但我无法停下来继续观望，因为场面混乱至极，我又在上面的旁听席，才能勉强逃出生天，即使这样，也意味着我得穿过一扇布满灰尘的玻璃窗，从三十英尺高的地方跳下去。"

"就是那次她摔坏了一只脚，"佐伊说道，"那只原本没有残疾的脚，而且再也无法复原了。不过她成功跳上一匹马，逃出了温德姆，躲到最近的安全屋里去了。"她将手放在莎莉另一条手臂上，和派珀一人一边，陪衬着这位老妇人。"他们说，当她跌跌撞撞血淋淋地进到安全屋时，第一件事是把毒囊吐了出来。之前她一直把毒药含在嘴里，如果议会追上了，她随时准备咬下去。"

派珀接上佐伊的讲述，一刻未停继续讲下去："他们找了她很多很多年，到处都贴满了悬赏告示。他们曾经称呼她'女巫'。"他阴沉地笑了。"好像某个欧米茄人成功冒充了阿尔法人，就一定是施了法术。当然对他们来说，认为我们有某种法力，要比承认我们跟他们并没有什么区别，威胁要小得多。"

佐伊也跟着笑起来，我看了看莎莉，她并没有笑。那天她唯一的损伤只是摔坏了一只脚吗？一个人是否能够把匕首插进朋友的胸膛里，内心中还若无其事？

"派珀和佐伊飞刀的本领是你教的？"我问。

她点点头。"现在你看着我当然不会这么想，但我曾经能够用飞刀劈中五十码外的一颗樱桃。"

我曾见识过佐伊和派珀的飞刀绝技。原来那些杀人的技巧来自莎莉，我不知道这是一种天赋还是一种负担。

*

饭后，等莎莉把赞德安顿好，我们告诉了她自由岛被攻击之后发生的所有事情，以及我们所能知晓的议会关于消灭欧米茄人的计划。她不时认真地询问我们细节。在我们给出答案时，她偶尔闭上眼睛倾听。每次当我开始怀疑她是否已经睡着时，她都会突然睁开双眼，像猫头鹰一样盯着我们，提出另一个问题。她的问题都很明确，经过深思熟虑，比如我们多久以前见到被烧毁的安全屋，在避难所见到几名守卫，离开死亡之地后遇到多少次巡逻队，关于将军和改造者的同盟关系，主事人都说了些什么。

她去卧室睡觉时已经到了午夜时分。我们在火炉旁铺开毯子躺下。我尽量不去想，我们和大海之间只隔着一道薄薄的木板。莎莉和赞德睡觉的屋里没有声音传出，但透过紧闭的房门，我能感觉到他脑海里乱糟糟的。终于入睡之后，我梦到吉普漂浮在水缸中。接着我突然醒来，心中的悲伤感浓重至极，如同充盈他耳朵和嘴里的浓厚液体。这让我陷入沉默当中，无法说出任何言语，甚至连尖叫也不能够。我努力调整情绪，待呼吸平稳后站起身来，蹑手蹑脚走到门口的小窗户前。从这里望出去，悬崖和树林尽收眼底。

"我们不需要人放哨，"派珀低声说，"潮水要到黎明时才会退去。就算有人乘船来，岸边也有机关埋伏。充分利用这段时间吧。"

"跟这个没有关系，"我说，"我只是睡不着。"

他穿过房间，小心翼翼地从佐伊身旁跨过，站到我身旁看着窗外。我不知道该说什么。佐伊翻了个身，不耐烦地咕哝了一声。

"你需要休息。"他说。

"不用你担心我，我又不是老太太。"

他轻声一笑。"莎莉是老太太，我也不敢担心她。"

"你知道我的意思。你总是犹豫踌躇，忧心忡忡。"

"我在为你着想。吉普以前不是这样做的吗？"

我没有回应。

"有人在关注你，这并不是什么坏事。"他说。

当我想到有人关注我时，能想起来的只有神甫，还有她无情的审视。

"我不想有人关注我，"我说，"我只想一个人呆着。"

"我看到你在惩罚自己，"他安静地说，"你不用为已经发生的事弥补些什么。那不是你的责任。"

我往他身旁凑了凑。我不想让佐伊听到我们的谈话，但我的低语声就像肥肉在锅里一样哧啦作响。

"我不必弥补哪件事？死在自由岛的人们？困在新霍巴特的人们？用生命来挽救我的吉普？还是因为扎克而受难的每个人？或者你有本事，给我一张有魔法的免死金牌，让他们都不必受难？"

这次轮到他发怒了。"你把自己看得太重要了，"他说，"这一切并非都跟你有关，甚至也无关扎克，他连议会大权都没掌握，现在将军才是真正管事的。而且，这是一场战争。死在自由岛上的人，很清楚身在抵抗组织会有什么风险。而且到了最后，就算是吉普也做出自己的选择。你觉得自己大公无私，把一切责任都揽到自己身上，这只说明你太傲慢自大了。你这样虐待自己，不断自怨自艾，对他们或者任何人又有什么帮助？"他的身体倾向我，但我不敢面对他注视的目光。"这是你的生活，"他总结道，"而不是你的生活造成的余波。"

我希望他是错的。如果我还能恶狠狠地回复他，那将会容易许多。然而他的话在我脑海回荡，像牙痛一样无可否认。余波，这个词说得太对了，不是在生活，而是在旋转。我从导弹发射井里摇摇晃晃地爬出来，如今我仍然在摇摇晃晃，不知所终。

我盯着窗户外面，看到流星拖着尾巴划过天空。

"要走出过去的阴影，需要时间。"最终我低声说道。

我听到他呼出一口气。"你觉得我们还有多少时间？"

*

次日一早吃过饭，派珀催着莎莉告诉他关于抵抗组织的最新消息。

"情况很糟糕，不过你早就知道了，"她说，"那些乘船平安抵达大陆的人，船一靠岸就四散而逃。接下来的几周发生了多次突然袭击，你知道那种情形，每次突袭都有更多的人被他们抓去审问。"她的性格与她的身躯毫不匹配。她的言辞非常犀利，说出来时却伴着喘息声，还有点含糊。她靠着桌子站起身来，伸了伸腿，轻声叹一口气。

"我们一直都很谨慎，"派珀摸着半边脸说道，"所有的单位都是分别运作，严格限制接触。它不应该瓦解得如此迅速。"

莎莉点点头。"在你领导下，一切都运作得很不错，甚至比我那个时代还要好。但是，没有什么系统是完美的。现在每个人都被通知远离以前的安全屋网络，摒弃旧的行事方法。"

"谁下的命令？"佐伊问道，"现在谁领导着议院？"

"议院？自从自由岛沦陷后，早就没有那么正式的东西了。那些活下来的人都如鸟兽散，很多人已经潜藏起来，在大屠杀发生后，他们再不敢跟抵抗组织扯上关系。不过，留下来的人都在追随西蒙。"

自由岛遭袭之后，派珀即使微笑也是短暂无声的，但现在他咧开大嘴笑得非常灿烂。

我记得西蒙。在自由岛的议院成员当中，他是看起来与派珀关系最密切的一个。当时派珀派人找我去议院时，我常常看到他和西蒙在一起密谈，对着地图和卷轴挥斥方遒。和派珀相似，西蒙看起来更像是个士兵，根本不像侍从，他的三条手臂孔武有力，上面疤痕遍布。在其他议院成员穿着锦缎华服的场合，西蒙仍只穿一件饱经风霜的短袍，上面打着皮革补丁。在自由岛保卫战中，是他长时间防守着北边的通道，尽管当时我们已根本无望击败议会入侵者。虽然西蒙和其他议会成员反对让我们逃亡，但正因他守着北部通道，才为我和吉普争取了足够的时间，能够逃离自由岛。

"我上次见他时，他一拳打在我脸上，"派珀说道，"那是在自由岛上，我告诉议院准备放你们走之后。"

"即使如此，他管事了你仍然很开心？"我问。

他又粲然一笑。"其他人可能干得更差。有些人建议把我留在岛上，以求得议会士兵的宽恕。至少西蒙公开反对这样做。不说别的，他知道我们需要集齐所有强壮的海员和战士，把我们最后几个人带离岛上。当其他人攻击我时，他为我辩解。不过，随后人们为登船开始最后的争抢，自那之后我再没见过他。驶往大陆时他不在我的船上，我甚至不能肯定他是否顺利逃离了自由岛。"

"他在哪儿？"佐伊问莎莉。

"自从安全屋网络开始沦陷，他可没那么蠢，在一个地方长久待着。"莎莉回复道。

"但是你却知道他还活着？你知道他现在在哪儿吗？"

"艾琳娜上周经过这里，她要往东部去。最近她曾经见过他。"

"在哪儿？"

莎莉无视他的问题。"你就那么肯定西蒙会想让你去找他吗？自从自由岛事件之后，你已经不再受欢迎了。"

"我才不关心人们是否欢迎我。我仍能提供帮助。"

"如果人们用刀剑来欢迎你呢？"莎莉问道。"我听说了事情的经过，你在岛上做出了选择，跟议会决裂，现在你又想回到抵抗组织里，他们可能会反对你。"

"有可能，"派珀沉着地说，"不过我不会一个人回去，你要跟我一起。"

莎莉摇摇头。"我不再卷入这些事了，你知道的。收留赞德并保护他平安无事，我只能做到这么多了。"

"我们都无法置身事外，"派珀说道，"你自己也说了，情报网在崩溃，安全屋一个接一个沦陷。你认为他们不会很快来找你吗？这个地方加上你的机关，并不能永远保证你的安全。跟我们一起走，我能保护你，还有赞德。"

莎莉上下打量了他片刻，然后慢慢笑起来。"我把你教得很好。"她说。

"你指的是什么？"

"你总是有自己的动机。你可以随便说想要帮助我，保护我和赞德平安之类的屁话，但事实上是你需要我，来保证抵抗组织不会把你赶走。"

派珀没有否认。"你知道人们怎么看待你。你是渗透者中的英雄，只有你才能帮助抵抗组织重新联合起来。"

"不管过去我是什么人，现在我只是个老太婆而已，"她说，"你在要求我离开自己的家，而且我们都清楚，你信誓旦旦能保护我平安，只是让你显得像个傻瓜而已。在这乱世里，根本没有任何安全可言。"

她的目光越过派珀，盯到我坐着的地方。

"派珀和佐伊告诉我的东西，"她问我，"那些水缸，还有避难所，是你亲眼看见的？"

我点点头。

"在幻象里？像赞德那样？"

我想要抗议，想声称我的幻象是不同的。但那只是谎言。它们都是一样的，唯一的区别在于，我仍能保持自己的意识独立于幻象的深渊之外，而赞德则已陷了进去。

"是的，"我说，"我亲眼见到了温德姆地下的水缸，不过其他的水缸都是在幻象中出现的，有成百上千个。"

她缓慢地点点头。"露西娅产生幻象时，她经常说它们没那么明确。"

"她来过这里？露西娅？"

"派珀和佐伊几年前带她来过一次，不过那时她的状态已经不太好了。"

"她为抵抗组织忠诚服务许多年，"派珀说着一掌拍在桌子上，"你已经照顾赞德够久了，应该看看造成的损失了。"

"快行动吧，"佐伊迅速说道，"我们没必要讨论这些。"

我转头对莎莉说："露西娅说得没错，幻象没那么明确，我看到一些东西，但不是总能分辨出具体是什么，或者什么时候。"

"但是你对水缸计划很确定？"莎莉问。

"没错，我见过它们。"

莎莉看了看我，又看了看赞德。他坐在桌角，盘子里还有一片面包根本没动过。他的双手扭曲旋转，像在跳着神秘的舞蹈。

"她看起来似乎很清醒。"莎莉对派珀和佐伊说。

"我就在这里，"我说，"别说得我好像个孩子一样。"

"这件事太重要了，你就别计较礼节了，"莎莉气冲冲地说，"你在要求人们放弃一切去冒险，仅仅是因为几个幻象。"

我尽量让语气平静下来："你究竟有没有意识到，如果你不相信我，我们都将面临什么样的危险？"

莎莉紧盯着我，对派珀说道："这场仗我已经打了八十多年了，你真的认为一个姑娘就能带来改变？"

"不能。"派珀坦率地说。

换做是我，我也会如此回答，但听到这答案从他的双唇间，以他那种实事求是的语气说出来，我还是有些气愤。

"靠她自己肯定不行，"他继续说道，"她需要我们的帮助，来自我的，佐伊的，但这还不够，还需要你的帮助，这样我们才能把抵抗组织重新联合起来，找到那些船，可能还会派出新的船只。我不知道卡丝能否找到方外之地，或者击败议会，但我认为她是我们最大的机会。而且我更加肯定的是，没有我们，她独自肯定做不来。"

莎莉仍在盯着我看。我早应该习惯了被人审视。我生长在一个充满怀疑的家庭中，扎克在盯着我，而父母在盯着我们俩。就算是现在，派珀也在监视我的一举一动。然而，莎莉的目光却洞穿了我。她在看着我，我明白她从我身上看到了赞德，他断断续续的言语，还有永不安宁的双手。

"既然如此，我们应该在黎明前启程，"莎莉说道，"半个舰队如今都停泊在霍索恩，从那里往内陆方向走，在离海岸线不远的一个废弃采石场里就能找到西蒙。我们一开始肯定要坐船过去。还有，我想最好给她看一下方舟密卷。"

11 方舟密卷

"你们在说些什么？"我问。

莎莉站起身来。"是我四十多年前找到的一些东西，当时我还在温德姆做地下情报工作。"

她走到壁炉旁，跪了下来。我想过去帮助她，却被派珀拍拍肩头阻止了，他让她自己来。莎莉小心翼翼将角砖挪开，拿出一个大号信封，因为年月久远，已经变成褐色，上面沾着很多污渍。随后她缓慢地站起身，回到桌旁，在一堆文件里翻了好几分钟，才取出一张放在我和佐伊之间的桌子上。

"这是我在指挥官的私人办公室里找到的，当时我有机会独自在里面呆了一个钟头。"她说。

数天之前我们谈起将军时，我刚刚听过派珀提到指挥官，他是将军的导师，传言称他的死与将军有关。

"我设法偷到了他办公室文件柜的钥匙，"她说着用手将那张纸抚平，纸张硬邦邦的，发出轻微的噼啪声，"这是一份手抄本，"她继续道，"原始文件非常古旧，我从没见过那么古老的东西。它写在一种奇怪的纸上，比我见过的任何纸张都要薄，损毁非常严重，上面都是霉菌，正一点点变成粉末。有的地方已经全部不见了，还有的部分根本看不清楚上面的字。字体也很不同，细小而精密，跟我见过的其他印刷字体都不同。我不能冒险把原件偷走，不仅是因为指挥官可能会想起时要翻出来看，而且我还害怕如果我把它放到口袋里偷走，它很可能会变成碎片。所以我在指挥官的女仆回来之前，尽我所能把上面的字抄了下来。"

我俯身看着那张纸，上面的字迹十分凌乱，还有莎莉匆忙之下笔尖漏出来的墨点洒得到处都是。不过，并不是匆忙写就让这份文件难以阅读，更难理解的是其中陌生的用词。

第六年，六月五日。临时方舟政府备忘录（14c）：物种生存策略

如在附表2中指出的一样（来自考察队关于方舟之外地表条件的报告3a），大爆炸对气候造成的影响超出战前最悲观的模型预测，无论是核寒冬的范围和持续时间都是如此。漫射光每天只能穿透烟灰云层二到四个小时，但能见度水平仍然极其低下，农业种植基本上无法维持。地表温度降到……

我抬起头。"这上面说的是大爆炸造成的漫长寒冬，"我无法相信自己的言辞，虽然我听到它们在厨房里回响，"这是那时候的人写的？"

除了吟游诗人代代流传的传说和歌曲，漫长寒冬里没有其他东西留下来。传说的版本也略有不同，但本质都是一样的：天空密布着厚厚的灰尘，世界被黑暗笼罩了好多年。庄稼无法生长，没有婴儿出世，幸存者只能勉强求生。看起来莎莉发现的这份文件不可能来自那个时代。

"这个方舟，指的是什么？"我问道，"他们在哪儿写的？"

"继续读下去。"派珀说道。

我将手指按在纸上，接着往下看。

早期考察队的报告主要聚焦于核辐射的严重影响。考察队报告3定位的数名幸存者中，辐射的次生效应非常明显，最轻微的包括持续溃疡以及蜕皮……更严重的是癌症激增，有些肿瘤已非常明显……

鉴于地表的恶劣环境，以及幸存者持续不断出现的辐射症状，方舟计划对于维持物种生存希望的有效性和重要性，比以前显得更加明显……

……辐射的范围和严重程度支持临时政府做出决定，保持方舟封闭，尽量减少考察队和其他上升到地表的活动，一直到附表F中列出的关键环境指标出现明显改善为止……

"这里面一直在说地表，"我说道，"他们不在地面上，是吗？他们肯定从别的什么地方在观察。"我抬头看了看派珀，他点点头。

"他们预见到了大爆炸。"他说，"他们知道大爆炸要发生了，因此建造了方舟，把自己关在里面，免于受到爆炸的侵害。"

这张纸改变了一切。在我一生中，我一直认为大爆炸之前是个时代。现在我知道了，它还是某个地方。

*

"他们能藏在哪儿呢？"我问道，"整个世界都被焚毁了。"

我比任何人都清楚大爆炸造成的破坏是如何彻底。一次又一次，我亲眼见识到那场景，整个世界变成一片火海。

"地下，"派珀说道，"他们提到'上升到地表'。"他用手指指着那几个字。"想想吧，他们拥有我们无法想象的技术，还有时间来做准备。"

莎莉点点头。"据我们大胆推测，那是某种形式的避难所，保证他们……至少他们中一部分人的安全，很可能是那些掌权的。"

"但这还不是最重要的部分。"派珀说道。他伸出手去把纸翻过来。"你看看这里。"

与同盟各国建立联系的努力仍在继续。无线和卫星接收器都在大爆炸中遭受严重破坏，重建无线收发设备或许可行，但鉴于破坏程度以及地表环境带来的挑战，这在当前不是优先事项。与同盟各国进行通讯也需要他们拥有运转正常的设备。此外，大气中灰尘的浓度非常高，也会在可见的未来扰乱卫星和无线通讯（参见附表F）。

在这种情况下成立的特别工作组，旨在探索通过海面或空中考察的可行性。方舟的飞机库遭到破坏，燃料储备库仍处于着火状态，造成……空中侦察的另一障碍在于厚厚的灰尘限制了能见度。

关于海面侦察，地表考察队报告3确认……的港口已完全损毁……报告称泊在一号机库的某艘船仍有修好的可能。

为了有充分的机会与幸存者取得联系（更不用说有能力给予我们救援的幸存者），我们优先选择接触那些初步认为没有承受直接攻击的国家。联系……的努力被证明徒劳无功……无论如何，我们仍然保持乐观态度，如果同盟各国还有幸存者，我们将能与他们重新取得联络……

这里面的词我有一半都看不明白，但在这些陌生的语言当中，有一个想法像溺水的人抓住绳子般在我脑袋里冒出来。

“方外之地。”我脱口而出。

莎莉点点头。“他们知道它的存在，还知道它在哪儿。按这里面的说法，同盟各国，听起来还不止一个地方。在大爆炸之后，方舟里的人尝试对外接触，与方外之地取得联系。”

而且，他们与外界联系的方式，甚至超乎我们的想象。像是卫星和飞机之类的东西，他们真的有能在天空飞翔的运输工具吗？这听起来似乎是空想，但我记起主事人曾说过："这些机器威力太强大了，我们根本没办法理解。"如果从前的人们能够制造出大爆炸，那我无法想象，他们的能力还会受到什么限制。

"仅仅因为在大爆炸之前曾经有过方外之地，不代表它如今还在，"佐伊分析道，"这里他们是这样说的，"她指了指那张纸，"'如果还有幸存者'，这表明他们不清楚方外之地受到的打击有多严重。"

她说得没错。"直接攻击"这个词意味着数不清的死亡，即使四百年过去了也是如此。而且我们根本没办法知道，方舟里的人是否与方外之地成功取得了联系，或者他们在那里发现了些什么。假如我们的船能够找到另一片大陆，那里会跟我们死亡之地的烧焦景象有什么不同吗？

"这仍是我们仅有的方外之地确实存在的唯一证据，"派珀说道，"可能你现在能够理解了，我为什么一直力排众议，派出船只去搜寻。"

我想起罗萨林德号和伊芙琳号，心中不禁感到充满生机。这些船被派出去，并不是在我们地图之外的无形海域中盲目游荡，它们有着确切的搜寻目标。

*

"只有这一张纸吗？"我转向莎莉问道，"没有别的了？"

"在不得不离开指挥官的办公室之前，我勉强才把它抄完，"她回复道，"不过这已经是全部了，至少能识别的部分都写在这里了。我浏览了锁在柜子里的其他文件，没有跟这个相似的，也没有其他提起方舟这个词的。而且，我从未听过指挥官谈论这件事。不过，我确实没办法参加他最私密的会议。爱萝丝和拉克兰原定在第二天下午回到那儿，去查看他办公桌里的文件，与此同时我在议会会议中为指挥官做记录。但我从未有机会跟他们碰面，了解他们是否找到了什么，因为次日他们就被告发了。"

"你觉得他们在搜索指挥官的房间时被发现了吗？"我问。

她低头片刻，然后又望着我说："即便到了现在，我每个礼拜都会思量这个可能性。不过，我们每天都在危险当中，我将永远无法确切知道，是什么原因让他们身份暴露的。"

"你告诉了抵抗组织关于方舟密卷的事？"我又问道。

"我又不傻，"她说，"发现方舟密卷当天，我就发出了一份紧急报告。当时议院由一个叫瑞贝卡的女人领导。当一切尘埃落定，我从议会逃出来之后，她专程从自由岛赶来跟我会面谈论此事。那时候我们就都知道，这件事有多么重要。"

我无法将目光从密卷上移开。就那么薄薄一张纸，展开在莎莉的桌子上，却包含着不同的世界，不同的时代。方舟是大爆炸之前的避难所，在爆炸后藏在某个地方。还有新大陆，在东方死亡之地，以及西部永不平息的大海之外。然而我们仍然不清楚，方外之地是否在大爆炸中幸存，还是也变成了骸骨与灰尘的集散地。

"瑞贝卡做了什么？"我继续问道。

"她能做些什么？"莎莉耸了耸肩，"就像你说的，这只是一张纸而已。我们根本做不了什么。我逃出了温德姆，拉克兰和爱萝丝却死在那里。听说有这么一个方舟是一回事，找到它则是另一回事了。自那之后的每个议院领袖都知道方舟这件事，其中有些人甚至还派出了搜寻船寻找方外之地，比如派珀。然而根本没有人能找到任何线索。"

"几年前我们有了点线索，来自新霍巴特一个线人的紧急报告称，那里披露的一些文件可能跟方舟有关联。"佐伊说道，"但议会在同一时间风闻了这个传言，抢先出击，将整件事压了下去。自那之后，什么都没有了。"

我想起艾尔莎，我和吉普在新霍巴特期间，是她的收养院收留了我们。她从未谈论过死去的丈夫，除了有一次我问起她有关自由岛的事时，她说："我的丈夫曾经也爱问问题。"我仍记得，当我提起抵抗组织的话题时，收养院厨房里的空气都因恐惧而凝固了，艾尔莎的助手妮娜恐慌得跑出屋子，而艾尔莎拒绝谈论这些事。

我很可能永远都没机会直接问艾尔莎，她的丈夫是否牵涉到抵抗组织了。议会已经占领了新霍巴特。吉普和我逃了出来，但那里如今已经变成了监狱，不再是一座城镇。

"不过别搞错了，"派珀说道，"议会将会一直寻找方舟和方外之地，如果他们还没找到的话。并且，他们的资源比我们多得多，掌握的信息可能也比我们多。"

我又看了一眼方舟密卷。"你们不觉得，在方舟里的人可能还活着吗？"

莎莉使劲摇头。"四百年了，连一个相关的传言都没有，更别说有人亲眼看到了。他们肯定都死在那里了。"

"骸骨迷宫，"赞德在窗旁坐着喃喃自语，"永恒烈火……"

派珀的目光从赞德身上移开，仔细看着我的脸。"你能感觉到些什么吗？"他俯身过来，指尖放在我的膝盖上。"通过这张纸，你能感觉到方外之地，或者方舟在哪儿吗？"

"我们让露西娅和赞德试过，这样并不管用。"佐伊说道。

"她和他们不一样。"派珀说。

佐伊有些气愤地挪动一下。我怀疑她想的事情是否跟我一致，即我只是目前还没变成他们那样。

在自由岛上时，派珀曾让我盯着一张地图，试试看能否帮他找到方外之地。最终我什么也没找到。然而这次，情况有可能不同。当时，方外之地只是一种希望。现在，因为这张皱巴巴的纸，我们有了某种证据，证明方外之地确实存在，或者至少曾经存在过。我拿起这页纸，然后闭上双眼。

我试着想象飞行。我根本无法想象大爆炸之前时代的飞机是什么样的，它们又是如何飞行的，但我尽力想象自己正在大地的边缘之外，在大海上空自由翱翔。依靠回忆，我试着找到自由岛，它只是在茫茫大海中的一个小黑点。然后再往北，我想象着派珀曾跟我说过的冬季冰层。往西和往南，除了大海什么都没有在我脑海出现。我希望自己能瞥见另一个海岸，在下方突然出现。

然而，我并不是在飞行，反而正沉溺水中。水从四面八方涌来，将我的脸淹没。我张开嘴想大声呼喊，本以为会尝到海水的苦涩咸味，结果尝到的却只是甜味，甜得发腻而不真实，最终变成恶臭。无论在哪儿，我都记得那种味道。

我一动也不能动。我用尽力气往右边望去，看到旁边有一张脸。透过这些黏稠液体很难分辨清楚，只看到头发漂浮起来，遮住了半边脸。随后液体流动起来，头发被冲到一边。那个人竟然是艾尔莎。

我大叫起来。派珀用手抓住我的胳膊，将我带回房间里。我低头看时，发现双手正在发抖，手中攥着的纸像飞蛾翅膀一样不停颤动。

"你看到了什么？"佐伊问道。

这则消息像重担一样压在我身上，我努力站起来，动作非常缓慢。

"他们要把他们都关进水缸里，"我说，"封锁城镇只是第一步。他们要把新霍巴特的每个人都扔进水缸里。"

"这跟新霍巴特无关，"派珀说，"将注意力集中在方外之地和方舟上。"

"我做不到，"我说，"我感觉到了，我能看到艾尔莎，陷身在水下。"

派珀温柔地说道："自从他们封锁了新霍巴特，你应该早就知道这一天会来临。他们肯定不会就那样把他们放了。"

他说得没错。将主动投身到避难所的欧米茄人按部就班扔进水缸，这对扎克来说远远不够。新霍巴特已经成为一座监狱，很快它将变成鬼城，就像在沉没滩外的海中都市一样。

"我知道你在为那里的朋友担忧，"派珀说道，"但我们没办法解放新霍巴特。那将意味着公开战争，而我们显然无法取胜。我们能帮助艾尔莎和其他人的唯一途径，就是找到方舟或者方外之地。所以，你必须集中精力。这比新霍巴特重要多了。"

"新霍巴特。"赞德重复道。

我们全都转过身来。我根本没有注意到，赞德已经穿过房间，站在了我身后。

"士兵们正在搜索。"他说。

"在新霍巴特？"我问。

"新霍巴特。"他又重复了一遍，但我们根本无法弄清楚这究竟意味着确认，还是随声附和。

"不用担心，"派珀说道，"他们在找卡丝，但他们找不到的，她逃出来了。"

我想起贴满全城的告示，上面有我和吉普的画像。

"不是的。"赞德说。他的语气很不耐烦，好像我们是小孩或者傻子。他直瞪瞪地看着我说："你不是他们要找的。"

我感到自己脸红了。"你说得没错，不是我，或者说，不仅仅是我。神甫最主要的是要找吉普。"当时我并未意识到这一点，这让我没能发现吉普的真实身份，"但一切都结束了，他们再也无法伤害他了。"

"并没有结束。"赞德说道。他顿了顿，仍然看着我，头昂向一边，沉默了好一会儿。我想抓住他，像挤柠檬汁一样把他的话挤出来。他却转回身，望向窗户外面。"骸骨迷宫。"他轻声重复了一遍，然后再也不说话了。

*

那天下午，派珀陪着赞德坐在一起，莎莉在收拾行囊，佐伊把我拉到外面，练习如何格斗。现在她越来越频繁地让我拿着匕首训练了，但感觉上，她仍是每隔几秒就要打断我，告诉我哪个动作做错了。"要盯紧我的武器，而不是你的……再快一点……注意你的手腕，这样抵挡攻击你会震断手腕的……站高点，看清楚要如何利用斜坡。你不会想要站在下方往上作战……"

我永远也比不上佐伊，她的匕首飞出去，就像蜥蜴的舌头一样迅速。不过，感觉上派珀给我的这把匕首渐渐开始变成我的，而不再只是一件借来的兵器。我开始习惯它的重量，以及刀柄连接刀锋的角度。我也晓得了抵挡攻击时刀柄要握多紧，想要攻击对手时应如何放松手腕。

我看到房子的窗口处人影一闪。原来是赞德，他的嘴巴歪向一边，双眼散漫无神。他正盯着我们站立的地方，但却并非在看着我们。

佐伊利用我分神的空隙，迅速向我攻来，我被迫后退几步，站到斜坡下方。

"集中精神，"她说，"你又放弃有利的地形位置了。"

我点点头，用手掂了掂匕首的分量，然后再次向她击去。

大爆炸突然袭来，我的视线被烈焰吞没。

这只持续了片刻，但佐伊已经突破我的防守，刀尖轻轻抵在我的胸口。

"如果这是真的战斗，你已经死了。"她退后两步，将匕首垂下。

"我刚刚看见了大爆炸的幻象，"我不知应该如何向她解释，当大爆炸来临时，在一个遍地灰烬的世界里，我们都早死了，"我觉得它跟赞德纠缠不休，"我说着回头看了一眼窗口，"它让幻象比平常更加频繁了。"

"那就更要集中精神。"她说。

我再次举起匕首，跟佐伊又练习了一轮。她冲过来，我赶忙抵挡，匕首挥向她肩头，她往后急退。大爆炸突然再次出现，是上次的余波，强烈的白色闪光迫使我扔掉匕首，用双手掩住了脸。

佐伊把她的匕首也扔在地上。

"如果你老这样，那这练习毫无意义。"她说道。

"我努力了，"我说，"你又不知道看到幻象是什么样子。"

她顺着我的目光望向窗口。"我在努力帮助你。你想变成他那样吗？"

我把匕首捡起来，她也一样。我们继续格斗，直到天色将黑，不过佐伊安静多了，不再常常纠正我，也不再用力推我。这其实毫无意义。我们都很清楚，对我最大的威胁，并不能用匕首与之格斗。

第二篇

重　围

12 采石场

在夜间航行穿过沉没都市海域太危险了，因此我们在天色破晓前出发，包里装满了各种吃的，能带上的都带了。莎莉关上家门转身离开，连头也没有回。她把心思都放在安抚赞德上，从我们领着他走出房门开始，他就抽抽噎噎哭个不停，只有莎莉拉着他的手哄着他往前走时，他才肯迈步。

我们花了很长时间才来到船边。这里有一条所谓的路，歪歪斜斜沿着悬崖向下而去，但经年累月不用，已经处于半毁坏状态。到了后来，派珀不得不背着莎莉往前走，尽管她抱怨个不停，坚持说如果我们不催她，她能自己走过去。佐伊和我一左一右搀扶赞德前进。我们脚下狭窄的小路边缘开始有土石脱落，赞德不敢往脚下看，双眼紧闭，四肢僵硬。我们走过时，路上的石块纷纷掉落，海面还离得很远，因此我根本听不到石头落海的动静。太阳升起时，我们才好不容易来到船边。小船藏在涨潮线以上的一个山洞里，已经多年没有用过，我们把它抬到水里时，一窝老鼠从船帆内的巢穴中逃了出来。在出发前，派珀检查了船身的状况，用手摸过薄薄的船板，再将缆绳一圈圈绷紧，测试它们是否牢固。

这艘船比我和吉普用过的小艇要大一些，而且有两面小帆。莎莉和赞德坐在船尾。赞德已经平静下来，盯着船边安静的海面。派珀和佐伊驾驶小船穿过紧挨半岛的礁石水域后，派珀熟练地把帆张起，大声冲着我发号施令，与此同时佐伊紧紧掌着舵。我们不得不小心谨慎，避开蔓延在黑色水面数英里之长的沉没都市残骸。海潮正处于高位，只有最高的建筑露在海面上，其他建筑在水面下伺机而动。我们贴着一座高楼驶过，它的金属框架已锈迹斑斑，但还是有玻璃附着在上面。因为离得太近，我都能看到船上数人反射在破碎玻璃上的身影。我从黎明的镜像中看见自己苍白脸庞上的惧意。

当小船终于脱离沉没滩的范围，船速不断增加之际，我才注意到佐伊的异常。她沉默着站在船尾，黑色的双手紧紧握着船舵，指关节因用力过度而开始泛白。

"你没事吧？"我问。我不敢再提到她那关于大海的梦境。记起她暴怒的反应，就像一根刺插在我脑海里，过于尖锐而无法触碰。

"我不喜欢呆在海上。"她说着转过身去，望向我们身后不断涌动的海水。

白天我们航行在海岸居民的视线范围之外，只有在太阳落山之后，才敢潜得近一点。海风十分给力，船行非常迅速。佐伊仍然一言不发，不过赞德加了进来，又开始他间歇性的胡言乱语。在午后某一刻，他开始大喊大叫"烈火"，然后喃喃自语"骸骨迷宫"那一套。这点燃了我脑海中的火焰，我发现自己在船底双手抱头，大爆炸不断冲击我的视线，而小船的晃动让我的脑海里更加混乱。派珀把手放在我背上，直到幻象消失为止。我努力集中精神，专注在那一丝温暖上，那似乎是这个翻滚世界里唯一稳定的东西。

莎莉一直在注意有没有巡逻船经过。每次想起议会的黑色舰队我就忍不住颤抖，它们铺天盖地杀奔自由岛的场景仍记忆犹新。月亮升至中天时分，派珀把帆取下，和我一起划着船靠近海岸，在一片石块遍布的沙滩登陆。我们把船拖到长草丛里藏起来，脚下的鹅卵石不断发出响声。

我值了第一班岗，在派珀换下我之后，我也没怎么睡觉。

事实上，我们都睡得不怎么好。天空下起了毛毛细雨，我们无处可避，而且我还睡在佐伊和赞德中间。整个晚上，他梦中的烈火与佐伊梦中的海洋交替侵扰着我的脑海。黎明时分我们爬起来，动身向内陆行进。我大步走在前面，真心不想挨着他们俩任何一个。

我们只能以莎莉的速度前进，她累了就由派珀和佐伊轮流背着。我看她紧紧抱着派珀的背部，不断滑向左下方，因为那里没有手臂来支撑她。这时派珀就会无比耐心地用右臂将她托上去。看着他刀疤累累的手扶住莎莉的腿，我想我从未见过他的动作如此温柔。

夜色降临时，我们已走在陡峭而开阔的乡村地带。莎莉无法在晚上继续走路，所以我们在一条浅溪旁的松树间扎好营地。我到溪水旁洗漱一番，当我回到营地时，头发仍然湿漉漉的，我看到派珀蹲伏在火堆旁，飞刀举起伸到脑后。我立刻僵住了，目光扫过松树，没有看到其他人，只有派珀聚精会神盯着什么东西，但我却看不见。接着他将飞刀扔出手去，然后我听到佐伊发出一阵胜利的欢呼，他们两个都笑了起来。我迈进那片不大的空地里，看到树干上刻了一个靶子，上面钉着他们的飞刀。佐伊走过去拔回匕首，脸上带着笑容。莎莉和赞德坐在火堆旁观战。

"看来没必要再问是谁赢了。"我说。

"派珀今晚负责布置陷阱，"佐伊说着，将匕首在裤子上蹭了蹭，"还要第一轮放哨。他已经连续输了两局。他的飞刀准头全无，在你回来的时候没扔中你算你走运。"

她将派珀的匕首递还给他。我挨着莎莉和赞德坐到地上，观看派珀和佐伊的第三局比赛。佐伊首先上场，站在他们划在地面的线后面，派珀在空地另一侧观望。佐伊第一次将一只脚伸到线外去时，派珀嘲笑她作弊，但她矢口否认。第二次她又这么干了，派珀扔出一把飞刀，将她的鞋带钉在地上，这样一来，她就没办法把那只犯规的脚缩回去了。

"你再否认看看。"他微笑着对她说。她弯腰将匕首拔了出来，发现鞋带断了，不由得低声咒骂。

"真是可惜，你对着靶子时怎么没有扔得这么准。"她说着将匕首递回给他。

派珀再次笑起来。佐伊老老实实站到线后面。

我也笑了。然而，就算我在观看派珀和佐伊玩靶心游戏，我的后脖子仍然发凉。她欢笑正畅，但我曾见过她割断别人的喉咙，任由他的尸体倒在尘土中。佐伊扔飞刀时派珀翻了翻白眼，但我曾听他谈起杀人，就像我说起给鸽子拔毛那么若无其事。

看着派珀和佐伊，我无法忘记，就连他们的游戏都跟刀锋有关。

*

又走了一天之后，在午夜时分我们爬上一座大山顶峰，看到采石场就在下方。它是群山中的一道伤疤，凿了约有半英里长，白色的黏土在月光下十分明亮。起始的地方很浅，是一连串黏土矿坑和白垩土池，但到了中间部分就变成一道深沟，凿刻得超过一百码深。北边是陡峭的悬崖，布满红色岩石，南边整面山壁都已垮塌下来，巨石和树木半埋在石砾堆里，填满了半个矿坑。一条保养完好的宽阔大道从西方一英里处经过。采石场肯定已经废弃几十年了，底部长满了树木，山崩没能殃及那里。

依靠树木和壕沟的遮蔽，我们沿着采石场入口往前缓慢推进了几百码远，但再往前走肯定就会被发现了。东面散布着一两个欧米茄棚屋，几块农田延伸到采石场东部边缘，但农作物早就收割了，因此无法找到掩护。在采石场西边，稀稀拉拉长着一些树木，虽然不够浓密，但也可以掩藏我们接近的行踪。

我望了望采石场周围险峻的峭壁，忧心忡忡地说道："如果议会已经占领了这里，那我们将会直接走进陷阱里。"

"如果议会已经占领了这里，我怀疑他们是否还会在监视岗留下欧米茄警卫，"佐伊轻声说道，"你看。"

她指向西边。派珀已在我之前先看到了，在树木逐渐消失的地方，有个人影高高坐在一棵橡树上。这名警卫盯着通往西方的大路，但当他偶尔回头扫视两边的树木时，我能看到他的轮廓。他是个侏儒，肩膀上挂着一张弓。

"是克里斯宾，"派珀说道，"他不会是唯一的警卫。其他人在哪儿？"

"我还没见到他们，"佐伊说，"不过我想，收割已经过去几个月了，那堆干草不应该还在那儿。"她指了指采石场东边农田里的一小垛干草，"我敢打赌，在那下面有一个监视哨。在那里能看到整个东边的风吹草动。"

"我训练出来的警卫可不能偷懒，"派珀说道，"不然他们肯定早就发现我们了。"

"小心说话，"莎莉对他说，"是西蒙的警卫，不再是你的了。"

"我应该不会忘记这一点。"派珀说道。但他已经往橡树走去，蹑手蹑脚但动作迅速。我们跟着他，从一棵树后躲到另一棵树后。来到那棵高大的橡树四十英尺以内距离时，他不再隐蔽，大踏步走上前去。

"克里斯宾，"他冲着上面大喊，"发信号告诉西蒙，有人来看他了。"

这名警卫虽然很意外，但却掩饰得很好。他迅速转身，将一支箭搭在弓弦上。

"站在那别动。"他大喊道。在我们站立的地方望上去，他的脸被弓一分为二，一只眼睛紧眯着。

派珀冲他挥挥手，然后转身背对橡树，朝采石场入口走去。

"站着别动！"警卫再次喊道。他把箭往后拉了拉，弓弦轻轻颤动起来。"你不再是管事的了。"

"如果我还管事的话，"派珀回应道，"你会因为没能及早发现我们而被施以鞭刑。"

佐伊已经赶上派珀，他们两个步伐一致，大步走向采石场。佐伊边走边回头对警卫说："还有，告诉你那个藏在干草垛的朋友，下次选个没那么容易烧着的地方。如果我是议会士兵，只要一支箭和几根火柴，他现在已经被烧熟了。"

克里斯宾迅速行动起来。我的身体不由得紧紧绷住，为长箭呼啸而出做好了准备。自从自由岛遭到攻击之后，弓箭呼啸声一直在我梦里驻留不去。但克里斯宾却将弓扔在一旁，双手放到唇边，重复吹出三声长长的低音口哨，大概是学横斑林鸮的叫声。采石场下方传出口哨声作为回应。

黏土矿坑和土堆中间有一条蜿蜒的通道，我们越往采石场里走，南边垮塌的山壁看起来越险恶。只有很少的月光照到里面，害得我两次摔倒在湿滑的黏土路上。卫兵们一个接一个从矿坑和碎石堆中间出现，向我们飞奔而来。我认出领头的有三条手臂的身影是西蒙，一只手里握着斧头。然而当他走近了些，我能看清他的脸时，他却不太像我记忆中的模样。他在自由岛战役中是否受到明显的伤害，我分辨不出来，但肯定发生了些什么，让他改变巨大。在月光下，他的脸色苍白，上面还有肿包。曾经他走起路来带着战士的活力，而如今，他的步伐缓慢坚定，像是在对抗某种潮汐。

聚在我们周围的卫兵开始窃窃私语，然后他们一起行礼。一开始我以为他们在向派珀致敬，如同在自由岛上一般。但他们将手举到前额时，目光并没有看着派珀。原来他们致敬的对象是在我身旁一瘸一拐行走的莎莉，赞德在另一侧拖着她的手臂。即便注意到了卫兵们对她的致敬，她也并没有做出回应。

西蒙在我们身前几尺远的地方站定，六七个卫兵呈扇形围住我们。没有人再敬礼了，他们都全副武装，离我最近的女人手里拿着一柄短剑，我甚至能看清剑锋上的凹槽，那是另一把剑与其格斗时在钢铁边缘留下的痕迹。

西蒙迈步上前。

"只有你们五个？"他问派珀。

派珀点点头。"我们有你需要的重要情报。"

"你是来告诉我接下来该干什么？"西蒙冷冷说道。

莎莉叹了口气。"是我把他带到这里来的，西蒙，听他说完。"

"莎莉知道你都干了些什么吗？"西蒙问派珀，"她知道自由岛发生的事吗？"随后他的目光转向我。我已经成为一场大屠杀的引线，简单看我一眼都意味深长，引来血流成河的联想。

"她知道。"派珀说。他仍毫不避让地注视着西蒙，下巴仍像平常那样扬起。

莎莉不耐烦地说："别像小孩子一样意气用事了。这场仗需要我们所有人一起来打。"

西蒙紧紧盯着派珀，离他只有一两英尺远。我在自由岛上很多次见到他们在一起，也见过他们激烈争论，但这次完全不同。他们之间短短的距离，堆满了自由岛的尸体，凝重的空气中似乎仍回响着人们的尖叫，以及利箭刺穿血肉的声音。

"他是个叛徒。"西蒙身旁有个人低声咒骂道。

"想想他干的那些事，还敢走回这里来？"旁边的女人添油加醋说道。

我们完全被包围了。佐伊双手放在臀后站着，看起来随意得很，但我知道她将腰带中的飞刀拔出来杀死个把人只是眨眼间的事。不过我们人数太少了。我又看了看西蒙，他虽然神情憔悴疲惫，手臂上肌肉仍然鼓鼓的，手中的斧柄上包着一层皮革，已经污损成深黑色。我记起自由岛火山口内充盈的血腥味道，心中清楚这污黑并非仅仅是汗渍造成的。

"我来这里不是为了卑躬屈膝，"派珀看着西蒙大声说道，以便让周围聚集的卫兵也能听见，"我恪守自己的决定。你们都见到议会的所作所为了，无论我是否交出卡丝和吉普，他们都绝不会放过自由岛。"

"为了一个先知，我们付出的代价太大了。"西蒙说道。

"当你开始用代价来衡量人的时候，我们就已经输了，"我说道，"而且不只是我一个人，还有吉普。"

"那有什么不同吗？"西蒙问道。

"他杀死了神甫，"我说道，"为此他付出了生命的代价，但他做到了。还有，我们破坏了他们的机器，议会用它来追踪所有欧米茄人，决定谁生谁死，谁应该被关进水缸里。"

西蒙转向莎莉问道："我听到有传言说神甫死了，是真的吗？"

莎莉点点头。"我相信他们。她已经死了，而且依靠她建起来的机器也完蛋了。"

"尽管如此，你仍然背叛了议院，"西蒙对派珀说，"杀掉神甫或是把莎莉拖来这里，并不能改变这个事实。"

莎莉将赞德拉着她胳膊的手甩开，走到西蒙近前。她开口说话时，我们四周围成一圈的兵器略微往下沉了沉。"我从十五岁开始就为抵抗组织奋战，在这期间，西蒙，我从未被拖到任何地方去。我曾见过，也曾做过你无法想象的事情，也曾无数次面临艰难的抉择。"她停顿下来喘息片刻。"派珀在自由岛上做了个艰难的抉择，但那是正确的决定。我来这里是为他担保，但就算我为他和佐伊担保，也不会有什么不同。"我注意到她根本没提及我。"那些

156

都无所谓，真正重要的是你需要他们。"

"她说得没错，"派珀对西蒙说，"我有情报要告诉你。有些事需要我们讨论，有些事需要你去做。"

我旁边的女人紧紧握住手中的剑柄。

"我不需要你来告诉我要怎么做，"西蒙说，"不过，让我先听听你要说些什么。"他说着转过身去。"你最好到里面来。"

四周的卫兵停顿片刻，随后向后退去。他们慢吞吞地将兵器入鞘，好似并不情愿，发出剀蹭的动静。西蒙手里仍持着斧头，我们跟着他走进采石场里。

在人工挖成的矿坑最深处丛生着一片矮树林，中间搭着几个帐篷，正处于任何人从上面往下看都会被树木或石头挡住的位置。西蒙和他的卫兵已经在这里待了一段时间了，帐篷之间的黏土路已经被靴子踩出浅沟来。

西蒙领着我们走进他的帐篷。我注意到，门还没关上，卫兵们已经在门口按照警戒方位站定。

在里面，帐篷顶部垂了下来，派珀和佐伊不得不低垂着头。西蒙手中持斧，站在帐篷另一侧的油灯旁等候。

门刚关上，他就朝派珀冲去。我紧张地深吸一口气，佐伊持飞刀的手臂已经甩到身后。然而，派珀的笑声让我们都解除了警戒。西蒙正在拥抱他，他们两个胸对胸，互相大力拍着对方的后背。

"刚才的事我很抱歉，"西蒙说着用大拇指指了指外面，"不过你也看到了，大多数人对你的感受如何。如果我想保持权威，他们需要看到我并非一味铺好红毯来迎接你。"他又用力捏了捏派珀的肩头，"我早就希望你能回来。"

"这样你就能再给我脸上来一拳了？"派珀说着扬起一道眉毛。

"坐，"西蒙边说边招呼我们进到帐篷内侧，那里摆着一张桌子和几把长凳，都是用新伐的木头拼凑做成的，"吃点东西吧，看起来你们需要饱餐一顿。"

"我们不是来参加茶话会的。"佐伊说。

"那是你自己说的。"莎莉说道。她一屁股坐在板凳上，伸手去拿食物，凳子发出吱嘎的响声。

西蒙不再说话，看着我们将桌子上的面饼和水吃喝完毕。我强迫自己吃了点东西，但我感觉太累了，脖子上的脑袋昏沉沉的，于是我在手心里洒了点水，拍到自己脸上。

西蒙坐在派珀旁边的凳子上。

"你知道我并不赞同你的所作所为。"

"直截了当说出来吧，"我插口道，"'你的所作所为'，别拐弯抹角了，为什么你就不能直接说出来呢？要是你就会把我交给神甫，或者亲手把我杀了。"

西蒙直接盯着我的眼睛说道："没错，要是我就会那么做。那就是我想让派珀做的。"

"你也知道那样做救不了自由岛，"派珀说道，"他们会抓走她，然后仍然会把其他人杀掉。"

"也许是这样，"西蒙身体往前倾，手肘放在膝盖上，用手抓了抓脸，"无论如何，有些人是这样想的，现在他们已经见识了太多议会的冷酷无情。如今你既然回来了，或许你能说服更多人相信你的想法。"

"关于人们怎么想，我们可以晚点儿再发愁，但是有些事你需要知道，议会对新霍巴特的阴谋，以及卡丝看到的事。"

"先知的事我现在可以撇开不谈，"西蒙说道，"如果看到我支持你，人们或许会接受你回来。还有，把莎莉带来是明智之举。但是，你们跑来这里，不仅带着卡丝，还有另一个先知，以及一个阿尔法人，这可没什么好处。毕竟发生了那么多事，人们需要感觉到你是我们中的一分子。"

"别跟我这么说，"派珀怒道，"佐伊为抵抗组织出的力，几乎比任何人都多。而且，先知也是欧米茄人，就跟你我一样。"

"你知道我是什么意思。"西蒙说道。他上下打量我的目光说明了一切。这种目光我非常熟悉，人们一旦意识到我带着烙印却没有任何可见的身体变异，就会用那种评判的眼神盯着我。从那一刻开始，他们就刻意与我保持距离。

西蒙继续说道："自从自由岛陷落后，他们有了更多的理由像害怕阿尔法人一样，畏惧先知。"他说着又看了我一眼。"告诉我发生过什么事。吉普是怎样杀死神甫的？"

我咽了下口水，深吸一口气，但什么都没说出来。派珀介入进来，向西蒙简要说明了在发射井里发生的事。

"我应该知道你跟这件事有关，"西蒙对派珀说道，"这对赢得人们的支持大有好处。他们都见过神甫对自由岛的所作所为，如果他知道你也有份出力杀死他，肯定会原谅你以前做的事。甚至，他们可能会接受这个先知。"

"我们不想要他们的原谅。"佐伊说道。

当时她甚至都不在自由岛上，但我注意到，她将派珀的负罪和抗争都当成自己的一般。

"你可能不想要，"莎莉说道，"但这并不意味着你不需要。这不是你保持自尊的时候，重要的是将抵抗组织重新团结起来。"

"这并没有什么区别，"派珀插嘴道，"我们不能到处宣扬自己参与了杀死神甫的行动。官方的口径是只有吉普在那里，如果议会将她的死联系到卡丝身上，他们可能会决定亲自干掉改造者，以便除掉她。"

西蒙叹了口气。"要想欢迎你回来，可还真不容易。"

"你接手这一职位时，曾以为会很轻松吗？"派珀反问道。

"我没有主动接手。你离开了，去追求你的先知，那些留下来的人选择了我来领导他们。这并非我自己的抉择。"他苦笑了下，伸出手去挠了挠脖子后面。"那首歌也是你们的杰作吗？一名侦察兵报告说，在长湖有个吟游诗人唱着关于避难所的歌，警告人们不要去。"

"一个盲人歌者？跟一名年轻女人在一起？"我问。

西蒙摇摇头。"是个年轻的歌者。我的侦察兵报告说，他是孤身一人。"

派珀和我相视一笑。这首歌已经开始散播流传了。

"我可不会为此而庆祝，"西蒙说，"每个传唱这首歌的吟游诗人，都是在把自己的脖子送到绞架上。"

"侦察兵报告说有吟游诗人因此而被抓的吗？"

"还没有，但那只是时间问题。这事已经传开了。"

"我们的目的就在于此。"我说。

"舰队的情况如何？"派珀问他。

"八艘船停泊在附近，于半岛外侧深水区抛锚。不过，议会增强了对海岸线的巡逻，因此我们不得不把舰队再往东移。另外，至少有四艘船在米勒河附近登陆不久就被议会俘获了。有报告说凯特琳号驶去了北方。有人在更北的地方见过朱丽叶号，但未经证实，可能是拉森和他的船员仍在航行中。其他船只仍下落不明。"

"至少那八艘船还算是好消息。不过我问的不是这个，往西方搜索的船有消息吗？"

"没有，"西蒙摇摇头，"这只是浪费时间，当时我也这么说了。"

"你亲眼见过莎莉的方舟密卷，"派珀说，"你很清楚方外之地是存在的。而且你的意见当时被否决了。"

"我们所知道的是，在大爆炸之前它是存在的，这在当下来说毫无意义，"西蒙说，"我被否决了，是因为议院当时都听你的指挥。"

"他们做了个决议。"

"议院的决议最后对你来说好像没多大用，不是吗？"

派珀并未理会话中的讽刺之意。"罗萨林德号和伊芙琳号还在大海上寻觅方外之地。"他说。

"关于这点我们并不能确认。我们所知道的只是它们还没回来。它们说不定在数月前就沉没了，或者被议会的舰队抓获了。"西蒙顿了顿，放低声音说道："我确实派出了侦察兵。并不是因为我对方外之地抱有任何希望，而是我必须充分利用手下的每一艘船，更不要说操船的战士了。所以我派出了汉娜和两名侦察兵。他们在无望角等了三个星期，没有见到信号烟火，除了议会的巡逻船，其他什么都没见到。冬季风暴已经逼近了，如果到时候这两艘船还在海面上，那它们也毫无希望了。我需要战士们留在这里，而不是等候两艘鬼船。"

他的语音十分沉重。我很欣慰，至少他告诉我们这些时没有喜悦之意。

派珀闭上眼睛来消化这则讯息，不过只有几秒钟。现在他噘起了嘴唇，目光注视在面前的桌子上。他已经开始重新计算，合计接下来要去哪里。

"方外之地仍是唯一能带来真正改变的最后希望。"我说。我记起当我在方舟密卷中读到"同盟各国"时的心情，感觉整个世界都被延展拓宽了。我们所使用的地图尽头的空白区域，可能存在一片新天地，完全在议会的控制之外。在那里没有暴力循环，孪生兄弟姐妹不用互相对抗，最终同归于尽。

　　"我现在告诉你，"西蒙说道，"只要我还在这个位置，就不会派出更多船去。在风平浪静的时代你或许会这样赌上一把，但现在不行，一切都如在地狱之中。"

　　"然而在这种时候我们不是更需要它吗？"我问。

　　"当你在专注于异想天开的念头时，我正忙着做一些脚踏实地的工作，让抵抗组织能够继续运转。我们一直在没日没夜地忙活，为从自由岛撤回来的人安排住所和口粮，重新建立通讯网络，寻找新的安全屋，现存的好多都被突袭了。还要统计哪些人被抓了，进而警告那些因此会面临危险的人。与此同时还得监视议会军队的动向，确定他们舰队的方位。我们已经在东南部找到一处地方，或许能安置一些难民，还派出一组人去那里建造住所，至少让最脆弱的人先度过这个冬天。"

　　"这还不够。"我说。

　　西蒙转向我，声音低沉但充满怒意："你根本不清楚要将抵抗组织联合起来有多困难。"

　　"这些都是应该做的，"我说，"而且我毫不怀疑你做得很好。但这样还远远不够。目前在做的只是重建以前我们就有的东西，只不过意味着继续逃避躲藏。你想要建立另一个躲藏地，只不过这次是靠近死亡之地？接下来呢？只会引来议会另一次突袭，另一次攻击。如果我们只是在东躲西藏，不断逃亡，事情什么时候才会有转机？为什么不反攻呢？"

"怎么反攻？"西蒙挥舞着三只手说道，"在自由岛上我们损失了一半的军队。或许有一天我们能对议会发起反击，但不是现在。我们的战士人数已大幅减少，过半的平民都在东躲西藏，忍饥挨饿。"

"到那时就太晚了，"我说，"这正是议会指望的，让我们受尽蹂躏，无暇思考反抗的事。"

"要反击的话，你会怎么做？"西蒙问道。

"我会派更多战士去北方，再次寻找那两艘船。我会配备新舰艇，等春天一到就派出去。但这还不够。我会解放新霍巴特。"

13 盟军

西蒙的手掌重重击在桌子上，打翻了一只水杯，一只盘子也转个不停。

"解放新霍巴特放在任何时候都是一项艰苦的任务，更不用说当下，整个抵抗组织一片混乱。你谈论的是公开战争，攻击一个严密防守的城市。"

我解释了我看到的场景：整个城市的人很快就要被关进水缸了，人数达数千之多，比在避难所里悄悄扩张的水缸计划要严重得多。我能描绘出那场面，艾尔莎和孩子们，以及那座已被封闭城市里的成千上万居民都不能幸免。街市的喧嚣将被水缸毫无生机的嗡鸣所取代。

然而，西蒙根本没有理我，而是对派珀说道："所有这些疯狂的计划，白费力气的追寻，派船去西方寻找方外之地，将自己的命运跟一个先知绑在一起，甚至包括吟游诗人唱的那首血淋淋的歌，现在又说要解放新霍巴特。如果你跟我共事，本来会做出一些真正的成就，而不是追求这些疯狂的想法。"

"我们的一个疯狂的想法，解决了神甫和她的数据库，"派珀说道，"这在战略上的价值，比抵抗组织在过去多年间做到的任何成就都要大。"

"来投奔我的人不关心战略，他们只想要活下去，"西蒙说道，"他们充满恐惧，而且食不果腹。"

"他们确实应该恐惧，"莎莉插进来说，"到了最后，议会想把他们都关进水缸里。活下去并不能阻止议会，或者免遭水缸之祸。你比以往任何时候都需要做出反击，将你掌握的所有力量调动起来找到那两艘船，解放新霍巴特。"

"您从事这项事业已经够久了，应该知道我肩负的责任，"西蒙说道，"我必须把人力用在重建上，重新设立安全屋，为撤出来的人寻找居所……"

派珀的眼睛一眨不眨地盯着西蒙说道："我付出了巨大代价保护卡丝，因为她对我们价值巨大。如果你忽视卡丝告诉你的事，那所有牺牲都白费了。"

我闭上双眼。派珀跟西蒙在做同样的事：用代价和价值来衡量生命，所有事都简化为某种算术题。

"那是你的牺牲，"西蒙吐了口唾沫，"不是我的。而且，我不会再为你的先知突发的奇思妙想赔上更多生命，只为了让你因挽救了她而感觉良好。"

"那我们在自由岛付出的代价就毫无意义。"派珀说道。

"不用你来告诉我自由岛付出的代价，"西蒙猛然大吼，像赞德的哭喊一样突如其来，"我也在那里，亲眼看着人们被杀害。不过这真是你所说的代价吗？还是你说的只是自己付出的代价，被迫交出了领导权？"

"这与我自己无关，"派珀说，"一点关系都没有。"

"你这么肯定吗？"西蒙问道。

此时太阳即将在东方升起，而自从前一天黎明之后我们还没睡过觉。莎莉毫无怨言，但我看到她放在膝头的双手在轻轻颤抖。在她身旁，赞德已经头趴着桌子睡着了。

"你们都该休息了，"西蒙说，"之后我们再谈论这件事。"这是他做出的唯一保证，然后他就站起来向门口走去。

他领着我们穿过采石场，向我们的住处走去。抵抗组织的战士们已经醒了，五十多个人聚集在篝火旁。他们停止交谈，转过身来看着我们在泥泞的路上走过。两个年长的男人和一个女人向走在前面的莎莉微笑行礼致意。但当他们的目光转到我们身上，笑容马上消失了，警惕地看着我和佐伊，还有中间的赞德。我回头想看看他们如何对待派珀。几个人在他经过时点头示意，不过一个红头发的高个女人用她的独眼紧盯着他，而另一个拄拐杖的男人往地上吐了口唾沫，对他的同伴低声说了些什么。

西蒙领着我们来到一个帐篷，之前里面住的人已将东西匆忙收走。西蒙在离开之前，再次向派珀伸出手去，用他的三只手紧紧握住派珀的独臂。

"不管发生了什么，你能回来我真的很高兴。"他说。

西蒙弯腰走出帐篷门，我叫住他，又看了一眼他双眼周围变黄的皮肤，以及他疲惫的身姿。

"在自由岛之后，你发生了什么事？"

他重重呼出一口气。"我接手了派珀的工作，这就是所发生的事。"

*

我们只睡了几个钟头，在中午前就爬起身来。不过，我们留下莎莉和赞德，让他们再多休息一会儿。我和派珀、佐伊以及西蒙的几个顾问一起回到昨夜的帐篷里，开始对重建抵抗组织的日常运作有了一些概念。时不时地，用作联络信号的哨声接替传回采石场，宣布某个侦察兵的到来。信使不断来见西蒙，带来关于另一次突袭、议会的巡逻规模，以及自由岛撤出的难民寻找安全港湾等新消息。东部来的侦察兵报告了十四号避难所的扩建情况，还有议会在当地广贴告示宣布再次提高税收。温德姆附近来的侦察兵带来了议会内部不和的传言，称在法官死后，将军和改造者两人与主事人之间的争权夺势愈演愈烈。我们讲述了与主事人遭遇的经历，现在传到西蒙这里的消息似乎印证了我们听到的事情。主事人仍然指挥着大批忠实的军队，但在议会里却日渐被排挤出核心权力圈外，将军正在巩固她的统治，扎克则在旁协助。但情报的内容仅止于此，在当今严厉的隔离制度下，要得到议会的情报越来越难，大多是一些过滤到欧米茄小镇和定居地的只言片语，供人们在酒馆聊作谈资之用。

在下午漫长的讨论和规划过程中，一提到改造者的名字，屋里所有人的目光就都转到我身上。扎克是个大麻烦，而我的身体提供了解决方案。我注意到，派珀和佐伊一直站在我身前，把我和其他人隔开，而且派珀的手从不远离他装满飞刀的腰带。不过，听到来自议会的消息，我知道自己还面临其他威胁，而他们无法保护我。我亲眼见过议会里的竞争有多激烈。法官已经算是活得长了。如果扎克在温德姆有强大的敌人，那么一名刺客暗杀扎克从而导致我死去的几率，和我在采石场被伏击致死的可能性一样大。我自己的死亡，可能与我没有任何关系。

当天下午和接下来的一天，在西蒙拥挤的帐篷里，我开始理解他为何变得那么憔悴。每个侦察兵带来的新报告都要求下决定，然后付诸行动。一名医生被送到东部去，在那里为难民新建的营地发生了痢疾疫情，同时五名卫兵被派去帮助将营地迁到有干净水源的地方。西蒙的一名顾问维奥莱特被派往北方一处营地，一名议会士兵在新霍巴特附近被抓了，她要去监督审问过程，从这里骑马过去需要一天时间。

"他会被拷打吗？"我问西蒙。

莎莉翻了翻白眼。"这不是说废话的时候，"她说，"你觉得议会严刑拷打欧米茄人的时候犹豫过吗？"

"那我们的目标就是变得和他们一样喽？"我回敬道。

没有人回答。信使和报告仍不断涌来，大部分的内容都相同，关于某些家庭或者整个定居地在寒冬将至时挣扎求生的消息，这一年赋税高企，而地里只产出寥寥无几的粮食。越来越多的人去投奔避难所，不知道或者不肯相信在那里等待他们的噩运。另一些人家园被焚毁，不是士兵下的手，而是普通阿尔法人为了法官之死而疯狂报复，他们相信是他的欧米茄孪生姐妹导致了这一切。

西蒙坐在长桌尽头，顾问们围在身旁。他一直保持沉着冷静，下起命令来果断坚决，但我观察得越久，越觉得他像一个试图把流水聚拢在胸前的疯子。在我看来，我们在日常繁琐危机的无尽涓流里越陷越深，根本没有机会考虑任何大型的战略。西蒙在处理日常事务时会咨询我们的意见，他的顾问会热切地聆听莎莉的发言，甚至容忍了派珀的观点。但是，当我们提到搜寻船或者新霍巴特的问题时，他们就会把我们晾在一旁，回到当天最迫切的麻烦事上，像是针对定居地突袭的新消息，下一个侦察兵的到来，等等。甚至连派珀都不再那么坚持搜寻船的话题了。当他敦促西蒙派更多侦察兵去北部时，语气中明显缺少往日的说服力。我记起穿越大海抵达自由岛时遇到的黑色波浪，想象着那两艘搜寻船在冬季风暴中饱受折磨，更别说再往北去遍布海面的危险冰山区域了。我看到派珀双肩僵硬，脑袋微微垂下，知道他也在想同样的事情。

每天晚上回到休息的帐篷后，我都埋首于方舟密卷当中。现在我已记得上面每一个字，根本用不着那张纸了，但我还是将它拿在手里，从头到尾看了一遍又一遍，似乎这张褪色的羊皮纸是一幅地图，能引导我的幻象找到方舟或者方外之地。但我能发现的却只是自己的恐惧，以及水缸中的水不断上涨，淹没了整个新霍巴特。我没办法把这一切联系起来：方外之地，方舟，新霍巴特……

"或许方舟就在新霍巴特下面，没准就这么简单呢！"莎莉说道，"正因为此，议会才包围了那座城市，意图找到方舟。"

我使劲摇头。"不会，我在新霍巴特待了几个星期，如果方舟就在那儿，我早就感觉到了。通常对于这种地方我的感觉会非常强烈。"以前我曾感觉到过温德姆城下的密室，穿过山脉的洞穴和通道，我还感觉到了自由岛。"方舟不在新霍巴特。"我断言道。当我闭上双眼，马上又看到了那情景：艾尔莎张开的嘴毫无防备，黏稠的液体缓缓地不请而入。这画面一次次不断出现，我的下巴都因为紧咬牙关而变得酸痛，身上也大汗淋漓，虽然帐篷下的地面已经因霜冻而变得坚硬无比。我紧张得不得了，身体发出的各种声音感觉都被夸大了，像鼻子吸气的声音，还有我用手挠眼睛时皮肤的摩擦声。

"一切并未结束，"赞德说着伸手来拿那张纸，"骸骨迷宫。"

"你在说些什么？"我厉声喝问，"你到底是什么意思？"我都能听到自己话语中歇斯底里的味道。

莎莉来到我们中间喝止我："别那样跟他说话！"我知道她是对的。我看着他，他的嘴像鱼一样一张一合。本来我应该比任何人都清楚，他并非有意讳莫如深。我知道幻象已经将他头脑中的言辞都打乱了，他只不过是在废墟中艰难前行。

"我很抱歉。"我说着试图去拉他的手，却被莎莉挡开了，她转身背对着我，全力安慰赞德。

整个晚上我都听到他一直在喃喃不休，哭喊大叫，说出的话词不达意，像从嘴里往外吐断掉的牙齿。

这都是我的错。而且，未来我也会变得跟他一样。

*

第三天午夜过后，西蒙忽然掀开我们帐篷的门帘。

"你们需要马上过来一趟。"他说。我们起身穿上衣服，他就在那等着，手里摇晃的油灯在帐篷四壁上投下不安的阴影。赞德正在喃喃自语，处于半睡半醒之间，因此我们把他留在帐篷里继续休息。

在西蒙的帐篷外，有个卫兵牵着一匹马，灰白的皮毛因汗水而变成深色，鼻子里喷出热气，在寒夜中化成白雾。西蒙领着我们踏进帐篷，里面的女人匆忙站起身来，但西蒙挥手示意她坐下。她脸上有不少泥点，那是在潮湿的黑夜中策马疾驰溅上去的。她比派珀要大，跟西蒙差不多年纪，一头黑发紧紧绑在脑后，身体十分结实，那是长期艰苦的生活造就的。她的左腕上没有手掌，圆圆的像一条面包的末端。

"告诉他们吧，维奥莱特。"西蒙说道。

维奥莱特扬起一道眉毛，看着派珀和佐伊，然后看向我。

"我已经告诉你了，"西蒙推开椅子站起身来，"他们可以信任。"

她开始说话，西蒙就在门旁踱来踱去。

"我去了北部，想看看诺亚手下抓住的那名士兵能透露什么讯息。他是个通信员，在从南方某个卫戍部队回新霍巴特的途中被我们截获。他携带的消息并没有什么特别，只是军队兵源补充和给养需求。不过，我们努力从他嘴里撬出了更多信息，是有关新霍巴特的。"

"怎么撬出来的？"我打断道，"你们拷打他了？"

西蒙盯着我说道："我们有工作要干，不用你来告诉我们怎么做。"

维奥莱特没有理我们，继续说道："他说，他们在新霍巴特城里寻找什么东西，好像是一些文件。"

"没有别的了？"

"他就知道这么多，"维奥莱特说道，"据说只有高级军官才了解细节。不过他们都接到了命令，发现任何古老的文件，都要直接上报。上面收到密报后，两次派他所在的中队出去搜索，但除了一所秘密学校，其他什么都没找到。虽然是欧米茄人开设的非法学校，但一般来说，议会对这类事情并不怎么在意。他们收到命令，彻底搜索整个地方，所有纸张都要打包送到总部去。"维奥莱特说着耸耸肩。"当时他觉得这太搞笑了，孩子们学写字涂鸦用的纸都被认真包好，送去检查。"她的脸色一沉，继续说道："当我们结束审问时，他一点也不觉得这件事有多好笑了。"

我猛地站起身来，他们全都望向我。

"把赞德叫来。"我对莎莉说。

维奥莱特翻了翻白眼。"一个先知还不够吗？把那个疯子拖进来有什么意义呢？"

我刚要说话，西蒙抢先对维奥莱特说道："今晚你可以走了，休息一下，我们明天再谈。"

她离开时，回头看了一眼派珀。莎莉也站起身来说道："我去把赞德找来。"

我转向派珀说道："赞德想要告诉我们，他说议会在新霍巴特寻找的并不是我。'他们并不是在找你。'他这样说过。当时我以为，他的意思是神甫真正要找的是吉普不是我。但是，这并不是他的本意。"

"一切并未结束。"他也这样说过。我曾想把艾尔莎，方舟密卷和新霍巴特这些事情联系起来，但事实上，这本就是同一件事。而赞德一直都很清楚。

莎莉把赞德带了进来，他肩头披着一条毯子。佐伊领他坐到板凳上，我在他身旁跪下来。

"什么是骸骨迷宫？"我尽量让语气平稳下来，问道。

他没有开口，双眼又像往常一样望向帐篷顶部。

"告诉我吧。"我说。

"我已经告诉你了。"他说。

"你是告诉我了，"我说，"但是我们都不明白，再告诉我一次。"

"以前的感觉是不一样的，"他说，"是地下一个安静的地方。"

我想要提示他，但还是强迫自己耐心等待。他的目光又扫视了一遍帐篷顶部。莎莉放在他肩头的手开始紧张起来。

"然后它就变得吵起来，"他继续说道，"人们把骸骨弄出了动静。"

"那里是方舟吗？"我问。

"那只是一个洞穴，"他低语道，"人们把骸骨丢在了那里。骸骨迷宫。"

"现在你能感觉到那里出现了噪音？有人进去了？"

他点点头。"在黑暗中有动静。"

"议会发现它了吗？你知道它在哪儿吗？"

他用力摇头。"现在那里热闹起来了。但他们还在寻找碎片，碎纸片。语言的骸骨，来自大爆炸之前。"

"在新霍巴特？"我问。我记起佐伊曾告诉过我，几年前曾有报告说在新霍巴特发现了文件，在有更多发现之前议会就摧毁了抵抗组织在那里的据点。"方舟中的文件，就像莎莉抄了一份的那种，是他们在那里寻找的东西吗？"

赞德点点头。"他们需要它们。"他又说了一遍，"一切并未结束。"

14 开拔

　　我们从他那里能得到的信息就只有这么多，但已经足够了。他又恢复了惯常状态，说出的只是无意义的只言片语。我转向西蒙。

　　"如果数千人将被扔进水缸不足以成为解放新霍巴特的理由，那这个能改变你的想法吗？"

　　"几年前我们收到新霍巴特的报告，可能有方舟的线索，"他说，"但最后一无所获。议会军队先赶到那里，把我们的据点全端了。"

　　"无论在那里会发现什么，必然对议会非常重要，"我说，"重要到他们要抢先一步，不惜杀人灭口。他们还在搜索，肯定会找到更多东西。而且，我觉得艾尔莎了解部分内情。"我再次想起她的神色，当时我们站在她的厨房里，我问到关于抵抗组织的事。她提到了死去的丈夫，但从未有勇气告诉我在他身上究竟发生了什么。他的故事就像一口吸进肺里的空气，却从没有机会呼出来。"她的丈夫被杀了，她暗示说是因为他问了太多问题。他可能会牵涉其中吗？"

派珀摇摇头。"我们在新霍巴特有六个人，我全都认识，并没有人娶了个收养院老板。我从未听过任何线索，可以联系到她身上。"

"也太巧了吧，不是吗？"佐伊说道，"可能知晓重要情报的人，恰好就是你在那里时收留你的人？"

我将目光从她身上又转回派珀。"一直以来，你都坚持认为我的幻象非常重要，价值巨大。你不觉得我到新霍巴特遇到艾尔莎是有原因的吗？可能有某种天意将我带到她那里，虽然我并没有意识到，就像我被指引到自由岛上一样。"

吉普死后，我一直在思考这样的可能性。我在温德姆地下密室中发现的水缸多得数不清，在那么多排水缸当中，我偏偏站在了吉普的水缸前，是因为冥冥中有天意把我引去的吗？或者说，我对神甫的恐惧驱使我无意之中找到了她的孪生哥哥？

"不管你的朋友是否牵涉其中，"西蒙说，"这都没有区别，我们还是不能解放新霍巴特。那将意味着公开战争，跟对手相比，我们兵力严重不足，装备也远为落后。"

"现在已经是战争状态了，"我说，"只不过进度缓慢，而且我们正在输掉这场战争。他们在新霍巴特寻找某种非常重要的东西，从议会一直封闭着这座城市就可见一斑。这东西能帮我们找到方舟，或者是方外之地。这样一切都会完全不同。"

"如何不同？"西蒙的语气显得不耐烦起来，"就算我们能解放这座城市，找到这些文件，一堆沾满灰尘的破纸又能给我们带来什么呢？关于大爆炸之前世界的更多细节？更多我们不能理解的禁忌机器？"

"你的话听起来就和主事人一样，"我说，"我们不能仅仅因为害怕机器，就对这类事情避之唯恐不及。长期以来，扎克和将军一直在使用机器，这一直是他们计划的核心要素。他们已经发现了方舟。这些文件能把我们带到那里，或者带去方外之地。你想让议会先找到这些文件吗？他们拥有的信息越多，就变得越危险。"

我们争论了一个钟头，一直在解放新霍巴特的必要性，以及这样做不具可行性之间纠缠不休。这场对话变成了一个闭环，就像封锁新霍巴特的高墙一样。

"如果我们输掉了这场仗，"西蒙说道，"那抵抗组织就完蛋了。"

莎莉一直握着赞德的手，一言不发坐在那里。这时她轻声开口了：

"自由岛的大屠杀，转移到东部去，正如你现在做的一样……这些就是我们近些日子以来关注的所有事情，不是吗？不管你怎么说，这都是在倒退。但我们从什么时候起不再思考为何而战了呢？如今我们只是在逃亡躲藏，想要阻止抵抗组织末日的到来。我理解这种恐惧，我也见到了形势变得多严峻。我很清楚我们面临的是什么。但是，如果方舟真的能让局势有所转机呢？假如我们不再认为这将是抵抗组织的末日，而将之看成消灭议会的机会，那又会如何呢？"

*

　　天近拂晓，西蒙下令拔营，出发前往新霍巴特。战士们被派到树林里，去寻回藏在那里的马匹，牵到采石场来装载辎重。两个卫兵留下来看守采石场，但帐篷和物资仍需要随大部队转移。白色黏土粘得到处都是，帐篷和马匹都不能幸免。有两次我想要帮忙装货，但每次我一靠近，卫兵们就转身牵着马一言不发走开了。

　　我们在中午前骑马出发，一直行进到晚上。派珀和我在前面，紧挨着西蒙，后面是莎莉扶着赞德坐在她身前，佐伊和两名侦察兵骑在一旁。长期以来，我从一开始和吉普艰难同行，到后来跟佐伊和派珀三人长途跋涉，这次能骑在马背上，有侦察兵在前面领路和放哨，还有人帮忙扎营做饭，真是一种奢侈。我们分成小组各自行动，主要在夜间赶路，偶尔在约定集合点扎营时会跟其他小组会合。不过，无论何时我们跟其他人会师，我都会发现他们在紧盯着我。我能认出那种目光，所有欧米茄人对此都很熟悉。那和阿尔法人看我们时的目光一般无二，混合了恐惧和厌恶。战士们对派珀和佐伊也含有敌意。某次，我们在一堆石头中间扎营时，我听到有个男人在看见派珀时毫不留情地嘲笑他。

　　"瞅瞅，他带着阿尔法和先知又过来了。"男人说道。

　　一个女人加入进来："他对她们比对自己人感兴趣。"

佐伊飞快地转过身，却被派珀抓住胳膊，拉着她继续往前走。

"你要忍受这些羞辱吗？"佐伊问。

"跟我们自己的战士开战，对解放新霍巴特并没有帮助，"派珀说，"而且，我们还有很长的路要走。"

赞德开始喃喃低语，重复着他听到的词语，就像这些词是从他身上弹开去似的。"很长的路，"他一遍遍说着，"很长很长的路。"他的双手起起落落，当他感觉到别人的愤怒时就经常会如此举动。我忍不住转身走开。莎莉用手捧住赞德的脸，低下头用前额抵在他头上，轻声细语抚慰他脱离焦虑的深渊。

当莎莉让赞德冷静下来后，她回头看着派珀低声说道："你要找个场合解决这些战士对你的怒意。他们必须为你而战，而不是与你作对。"

他面向莎莉粲然一笑。"我会选一个适当的时机。"他说。

*

自从自由岛遭到攻击后，抵抗组织一直承受巨大的压力，但在西蒙的领导下，仍然牢不可破，组织严密。

经过两晚的跋涉，我们穿过麦卡锡通道，这是中部平原与山区交界处的一条狭窄山谷。夜空十分晴朗，我们在通道顶端向下望去，能看到南方的大海。我们跳下马来，让它们在泉眼旁饮水。我从众人之间走开来，盯着下方的海岸线。派珀跟在我身后。

"人们常说，大爆炸之后一切都被破坏了，"他说，"确实，我们都知道很多东西已完全毁灭。"

　　毁灭的形式多种多样。山川被削平，变成一堆堆的矿渣和碎石。大爆炸之前的城市村镇，成为尸骨遍地的废墟。或者他曾见过的破碎的尸体，实在是太多太多了。

　　"但是，你看看这景致。"他挥手指着我们下方，山谷间的岩石被山峰替代，更远的地方，大海拥抱着海岸线，就像一个沉睡的爱人。

　　他转身面对着我，目光一如既往，直接而不加掩饰。"有时我们很容易忘记，留下来的也并非都丑陋不堪。"

　　我很难与他争辩，至少在大海面前不行，它对我们毫不在意。在派珀面前也不行，他的双眼清澈有神，在黝黑面孔上发出浅绿色的光芒。他的颧骨棱角分明，下巴明晰突出。这个世界一直在告诉我，我们都是支离破碎的。但当我盯着派珀时，却看不到一丝破碎的痕迹。

　　他用手抚上我的脸。我能感觉到他手指上的老茧，那是设捕兔陷阱和长期与刀锋打交道结成的。他的手掌皮肤要柔和得多，我将脸贴上去时微微后缩，像吉普的脸颊一样柔软。

　　我猛然向后退去。

　　"你想从我这里得到什么？"我问。

　　"什么都不想要，"他的两道眉毛聚拢到一起，"我见过你因幻象苦苦挣扎的样子，我清楚你看到赞德现在的样子很不好受。我只是想安慰你。"

我不知道应该如何告诉他，安慰对我来说并没有用。命运想将破碎的人生强加给他，却被他断然拒绝，然而我在某种程度上早已破碎不堪，他根本无法理解。如果把我切开，从里面冒出来的将是熊熊烈火，以及吉普在水缸中的幻象，还有吉普掉在发射井地面上的情景。有些事情，已经永远无法修复。

我转身离开，只留他一人在山坡上，四周是山脉崩塌形成的乱石。

*

我们花了一周时间才到达新霍巴特。一开始我们穿过阿尔法领地，但西蒙的侦察兵让我们成功避开了阿尔法村庄和巡逻队。我们主要在夜间行动，直到抵达新霍巴特南边荒芜的平原地带，这里已经没有阿尔法人居住，我们才在白天进发。平原上呼啸的寒风非常猛烈，吹得我双目红肿，嘴唇干裂。这里只生长着高高的铁线草，我们刚一走过，脚印就被大风吹得了无踪迹。冬天已经开始在这片大地上扎下了根。

我们穿过名叫特怀福德的小镇，点起篝火，浓烟袅袅升上天空。在我们的帐篷里，赞德紧挨着佐伊和派珀睡在他们中间，随着寒风一起呜咽。我没有睡着，但并不是因为他的呻吟或者低语，而是由于他思想的冲击。当我还是个小孩时，曾经有一只蚂蚁爬进我的耳朵眼里，我扭来动去又戳又挖都没能把它弄出来，而且我能感到它在到处移动，它稍微动弹一下，都会在我脑袋里被放大。对我来说，待在赞德身旁的感觉和那时一样。

第二天中午时分，莎莉大声喊派珀过去。她和赞德同乘一匹马，跟在我们身后，两边各有一个卫兵。听到她的喊声，我们赶紧调转马头骑回去，却没看到埋伏的迹象，也不像有什么灾祸，只有赞德一如既往神情恍惚，莎莉在他身后握着他的双肩。

"再说一遍。"她对赞德说。他张了张嘴，却什么都没说出来。他们身下的马在原地打转，仿佛赞德的焦虑感向下传递到了它身上。

"再说一遍，"莎莉重复道，"告诉派珀你刚跟我说了什么。"

赞德还是什么都说不出来。莎莉转向派珀问道："你派去搜寻方外之地的船都叫什么名字？"

"伊芙琳号和罗萨林德号。"佐伊和派珀异口同声说道。

莎莉微笑起来，脸上的皱纹因笑容而面目全非。"罗萨林德，这就是他刚才说的。"她又抓住赞德的双肩，说道："告诉派珀，再说一遍。"

赞德看起来很不耐烦，但终于开口了："我已经说过了。罗萨林德。罗萨林德号回来了。"

无论我们怎么劝慰，他都不肯再多说一句，但这两句话已经足够支撑我们走完当天剩下的漫长路程。西蒙没有承诺什么，只低声说如果我们能解放新霍巴特，他将重新考虑派更多战士去无望角，寻找那两艘船。我理解他并不情愿。那两艘船已经很长时间没有消息，而且冬季风暴即将肆虐海面，单靠赞德几句结结巴巴的话并不能证明什么。

尽管如此，那一天以及第二天，我骑在马背上一直想着赞德的话，像呵护鸟蛋一样珍藏在脑海之中。罗萨林德号回来了。

*

抵达沼泽地带后，严寒带来的问题变得更加严重。如果我们能够从容不迫地小心前进，或许可以避开最深的泥潭，但我们根本没有时间可以浪费，有时需要花上大半天牵着马穿过齐膝深的水坑。莎莉从未抱怨过，但到了晚上，当我们用半湿的芦苇生起篝火，挤成一圈围在火堆旁，我能看到她用双手努力捧住口粮，已经被冻成难以下咽的硬块。我同时注意到，派珀下巴上的肌肉因战栗而绷紧，佐伊则将袖子拉下来盖住已冻成蓝色的双手。

我们到达新霍巴特以东六英里的地方时，西蒙命令部队停下来扎营。这里已深入沼泽区，到处是水坑和湿地，穿梭其中的羊肠小道和地势较高的小岛将它们联结起来。水坑边缘已经结冰，水太深了根本没办法蹚过去，芦苇长得比派珀还高。高地上长着几棵树，在寒风的肆虐下摇摆起伏，树枝胡乱纠缠在一起。低矮的树木紧贴着水塘边缘生长，树根直接悬浮在水中。我们足足花了一天时间才找到最佳的扎营地，那是一座长满野草的小岛，有一两英亩大，四周都是散发着恶臭的水域。穿过数英里长的沼泽地，有一条狭窄迂回的小道通到岛上。战马被人们牵着缓慢通过这条小路，每次落足前都要小心试探下地面的虚实。当我们终于抵达营地后，他们聚拢在芦苇旁，因心生疑惑而轻声嘶鸣。没有人担心它们发出的噪音，因为这里根本不可能有人会路过。就算有人游荡到这里，也无法穿过沼泽来到芦苇深处的营地，更可能的结局是淹死在污浊而结了薄冰的泥水里。

信使和侦察兵已被派出去召集抵抗组织残存的成员，但他们赶过来还至少需要数天乃至数周的时间。我们聚拢在西蒙的帐篷里，围着一张地图观看。这是一张附近区域的地形图，新霍巴特在纸上只不过以几笔墨点来表示，坐落在平原的一座山上，如今被议会筑起的高墙环绕包围。往南一英里开外是座森林，就是被我和吉普烧掉的那片。往北和往西都是平原，间或有溪谷和树林出现。往东是我们扎营的沼泽区，泥泞的小岛散落在半结冰的水域和芦苇之间。

"别过得太舒服了。"西蒙看到我们三个在环顾营地时，对派珀说道。佐伊哼了一声，望着这座小岛，这里到处都是泥地和芦苇，还有几棵稀稀拉拉的树木。"我派你和佐伊从南边去监视新霍巴特，"西蒙继续说道，"我已经派了维奥莱特和两名侦察兵去监视北边。我想知道士兵的数目，以及议会防御力量的一切细节，包括他们巡逻的节奏和路线，以及你能收集的任何信息。"

"卡丝要跟我们一起去。"派珀说道。

"这不是去度假，"西蒙说道，"我派你和佐伊去，是因为你们最适合干这个。卡丝留在营地要安全些。"

"我去哪儿，她就去哪儿。"派珀坚持道。

我注意到，佐伊翻了翻白眼。

"我了解新霍巴特，"我说，"我最近才穿越这里的平原和森林，掌握的信息比你们都要多。"

"森林？"佐伊讽刺道，"你说的是留下来的残骸吧，你和吉普已经把它烧了。"

我没有理她。"在寻找某个地方、感知某件事情上，你知道我比任何人都厉害。我要跟他们一起去。"

西蒙看了看派珀，又看了看我。"好吧，"他说，"不过，你要看好她。"他说着转身走开。究竟他是告诉他们要保护好我，还是要监视我，我并没有弄清楚。

无论如何，能离开这里我都深感愉快。由于日常扎营和行进时不可避免要互相接触，逐渐熟悉起来，战士们对我的敌意略有减弱，不信任感也日渐降低。他们需要我递水壶，或者选择通过沼泽的最安全路线时，言辞也足够客气。但是，大多数时间他们都主动避开我，无论我走到营地哪个角落，目光都紧盯着我不放。我怀疑西蒙也注意到了这一点，估摸着我们三个离开营地，应该会提升士气。

莎莉和赞德跟随大部队一起留在沼泽地。虽然我绝不会向任何人承认，但我内心清楚，远离赞德同远离战士们无声的敌意一样，

186

都让我如释重负。赞德自从说过"罗萨林德号回来了"之后，几乎不再开口。但每次他的双手抽搐颤动，或者吐出残破不全的语句，我都越来越意识到，自己的双手从未安静下来，而在我喧嚣的脑海里，关于烈火的幻象层出不穷，一个接一个。

派珀、佐伊和我花了几个钟头才走出沼泽地，接近新霍巴特。沼泽消退的地方与森林相接，或者说，森林的残骸。吉普和我把这个地方点着的时候，正是仲夏时分，现在这里变成一片荒地，到处都是烧焦的树桩，上面的部分都已被烈焰吞没。较小的树全都消失了，只有大树的树干留了下来。我在树干上摸了摸，手拿回来时已经变成黑色。

在大火吞没森林之前，要想在夜间穿过这里可能需要提着灯笼，但如今，在吉普和我造就的这片废墟里，月光照亮了前路，树干都变成了纺锤状，尖端向上直指夜空。

大爆炸之后，整个世界也是如此模样吗？可能要更糟，树干都变成了焦炭，根本不可能留下来。在某个地方会有一片森林，能够躲过大爆炸带来的烈火吗？世界上所有生长和存活的东西，全部被一扫而空。我想起死亡之地的无尽荒凉，即便在数个世纪之后依然寸草不生。我不禁怀疑，方外之地是否会有什么不同。

在靠近新霍巴特的地方，有部分树林没有被大火殃及，往北几英里远，能够看到城市里的灯火。我们在这里扎下营地，准备过夜。派珀第一个守夜，但我躺下睡觉时，也望向这座城市。躺在这里看着山上的灯光，知道艾尔莎、妮娜和孩子们距离如此之近，这种感觉非常微妙。不过，因为已预见到他们的悲惨命运，我在想到他们时，感觉心脏在胸腔里像受惊的癞蛤蟆一样跳个不停。现在每天夜里我都梦见艾尔莎漂浮在水缸中，嘴巴无力地张开，试管从中插了进去。我也梦到孩子们被塞在一个大水缸里，身体互相纠缠在一起。我能认出几个人的脸：亚历克斯，当吉普挠他的肚皮时，笑得喘不过气来；路易莎，跟着我到处跑，有一次还在我膝头睡着了，那时我才意识到，睡着的孩子跟他们醒着时，体重似乎有所不同。如今在我的幻象中，艾尔莎和孩子们全都失去重量，他们的头发漂浮在水中，遮住了各自的面孔。

我从浸满液体的梦中尖叫着惊醒。

"你非要带她来。"佐伊生气地对派珀说。派珀俯下身来，正在安慰我。

我不能讲话，紧紧咬住牙关，不然尖叫就会再次脱口而出。在睡梦中，我的一只手挖进了泥土里。我呆呆盯着自己在黑土地上留下的坑洞痕迹。

"这不是她的错，"派珀一边冷静地跟佐伊说话，一边用手按在我肩头，让我颤抖的身体安静下来。"这你都知道的，"他说，"而且我们需要她。"

"我们不需要的是，"佐伊说道，"她引一队巡逻兵下来抓我们。"她说完大步走开。接连三天，我们一直在监视新霍巴特的动静。每天凌晨天亮之前，我们从森林废墟中的基地出发，冒险潜到平原去。我们在高高的草丛中缓慢移动，爬到小丘和树林中作为掩护。环绕新霍巴特的墙，在吉普和我逃走时刚刚匆忙建起，如今已经非常牢靠，数不清的木桩提供了坚固的支撑。穿红制服的议会士兵沿着高墙外围巡逻，在大门处也布置了重兵看守。我们记录下巡逻队伍的人数，骑马和步行的都包括在内，还有每次换班的时间表。我们还记录了马车的数量，它们都由士兵护卫，不时在通往东部沼泽直达温德姆的大路上来来往往。当有马车进城时，我们记下在门口的程序，观察有多少士兵来开门，在每个观望塔上又有几名守卫。他们人太多了，连日来的守望，只能确认议会已牢牢掌控新霍巴特，高墙环绕着城市，如同扼住咽喉的双手。

离我们的观望点只有几英里远的城里，艾尔莎、妮娜和孩子们在苦苦等待。在这堵被严密防守的高墙里某个地方，存放着古老的文件，上面记载着关于方舟的更多线索，以及它所包含的秘密。议会士兵们正在搜索，水缸正在注满，我们在旁监视的每一刻，新霍巴特都觉得太长，太长了。

每天早上日出后不久，五十多个欧米茄人会从东门鱼贯而出。骑在马上的士兵把他们紧紧聚集在一起，领到城市东北方的农田里。在那里他们在士兵的监视下辛苦劳作，一直干到傍晚，再推着手推车，上面装满收获的粮食，又被押送回城。

农民们劳作时，士兵们就在一旁转悠聊天。有一次，一个年老的欧米茄人绊了一跤，把抱在怀里准备装上马车的西葫芦全摔掉了。赶马车的士兵转过身来就抽了他一鞭子，像马用尾巴甩苍蝇一样随意。然后他头也不回，赶着马车离开，留下老人跌坐在泥泞中，用手紧紧捂着脸。我们虽然离得很远，仍能看到鲜血正从他下巴滴下来。附近的欧米茄人转头观望了片刻，一个女人想过去帮助这位流血的老人，但另一个士兵大声喝止，她只能弯下身继续自己的工作。

我们也注意到，南面高墙内的山坡上多了一座低矮的长条形新建筑，上面没有窗户，在周围一堆老房子的映衬下十分显眼。如果我们不清楚它的真实用途，我会认为它只是个仓库。然而它并不是，我只需看上一眼，就能感觉到里面玻璃缸的水面正在不断上升。

议会占领新霍巴特刚刚几个月的时间，而要建造水缸并非那么容易。我见过温德姆城下的水缸密室，以及里面那些复杂的电线、导管和指示灯，正是这些机关，让人们在半死不活的状态下可以悬浮在水中。我能感觉到电这种东西在线缆之中飞奔流过。但是，最近每个晚上，孩子们漂浮在水缸中的面孔都在我幻象里出现。他们的时间并不多了。

*

转眼到了我们监视新霍巴特的第三天。佐伊负责在沼泽中一座小山上观望，在那里能看到新霍巴特的西门。她忽然从那儿气喘吁吁跑回来，站在我们面前弯下腰，双手扶在膝盖上以调匀呼吸，然后才能说话。

"除了我们，还有别人在监视西门，"佐伊说道，"监视点附近有脚印，昨天下过雨，因此痕迹非常明显，至少有四五个人。从野草被压平的程度来看，我敢说他们大半个晚上都在盯着那扇门。"

"有没有可能是维奥莱特和她的侦察兵，因为某种原因来到我们这边了？"

"维奥莱特她们穿的鞋不一样，"她说，"但这里的鞋印都是相同的。他们是议会士兵，穿的是制式靴子。"

"那他们为什么大半夜的偷偷摸摸去监视自己的岗哨？"

我们都无法回答。

"脚印是通往城外的，"她说，"但到了草地之后，我失去了他们的踪迹。那里没有什么东西可作掩护，我没办法观察太久。"

我们在天黑之前回到大本营，这样就不用大晚上的在错综复杂的沼泽中乱闯乱撞了。我们向西蒙报告了所有观察到的细节，并且告诉他有迹象显示，另有其他人也在监视新霍巴特。

"维奥莱特的侦察兵在北边有没有看到其他人的迹象？"派珀问道。

西蒙摇了摇头。"没有，但克里斯宾看到了。他和安娜在西边打猎时发现了一些状况。在山顶上有一棵云杉树，旁边的溪谷里有两名穿制服的哨兵在站岗，还有数名士兵在夜里来往不断。他们看起来像是在监视新霍巴特。"

"这完全讲不通，"佐伊说道，"议会都已经把新霍巴特占领了，为什么还要在外围监视它呢？"

"但议会里可不是铁板一块。"我说。我记起主事人说过的话："你真以为议会是一个欢乐大家庭……一个议员最大的敌人，恰恰是身旁最亲密的人。"我还记得，主事人向我们发起进攻的前一天晚上，我们也曾瞥见过隐藏的监视者。我能感觉到他，好像他的手臂再次扼在了我的脖子上。

"是主事人干的，"我说，"他也来这里了。"

"你并不能确定这一点。"西蒙说道。

我转向他反唇相讥："不能？如果你不是忙着告诉我这不能做，那也不能做，你本可以利用我的幻象来帮助我们的事业。是我找到了自由岛，是我找到了逃出保管室的路，也是我找到了神甫的机器。"

"那他为什么要监视新霍巴特？"西蒙不耐烦地说。

"跟我们一样的原因，"我说，脑海中浮现出主事人提到机器时脸上厌恶的表情，"他并不信任将军和扎克。他想知道他们围困这里的目的何在，要寻找些什么。"

"长期来讲，议会里的不和对我们是好消息，"派珀说道，"不过就算是主事人来了这里，对我们来说也没有区别。"他转向西蒙道："向营地周围的卫兵，还有森林北边安置的哨兵发出警报，如果他们要往这里来的话，我们需要提前知道。"

我注意到他在发号施令，就像扔飞刀一样成为本能反应。我也看到了，西蒙点头表示服从。

15 格斗

从早到晚，营地里的人都在忙着战前准备。我站在西蒙帐篷外，看两个没有腿的男人正在组装一把梯子。他们用手将支杆灵活地绑到圆木上。在营地边缘的歪脖子树下，一个中队正在练习使用抓钩。他们用力扔了一次又一次，当抓钩稳固在树上时，就沿着结节的绳子往上爬。要想保证进攻的胜利，必须突破那堵高墙，否则我们将全军覆灭在它下面。

每天都有更多战士抵达，每天我们都失望于没有更多的人归队。他们三两成群步行而至，或者孤身一人前来。有些人知道如何作战，但却没有武器，另一些人随身带着他们能找到的兵器，像是生锈的长剑，用来砍木头而非为战斗设计的钝斧，等等。他们一听到信使散播的消息，就匆匆忙忙赶来，同时也为那些没有来的人捎来他们的理由。冬天将至，担心家人无人赡养；在自由岛遭到攻击、安全屋网络被突袭之后，变得胆小起来；等等。我无法责备他们。

前来参加战斗的一部分人是训练有素的战士，包括在自由岛大屠杀中幸存下来的守卫，还有在大陆为抵抗组织工作的人，但后者只是一只影子军队，而并非常规武装力量。他们并没有多少战场经验，更多的是与议会巡逻队的小规模冲突，以及突袭阿尔法村庄，在欧米茄婴儿被烙印之前抢走他们这类事情。他们惯常做的是避开议会士兵，偷窃马匹，攻击后勤车队。据传言，一个多世纪以前，议会残酷镇压了欧米茄人在东部发起的暴动。自那以后，我唯一听说过的大规模战斗就是自由岛之战，而我们的战士中只有很少人幸存下来。

其他来到营地的人只是抵抗组织的线人，根本不能算战士。他们没有受过格斗训练，有些甚至不适合参与战斗。他们对抵抗组织忠心耿耿，我们也很感激他们的来临，但我常常在夜里想到那些四肢不全、跛腿残废的人历尽艰辛来到这里，而我们又将把他们带入什么样的险境之中？

*

那天晚上，我梦见自己又回到艾尔莎的收养院。我在长条形的卧室里走过，孩子们的小床都挨着墙放着。一丝声音都没有。一开始我以为孩子们肯定都睡了，但当我弯下腰仔细观察某张床时，才发现上面空荡荡的。这时我才意识到房间里安静得有些压抑。我在收养院那几个星期里，这里从未平静过。白天，孩子们在院子或饭厅里吵吵闹闹。妮娜通常在厨房里敲盆砸锅，而艾尔莎的大嗓门在拐角都能听到，通常是在呵斥某个孩子这做得不对，那做得不好。就算在晚上，还有四十个孩子睡觉的动静，像是轻微的鼾声，张着嘴的呼吸声，以及小孩从噩梦中醒来偶尔的啼哭声。现在这些都没有了，只有一种滴答滴答的水滴声，怪异而有规律，从遥远的卧室尽头传来。我在黑暗中用手摸索着空床的围栏往前走。我想，可能是房顶有个漏洞，或者孩子们每天早上用来洗脸的大水缸出现了裂纹。但当我抵达卧室另一头，在地板上却找不到水渍。声音似乎是从上面来的。我仰头往上看去，终于发现滴答声是从天花板方向传来的。水滴并非落到地面，而是在抵达天花板下方一英尺的地方就停下来，浓稠的液体已经充斥了整个房间，水滴就落在它表面上。从我站的位置往上望去，能够看到水滴在液体表面扩散开来，漾出一圈圈的涟漪。我张开嘴想要尖叫，但在浓稠的液体当中，声音变得极其微弱，就连我自己都听不清楚。

我猛然醒来，派珀正用手拉着我的胳膊用力摇晃。我没有尖叫，但平常卷起来当做枕头的夹克已经被汗水浸湿，毯子皱巴巴裹在膝盖上，显然是我梦中胡乱翻滚造成的。

"他们将先把孩子们扔进水缸里。"我说。

"什么时候？"

我摇摇头说："可能是今天，也可能是明天。我不知道，总之很快了。"这个幻象的紧急程度毋庸置疑。"我们必须马上进攻。"

"预计每天都会有六十个人从西部到达这里，"派珀说道，

"东部还会有更多的人到来，如果信使及时与他们联络上的话。"

"那就太晚了，"我说，"孩子们随时都会被关进水缸里。"

"如果领着我们的战士陷到一场大屠杀当中，那并不能拯救这些孩子或者任何人，"佐伊说道，"我们只有一次机会，需要议会正在这里寻找的东西，我们还需要足够的战士，才能有机会成功。"

"那孩子们的机会在哪里？"我问派珀，"你也看到水缸对他造成的影响了，而且他还是个阿尔法人。就算最后我们能解放新霍巴特，把他们都放出来，他们也将不再是从前的样子了。难道你不想拯救他们吗？"

"这从来就与我怎么想无关，"他说着目光转向一旁，"抵抗组织需要的，才是重要的。"

整个上午，我看着战士们进行训练，感觉水缸中的液体就在我喉咙里涌动。为了分神，我请求佐伊跟我一起练习她教给我的格斗技巧。我们在练习时很少说话，除了她不断做出指导："低一些！……你的空门大开……离得那么近时，要利用你的肘部而不是拳头……"我动作变快了很多，意念和行动之间的时间差正在缩短。她教给我的拳击和戳刺动作正逐渐变成一种习惯，虽然在搏斗时我永远打不过她，但已能躲开她的部分攻击。虽然天气寒冷，我们仍然热得脱掉外套和套头衫，我的衬衫也因汗水而紧贴在背部和手肘附近。这种训练迫使我聚焦在自己的身体上，持匕首的手臂举到面前时右肩要收紧；脸上肿了一块，那是佐伊一脚飞踢，突破我的防守正中面颊。我们不断打转，寻找机会向前猛刺，然后继续打转，这让我不得不专注每次呼吸，从而忘记幻象中的孩子们。

"今天就练到这里，"一个多钟头后她叫停道，"你没必要把自己累死。"不过，在她离开之前，对我点了点头说道："比以前好多了。"这是我从她那里得到最近似赞许的评语。

*

我站在帐篷的入口处。旁边有一棵歪倒的树，莎莉坐在上面，用树枝指着铺开在地上的一幅地图，四名士兵蹲在她脚旁聚精会神看着。几匹跛马正在使劲啃干草，那是侦察兵从沼泽之外捡来的。三名军械官正在干活，将一棵树砍倒，然后把它切成一面面盾牌。在营地中央附近的一块平地上，派珀加入到一个中队的格斗训练中。他们在一对一练习，刀剑相交发出的声音，让我想起议会舰队攻来时自由岛上响起的警钟。派珀正与西蒙的顾问维奥莱特对阵。他在身高和体力上占优，但她有两条胳膊，虽然左臂没有手掌，但仍能使用绑在前臂上的盾牌。他们两个正好势均力敌，她的短剑灵活敏捷，但派珀的刀锋更长一些，她也能用盾牌抵挡他的部分攻击。他只有一条手臂，这意味着无法使用盾牌，所以他的动作必须更快，更有效率。派珀的每次攻防都很有章法，似乎在绕着场地打转，迫使维奥莱特跟着他一起转圈。只有当她进攻力度过大而露出破绽时，他才会予以回击。

他们看起来在轮流取得优势。有两次派珀已将匕首刺到她的咽喉，但他只是将刀锋平转过来在脖子上轻轻一拍；维奥莱特利用速度优势，也有两次突破他的下盘防线，用短剑钝面击中他的身体。

随后这两人各自退后，分开片刻后再次交手。我注意到，派珀每次让步时都会冲她点头示意，有一次由于失误动作太大而绊倒，还冲她笑了笑，但维奥莱特的脸始终毫无表情。每次他们分开之后，她都会更快地冲上前去。没有多久他们都开始气喘吁吁，四周的野草被践踏出一个圆圈。

随后，她再次瞄准一个机会，这次没有翻转匕首，而是直接用剑锋击中派珀。虽然没有什么大碍，但还是让他疼得一皱眉，衬衫上出现了一道细细的血线。佐伊本来正在跟西蒙说话，忽然转过身来。我不知道她究竟是因为感觉到派珀伤口的刺痛，还是仅仅因为听见他深吸了一口气。

派珀从维奥莱特身旁退开，扬起一道眉毛。他并未低头去看伤口血迹，而是保持着战斗姿势，双膝微屈，重心放在脚尖，匕首扬起，就像佐伊教过我的一样。

"你现在为他们做议会工作了吗，维奥莱特？"他问。

"自由岛事件之后，你应该知道的。"她回答。

他们两个一前一后移动，不断绕着原地转圈，举起的匕首几乎相交在一起。

附近的打斗都停了下来，人们把兵器放下，凝神观看派珀和维奥莱特的比赛。

"你当时应该把先知交出去。"她对他说。

"如果我直接认输，把一个自己人交给他们，那我算是什么样的领袖？"

维奥莱特再次攻上来。到第三个回合，两把匕首又一次相交，她的剑锋顺着他的匕首滑下来，在剑柄处紧紧咬合在一起，他们两人也再次近身。她飞起一脚踢向派珀，却被他闪身避开。她一下失去平衡，他借机将剑柄滑开，扭转刀锋。维奥莱特的剑柄撞在自己身上，她用持盾的手臂肩部蹭了一下脸，将从嘴角流出的鲜血抹掉。

"她不是自己人，"她说，"她是个先知。"

围观众人的目光转移到我身上，我强迫自己迎上他们的注视。

"卡丝是我们的一分子。"派珀说道。

维奥莱特再次冲上前，短剑从下方猛攻而至。他接连挡下两次进攻。

"将她交给神甫并不能拯救自由岛。"派珀在双剑交击声中一字一顿说道。

"这可不一定，"维奥莱特说道，"无论如何，我们都见过你看她时的目光。别告诉我说你救她只是为了抵抗组织着想。"她又从下盘进攻，派珀不得不退后一步，躲开刺向他大腿的剑锋。

随后他奋力向前，接连攻出三招，动作十分迅速。维奥莱特挡开了这次进攻，但被迫退了几步。派珀飞快跟上去，逼近她身旁，在她后退时用脚在她脚后跟轻轻一绊。她没有防备，一下子摔倒在地，派珀俯身过去，将短剑从她手中打掉，然后将膝盖压在她胸前，剑尖指向她的咽喉。

有那么一刻我以为他要刺穿她的喉咙了。我不禁大喊"不要"，喊叫声在严寒的空气中扩散。

他的匕首并未刺出，而是低头凑近她的脸庞，这样他说话时她只能直视他。"就算交出卡丝和吉普能拯救自由岛，那等到下次他们来时，我又应该把谁交出去呢？下下次呢？如果他们要的恰好是你丈夫，或是养育你长大的婆婆，或是你抚养的孩子，那你会怎么办？而且，等我把大家一个一个都交出去了，又该怎么办？"

"你应该甘于妥协。"维奥莱特大喊。她用手在地上乱抓，希望能摸到自己的武器。派珀用匕首将她的短剑拨得远远的。

"跟议会没有妥协可言，"他说，"只不过是逐步投降而已。你真的以为，他们会甘于让我们一直和平地生活下去？当他们没有别的选择时，或许暂时如此。但是现在他们有了水缸，那就是他们的目标，把我们每一个人都关进去。在这个目的达到之前，他们是不会善罢甘休的。把卡丝交出去，只会加速这一进程。"

他把匕首随手一扔，恰好落在我脚旁的泥泞中。然后他站起身来，低头看着维奥莱特。她仍然躺在地上。

"我也参加了自由岛的战斗。我在那里跟你们一起抛洒热血，一起为死去的兄弟姐妹伤心流泪。"他提高音量大声说道。这已经不是只对维奥莱特说的话，而是面向周围聚集的人群。"解放新霍巴特时，我会再次跟你们一起并肩作战，抛洒热血。我宁愿死在新霍巴特城外的高墙下，也不想在水缸里苟且偷生。"

他弯下身，向维奥莱特伸出手去。她迟疑了片刻。一丝鲜血从她嘴角缓缓流到下巴上。终于她握住他的手，借力站起身来，然后慢慢走开去。

派珀转身面向围观的战士们。

"还有人想跟我讨论在自由岛发生的事吗？"

没有人说话。

"那我们都回去干活吧。"他说着捡起自己的匕首，大步走回格斗场中央，战士们纷纷让开位置。我看到莎莉在一旁望着他，脸上露出微笑。

*

那天晚上，我被黑暗中传来的一阵轻柔的恸哭声惊醒。我花了好几分钟才意识到那不是赞德在哭。他正躺在莎莉身旁，张着嘴睡得很安宁。在莎莉另一边睡着佐伊和派珀，毯子盖住了佐伊半张脸。

我忽然意识到，哭声是从我脑海中传来的，而且我开始辨别出那哭叫声属于不同的人。我听到小亚历克斯咳痰的喘息声，记得当时艾尔莎一直用手帕给他擦鼻涕。尖锐的啜泣声则来自小路易莎。

"他们对孩子们下手了。"我用力摇着派珀的手臂说。

接下来的几个钟头，我很感激他没有说话，也并未试着告诉我一切都会好起来。他只是盘着腿跟我坐在一起，当我发现自己浑身颤抖哭出声来时，他没有看向我或是想安抚我。他只是坐在那里跟我一起等待，像黑暗一样毫不厌烦。

我唯一能为孩子们做的，就是眼睁睁看着。我闭上双眼，让幻象充斥脑海。我看到马车在狭窄的街上驶过，车夫上方的挂钩上一只灯笼随风摇摆。我看到长条形低矮建筑的轮廓，挡住了天上的星光。我看到在一辆马车后面，孩子们的小手紧紧抓着木板的间隙。里面传出的哭声没有刚才惊醒我的声音那么大了。孩子们发出的哭叫声中，并没有期待任何人会听到，更不用说来帮忙了。这是黑暗中的恸哭，孩子们很清楚没有人会来救他们。遗憾的是，他们猜得一点没错。

16 南瓜田

第一场雪在黎明时降临，到了下午，帐篷已经被积雪压得陷了下去。沼泽变成混合了冰水和泥巴的湿地，这实在是宿营的最差时机，到处拥挤不堪，冷飕飕的寒风使劲拍打着帐篷的门帘。排泄区挖在东部边缘，但那气味被风吹得整个营地都闻得到。

据西蒙估算，这里已经聚集了接近五百名士兵。这比我担心的数目要多，但远远少于我们需要的人数。

"这点人远远不够，"西蒙轻声说道，"你们都见过我们对议会士兵数量的估测了，在新霍巴特至少有一千五百人，而且都全副武装。"

"在议会里也有不同派系，"我说，"我们应该充分利用这一点。"

"你说的是什么意思？"莎莉问道。

"我说的是主事人。"

从他们的反应来看，我的话似乎跟赞德语无伦次的呓语没有区别。佐伊翻起了白眼，西蒙摇了摇头。但我并未灰心，继续解释下去。

"我们知道他在监视新霍巴特。我们知道他反对水缸计划。"

"他是议会的一员，"佐伊说道，"我们只要知道这一点就够了。"

"如果我们求他帮助我们呢？"我问。

"他不会同意的，"派珀说道，"而且，如果我们不告诉他我们的计划，根本都无法开口求他。他或许跟扎克和将军有争执，但总归是效忠于阿尔法人和议会的。他会警告他们，毁掉我们拥有的任何一点机会。"

我摇头道："如果他起而反抗扎克和将军，其他阿尔法人会跟随他的。"

"将军基本上已经将整个议会控制在股掌之中，"莎莉说道，"他们不会追随主事人参与到某种形式的叛乱当中。"

"我说的不是议会里的人，"我说，"我指的是普通阿尔法人，比如说士兵们。部分士兵会追随他。你也听到他说过，扎克的一些士兵已经因为见到他利用机器，害怕得转而投靠主事人了。"

"你认为人们为什么那么害怕机器呢？"派珀说道，"因为我们。在大爆炸造成的所有可怕事物中，我们才是他们最害怕的。你觉得这些士兵会去为了我们而战？"

"我觉得他们会追随主事人，如果他要求他们的话。"我记起他毫不畏惧站在派珀和佐伊扬起的匕首前的情景。他本是那种惯于发号施令的人。

派珀也一样。他冲着我扬起一道眉毛。"主事人本质上并不反对水缸计划，只不过他们用来实施这一计划的机器让他看不顺眼，如果能把我们一次性解决掉，他只会乐开怀，只不过在这过程中不能使用技术而已。你想跟这样的人结盟？主事人可不是站在我们这边的。"

"我们需要帮助，至于这种帮助来自何方，我们不用过于吹毛求疵。"我说，"你有更好的主意吗？我知道主事人的动机不纯，但你昨晚刚跟我说过，这跟我们怎么想无关，抵抗组织需要的才是最重要的。他能帮助我们，让新霍巴特的人民免于陷入水缸之中。"

但是，派珀最终说服了我。"他或许有这个能力，但他不会这么做。他永远不会做出这么出格的事。他来找我们交换信息，仅此而已。我们不能因为信任他，而把整个攻击计划陷于危难之中。"

他转身又去研究地图，但对话仍在继续。

"我们在五天后的午夜时分进攻，那天将有一弯新月。"派珀说道，"当我们接近新霍巴特时，这将给我们极大的掩护。"

我闭上双眼，脑海中浮现的尽是刀光剑影，血流成河。

*

"这还远远不够。"每次我们聚集在西蒙的帐篷里，跟他一起计算当天抵达的士兵人数时，他都不停地如此抱怨。

"在新霍巴特有几千人会跟我们一起战斗，"我说，"只要我们能启示他们，让他们做好准备。"

"如果你有聪明的点子，能够进到围城的高墙里面去，请一定告诉我们。"佐伊嘲讽道。

"通知不在墙内的人如何？"我说道，脑海中浮现的是每天从新霍巴特城鱼贯而出的工人。

"你也见到了，他们一整天都被士兵看守着。"派珀说道，"我们根本没有机会走到近前去跟他们说话。"

这倒是事实。两天之前，我们刚刚观察过从城门出来的工人。农田里的作物已经收得差不多了，剩下来的早已逾期。工人们徒手在冰冻的地里挖掘，这让收割工作变得缓慢无比。士兵们看起来倒是很轻松，一边在田地外围巡逻，一边嚼着烟草聊天作乐。不过每隔一段时间，他们就会用鞭子抽打挖马铃薯动作最慢的欧米茄人。

"但是，农田只在白天才有人看守。"我说。

"你的意思是？"莎莉问。

"我们可以在晚上潜到农地里，给他们留下讯息，告诉他们准备战斗。"

"用什么战斗？"派珀质问，"议会肯定早就把他们的所有武器都收走了。他们甚至没有镰刀用来收割。而且我们也没有多余的武器，就算能把武器偷运进城也不行。"

"如果我们能通知他们进攻的消息，还是有很多地方可以帮上忙的，他们可以弄残士兵的战马，制造混乱，在城墙内放火，用能找到的菜刀等一切利器武装起来。他们会帮忙的，只要我们能想办法在农田里留下讯息。"

"指望有人能看到它？这可能性极小，"这次轮到西蒙表示怀疑了，"天哪，卡丝，他们大部分人甚至都不识字。"

"一点没错，"我说，"不过如果他们看到了讯息，肯定会想方设法带给识字的人看。"

"如果不是欧米茄人，而是被士兵发现了呢？"

"我们观察了他们好多天，你见过一次他们进到田里弄脏自己的手吗？如果我们做得够隐蔽，就能确保只有工人可以发现。"

"我们并不清楚这些工人都是些什么人，如果他们举报我们呢？"西蒙仍旧摇头，"只要其中一个告诉了士兵，那就全完了。只要有一个工人因为太害怕，或者想要获取士兵的嘉奖……"

"要是在他们带走孩子之前，我同意你的看法，"莎莉说道，"但现在情况不同了。卡丝说得没错，他们看到孩子被带走了，现在肯定知道自己的处境有多绝望。"

"这仍然有风险。"派珀说道。

我迎上他的目光。"最近我们做的哪一件事不是冒险？"

*

夜幕降临之后，我们抵达烧焦的森林边缘。在城墙外面的平原中，只有几块菜地还没有收割完。最前面的是几排南瓜，上面覆盖着一层薄薄的积雪。

西蒙为我们准备了纸和笔，但是我们担心，在庄稼中塞进任何纸片都可能会被大雪毁坏。最后，我们决定做得更加直接。我们蹲在黑暗中，离墙边的哨兵只有一百码远，在南瓜底部刻上我们的讯息。

我们腹部着地缓慢地从积雪上爬过，寒冷的感觉袭遍全身，变成比哨兵更直接的威胁。云层厚厚的，遮住渐蚀的月光。我们监视新霍巴特这么多天，从未像此刻离这座城这么近过。我的衣服全湿透了，贴在冰冷的皮肤上，往前爬时蹭得生疼。最终我放弃了抑制发抖的努力。我们缓慢推进，每次只往前一码。巡逻队经过城墙东边时，我们只能一动不动，把脸贴到地面上，等士兵从城墙边走过去。马蹄在结冰的地面踏过的声音，兵器互相撞击的声音，听起来如此接近。当他们骑马经过东门时，我们能听到监视塔上传来的招呼声。

当我们到达南瓜田时，我的双手已冻得瑟瑟发抖，开始刻字时匕首两次脱手掉在地上。

应该刻什么字，我们早已达成一致，最重要的是确保讯息简短又明确。每个人负责写一句话，刻得越多越好。派珀写的是"很快你们都将被抓，就跟孩子们一样"，佐伊的是"关到一个生不如死的监狱里"。我们决定放弃解释水缸计划，这种事就算当面陈述也很难讲清楚，更不要说在严寒的黑夜里，将它们刻在南瓜底下了。

我刻的句子是"我们在新月之夜子时进攻，做好准备"。然后每句后面都会留下一个欧米茄标志Ω，正如刻在我额头的一样，在大屠杀之前飘扬在自由岛旗帜上的也是这个标志。就算大字不识一个的欧米茄人，也绝不会认错这蚀刻在自己血肉中的标记。

对我们来说，每写一个字都是煎熬。我的刀锋不断从南瓜皮上滑偏到一旁。黑暗虽然让哨兵无法发现我们，但也让我们很难看到自己在写的字，因此我们只能一半靠视力一半靠感觉来完成这项工作。刻第一个南瓜时，我一开始写的字太大，到了后来只能把句子末尾的字体缩得很小，刻在南瓜皮上。第二个就顺利多了，我已经掌握匕首应该以何种角度切上去，才能在坚韧的南瓜表面流畅地刻字。一个个小字在我颤抖的手指下逐渐成形。

刻到第三个南瓜时，我往后仰起头，冻得牙齿一阵打战。

"你没事吧？"派珀猛然转过头，寻找声音来源。我将手掌捂在嘴上，但笑声还是混杂在喘息声中脱口而出。

"这整件事都太荒谬了，我的天哪，南瓜！"我大口喘着气，一滴泪水从眼角流下来，经过我冰凉的脸庞，感觉十分温暖。"我曾以为伦纳德和伊娃的歌已经算是一种奇怪的兵器了，但这个甚至更怪异。这就是我们的革命，南瓜革命。"

派珀露齿而笑。"不太像是传奇的样子，对吗？"他低语道，"没有人会为此写首歌的，就算是伦纳德也没办法让它显得有吸引力。"

"我们不是为了有吸引力才做这件事的。"佐伊说道，但她也在微笑。我们跪在雪地当中，全都面带笑容，天上越来越细的弯月提示我们，进攻的日子即将到来。

*

当晚剩下的时间我们回到森林里露营休息，黎明时又回到城边，看着工人们被带出城门。我们蜷伏在农田东边沼泽地的草丛后面，能够清楚看到，昨夜新下的雪已经把我们的踪迹完全掩盖。不过，南瓜们也被雪遮住大半，我们费尽心血留下的讯息被埋葬在数寸深的积雪之下。

整个上午，工人们都没有接近南瓜地。士兵把他们带到隔壁田里，我们观望了几个钟头，看着他们辛勤劳作，跪在地上用手拔出一排排的胡萝卜和防风草。

我们不知道留下的消息能维持多久，南瓜上刻下文字的地方没准已经愈合。如果它们没有被及时收割，太晚了就失去意义了，毕竟离新月之夜只剩下三天了。

到了中午，城门再次开启，两名士兵赶着一辆空马车从城里出来。马车停在农田旁边，士兵开始连喊带打，将工人们赶进南瓜地里。佐伊碰了碰我，我们三个往前移了移，透过野草聚精会神观看。

过了一个多钟头，欧米茄工人们才推进到我们留下讯息的那个角落。两个女人正在我们标记过的那排南瓜上劳作，她们没有镰刀或其他刀具，只能徒手将每根冰冻的南瓜茎从藤蔓上拔下来。这可是个苦差事，一个女人有一条断臂，只长到手肘处，另一个是名侏儒，大点的南瓜都到她腰部了。十码外有个士兵，不时跺跺脚，把靴子上的积雪抖下来。女人们把南瓜摘下来之后，传给一名高个子欧米茄人，他再放到装南瓜的马车里，另一个士兵守在那儿，靠着马车站着。

女侏儒在费力地摘一个南瓜时，忽然停了下来。我听到身旁的佐伊屏住了呼吸。随后女侏儒又继续使劲，将南瓜茎折断，把南瓜扔到一旁，等着高个男人回来。下一个南瓜她花的时间要长一些，弯下腰去抱住南瓜，然后扭断它的茎。几百码之外，透过高高的野草和飘落的雪花，我没办法清楚看到她在做什么。她那样蹲下去，只是为了在对付南瓜时能使上更大的劲，还是她在用手指摸索上面的讯息？茎折断了，她将南瓜抱在怀里，这次没有直接扔到地上，而是等了几秒钟，直到男人走过来。他弯下身，从她手里接过南瓜。如果这时她跟他说了什么，我们完全不可能看到。他没有露出一点迹象，不过当他走到马车旁，我注意到他将南瓜仔细摆放到车厢离士兵最远的那一边。

他们逐渐将南瓜田的角落收获一空，在此过程中，我们仔细观察他们的每个举动。每次女人摘下一个南瓜，我都想象她正在偷瞄我们刻在上面的讯息。有一次，女侏儒喊那个高一点的女人过去帮助她。这可能是因为她正在摘的南瓜比其他的都要大一些，但我却相信她是为了跟同伴窃窃私语。我们刻下的消息正在传播。无论如何，旁边的士兵看到她们接近时大喊了一声以示警告，于是她们赶快回到各自的岗位。

最后一批南瓜收割时，天已经黑了。马车装满蔬菜被拉着穿过城门时，大雪不断飘落在上面。

"就算他们还没看到上面的消息，"我说，"南瓜被卸下来或者存进仓库时，仍有机会被人发现。"

"也有可能被士兵发现。"佐伊说道。

城门再次关上。我们能听到木头门闩落下的声音远远传来，像刽子手的斧头砍在绳索上一样宣告一切已结束。

17 卡丝的赌注

回到沼泽中的营地，我梦见一片血海，像我之前幻象中水缸的水一样攀升，吞没了新霍巴特。艾尔莎在里面，沉没在红色潮水中。当被完全淹没之后，她睁开双眼望着我，嘴巴张开，里面冒出一串气泡。

我醒来时，还远未到午夜时分。派珀和佐伊正背靠背睡觉。佐伊面向着我，嘴巴微张，她睡梦中的面孔看起来要更年轻些，跟白天的暴躁易怒比起来，显得毫无戒备。派珀另一边睡着赞德。当晚莎莉正在值岗放哨，没有了她，赞德睡得很不安稳，每次翻身时，嘴里都冒出含糊不清的说话声。

我蹑手蹑脚走出帐篷，动作几乎和在南瓜地里时一样缓慢。在外面，降雪给熟睡的营地增添了另一层宁静的氛围。往西是营地通往外面的唯一通道，两边长满芦苇。在半途中有一个警卫岗，我知道莎莉正在那里放哨。再往外走，沼泽中还安置了更多岗哨。我离开营地，来到芦苇最茂密的地方，蹲下来试探冰层的厚度。我伸出一只脚踩了踩，冰面嘎吱作响，显然无法承受我的重量，因此我准备打破冰面，游到下一个长满芦苇的小岛上去，它离这里只有一百码远。不过，相比这点距离来说，寒冷可能是更大的威胁。

"如果你没淹死在里面，也会冻死的。"

一阵低语声传来，我大吃一惊，脚从冰上迅速收回，不得不仰身向后，才没掉进去。冰水寒冷刺骨，我不由得深深吸了一口气。

"我早就在想，你今晚是否会去找他。"莎莉说着从芦苇丝中走出来。

"我不懂你在说什么，"我说，"我只是想走走，一个人静一静。"

她叹了口气。"你还没弄清楚，我根本没时间跟你打哑谜。你觉得我为什么会主动提出在最后几天值班站岗？自从你提出主事人的问题被否决后，我就一直在注意你。"

我不敢说话，避开莎莉的目光，弯下身去拧湿透的裤腿。

"你真的认为一个议员会帮助我们吗？"她说。

"他想要阻止水缸计划，"我说，"这一点我知道。"

"为了这，他肯拿起武器反对自己人，发起一场战争？"

她喘着气，压低声音说出"战争"这个词，听起来非常古怪。

我希望自己在回答她时，能有哪怕一丝确定的语气。"我认为他是个有原则的人，有自己的主见。但是他的原则跟我们的并不一致。他相信禁忌是不能打破的，他想要保护阿尔法人。"

"因为这就要去攻击议会，这中间可隔着一大步。而且，在我们攻击之前先泄密给他，这赌注下得实在不小。你今晚出门一趟，可能会让我们全军覆没。"

"我知道，"我说，"但我想不到别的办法。"我低头看着自己的双手，记起在幻象中看到的吞没新霍巴特的血海。"如果我们给他一个机会，如果我们去请求他，他可能会帮忙。"

"也许你是对的，"她说，"但是派珀和佐伊永远不会冒这个险。他们绝不会让你去的。"

"你就不能试着劝说他们吗？"

"就算是我也没办法，"她说，"派珀和佐伊有自己的原则，西蒙也是。他们绝不会去向一个议员寻求帮助。"

我知道她说得没错。我缓缓吐出一口气，等着她叫来守卫或者派珀。我很清楚，我不会与莎莉为敌。而且，就算我能狠下心这么做，只要她一声喊叫，整个营地就会被惊醒，战士们都会过来抓我。

她往后退了两步。"我将一匹马拴在大红树的树根上，就在这条通道与下一个岸边湿地的交叉口外面。你必须沿着外围边缘走，才能避开哨兵。天亮时我这班岗就值完了，在那之前要把马还回来。"

我们对视了几秒钟。她脸上没有笑容，但略微点了点头。"抓紧时间。"她说。

"你自己的原则呢？"我忍不住问。

她耸耸肩。"如果我曾有过原则的话，那一定是太久以前的事，因为我已不记得了。"她的声音依旧低沉，"我从未见过主事人，对他的为人，他的信念并不了解，但我了解斗争和战役。如果像现在这样，我认为我们是赢不了这场仗的。"她挥手指着身后的营地，一排排帐篷被积雪压得沉了下去。"我们的人太少了，敌人数量太多了。我已经老了，卡丝，我并不害怕死亡，但我想让派珀和佐伊能活着，还有赞德。所以，我会做派珀不愿做的事。"

我伸出手去想要握住她的手，却被她一把推开。

"抓紧时间。"她又说道。这是第一次，我从她的声音中听出恐惧之意。

*

天空的月牙几乎已不能再细，夜晚一片黑暗。为了避开外围的守卫，我只能牵着马穿过沼泽，在齐腰深的水中跋涉。当地面足够坚硬时，我飞身上马，裤子早湿透了，冻得我瑟瑟发抖。小雪仍在下，我希望它能够盖住我的足迹，如果有人发现我不见了，前来追我的话将无迹可寻。我往西走了老远，以和新霍巴特保持安全距离，黑暗和降雪联合起来跟我作对，让我无法找到那个溪谷。最后，我放弃巡视模糊的地平线，闭上双眼让意念搜索着主事人的位置。我聚精会神，想着在记忆中他的样子，他喷在我脖子上的呼吸，他命令佐伊和派珀退下时的喊叫声。

过了好几个钟头，我才找到那棵孤零零的云杉树。我逐渐接近溪谷入口，前进速度非常慢，一方面是因为夜黑难行，但还有别的原因。我有点踌躇不决，意识到在任何一刻，主事人的哨兵都可能发现我，长剑随时都会从夜色中刺来。自从逃离保管室之后，我一直在尽最大努力，避免被议会士兵再次抓住。而现在，我要主动送上门去了。我孤立无援，佐伊和派珀都在数英里之外的新霍巴特城另一边。跟他们一起同行了这么长时间，如今他们的缺席就像大雪一般，让整个世界变得陌生无比。

地面的雪越积越厚，我催马向前，择路通过。主事人曾向我保证，我作为人质对他没有利用价值，因为当下将军才是议会背后的主导力量。不过，他也有可能改变主意。抓住我并不能阻止水缸计划，但把我交给扎克，仍能给他带来一些筹码。我现在迈出的每一步，都可能会把自己带回保管室里，或者更糟。

那我是什么时候下定决心，驱使自己来到这里的呢？并不是我蹑手蹑脚离开帐篷中熟睡的佐伊、派珀和赞德的时候，甚至也不是我们决定解放新霍巴特的时候。这要追溯到很久以前，在自由岛大屠杀时期，或者在温德姆城下的水缸密室时，冥冥之中我救出了吉普，随后我们一同逃亡天涯。

或者更久之前，在扎克成功把我送走那天，额头的烙印仍是一个新鲜的伤口。那天我们第一次分开，从此踏上各自的人生道路，再也无法回头。扎克已经摆脱了我，就像丢弃自己以前的名字一样，他变成了改造者，变戏法似的搞出水缸计划，开始追逐他的黑暗狂想曲。而我所能做的，就是策马向前，走进越来越浓的夜色中，不惜一切代价来阻止他。

前方突然传来一声大喊，眨眼之间，士兵们已从黑暗中涌出，各举长剑将我团团围住，我往任何方向迈前一步，都会被长剑贯身而过。

"我独自前来，"我大喊着举起双手，"我要见主事人。"

有人抓住马的缰绳，另一个人半拉半拽将我从马上拖了下来，腰带中的匕首也被扯掉了。一个士兵举起灯笼在我脸上照了照，检查我的烙印。"是个欧米茄人。"他说。他的脸离我如此之近，我都能看到他刮胡子时剃刀留下的胡楂。"外表上看不到什么变异，可能是那个先知。"他从上到下对我实行搜身，看有没有藏着其他武器，但双手停在了胸部。

"我不认为自己的乳房会对你上司造成威胁，你觉得呢？"我平静地说道。

他的一名同伴偷偷笑起来。那个家伙什么都没说，双手继续往下搜去，检查完我的手臂，然后蹲下来抚过我的双腿。

"退下去。"主事人忽然跑步出现在溪谷入口，喘着气说道。他的黑色外套上有个毛皮帽子，让人很难分清哪里是他的头发，哪里是帽子上的皮毛。

长剑立刻向下垂去。

"带她进来，"他说，"人手加倍守住边界，确保她只是一个人前来。"

他没有等我做出反应，直接转身往溪谷内走去。我跟在他后面，两边各有一个士兵护持，还有一个在后面牵着我的马。

我以为之前夜色已经够浓了，但我们越往下走，溪谷给我们披上另一层越黑暗的罩衣。帐篷搭在谷底，由两侧悬崖上的树木作为掩护。最大的帐篷外拴着一排战马，一边踢踏地面一边轻声嘶叫，士兵们手持灯笼，从我们身旁不断经过。

主事人掀开中央帐篷的门帘，大步走了进去。"退出去。"他命令道。士兵们迅速退回黑夜之中。

他虽然是在露营，但里面的摆设，跟我过去数月住过的临时营地，或者抵抗组织大部队在沼泽中安身的帐篷群完全不同。主事人的帐篷由白色厚帆布搭成，顶部很高，他完全能够站直。角落里的床上铺着羊毛毯，入口附近摆着桌椅。一盏油灯挂在帐篷中央的杆子上，在帆布上投下飘忽不定的阴影。

他把帽子推向脑后。"你在抵抗组织的同伙知道你来这里吗？"

我摇摇头。

"坐。"他说道。我站着没动。他坐了下来，往后靠在椅子上盯着我。"你一个人在外面跑很危险。难道你不知道有多少人在找你吗？"

"不用你假惺惺关心我，"我说，"我很清楚谁在找我，为什么要找我。但是，这是唯一的办法。你为什么要监视新霍巴特？"

"跟你们的原因相同。你哥哥和将军对这个地方很感兴趣，这表示我也对这里产生了兴趣。"

他炯炯的目光注视着我，我努力保持镇定，不露出怯意。

"我就知道你会改变主意，"他继续道，"你为我带来了什么情报？"

"我并没改变主意，"我说，"我来是要给你一个机会。如果你真的想阻止水缸计划，我需要你的士兵，和他们手中的长剑。我需要你的军队。"

这次他笑了。

"你什么都没给我，还来要求明知我不能给你的东西。"

"事实并非如此，"我说，"我有情报要告诉你。我们将会攻击新霍巴特。"

"那纯粹是送死。"他说着拿起一个罐子，给自己倒了一杯葡萄酒。

"如果有你帮忙就不是送死，"我上前一步对他说，"我知道你有很多忠心的手下。如果我们并肩作战，我们会成功的。"

"一半以上的军队效忠于我，"他说，"你哥哥和将军太醉心于他们私下的计划了，跟普通大众都失去了联系。但是，我的手下对我忠心，并不意味着他们会为了欧米茄人的事业，与欧米茄人并肩作战。你要求得太多了，他们无法做到，我也一样。"

"我也不想跟你结盟，如同你不想帮我们一样。"我并非有意流露出厌恶的情绪，所以试着缓和一下口气，"你知道他们已经把孩子们都关进水缸了吗？"

"我对此并不感到奇怪，"他说，"从长远考虑，这一直是他们的策略。从源头阻止欧米茄人。你应该听听他们说话的口吻。如果从婴幼儿时期就把他们关进水缸里，'消耗的资源最少'，将军这样对我说。我不认为他们进了水缸之后还能成长，这样一来，他们将永远是小孩子，消耗的营养少，还不占地方。"他说这话时露出厌恶的表情。

"你听到他们这样说，怎么会不想要阻止他们呢？"

"你在要求我发起一场战争，让军队内的不同派系自相残杀。"

"我在要求你阻止一场暴行。"

这话并不完全诚实。一场暴行无可避免。如果我们要解放新霍巴特，很多人都会在战斗中死去，他们的孪生兄弟姐妹也会丧命。我选择让这些人去死，来避免城内居民面临的在水缸中生不如死的无穷困境。在我印象中，作出任何决定似乎都难以两全。

"你想要情报，"我说，"你想要我的帮助，那我就告诉你，我们将在三天后新月之夜的子时进攻。"

现在一切都掌控在他手中。将这个讯息告诉他可能会让我们全军覆没，如果他决定背叛我的话。我想起告诉伦纳德水缸计划和避难所时，他是如何反应的。我们没有要求他帮忙，这并无必要。我们将消息透露给他，然后这个消息本身就变成了一种使命。我又想起吉普，他的目光如何透过水缸玻璃与我相遇。他什么也没说，但他神志清醒困在里面的事实，足以抵过一切请求。我知道有时承诺就在转瞬之间。

"傻子才会干出这样的事，"主事人说道，"就算我想要帮助你，也没有足够时间准备。新霍巴特的士兵效忠于将军，我得从遥远的北方召集我的人马。而这一切都是为了什么？一场永远不会成功的攻击。"

"我们别无选择，你也没有。你现在不能像没事人一样袖手旁观了。"

他举起双手。"时间太紧了。自由岛被攻陷后，你们还能召集什么样的军队？"

"再晚就来不及了，"我说，"你很清楚这一点。他们已经抓走了孩子们，很快其他人也在劫难逃。你将会置身事外，看着我们拼命。如果我们成功了，你将会很高兴，利用它来帮助你对抗扎克和将军的大计。如果我们失败了，你也将甩手不管。"

"如果你已经把我看得这么清楚，那你来到这里是希望达到什么目的呢？"

他面色苍白，手紧紧攥着高脚酒杯的长脚。"你为什么这么害怕我们？"我问，"当初你来找我时，我还希望你是因为动了恻隐之心，才想要阻止水缸计划。但事实上，你是因为恐惧。你说过你想保持对禁忌的禁令，但你害怕禁忌之物，其实就是害怕我们。我们是机器造就的惨剧，我们才是你恐惧的根源。但是，如果你不能跟我们并肩作战，就根本无法战胜机器。"

"你对我根本一无所知。"他说道，猛然将酒杯一把推开，里面的酒洒了出来。我看着血红的酒水顺着酒杯的长脚流淌到桌子上。

"我们对你做过什么吗？"

他一言不发盯着我看了许久。他腰上别着的刀鞘里有一把匕首，我不禁怀疑自己是否逼得他太过分了。他能在顷刻之间夺去我的小命，而且都不用费心收拾残局，士兵们会把我的尸体拖出去的。我预见到了这种可能性。但与我幻象中的其他画面相比，这又显得没那么要紧了。水缸已就绪，准备吞没整座新霍巴特城，我们想要解放这座城市，但却徒劳无功，只不过在城外多了一道鲜血洒就的圆环而已。

"我曾有个妻子，"主事人的说话声将我从沉思中惊醒，"我们很年轻时就结婚了，准备生一个孩子。"

"是两个。"我纠正道。

"随便你怎么说，"他又端起酒杯喝了一口，但并未面对我的目光，"那九个月里，我们看着杰玛的肚子越来越大。我离开军队，开始为一个议员效力，因为我不想经常离开家。我想看着自己的孩子长大。

"杰玛临盆时，先生出来的是阿尔法。她很漂亮，很完美。我抱着她，等着那个欧米茄出来。但它没能出来，卡在子宫里面了。"他停顿了片刻。"接生婆也在场，我们想尽了各种办法，但它的头是畸形的。"他低着头，嘴部扭曲，好像回忆是嘴里的一腔苦水。"接生婆认为，它可能有两个脑袋。无论如何，它没能生出来。"

"我妻子让我把医生叫来，将它从体内取出来，至少先保住孩子。但我做不到。我应该那么做的，我真是太蠢了。结果，我失去了她们两个。"

一开始我还以为他说的是两个孩子。至少他承认失去了自己的欧米茄孩子。但他继续说道："先是我的女儿，然后是我妻子，在一天半时间内相继离开了我。另一个孩子卡在她体内死了，杰玛也越来越虚弱。她脸色苍白，高烧不退，烧得都糊涂了。在这期间，她一直追问我们女儿的情况。我不敢告诉她，我们可爱的女儿已经死了，裹得严严实实放在厨房的椅子上。"他抬起头看着我。"如果有人告诉你他不害怕欧米茄人，那一定是在撒谎。你们是大爆炸留给我们的诅咒。你们是无辜之人必须承受的负担。"

"你的儿子难道不是和你女儿一样无辜吗？"我质问道，"新霍巴特城里的孩子，他们难道就不无辜吗？"

"那个欧米茄婴儿杀了我的全家。"

"不是的，他死了，然后她们也死了。这对他们三个来说同样恐怖，同样残酷。当你妻子死去时，她的欧米茄兄弟也会死去，同样的，这也不是她的错。如果你将类似的悲剧作为痛恨所有欧米茄人的原因，那人们都会变成像扎克和将军一样，叫嚣着要将我们都关进水缸里。"

他就像根本没听见我说的话一般，继续说道："我妻子死后，他们把欧米茄婴儿取了出来。是我要求的。"他又抬起头看向我。"我想亲眼看看它。"

"他是你儿子。"

"你认为那是我想看它的原因？"他缓缓摇了摇头。"我想亲眼看看是什么东西杀死了我妻子。它并没有两个脑袋，或者说，不算有两个脑袋。它生了一个巨大的头颅，上面有两张脸。"他表情扭曲，厌恶之色溢于言表。"我让接生婆把它处理掉，我可不想让它跟我妻子和女儿葬在一起。"

"他是你儿子。"我坚持道。

"你认为自己一直这么说，就能在某种程度上改变什么吗？"

"你认为自己一直否认它，忽略它，就能改变这个现实吗？"

他猛地站起身来。"我无法帮助你们解放新霍巴特。就算我想帮忙，也没办法及时做到。"

"关于方舟和方外之地你知道多少？"我问道，"至少告诉我这个吧。"

"一无所知。"他回答得很干脆。我仔细端详他的表情，看不到一丝掩饰谎言的痕迹。"关于这方面的谈话总是在我踏进房间时戛然而止。他们并不会在议会厅里公开谈论这个话题。我曾听到过关于方舟的私下传闻。我知道这是他们计划的一部分，但我并不了解整件事的全貌。我还知道这跟他们在新霍巴特寻找的东西有关。"

"如果我们能解放新霍巴特，我就能帮你找到答案。我们能找到方舟，进而改变这一切。"

"你相信自己说的话吗？"他问。

我站起身，推开帐篷的门帘。帆布上结了一层冰，变得又厚又重。

"你没办法改变发生在你妻子和孩子身上的事，"我说道，"但你能改变眼前正在发生的一切。你可以坐视不管，让水缸计划顺利实施，让扎克和将军找到他们在新霍巴特寻找的东西。或者，你可以改变这一切。"

他起身来到帐篷外，看着我沿溪谷往上走去。士兵们都转过身来看着我离开，我装作没有看见他们。

"我没办法帮助你。"他在我身后喊道。

"新月之夜子时。"我又说了一遍。我感觉这和在南瓜上刻消息一样毫无意义，荒谬绝伦。如果主事人去警告议会，那我们的进攻在开始之前就注定了失败的命运。但是，我能做的也只有这些，所以我这么做了。我预见到新霍巴特的未来将血流成河，活下来的人都将面临被关进水缸的命运。我告诉主事人那六个字，因为这已是我能提供的全部。如果我想让阿尔法人意识到我们的人性，就不得不赌上一把，假设主事人内心深处还残存着一丝人性。

在溪谷入口处，一个哨兵牵着马还我。一直等我骑到马背上，他才把匕首还给我，小心翼翼捏着刀锋递到我面前，以避免跟我的手接触。

我骑马穿过沼泽中杂乱的小路时，天已经快要亮了。我已筋疲力尽，为了避开西蒙布置在沼泽外围的哨兵，我骑马涉过结冰的水坑，马都冻得瑟瑟发抖。当我走上通往营地的最后那条路时，莎莉正等在那里。道路两旁都是深深的水坑。

"他会帮我们吗？"莎莉问道。

我摇摇头。"我们必须试一次。"我说着把缰绳递给她。

她没再说话。不过，当我偷偷溜进帐篷里，看到其他人都在熟睡一无所知时，我很欣慰莎莉知道我做了什么。如果我刚刚背叛了抵抗组织，至少莎莉和我在这件事上都难脱干系。我的背叛就是她的背叛，而我的希望也是她的希望。

10 集结

进攻前最后三天，我的心思一直放在主事人身上。在被大雪覆盖的营地里，兵器被磨得锋利锃亮，然后分配到每个人手上，而我想象着他坐在自己舒服的帐篷里，他是否会将我们的计划泄露给议会？我并不知道。西蒙和派珀抓紧操练军队，莎莉在跟他们完善攻击计划，而我在苦苦等待，希望能从主事人那里收到某种信号。如果他迅速行动，还有时间在我们出发去进攻新霍巴特之前，带着士兵来加入我们。我一直在观察北边和西边的地平线。莎莉一直与我保持距离，但到了最后一天，她发现我独自一人，盯着环绕营地的芦苇荡外面。

"没有信使？什么都没有？"她问。

"什么都没有。"我感觉不到一丝援军将至的迹象，也察觉不到主事人的存在。地平线处除了烧焦的森林残骸，什么都看不见。明天我们将发起进攻，而我们将孤军奋战。

我曾在幻象中上千次见到大爆炸将世界烧成灰烬，但近来幻象中的战斗场面如此迫近，以另一种不同的方式影响着我。我看到剑柄击碎了下颌骨，长箭从前胸贯穿而入，箭尖在后背透出。一个人的死亡是很私人的事情，看到这样的场景感觉很不得体。在营地里，我看着战士们忙着校准弓弦，修补简易的盾牌，却不敢与他们目光相交。他们将流血牺牲，而我想让他们保有这份隐私。

派珀和西蒙没让他们闲着。他们现在日夜都在操练，为午夜攻击做准备。随着派珀和西蒙大声发号施令，战士们反应十分敏捷。我在一旁观看他们练习，他们表情严肃，精神专注。但是，我们不可能让他们时刻不停地练习。在一排排漏风的帐篷中间，不安的情绪正在蔓延。我偶尔听到关于伙食和武器分配的抱怨。恐惧像虱子一样在营地里滋生。战士们聚在火堆旁抄手取暖，在寒风中耸着肩，我能听到他们不停窃窃私语。"傻子才会这么干。"这跟主事人的口吻一模一样。

"这样下去我们可赢不了，"攻击前夜，我们聚在西蒙的帐篷里时，他如此说道，"他们还没上战场，就认为我们已经输定了。"

这并非谎言，所以我无法回答他。没有人比我更清楚，我们不能指望这次攻击会获得成功。我已经见到了刀剑相交，血流成河。

*

一直到进攻当天，我还在就自己能否上战场的问题，跟派珀和佐伊争论不休。派珀态度很坚决。"这太疯狂了，"他说，"一直以来我们都全力保证你的安全，可不是为了现在让你去冒险。"

我们三个正在往西蒙的帐篷走去，我几乎是用跑的速度，才能跟得上派珀和佐伊的大步流星。"保证我的安全是为了什么？"我说道，"如果今晚我们失败了，那就没什么能做的了，一切全都完了。我们必须把手头的所有资源都投入这次进攻中去。我应该上战场，如果我预见到什么，就能有所帮助。"

"就算你和你的幻象都不在，战场上的尖叫和哭泣已经够多了。"佐伊讽刺道。

"我能看到一些东西，会对战斗有帮助。"

我不想上阵杀敌。我并不蠢，在自由岛上我见过战斗场面，而我永远也不会忘记血腥的气味，还有碎裂的牙齿洒落在石板路上的声音。在岛上我意识到，想留全尸是一种幻想，一把长剑轻易就能粉碎这种奢望。我见过议会士兵的战斗力，很清楚自己的匕首和从佐伊那里学来的招数，在战场上残酷的混乱当中并没什么大用。

但也正是发生在自由岛的战斗，让我下定决心要参加这次进攻。在其他人英勇奋战时，我不能再一次躲起来。因我而死的人已经够多了，我再不能忍受下去了。这并不是慷慨殉难，而是一种自私的念头。我害怕战斗，但我更害怕躲起来，虽不在场却能看到死尸遍地，留在后方背负着鬼魂的重担。

我并不打算将这些解释给派珀和佐伊听。

"如果在殊死搏斗中，议会士兵发现我在战场上，可能会使他们缩手缩脚。"我说道，"他们肯定收到过扎克的命令，不能伤害我。他会一如既往保护好自己的。在自由岛上这产生了一些效果，而我甚至没有参加战斗。"

"他们不会有所顾虑的，"佐伊说道，"如果新霍巴特对他们来说，跟我们想象中一样重要的话。你也听过主事人的说法了，将军现在是真正的掌权者，扎克不是。如果她为了大计不受干扰顺利实施，而不得不将扎克置于危险当中，她绝不会犹豫的。"

一个黑头发的女人忽然插进来，走到我们面前，挡住了去路。在几百名士兵的日夜踩踏之下，这条小道变得坑坑洼洼，泥泞不堪。

"如果你能看到未来，"她说，"那你应该可以告诉我们，今晚的战况究竟如何。"

"不是这样的。"我说。

她纹丝不动，没有让路的意思。

我不能告诉她自己看到了什么。她很快就将死去，我没有勇气在这条泥泞的小道上把这个悲惨的事实告诉她。我绕过她往前走，派珀和佐伊跟在两侧。

"告诉我吧。"她在我身后喊道。我慌慌张张离开，不小心绊了一跤。这并非仅仅由于泥地结冰湿滑，还因为我所看到的幻象，突然出现在我的双眼和面前的世界之间：茫茫雪地之中，鲜血不断流淌。

到了最后，反而是这个女人说服了他们让我参加战斗。每次我壮着胆子从帐篷里出来，她和其他人就会聚过来围着我。大多数人都跟我保持一定距离，看着我的眼神混合了不安和厌恶，这些我早已经习惯。不过，他们都在问同一个问题："告诉我们会发生什么。告诉我们战况会如何。"

"你们需要我上战场。"我们一走进西蒙的帐篷，我就如此说道。

"我们已经讨论过了，"佐伊说，"这样做风险太大，不值得。"

"这跟我没关系，"我说，"是因为他们。"我指了指帐篷外面，"他们知道我能预见未来。而且，他们需要相信，至少我们有一丝获胜的机会。如果他们发现我留在后方，肯定不会这样想。"

"他们可能会相信你的幻象，但并不意味着他们会追随你。"派珀说道，"他们并不信任你。你知道人们是怎么看待先知的，你也听到维奥莱特那天是怎么说的了。"

莎莉看了我一眼。"她说得没错，"她说道，"正因为他们不信任她，才会追随她。他们永远也不会相信，她会参加一场自己已经预见到败局的战斗。"

"我必须参战，"我说，"冲在最前面，让他们能看到我。"

事情就这样定了下来。我很高兴，我这样告诉自己，这是事实没错。但我变得呼吸困难，后脖颈子冷汗直冒，湿透了羊毛套头衫。这并不仅仅是因为对战斗的恐惧，虽然很大程度上如此。但更重要的，我心底十分清楚，我出现在战场上是一个诱饵，是对战士们虚假的保证，让他们认为胜利是有希望的。

*

　　进攻当天的日落时分，莎莉和赞德两人孤独地坐在废弃的营地当中。我们把他们留在这里，和其他几个无法作战的战士待在一起。

　　"如果我们无法解放新霍巴特，你会去哪里？"我问。

　　"我们去哪儿有什么区别吗？"她反问。"我会尽力保证赞德的安全。或许我们能回到沉没滩去，但你和我其实都很清楚，如果我们赢不了，那谁都没什么机会了。你也听到派珀在我家里对我说过的话，议会士兵最终会去那里抓我的。"

　　我蹲在赞德身旁，但他一眼都不看我。他抱着双膝坐在地上，一只手在鞋子上轻轻敲打出无声的讯息。

　　"我们要去找那些文件了，"我对他说，"你告诉我们的那些文件，在骸骨迷宫里的。"

　　他点点头，随后全身都前后摇晃起来。"找那些文件。找那些文件。"他喃喃低语，没有人能分清楚这究竟是一种命令，还只是重复我说过的话。我走开的时候，他仍在前仰后合。

　　过去几个礼拜，时间对我们来说过得飞快，没有足够的时间召集军队并加以操练，没有足够的时间警告新霍巴特的居民。还有，我们一直在担心为时已晚，在他们被解救之前，已经被水缸吞没了。还有，与方舟有关的文件在我们踏进城里之前已被议会找到了。如今，我们在黑暗中静静等待，时间就像发生在碎石坡上的山崩，不断积聚能量，把我们裹挟其中向前猛冲。

我知道自己会勇往直前，绝不后退。但是，当我站在派珀和佐伊身旁，战士们在我们身后集结，我的身体不由自主开始无声地抗议。又湿又冷的双脚首先开始颤抖，随后向全身扩散，整个身体如同被敲打的钟一样摇动不停。

此前，军需官给了我一把短剑和一面木盾。此刻我紧紧抓着这把剑，手心不断出汗。本来我用自己的匕首会更顺手，习惯了抓握皮革包裹的刀柄，但派珀坚持道："等有人靠近到你要用匕首防身时，你早就死了。你需要的是更远的防卫距离，还有分量更重的兵器。"

"拿着这把剑我不知道怎么作战。"我说。

"你也并不是用匕首的行家，"佐伊说道，"无论如何，你不要想着作战。你所需要做的，就是被人们看到，然后不被杀死。在冲锋时把盾牌举过头顶，到时他们会放箭的。还有，别离我们太远。"

我还是把匕首随身带着。从营地走到森林边缘的几个钟头里，沉默的大部队在我们身后集合行军，有匕首在我腰带间熟悉的负担，让我感到安慰许多。

之前佐伊和派珀也分到了长剑。我拿起佐伊的剑试探一下重量，没想到它如此之重，我必须用双手才能握住它。

"这可不是玩游戏。"她说着从我手里夺回长剑，转身走开。

如今她站在我左边，双手把玩着长剑，目光一直没有离开剑锋。派珀腰悬长剑站在我右边，但他腰带后面仍绑着惯用的飞刀。在我们身后，战士们集合在一起，最后一次报数超过了五百人。大部队离开营地就花了好几个钟头。沼泽地里没办法有秩序地行军，战士们只能排着队沿冰坑中间仅有的几条小路前进。马匹被牵着走过杂草丛生的狭窄小道，它们低着头，鼻孔张开在小路边缘嗅个不停。抵达森林之后，大部队才能按照秩序集合起来，排成纵队静静等待。有少部分人仍穿着自由岛守卫的蓝色制服，但大多数都穿着自己破破烂烂、打满补丁的冬装，将脸裹在衣服里，以抵御风雪。没有人交谈。我将目光移到环绕我们的树木上，它们都已结冰，冰柱像死尸的手指般僵硬。一切都变得锋利无比，宛如初见。

我想到与方舟有关的文件就藏在城墙内某个地方，还有那些孩子的小手，紧紧贴在马车厢封闭的木板上。我们已经来不及挽救他们免于水缸之灾。我也想到艾尔莎和妮娜，她们在高墙之内苦苦等待。我们将要做的事可能根本改变不了他们的命运。我的梦境中已经出现太多鲜血，令我无法相信今晚的攻击能够解放这座城市。或许我们只能带来一点不同，那就是新霍巴特的居民被关进水缸前，至少已知道我们曾为他们而战。

我走到派珀和佐伊中间的位置时，感觉到战士们的目光都在注视着我。我整个人就是一个圈套，引诱这些人参加一场无法取胜的战斗。

我转向派珀。

"我在对他们撒谎。"我迟疑地低声说道,呼吸起伏不定。

他摇了摇头,压低声音说道:"你在带给他们希望。"

"这没什么不同,"我说,这是我第一次坦白说出自己看到的情景,"根本没有任何希望。议会士兵人数太多了,在我的幻象里,到处都是鲜血。"

"不是的,"他略一欠身,将脸贴了过来,在寒夜中呼出一团团白气,"尽管亲眼看到我们败局已定,你仍然在战斗。一直以来你都清楚结局,而你仍站在这里准备参战。这正是希望,就在此时此地。"

没有时间再多说了,大部队聚集在这里,夜色如期望中一般黑暗。他们看着西蒙,等着他站出来作战前动员。但是,西蒙转向了派珀。

"在这方面,你一直比我要强。"他说。

"现在你是他们的领袖。"派珀轻声说道。

这位老人摇摇头。"我在管理他们,这不是一回事。他们会服从我的命令,这毫无疑问。但我没有在领导他们。自从多年前我把你带到自由岛之后,就是你在领导他们了,派珀。"

他用一只手握住派珀的手臂。他们对视良久,随后西蒙举起手到头部,微微敬了个礼。战士们窃窃私语,纷纷移动以看得更清楚些。西蒙往后退了两步。

派珀走上前向他们致辞时,低语声骤然止歇。

"我们的欧米茄兄弟姐妹正在新霍巴特城里苦苦等待我们,"

他朗声说道，声音划破黑暗的夜空，"我无法向你们保证，说一定会解放他们。但是，不这么做我们就只能干等，而议会在夺走我们更多人的生命。如果我们不站起来反抗，他们终将把我们都关进水缸里。经受了阿尔法人几个世纪的压迫，如今这个世界上已没有我们欧米茄人的容身之地，除非我们开始新建一个，就在此时此地。或许这需要我们用自己的鲜血来铸造，但是，关进水缸是比死亡还可怕的结局。"

他缓缓转头，环顾集合在他面前的整个军队。"议会一如既往地低估了我们，"他宣布道，声音清晰嘹亮，"他们认为我们将被击溃。年复一年的高额税收，欺压虐待，还有饥寒交迫会让我们崩溃，准备忍受新的可怕命运，逆来顺受地被关进水缸里。他们大错特错了。

"因为他们不允许我们结婚，就认为我们不会因丈夫或妻子被虐待杀害而哭泣；因为我们无法生育，他们就认为抢走我们抚养的孩子时，我们不会悲哀；因为他们看不到我们生命的价值，就不肯相信我们会为这些生命，为了彼此而战斗。今晚，我们将向他们宣告，我们的生命由我们自己做主，我们也是人，比他们想象的更加有人性。今晚，我们宣布受够了！今晚，我们宣布到此为止！"

派珀说到最后几句时，数百棍棒和斧头同时敲击着大地，我感到地面在震动不止。到此为止！

19 霍巴特之殇

我们没带火把，黑暗就是我们的盟军。派珀高举长剑然后向下一挥，发出进军的信号。他站得如此之近，我都能听到剑锋划过空气的低吟。五百名战士各持兵刃开始前进，尽量保持安静，向着烧焦的森林最北部边缘进发。随着派珀发出新的指令，行进的部队避开了树林。我们的唯一优势在于攻敌不备，因此尽量拖延主力冲锋的时机。此刻，一共有六组由派珀和西蒙亲手选出的两人刺杀小分队，敏捷地穿过平原向城市跑去，手里握着匕首，专门为了割破城市周围巡逻队的喉咙。

夜色很快吞没了刺杀小分队，他们猫着腰跑过平原地带。我们已观察城市许久，非常清楚在任何一刻都有三队人马在绕着高墙巡逻，但我们也知道，他们都有些洋洋自得。四个大门监视塔的哨兵主要关注被围困的城市里面的动静，他们认为如果有什么麻烦，可并非来自外面。

一组巡逻队进入我们的视线，火把显示了他们沿城市南部边缘移动的轨迹。至少有三个骑兵，领头的举着火把。西边突然传来叫声，火把往周围晃了一圈，但声音戛然而止，我不禁怀疑那是否只是乌鸦的叫声。接下来平静了片刻，火把也继续沿着高墙的路线移动。随后又有动静传来，这次是短暂的喊声，紧跟着是两下金属碰撞声。火把落在地面反弹了一下，接着在雪地中熄灭。我听到东面隐约传来马蹄声。四周又恢复了平静，但这平静非比寻常。如果知道平原上正在发生的事，就会觉得这平静令人窒息，像一面巨大的毯子盖住了整个黑夜。

刺杀小分队传来下一个信号：北门和西门中间的高墙下面火光一闪。他们随身带着油和火柴，以便能迅速把火点燃。能够破坏围墙是最理想的，再不济也能在我们从南面冲锋时对敌人造成干扰。

派珀的长剑再次举到空中，然后落下。我们开始往前冲。五百多人的脚步声响起，在凹凸不平的地面磕磕绊绊。还有人们的喘气声，在严寒中等候加上恐惧，每个人的肺部都已收紧。剑鞘拍击着大腿，刀剑互相磕碰。

显然，议会士兵事先没有收到警告。我去会见主事人的行为虽然没有赢得他的帮助，但至少他没有出卖我们。门口没有埋伏，没有大批士兵潮水般涌出来截击我们。我们在森林与城市之间的平地跑到一半时，才传来第一声警告的大喊。喊叫声在各个大门之间扩散，警告声响起后，围墙内亮起了点点灯火。

我们离围墙数百码远时，箭如雨至。一支箭正好落在我左边，在地面划出两尺长的痕迹。我一直把盾牌举过头顶，但并非每个人都能领到盾牌，有的战士双臂不全，也无法携带盾牌。在我身旁的派珀只拿着长剑，佐伊也是，她要留着左手来扔飞刀。在一片漆黑之中，我们要想避开箭雨几无可能，它们从头顶的黑暗中骤然而至，仿佛整个夜空在突然之间变成锋利的箭头。弓箭手的行动清楚表明，议会士兵绝不会手下留情，就像在自由岛上那样。如果他们知道扎克的孪生妹妹也在进攻的人员当中，也必然不会手软。我不禁怀疑，将军是否下了命令，不用为了顾忌扎克的安全而有所保留，而这是否是扎克逐渐失势的信号。不过，所有的思考都被身后传来的尖叫声打断，一支长箭射中了某个目标。我转过身，看到一个战士倒在地上，尖叫声因肺部鲜血喷涌戛然而止，很快被后面赶来的部队超了过去。

南门已经打开，穿红制服的议会士兵和火光一起蜂拥而出。首先是骑兵四人一组，手持火把和兵器，火焰在刀锋上反射着光芒，也掩映在战马的眼睛里。

在营地中西蒙的帐篷里，我们策划这次攻击时，一切看起来都直截了当：在地图上标好箭头和十字；于什么方位布置我方弓箭手，才能为携带兵器和登墙云梯的冲锋者提供最大的掩护；我们的两个骑兵中队沿何种路线才能从侧翼对城市发起攻击，在刺杀小分队放火的北侧围墙实现突破；四个骑兵中队全力进攻东门，这里的哨兵监视塔防御最为薄弱。在西蒙的地图上，一切都清晰可控。然而战斗一开始，这份清晰就在混战和鲜血中消失得无影无踪。在自由岛上，我从要塞中一间上锁的房间里，透过窗户目睹了大部分战斗场面，我还以为自己已经见识了战争。此刻我才意识到，自己错得有多厉害，几百码的距离竟能造成如此巨大的差异。身处战场当中，我早忘了什么战略以及战斗的全貌，只能看到眼前正在发生的事。我收到的指示是紧跟佐伊和派珀，他们领着主力攻击东门，但很快我就忘记了我们的目标在哪里。一切都发生得过于迅速，整个世界似乎都加速了。马蹄声嘚嘚，脚下的大地都在颤抖。一个骑兵持剑向下直刺佐伊，她飞身扑到一旁。我低头避开一把迎面而至的长剑，与此同时派珀跟我右边一名士兵交上了手。我再看时，佐伊已站起身，骑兵挡开了她的攻击，但她在他剑下滑过，切开了战马的腹带。剑锋同时刺穿了马肚子，鲜血流淌到雪地上，马鞍从另一侧带着士兵掉落在地，几乎砸在我身上。他挣扎着爬起，但落地时长剑已经脱手。他弯腰想要把剑捡回来，我一脚踩在剑柄上，将它踏进积雪当中。

摔落的士兵蹲在原地向上看着我。我应该杀了他，我很清楚这一点，握住剑柄的双手不由得紧了紧。但我的剑还没能举起来，佐伊已经避开受伤乱蹦的战马，将剑锋刺进士兵的腹部。她猛推一把，才能把剑从士兵身上拔下来。鲜血沾满剑锋，变成黑色，而士兵向后滑倒在地面上。

在我身旁，派珀已结束与对手的战斗，但另一匹马于此时迎面冲来。他在最后一刻闪到旁边，瞄准低处的马腿挥剑砍去。那场面惨不忍睹，一条马腿就像多了个关节似的突然弯曲，战马狂嘶着倒地，上面的士兵及时跳了下来，避免了被压扁的噩运。他的坐骑翻滚着倒向一旁，将我撞倒在地。

在我上方，派珀和佐伊正各自与一名议会士兵近身激战。在我身旁，那匹马试图依靠受伤的腿站起来。它鼻孔张开，如同熟透的百合，双眼向后翻，我只能看到眼白，上面布满红色血丝。战马尖声长嘶，听起来感觉比周围战场的嘈杂声还像人类发出的声音。它的一条腿被自己的骨头刺穿，白色骨质穿透了血染的马毛。

我从腰带中拔出匕首，摸到战马头部，割断了它的喉咙。滚烫的鲜血喷涌而出，洒到我手部和胳膊上，吓了我一跳。下方的积雪开始融化，鲜血渗入冰封的地面。随后，一切都结束了。

这匹马是单独死去的，我能感觉到其中的单纯，没有孪生兄弟姐妹应声同时死亡。这匹马虽然浑身浴血，但我却感觉它死得干净无比。我挣扎着站起身来。

议会骑兵的第一波攻势已经冲破我们的前线，但我看到在西边，云梯已经架到围墙上，有人影正在往上爬。我没时间再看他们是否爬到了墙顶，议会的步兵已经挥舞着长剑和盾牌，往骑兵撕开的口子里蜂拥而入，加强攻势。我的盾牌已经不见了，而我根本不记得是在什么地方，怎样弄丢的。我紧紧贴着派珀和佐伊，能避让时就迅速让开，当有士兵靠得太近时就挥着长剑猛砍。一旦有士兵逼我太紧，形势危急，派珀或佐伊就会冲近前来把他们挡开。

有几次我感觉到自己的剑刺进别人肉里，都忍不住一阵反胃。但我并没有退缩。我的剑从未造成任何致命伤害，与其说是不情愿，倒不如说是因为技艺生疏。尽管如此，我也主动进攻了几次，不久剑锋上就染了不少血痕。虽然因为我已经死了不少人，但亲眼见到自己兵器上的鲜血，那种感觉还是很奇特，像是终于看到了真实的证据，真的有那么多人因我而死。

我们虽然拼命抗敌，但似乎作用不大。我们三人虽然守住了一方阵地，但我偶尔有机会环顾战场，发现我们的部队明显寡不敌众。议会士兵仍不断从南门蜂拥而出，搭云梯的战士已经被包围在墙下无法脱身。再往西去，第一波冲到围墙边的战士试图放火，但天气过于潮湿，火很快就灭了，只有两处还在烧着，而且目光所及之处，墙体结构都还没有损坏，所有的大门也仍被严密防守着。

我们略微往前推进了一点距离，能看得更清楚些了，围墙边的灯笼火把投射出耀眼的光芒。但我们离墙越近，长箭越致命。我们与议会士兵近身格斗时，弓箭手就止箭不发，而一旦我们有片刻的喘息，箭雨就又倾泻而至。它们并非从空中落下来，"落下"这个字眼太轻了，它们是狠狠刺下来，像奔马飞踢一样用力，直插到地面数英寸深处。有两次，长箭贴着我脸孔擦过，连寒冷的空气都因此变得温暖起来。第三支箭直奔派珀的腿而去，幸亏我及时大喊警告，他迅速跳往一旁，最后箭头没有撕开他的血肉，仅仅擦破一点皮肤。时间在战场上变得模糊起来，我抹了一把脸，再看时手已变得黑乎乎湿漉漉的，我无法分辨那究竟是我自己的血，还是别人的。有好几次我踩到地面的尸体，一看躺着的姿势就知道已经没气了。有颗头颅往后倾的角度如此之大，脖子显然已经断了；有的膝盖弯到了前面去。暗月无光，没能投射下影子，只有远处围墙边的火光点点闪烁。不过，倒地的尸体以自己的方式留下阴影，将点点黑色血迹抛洒在皑皑白雪上。

派珀从数码之外一名士兵的脖子上拔出他的飞刀。那里有块大石头，上面被积雪覆盖，我们蹲在它下面躲避了片刻。

"本来应该有更多议会士兵的，"派珀说着环顾四周，"根据我们的估算，他们应该有一千五百人左右，都去哪儿了呢？"

"我认为我们面对的这些已经够多了。"佐伊说道。她在雪地中正反抹了两下剑锋，留下两道血痕。

我们猫着腰跑出去，听到头顶有箭声就赶紧躲闪，很快与西蒙会合在一起，他正在离南门仅有五十码远的一条浅沟里躲着，十几个战士也在里面。一个男人咒骂着将两颗断牙吐到雪地中。一个女人腿肚子上挨了一刀，正在用从衣服上撕下的布条包扎伤口，牙齿紧紧咬着下唇，就像能把疼痛咬回去似的。

西蒙迅速开口说道："维奥莱特的中队两次把梯子架上去，两次都被击退了。我把查理的人从西边调了回来，那里的防守力量太强大了，火又根本点不起来。他们将加入维奥莱特的中队，从南边再推进一次，那里的监视塔离得比较远，火也把围墙烧坏了一截。"

"德里克呢？"派珀问道。

西蒙用手抹了把脸，然后迅速摇摇头。"和他所有的手下一起都在墙边牺牲了，不过他们一开始用火点着了不少地方。"西蒙持剑的手受了伤，皮肤已变成紫色，紧紧贴在肿胀的血肉上。

"那个可不是德里克的中队点着的。"派珀说着指向上方的城市里。在比围墙地势高得多的市中心位置，一股浓烟正在腾空而起。

"里面肯定发生了什么。"西蒙说道。虽然他脸颊上有一道血痕，手背淤紫肿胀，但他看起来十分活跃，自从自由岛事件以来，我还没见过他这么生气勃勃。"那些收割的农夫肯定收到了消息，他们也加入进来了。"

"这解释了议会为什么没有把全部兵力投入这里，"佐伊说道，"不过，里面的欧米茄人也只能做这么多了。他们甚至没有合适的武器。"

她说得没错。我能想象那画面，新霍巴特的居民举着拨火棍或者菜刀，与手持长剑、训练有素的士兵对抗。

"我们必须在他们全被杀死以前攻进去。"我说道，声音比我预想的要大了不少。

"你认为我们正准备做什么？"佐伊反问道。

派珀回望身后，在城市和烧焦森林之间的平原地带，我们的大多数战士都就近躲在零星的掩体里，还有一些蜷缩在死马和尸体后面，望着上方被围墙封锁的城市。议会士兵也重新编队，退回到大门附近，只有在西门还能看到一些零星的战斗仍在进行。

"我们应该趁着敌方士兵被城内的混乱分散精力时，抓紧猛攻南门。让弓箭手推进到那些大石头上，掩护我们。"派珀指了指西边不远处，平地上有一堆低矮的石块。"把攻击东面围墙的部队也调回来，我们需要集中所有兵力。"

这将是我们的最后一击。在围墙内，新霍巴特的居民正在英勇战斗，流血牺牲。我们下方的平原上，到处都是残缺不全的尸体，既有我们的战士，也有议会士兵。他们的孪生兄弟姐妹无论身在何处，天亮时都不会再醒来。黎明时分，专食腐肉的秃鹰将和曙光一起来临。

在西蒙和派珀的指挥下，剩下的部队开始在南门外一座小山包上集结。有些长箭仍能射到我们这里，但我发现如果集中精力，通常能在我们听到利箭破空声之前，感知到它们的到来，这给了我们几秒钟时间提前避到一旁。就连那些在营地时对我怒目而视的战士，如今当我大声警告时，也会听从我的指令。

部队花了半个钟头才集合完毕，准备最后的袭击。一小股议会骑兵从城里冲出来，在我们一个中队与大部队会合前加以截击，但结冰湿滑的地面对骑马作战非常不利，中队里有四个持斧的大汉勇猛异常，成功拖住敌人的攻势，让其他队友得以抵达山下的掩体里。

"我们还剩下多少人？"我问派珀。

他扫视了一眼集结的军队。"还剩一多半。"

我们都没有说出口，但这点人显然是不够的。不过，我们这场仗打得已经比我想象中要好得多。我们已经坚持了很长时间，比我之前预计的要长得多。或许派珀是对的，我方的战士需要相信存在获胜的可能性。这已经造成了很大不同。我刚刚看到的持斧大汉，成功将十多个敌方骑兵挡在山下，他们的气势已经与前一天在营地里的士气低迷完全不同。还有，城内的居民不仅收到了我们的讯息，而且积极响应，与我们一同战斗。或许最终我们每个人都无法幸免，但派珀说得没错，这一天当中仍存在希望，用鲜血浇筑的希望。

我们粗略地组成几队，派珀、佐伊和我仍在最前面。派珀大喊一声下达冲锋的指令，我们离开山丘的掩护，开始往前冲。之前时间过得一直很快，如今却变得无比缓慢，我能听到所有的动静：自己粗重的呼吸声，身旁的派珀在跑动时飞刀在他腰带里互相撞击的声音，脚下柔软的新雪飘往一旁的声音，还有踩在冰冻地面的嘎吱声。

我忽然感觉到箭雨将至，急忙高呼示警，但一群人聚在一起冲锋意味着没有闪避的空间，也找不到地方遮挡。我左方一个女人被箭射中额头，倒地身亡，那声音不像射在肉里，倒像是用斧子砍木头一般嘎吱作响。在我身后有人狂呼不止，显然也被射中了。

当第一批议会士兵在墙外一百码处截住我们时，箭雨才有所收敛。在平原上双方混战的场面大开大阖，但此刻战场却变得有些局促。有两次我不得不闪身躲避自己人的剑锋。派珀和佐伊背靠着背与敌人奋战，他们没有多余动作，每次剑刺或者肘撞都准确无误，目的明确。他们所经之处，鲜血四溅。

"离我近点。"派珀用眼角余光看着我嘟哝了一句，同时跟一个高个子士兵交上了手。

我尽量贴近派珀和佐伊,仅在恰当的时刻出手攻击,并且绝不阻挡他们的行动。不过几分钟之后,一名议会士兵接近佐伊,在她背上猛推一把,她踉跄之下倒向派珀。她背部着地,长剑仍然握在手里,但这名士兵充分利用这一机会,飞起一脚重重踢在她下巴上。她的头部受到大力冲击往后仰去,脖子暴露在外。士兵举起长剑准备疾刺,却被我挥剑劈在脑后。

我同出色的猎手同行许久,已经不再神经兮兮,我拔过鸽子毛,剥过兔子皮,将动物尸体翻来覆去寻找肾脏、肝脏等等一切可以吃的器官。在自由岛遭受攻击时,我见过人们在战斗中遇害,也曾闻到无尽鲜血的浓烈气息。但亲手杀人的感觉并不相同。我感觉到皮肤的抵触,然后被轻易刺穿,最后剑锋深入骨骼之中。

我听到三声尖叫,分别来自这个垂死的男人,他的孪生姐妹,以及我的脑海里。而且,我脑海中的呐喊比其他两个都要持久得多。

20 破局

我将剑拔出来，那个士兵像挂在长剑上似的倒地身亡。

我感到自己的心碎成片片。过去几个月出现过的所有幻象都在我脑海里乱成一团，到处都是大爆炸，一排排水缸都着火了，自由岛的火山口鲜血喷涌。

派珀抓住我不停摇晃，我厉声尖叫，直到没气了才停下来。

"集中精力，活命要紧。"他说着把我推向一旁，另一名士兵已向他冲来。我摇晃着往后退去，虽将短剑横在胸前，剑身却颤动不止。

我已经要为很多人的死负上责任，多到自己都不清楚，但亲手杀人却是第一次。我挥动双臂，然后短剑就宣告了这个人的死亡。这是彻彻底底的结局，又和亲吻一样私密，永远也无法更改。他的孪生姐妹无论在何方，也已同时死去，甚至根本不知道发生了什么。

"振作起来！"佐伊冲我大喊。我抬起头看着她，她已经站起身来，士兵踢到她的嘴角边正流着血，衬衫上也到处都是血迹。衣领处的血迹已经变硬，以一种古怪的角度立在脖子上。她冲我大喊时，牙齿上也沾染了鲜血。我不禁怀疑，她能尝到血的滋味吗？我们到底怎么了？我曾经在田地中劳作，种植庄稼，如今在这片冰原上，我开始收获鲜血。

"振作起来！"她又大喊道。我长长呼出一口气，然后又深吸一口气。不知怎的，我的短剑竟然还握在手里。

我抬起头打量战场，发现我们毫无进展。最后一轮冲锋的前线已经被攻破，士兵将我们驱赶到离围墙更远的地方。西蒙和一群战士取得了一点突破，但还远远不够。此刻，他们已被议会士兵分割包围。这让我想起沉没滩的那些小岛，逐渐被饥饿的潮水吞没。西蒙手持两柄剑英勇对敌，第三只手里还拿着一把刀。没有人能够从他身旁通过。但是，他身旁的两个欧米茄人已经倒地，议会士兵对他的包围更加严密了。

或许是忽然感觉到骑兵的来临，我转身向东方的马路望去，这时派珀正大声呼喊着要再次向前冲锋。身旁每个人都在狂奔，我转身时差点摔倒在地。派珀看到我望向东方，也转过头去。

数百骑兵潮水般涌来，飞奔的马蹄吞没了地平线。他们穿着红色制服向城市疾驰而至，几分钟之内就会与我们交锋。朝阳正从他们身后喷薄而出。

我们明显寡不敌众，至少是以一敌五的局面。就算我们临时拼凑的军队还抱有一线希望，如今都已落空。血与雪的幻象正由此而来，一切即将以这种方式结束。

我想起扎克，不知道他是否感觉到死亡的迫近。我脑海中浮现的是他年少时的面孔，警惕的双眼，注视着我的一举一动。他睡觉时用胳膊挡着脸，似乎这样就能在黑夜的注视下掩藏自己的梦境。扎克和我已经很多年没有分享过任何东西了，但是当骑兵越来越迫近时我想起他，不知怎的，知道我们至少还能分享死亡，感觉竟然轻松了些。

我听到派珀在喃喃咒骂，佐伊回头要招呼他，却看到大批士兵冲过来，声音戛然而止。这也将是他们的末日，对此我很难过。我想，至少他们彼此离得很近。看起来他们最终将躺在一起，共同流尽最后一滴血。

大门旁的议会士兵也高声呼喊起来，声音中重新充满活力，有松了一口气的感觉。当我听到他们的喊叫，才意识到我们离胜利仅一步之遥。他们早就害怕了，我们本有可能最终攻下这座城市。最后是我们运气不好，才会导致战局失利。可能是有个信使从我们的弓箭手面前溜了出去求援，或者援军本就要过来，为把城里的居民都关进水缸做准备。很多人都将因这些小事而改变命运。我们本有可能解放新霍巴特，现在这已没有希望了。

我只希望这一切很快结束，没有折磨，也不会被关进水缸里。

我看到派珀转过身来望着我，手里握着一把小飞刀，长剑插在身前的地上。飞刀并非对着将至的骑兵，而是指向我。

我知道如果士兵们冲到我们身前，他会亲自动手。我对此并不感到奇怪，甚至也没有丝毫恐惧。刀锋在喉咙上猛然一割，热血喷涌而出，这反而是一种慈悲，至少比暗无天日的囚牢或者水缸要好，就像我用刀捅进马的脖子里。他看到我望着他，并没有丝毫假装的意思，既没有遮掩他的飞刀，也没有扭转目光。我冲他缓缓点头，虽然没有微笑，但已是我能表示谢意的最大努力。为了能让我活下去，吉普将他的死亡献给了我。而派珀将带给我死亡，我最终将因此心怀感激。

城门处的士兵都放松下来，他们用不着心急，很快我们将被困在他们和从东方马路赶至的援兵之间。马蹄敲打着地面，脚下冰冻的大地都震动起来。他们只有一百码远了。派珀在望着我，佐伊在望着他。我绝望地闭上双眼。

但我感觉到动静有些不对劲。哭喊声从错误的地方传来，来自我们右方，城市的东门旁边。

骑兵们没有离开马路，向我们聚集的围墙南边冲锋，反而直奔东门而去。在骑兵队伍中一排弓箭举起，第一轮箭雨落在东门的哨兵监视塔上。接着骑兵随后赶至，大门的铁闩落了下来。东门防守已经很薄弱，大部分士兵都被调到南门抵挡我们了。不过片刻之间，这些新来的斗士已经将云梯架在了东门监视塔上。

这时我看到了主事人，位于骑兵部队的中央，手持一把长剑，正忙着调兵遣将，一边呼喊一边指手画脚，还不时弯下身，跟旁边的士兵商议什么。

东门已经一片火海，更多箭向监视塔上射去。尖叫声忽然响起，有个人从燃烧的门楼上方的监视塔上掉了下来。随着木头的断裂声，大门已被攻破，铁闩将横木从门框上拖了下来。主事人的军队人数众多，在将议会士兵围困的同时，已经把门撬开。眨眼之间，这些新来的攻击者已鱼贯而入到城里。新霍巴特显然无法承受这样的猛烈攻击。

我们面前的士兵已经意识到，他们将陷身在主事人的兵力和欧米茄部队之间。主事人的一个中队在东门陷落后重整队形，沿着围墙转向我们飞奔而来。他们穿着和议会士兵一样的红色制服，却毫不犹豫将后者践踏在马蹄之下。平原上的议会士兵狂呼大喊，意图撤退之后重新部署兵力。然而，他们已经无路可退。东门已经陷落，我们的力量虽已大为削弱，仍在从南边和西边向他们逼近。主事人的更多士兵正从东边潮水般涌来。等他们离近了些，我才注意到每个人额头上都绑了黑色布条，以区分自己人和议会士兵。放眼望去，每一处绑黑带的士兵人数都超过了敌方兵力。

东门一被攻破，新霍巴特很快就陷落了。更多的浓烟从围墙内升起，离我们最近的南门从里面被强制打开，主事人的军队在监视塔下的混战当中杀出一条血路，从门里冲了出来。我听到墙内传出的呼喊声，想象着市民面对这些新来的士兵时必然大惑不解，他们仍穿着议会的红色制服，却跟他们并肩作战，要解放这座城市。

东门监视塔上有什么苍白的东西在舞动，一开始我以为可能是另一个人从横栏上摔了下来，但北风劲吹，白色物体升到空中，拍打了两次然后舒展开来。我能看到一个驼背女人的侧影，正将一面旗帜升到风中。那是欧米茄的标志，拓印在一面被单上。

议会将它烙印在我们的前额，如今，它升起在监视塔上空，在浓烟和鲜血中高高飘扬。整座城市已经陷落。

在城外平原上，残余的议会士兵仍在疯狂地抵抗，但他们很清楚自己已无法取胜。在我身旁，佐伊正徒手跟一个大胡子男人搏斗。再过去是派珀，击败了一个头上有刀伤正在流血的士兵。另一个女兵持斧攻向派珀，但落了空。她看到我站在他身后，于是径直向我冲来，斧子高高举起。她看起来和我一样恐惧，双目圆睁，眼白几乎遮住了瞳孔，就像我之前杀掉的马一样。那仅仅是几个钟头之前的事吗？时间似乎静止下来，直到我终于走过去才感觉到它的流逝，如同蹚过血迹斑斑的雪地。

我打起精神举剑招架，挡住了第一下攻击。当她再次攻来，强大的力道将短剑从我手中震落。她再一次举起斧子。在这万物结霜的清晨，一切似乎都突然间变得明亮起来。我心中默默念道："扎克，我都对你做了些什么？你又对我们做了些什么？"

21 缓冲

我醒来时第一个念头是以为自己回到了死亡之地。在那里的几个星期当中，每天被尘土飞扬的狂风吹得眼睛流泪不止，我的幻象也曾有过同样的朦胧感。随后我发现自己身处室内，根本没有什么灰烬，只有一点模糊的感觉微微跳动，屋内的景象时而清晰，时而又变成朦胧一片，跟我后脑处的肿块抽痛的节奏非常一致。

过了好一会儿我才能分辨出身体不同部位的疼痛来源，膝盖关节表面有擦伤，脑袋侧面发紧，肿胀的皮肤让每次脉搏跳动都变得抽痛不已。还有右前臂的剧痛最为严重，其他的痛感似乎都以之为中心。

"她醒了。"是佐伊的声音。

派珀缓缓向我走来，腿拐得厉害。

"你伤到腿了？"

"没有。"他指了指佐伊。她仍坐着没动，随着我的视力逐渐清晰，我看到她右边大腿上缠着绷带，鲜血正从里面渗出来，在白布上画出一个红色的笑脸。

"伤口很整齐，已经缝好了，很快就能复原。"她说。

"你的头感觉怎么样？"派珀问我。

我举起没受伤的左手摸了摸脑后肿块，摸起来感觉又硬又热，但手上并未沾染血迹，看来伤口没破。不过，当我试图举起另一条手臂，一阵剧痛从手腕迅速蔓延到全身，令我几乎要作呕。手腕已肿成平常两倍粗细，我试着移动手指，但它们并不听使唤。

"发生了什么？"

"你手腕断了。"派珀说道。

"不是这个。战斗最后结果如何？"

"我们正在新霍巴特城里。"他说。

"我们和主事人一起。"佐伊特别指出。

"这个可以待会儿再说，"派珀说道，"现在我们得在它肿得更厉害之前把骨头重新接上，然后用夹板固定住。"

"你一个人可做不来这些。"我说。

"你见到有医生在旁边了吗？"佐伊冲我们所在的房间挥了挥手。这房子很小，半明半暗，百叶窗已经被毁，破碎的窗棂在地板上投下参差的阴影。通往另一间房的门被烧光了，只剩下门枢旁边的一块木板。往门外望去，我看到一堆破椅子杂乱地放在一起。我正躺在一张床垫上，另一张床垫靠在对面墙边，旁边有一壶水。

佐伊从另一张垫子的床单上撕下一角，然后再把它撕成一条条的。这动静让我想起箭雨撕破空气的声音。我想要坐起来，手臂处的疼痛却再次蔓延。

在温德姆某个地方，或者无论他在哪里，扎克都在感受到同样的疼痛。当我们八九岁大时，有一次他在河边被碎玻璃割伤了脚。当时我正独自一人坐在门阶上，给防风草剥皮，剧痛突然传来。我低头去看自己的脚，却什么都没发现，没有血迹，没有伤口，毫无来由的剧痛让我哭出声来，失手将蔬菜掉在地上。那一刻我还以为自己一定是被蜘蛛或者火蚁咬了，但当我哭着检查自己完好无损的脚，我忽然意识到，一定是扎克。很快他一瘸一拐地回到家，在泥地上留下红色的脚印。他的脚从脚背到脚后跟都被割开了，伤口如此之深，必须缝上。我瘸了好几天，而他瘸了好几个礼拜。

此刻，派珀削下一条椅子腿当夹板，佐伊在准备绷带，而知道扎克会感受到我的疼痛，那种感觉很欣慰。是因为我想让他受折磨，还是因为他会分享我的痛苦，进而理解它？可能两者都有。

佐伊将脚撑在桌子上，用力把我的胳膊拉直，我疼得忍不住哭出声来。派珀紧紧抱着我不让我动弹，我将头埋进他脖子里，不敢看佐伊正在做的事情。她开始动手后，派珀把我搂得更紧了，我几乎要挣断自己的胳膊。只听到一声骨头摩擦的声音。

然后就结束了。疼痛仍在持续，但骨头总算接好了。我全身瘫软在派珀胸前，感觉到自己的汗水浸湿了我俩的皮肤。

佐伊忙着把木头夹板牢牢绑到我手臂上。

"你需要保持手臂静止不动，如果可能的话要抬起来。"派珀说道，"佐伊小时候扭断了手腕，莎莉帮她固定好后，她不肯好好休息，结果伤得更严重了。"

"固定好以后，它还会继续疼很久吗？"

我问的是佐伊，但他们同时答道："是的。"

"完工了。"佐伊说着将绷带牢牢绑住。

派珀把我放倒，我又躺了下来。他把一个毯子折了几折放在我胳膊下，将它垫高。他小心翼翼地移动我，就像有人用双手捧着一只蝴蝶。我记起当我们似乎败局已定时，他用飞刀指着我的姿势，对此我什么都没对他说。但我们都知道，那把指着我的匕首当中的温柔，并不比此刻的照料扶持要少。

"你应该休息了。"他说。

"告诉我后来发生了什么。"

"基本上你已经看到了全部，"佐伊说道，"主事人和他的手下在片刻之间就攻破了东门，在城里欧米茄人困惑了一阵，不过他们很快就搞明白了。跟我们作战的议会士兵明显寡不敌众。"

"他们怎么样了？"

"他们拒绝投降，"派珀说道，"大多数都被杀了。"

我并未意识到自己皱了皱眉头，直到佐伊翻着白眼说道："别矫揉造作了，你自己也在战场上，挥着一把剑乱砍。当我们决定解放新霍巴特时，你就知道这意味着什么。"

说得好像我能忘记一样。我仍能想起杀死那个人的感觉，剑锋刺入骨髓，他和孪生姐妹痛苦地尖叫，音调不同却都充满恐惧。

派珀继续说道："有一些逃向北方去了，我们没有追赶。极少数在最后时刻投降了。我们还没有决定如何处置他们。"

"你说得好像由我们做主一样，"佐伊说道，"是主事人的士兵在看守他们。你真的以为他会问我们的意见吗？"

"虽然如此，我们还是做到了，"我说，"我们解放了新霍巴特。"

"至少，它现在由另一个议员统治。"佐伊说。

我又闭上双眼，或者说它们自己合上更为合适。我又变得神志不清起来。

"找到艾尔莎。"我想这样说，但嘴唇却不听使唤，紧接着我再次陷入昏迷。

*

我感到唇干舌燥，被各种充满烈焰的梦境纠缠不休。蒙蒙眬眬中，我听到附近传来主事人的说话声。

"她脱离生命危险了？"他问。

"如果你让她好好休息的话。"佐伊呵斥道。有人用布擦了擦我的脸，我转头将皮肤靠在上面，求得一丝凉爽。

"她脸色怎么那么差？"主事人继续问道。

烈焰再次升起，我又什么都听不到了。

等我醒来时，主事人和派珀都不在，只有佐伊睡在我床垫旁边的地板上。我不知道自己沉睡了多久，但她绑绷带的腿上，原本鲜红色的血迹已经变干，成为黑色。

派珀进来的时候她醒了。他将床单撕碎，在我受伤的胳膊上绑了个吊带，我则趁机吃了一点他刚带来的面包。要站起来仍很不容易，绑住的胳膊疼痛难忍，导致我全身移动都很困难。我必须靠在派珀的肩头，跟着他和佐伊进到隔壁房间。除了那堆破椅子，整个房间空空荡荡的，是一个大厅，中间摆了一圈完整的椅子，主事人和莎莉、赞德、西蒙以及一个老妇人正在那等着。我以前没遇见过她，但认出了她的短发和驼背。在战役将结束时，是她在东门监视塔上升起了那面临时旗帜。

"她是琼，"派珀说，"是她领导了城内的起义。"

她看了一眼我的手臂，夹板从肘部的绷带里露出来。"我就不跟你握手了。"她说。

"这是主事人，你当然不会忘记。"佐伊言辞尖刻地说。

"如果她没有去找他，你们现在早就死了，或者被关进了水缸里。"莎莉说道。

"你骗了我们。"佐伊说。

"如果那晚我告诉你们我要去见他，你们是不会让我去的。那我们就不可能解放这座城市。"

"解放了吗？"佐伊反问，"反正我看到议会士兵仍在城门巡逻。"

"我告诉过你了，他们效忠于我而不是议会。"主事人说道，"而且如果不是他们，议会随时都能重新夺回新霍巴特。"

他跟其他人分开坐着，脸上有道伤口，正在愈合中。我对面的西蒙左臂打着吊带，嘴角有一片瘀伤。

"这是什么地方？"我环顾四周问道。这里太大了，不像是一户人家的房子。单独这个房间，都比艾尔莎收养院里孩子们的宿舍还要大。

"这里是税务所。"主事人说道。

"这对城里的士气可没什么帮助，"琼说道，"你选择驻扎在这里，而以前这里是议会让我们排着队交税的地方。还有，你把欧米茄旗帜降下去了。"

"至少这里以前是空的，"主事人说道，"他们想怎么样？把他们从自己房子里赶走，然后让我们驻扎进去？至于那面旗帜，你不能指望我的部队会乐意在欧米茄旗帜下日夜巡逻。毕竟，是他们解放了这座城市。"

"是我们一起解放了这里。"我纠正道，"如果我们没有发动攻击，你和你的士兵可不会来解放新霍巴特。"随后我转向琼问道："我们留下那些警告时，从未指望过你们能做到如此地步。你们是怎么做到的？之前藏下武器了吗？"

"有一些，但远远不够。"她说，"封闭城市之后那几周，他们搜查得非常彻底，发动了多次搜查和突袭，还发布悬赏，让人们对隐藏违禁品的行为进行举报。这基本上解除了我们的武装，更别说带来的恐慌了。"

"是南瓜给了我们灵感，"她继续说道，"你们已经想到利用食物来对抗他们了，我们只不过又做了一次。他们让我们负责给士兵做饭，这样信任可是够蠢的，尤其是在他们带走孩子之后。我甚至听到两个人的对话，那是孩子们被带走第二天，大门的换班结束之时。'昨天的事之后，今晚会有麻烦吗？'其中一个人问刚刚结束值班的士兵。他的朋友耸了耸肩，轻描淡写地说道：'怎么了？那又不是他们的孩子。'"

我看着主事人，他的脸上毫无表情。

"他们把十岁以下的小孩子都抓走了，"琼继续道，"他们把收养院洗劫一空，我还看到几个士兵把我邻居收养的孩子都拖走了，还又踢又骂。"她的脸色阴沉下来，"所以我们收到你的消息后，就准备行动。集市广场后面的路堤上有颠茄，墙边的沟渠里有毒芹。我们四个人在宵禁之后偷偷溜出去，收集这些毒药。尽管如此，我们还是没办法给所有士兵下毒。第一批人在日落之后不久已经出现症状了，而下一批还没到食堂里来。有一部分人毒发身亡，更多的丧失了行动能力。很快他们就意识到我们干了些什么，在攻击开始时已经鞭打了三个厨子。如果你们没有像约定的那样按时攻击的话，这里可就糟糕了。"

这里已经够糟了，我脑海中想到中毒的士兵缓慢死去的情景。但是我没有权利为此评判琼。新霍巴特的百姓已经做了我们所要求的事，而且比我能想象到的还要成功。

琼转身面向主事人说道："不过，我们冒了这么大的风险，可不是为了到最后发现自己处在新占领军的统治下。"

主事人站起身来。"并不是只有你们才冒了风险。我为此已经放弃在议会的席位。我的士兵们冒着生命危险来保卫你们。我们抵达这里时，你们的欧米茄杂牌军正面临被屠杀的命运。如果你认为你们的兵力能够经受一次议会对新霍巴特的全力攻击，我邀请你接手这座城市的防御工作。在那之前，请知道感恩。"

"感恩？"佐伊怒叱。

"我对跟你们并肩作战并无丝毫兴趣，反过来你也一样。"他轻声说道，"我们都想阻止机器。我跟改造者和将军不一样，不希望你的人民受到伤害。我只想控制住局势，避免另一场类似大爆炸的灾难。"

"控制住局势，"我说道，"我们所有人最终都关进避难所里，这就是你的意思，不是吗？被关在劳作集中营里，让你们眼不见为净，更别说有我们自己的生活了。"

随着我提高嗓音，赞德又开始前后摇晃，双手捂在耳朵上。

主事人没有理他。"这将意味着安全和稳定，对欧米茄人和阿尔法人都一样，"他说，"而且，这比你的孪生哥哥筹划的结局要好得多。"

"这并非我们的选择，"派珀怒吼道，"我们不必在你和他或者将军之间选择……"

"我们这是在浪费时间，"莎莉打断道，"这对我们的形势可没什么帮助。我们一起战斗，如今我们赢了。这比我们预期的要好得多。我们使这座城市的人免于被关进水缸的噩运，但这仅仅是个开始。如果我们吵个不停，只能让议会的反攻更加容易。"她转向主事人问道："你能指挥的军力有多少，又有多少人会一直忠诚于你？"

一个裹着破旧围巾的老年妇人如此问话，他或许感到很吃惊，但他没显露出来。

"如果要他们选的话，我敢说大概有一半的军队会追随我。"他说道，"改造者和将军都对机器太着迷了，他们低估了禁忌对大多数人的重要意义。自从关于机器的传言开始散播以来，一直都有逃兵来投靠我。不在这里的人中，大多数都集结在西部塞巴尔德湾的内陆地带。"

琼也站起身来。"我的人民对仍有士兵把守着围墙很不满意，不管他们自称为议会士兵还是别的什么人。如果让我们决定的话，我们会把围墙推倒。"

"那样会让这座城市在面临议会攻击时毫无防御，"派珀说道，"如果我们能利用它们来防守，围墙可以留着。但是，我想让欧米茄人也加入到巡逻当中。"

"对此我的士兵是不会容忍的，"主事人道，"要说服他们与议会为敌已经够艰难了，现在又要求他们直接与欧米茄人共事，这太过分了。而且，如果士兵们开始挑事寻衅，对我们双方都没有好处。"

"那就确保他们不要挑衅，"我说，"想想办法！"我站起来，但只能靠着椅子才能稳住身体。"草拟一个花名册，让欧米茄巡逻队能参与轮班。或者让你的人在围墙巡逻，我们的人把守大门。只需要想个办法！"

我迈步向前，离主事人近了些。"你有船吗？"

"你在说些什么？船能帮我们守住新霍巴特，阻止水缸计划吗？"

"我们在寻找方外之地，"我坦白道，"你说得没错，要在这里取胜几乎是不可能的。如果我们能做的只是互相残杀，那最后没有人会赢。但是，可能存在另一种选择，在另一个地方，形势可能完全不同。那个地方可以帮助我们，或者至少能提供一个确实的避难所。"

主事人说道："此时此刻，改造者和将军正在集结军队，寻找打垮我们的最佳方案，接下来把哪些人关进水缸，寻求报复时要瞄准哪个定居地……他们肯定会这么做。如果你只关注扬帆远航，寻找方外之地，人们会认为这是一种背叛。"

大厅里沉默了许久，随后我说道："我们通过暴力所做的一切都是在拖延时间，除了更多死亡，根本无法带来能够持久的东西。我们打这场仗，是因为不得已而为之。但是，马上就会有阿尔法人为死在这里的人而哀悼，比以往更加强烈地憎恨我们，反对我们。我们做了不得不做的事，而且可能还会这么做。但这并不是答案。我们无法靠厮杀达到持久的和平。杀戮并不能做到这一点。"

"她说得没错，"派珀赞同道，"我们需要抓住这个机会，不仅要招募更多欧米茄人加入抵抗组织，还要重新寻找那两艘船。议会的关注点是在这里，并不在海岸线上。如果我们迅速行动，就能装备新的船只，往更北方推进，穿过冰川航道……"

"不要再这么干了，"西蒙打断道，"那些船已经没了。如果议会舰队没有击沉它们，冬季风暴也会将它们覆灭。我的侦察兵在无望角等待了足够长的时间，派珀。那两艘船毫无希望，在这样的寒冬是不可能的。你一直执迷于寻找方外之地的念头，只不过是在回避此时此刻真实的问题。"

派珀避过他对主事人说道："四个多月以前，我们的两艘船航向西北方，如果他们回到自由岛时足够警觉，在登陆前侦察岛上的情况，没有直接驶入议会的包围圈，那他们将会航行到大陆上来。我们需要在无望角布置侦察兵。"

主事人使劲摇头。"谁的侦察兵？你有多余的士兵吗？要去无望角，不仅意味着要安全离开这里，还要穿过数百英里阿尔法人密集居住的区域。从这里到无望角，半途驻扎着一支议会卫戍部队，守卫的地域面积有半个温德姆城那么大。"

"那你会怎么做？"我问，"我们需要推动真正的变革，而不只是更多战斗。"

"我所说的就是真正的变革，"他说，"我们能真实实现的变革，而不是一些白日梦。现在我们有了资本跟议会谈判，可以利用这次胜利来推动议会的改革，挑战将军对议会的控制地位。议会里有另一些人会支持我。那将是一个由温和派掌控的新议会，对欧米茄人更加怜悯。我们将会维持禁忌，阻止水缸计划，将税收降到合理水平。你们要的不就是这些吗？"

"对欧米茄人更加怜悯，"派珀反唇相讥，"但仍然统治我们。合理的税收？我们为什么要给议会上交收成？在自由岛我们可不用交税。"

"自由岛已经不复存在了，"主事人说道，"再也不会有了。我不会投入更多人去不切实际地寻找方外之地。我来这里是为了阻止机器，重新让可靠的人来掌控议会，仅此而已。"

"可靠的人？"佐伊反问，"你说的是你自己吧。"

"你希望改造者和将军继续大权在握？如果没有我，形势将会一直如此。"

"我们不能浪费时间争论这些，"我说道，"我们要思考除了刀剑、战斗和流血之外的解决方案。如果那两艘船成功回到了大陆，我们需要在议会之前找到它们。还有，我们应该开始寻找议会一直在找的那些文件。"

"他们正是在找一些文件。"琼疲惫地笑了笑，说道。每个人都转头看着她。"过去几个月，新霍巴特所有的菜谱和情书都被没收了。集市上所有商人的门店也都被翻遍了。有人给他们提供线索说，烘焙店外埋了一些东西，于是那里的半条马路都被挖开了。"她的笑容逐渐消失。"我不应该发笑的，他们把几个人拷打得很惨，因为认定他们藏了什么东西。不过，他们已经找了好几个月，也发布了悬赏。如果人们在这样的艰难岁月里都没有把它们交出来以换取议会的黄金，你又怎么能找到它们呢？"

"我需要跟收养院的艾尔莎谈谈。还有，我需要看看那些水缸。我们得研究一下，将孩子们从里面弄出来是否安全。"

房间里一片沉默。

"怎么了？"我问，"你们还有什么没有告诉我？"

派珀站起身。"我会带你去看水缸，艾尔莎已经在那里了。"

22 艾尔莎

大雪已将街上的色彩抽空，只剩下黑白两色——黑色木梁，白雪，黑泥巴。很多房屋因为这场战斗，或者数月来的占领而损毁。有一些完全烧为灰烬，还有的门窗破败，草草修葺了事。我们在街上遇到的人看起来都面黄肌瘦，还有人绑着带血的绷带。我走得非常缓慢，虽然绑着吊带，但每走一步胳膊都疼痛难忍。一个盲人迎面走来，手里的木杖在结冰的石头路面上前后试探，不小心被一扇烧毁在路上的门板绊了一下。派珀扶着他的胳膊，帮他迈了过去。

"我曾经对这一带很熟悉，"这个盲人说道，"现在都变了。"这话没错，虽然我刚离开没几个月，但几乎已经认不出新霍巴特了。

在我们针对围墙放的几把火中，有一股扩散到为水缸计划新盖的建筑物这里，烧掉了一个角落，一道黑色焦痕直达屋顶。大门已被撬开，北风裹着雪花吹进门廊里。

我跟着派珀往里走，但没走几步就停了下来。这间长长的屋子里，唯一的光线来自我身后的门口，在一排排大水缸表面反射着光芒。其他地方都是一片黑暗。

这里本应该有一排排灯泡，在水缸上方闪着绿光，还应该有机器发出的低沉的嗡鸣声。然而，现实中这里却一片静寂，水淋淋的如此沉重，令我无法再跟着派珀前进一步。我站在门口，踟蹰不前。

艾尔莎忽然从一个水缸后面走出来，手里挥着一把菜刀。当她看到来的人是派珀，失手将刀扔在地上。

"我已经告诉你和你的士兵了，我不需要帮忙。我会自己来做这件事。"

她的脸早就在我幻象中浮现很多次，然而见到她变成现在的样子我仍很震惊。如今的她面色凝重，魂不守舍，双手脏兮兮的，头发由一条破布绑在脑后，眼角有块瘀伤，导致一只眼睛都睁不开了。她看起来比我记忆中老了许多，头发灰白，一举一动都萎靡不振。

我喊出她的名字。借着从我身后门廊传来的光线，她眯着眼睛看了我一会儿，然后趔趔趄趄跑过来，一把将我抱在胸前，抱得如此用力，我相信她衬衫上的扣子已经在我脸上印出了痕迹。我绑着夹板的手臂顿时剧痛无比，我疼得叫出声来，她连忙放开了我。

"吉普去哪儿了？"她问。

"他死了。"我大声说出这句话，把自己吓了一跳。不过，现在没有时间细想这个了，一排排水缸还在艾尔莎身后静静等待。

"这里发生了什么？"我问。

她噘起了嘴。“看来我们都有故事要讲，而且都没有圆满的结局。”她用双手捧着我的脸，有那么一刻脸上绽放出大大的笑容，没有受伤的眼几乎和那只肿眼一样眯了起来。“不过，见到你真好，姑娘。”

笑容很快消失了。她拉着我没有受伤的胳膊，领我进到房间里派珀站立的地方。在这里能把水缸看得清清楚楚，它们的高度和我之前见过的一样，比我头部高出几寸，但每个都有十五英尺宽。我想起神甫在导弹发射井里对我说过的话：“我们最近在实验能装多人的水缸。”两排大水缸摆满了整个房间，我推测最终足够装下整个城市的人。现在，除了最近处的三个水缸之外，其他水缸都是空的，里面除了空气什么都没有。

离我们最近的水缸已经被抽干了，只有底部还残留着数英寸深的液体，围绕着通往地面的栓塞装置。一条绳梯绑在上方的舷梯上，贴着湿漉漉的水缸边缘垂进缸内，差点就要浸入底部的液体里。

我又往里面走了几步，抓着艾尔莎胳膊的手也越来越紧。

另一个水缸里装满了液体，但孩子们的身体并不像我以前看到的欧米茄人那样浮着，而是堆积在水缸底部。从他们嘴巴里和手腕上穿出的管子仍延伸到液体表面之上，但都已乱成一团，还有一些被扯松了，在液体当中随意悬浮。液体表面平静无波，并未随着电流有规律的嗡鸣而振动。而没有了电，水缸不过是个装满死人的玻璃地窖而已。所有的孩子都淹死了。

"这并非是由大火造成的。"我说。

在派珀开口之前，我已经知道他要说什么。

"一半的机器都被砸烂了，"派珀说道，"电线也被剪断了。"我顺着他指的方向看去。在房间另一头，有个巨大的金属箱子，早已被人掀开，里面的电线露了出来，都已被切断。从墙壁通往水缸的管子，还有水缸上方沿天花板布满的管子都已被破坏，有一根正往外渗漏，黏稠的液体滴到地板上。

"城里局势一稳定下来，我就派人来了这里，"派珀继续说道，"等他们赶到时，这里已经是这样了。议会士兵肯定是在知道遭受攻击那一刻就这么干了。他们必然接到过命令，不能让机器落入我们手里。"

艾尔莎打断了他。"这并非他们做出这种事的原因。可能部分原因如此，这没错，但是你跟我同样清楚，这是一种惩罚。"她回头望了望那些水缸。"他们破坏了机器，让孩子们活活淹死，因为我们奋起反击了。"

我看着这些互相倚靠的尸体，目光久久无法移开。在一堆肢体中间，很难分辨出不同的孩子，他们多数都双目圆睁，嘴巴因在水底呼喊而张得很大。我不敢想象他们生命的最后时刻是什么情景，但我也没办法移开目光。为了解放新霍巴特，我们都付出了什么代价？不过，付出生命代价的并不是我们，而是这些孩子。

"我找到了打开栓塞的方法，放空了第一个水缸里的液体。"艾尔莎说。她挽着我手臂的衣袖是湿的。我低头看了她一眼，她的整件衬衫都湿透了，裤子也一直湿到膝盖。她把我领到房间尽头，那里铺着一张床单，她从第一个水缸里捞出来的孩子的尸体就摆在上面。他们湿漉漉地躺在那儿，就像被海水遗弃在沙滩上的海藻。

"我已经把十二个孩子弄了出来，"她说，"但我还有更多活要做，这里一共有六十多个孩子。"

还有六十多个阿尔法孩子，在战斗结束的那天清晨，他们的父母去叫他们起床，却发现他们躺在床上一动不动，嘴唇变成蓝色，在空气中淹死了。

这都是扎克干的好事。我感到胃里一阵恶心，胆汁冲到了喉咙口。当我还是个孩子时，苦苦隐藏我的幻象，这样扎克和我就不会被分开，他却宣布自己是欧米茄，从而诓骗了我。我聪明的哥哥对我非常了解，知道我会保护他，不会眼睁睁看着他被烙印，被流放，所以只能暴露自己。从那时起，他就愿意冒着伤害自己的风险来摆脱掉我。从大的层面来说，下令杀掉这些孩子，即使知道这样做阿尔法孩子也会死去，是一种同样的姿态。这是他和将军的宣言，只要能摆脱掉我们，再大的代价都可以付出。

最后，我终于说服艾尔莎接受我们的帮助。她又湿又累，虽然她不肯承认。派珀找来佐伊和克里斯宾，就是我们在采石场重遇抵抗组织时在放哨的那个侏儒。除了自己，艾尔莎不让任何人安排尸体，但她允许其他人负责将孩子从水缸里拖出来的工作。她向派珀演示了她在每个水缸前发现的操作杆，用来打开水缸底部的栓塞。当液体都被放完之后，堆在一起的尸体发生了移动，情形古怪非常，像是对生命怪诞的嘲讽。第一次干这事，克里斯宾就在水缸后面呕吐不止。

没有人说话。不只是因为孩子们死相恐怖，还因为那些机器。我看到派珀小心翼翼在水缸中间走动，而佐伊手臂不小心碰到纹丝不动的管子时赶紧缩了回去，就像它是滚烫的一般。我在保管室的电灯光线下生活了很多年，也曾见过水缸密室，还有神甫的数据库。但是其他人在房间里走动时，似乎将管子和电线都当成了陷阱，随时都能将他们困住。这个房间里的每样东西都是禁忌。克里斯宾盯着机器的目光，跟阿尔法人看着我们时的眼神并无二致，就像机器里携有大爆炸的腐败气息。

当水缸里的液体都被放完之后，佐伊和克里斯宾顺着绳梯下到缸里收尸。我看着他们每踏一步都小心翼翼，生怕踩到孩子们身上，他们温柔地将管子从孩子们嘴里和手腕上取下来，然后沿绳梯爬上去，将湿透了的尸体交给等在舷梯处的派珀，再由他递到下面的艾尔莎手中。

我曾见过这世界被烈焰吞没，仅仅在数天之前，我还曾见过战场上的血肉横飞，但我一生中经历过的所有恐怖画面都比不上今天，在这个阴暗的房间里，看着小小的尸体从水缸里被捞出来，看着艾尔莎轻抚他们的头发，拉直他们已经变硬的肢体。她试图帮他们合上眼睛，但他们在临死前睁眼的时间太长了，眼睑根本无法动弹。

派珀安排士兵去收养院里取来更多的床单和毯子，我帮着艾尔莎将孩子们裹好。辨认出熟悉的脸孔那一刻是最难过的，虽然这些孩子并非全都来自艾尔莎的收养院，但有很多是。当路易莎被摆在我面前时，我看到她的嘴巴张开，不由自主盯着她稚嫩的牙齿，还有齿间的空隙。今天我目睹了那么多悲剧场面，最后却是因为看到这些小白牙，让我情不自禁背过脸去。

在这过程中我们全都沉默不语，因为没有言语能够描绘我们正在做的事。艾尔莎偶尔会无声地啜泣一阵。当一切都结束之后，我们把裹好的尸体搬到门廊里，艾尔莎负责抱大点的孩子，而我一只胳膊绑着吊带，只能抱得动婴幼儿。那天我抱过的最小的孩子比一条面包大不了多少，但即便是婴儿也比正常情况下要重得多，因为他们幼小的肺里和胃里灌满了液体。

所有包好的尸体都摆在门口之后，艾尔莎和我才又开始互诉别情。佐伊和克里斯宾回税务所了，派珀在外面跟另一个士兵交谈，让他找一辆马车来运送尸体。我的胳膊疼个不停，同时我也看到艾尔莎已经精疲力竭，我不禁想，是否应该另找一天再来烦扰她。不过，我也意识到不能再指望另一天了，有些事我们都需要了解清楚。

我花了很长时间才解释清楚，自从我们跟她分手后数个月时间内发生的事。我告诉了她自由岛的命运，她点了点头。

"通常我们根本无法听说外面正在发生的事，但这里的士兵却十分热切地散布这条消息。在那以前，我一直希望你能找到自由岛，而当自由岛沦陷的消息传来后，我又祈祷你根本没找到自由岛。”

我告诉她自己的孪生哥哥是谁，然后观察她的神色。她回望着我，仔细检视我的脸，似乎想确认我仍是同一个人。随后她捏了捏我的手。

“这并不能改变你是谁。”她说。

我多希望那是真的。然而，扎克已经改变了我。他和他所做的事塑造了我，同时我也塑造了他。我们两人中，其中一个是刀锋，而另一个是磨刀石。

我一直握着她的手，向她解释了目前我们对水缸的了解，以及扎克利用它们要达成的邪恶计划。

“我并不蠢，”她语音低沉地说，“当他们抢走孩子时，我知道准没什么好事。但这个地方，还有你告诉我的一切，比我所恐惧的还要严重。”

“他们来抢孩子时，你试过阻止他们吗？”我问。

艾尔莎转过脸来，面对着我扬起变青肿的眼睛上的眉毛。“你觉得呢？”

“妮娜呢？”我又问。

她低下头去。“我们试图阻止他们抢走孩子时，她比我伤得要严重，脑袋上挨了一记重击，耳朵里都流出血来。”她缓缓吸了口气，“两天后她就死了。”

我们坐在一起，包好的孩子一排排躺在我们脚边。

“或许他们没有受罪。”我说。

艾尔莎再次拉住我的手。"当你和吉普第一次来这儿时，我理解你不得不撒谎掩盖自己的名字，都去过哪里。不过，现在你不用再对我说谎了。我已经太老了，没有时间再承受谎言了。"

*

我们看着战士们将孩子的尸体装进马车里，这时有人在山上喊派珀和我的名字。佐伊绕过角落飞奔着跑来，满头大汗，匆忙之中大腿的伤口又崩开了，鲜血从裤子里渗了出来。

"议会派来了信使，"她说，"一个人来的，十分钟前到了东门。"

我们离开前，艾尔莎又使劲捏了捏我的手，我告诉她我会很快回来。虽然佐伊腿部有伤，而我断了一条胳膊，我们仍一起全力狂奔着穿过城市。

"是你哥哥。"我们踏入税务所时，主事人站起身来，"他传来一条消息，他想要谈谈。"

"他来这里了？"

"他和将军一起在东边，统率着一个中队。信使让我们去东边的马路中间跟他们会面。"

"我们所有人？"

"你想单独见你的哥哥？"主事人看着我的脸。这个房间里，一切都被怀疑所笼罩，比外面的积雪还要厚。

我摇摇头。"我根本不想见他。"我的双手仍黏糊糊的，那是死去的孩子们头发里滴出的水缸液体造成的。是扎克和将军下了这样的命令，他们决定把孩子们抓走关进水缸里，也是他们决定将孩子们淹死在黑暗之中。

"对于孩子们的遭遇，我们都非常愤慨，"主事人说道，"但是，我们必须会见他们两个人，充分利用这次机会。他们清楚有多少军队都叛逃到我这里了，这是我们谈判的最大筹码。"

我摇摇头说道："他们不是来谈判的。"

"你怎么知道的？"莎莉问道，"你在幻象中见到了吗？"

我又摇摇头。"没有，但是我了解扎克。"我见识过他的冷酷无情，这导致他在年少时赌上一切，就为了揭露我才是欧米茄，如今又导致水缸里堆满了湿漉漉的尸体。自从那时以来很多事都面目全非，却又什么都没有改变过。"我知道他是什么样的人，"我说，"因为是我让他变成了今时今日的样子。"

这曾是神甫在发射井里对吉普说的话："这一切都是因为你，是你让我变成今天这个样子。"我开始意识到，是我们的童年生活塑造了他。如今再指责谁已经没有意义，我只能承认这个事实。

日当正午，我们骑着马去会见他们，二十名士兵伴在左右，十个来自主事人的部队，十个是西蒙的人。我，派珀，佐伊，西蒙和主事人五个人骑在最前面。从新霍巴特骑出去半个小时左右，我们看到他们迎面而来，共有二十多人，都骑在马上。

扎克骑在最前面。虽然离得很远，我仍能看到他尖下巴的轮廓，还有他晃动脑袋的姿势，在一动不动长久凝视之后，突然甩动一下。

积雪折射着阳光，十分炫目。我眯起眼睛，注视着我孪生哥哥的身影。他脸色越发苍白，因为天气寒冷，两抹红晕映在脸颊上。我看到他小心翼翼托着右臂，再低头看看自己的手臂，仍然绑着吊带。如果我捏一下自己伤口的皮肉，一定会见到他疼得咧嘴。

除了他身旁那个女人之外，其他人都穿着士兵的红色制服。所有其他士兵的目光都聚焦在她身上。她就是将军。他们骑过来时，扎克扭头瞅了她好几眼，但她完全无视。她将头发紧紧束在脑后，越发显得她面容清瘦。她在马背上坐得笔直，目光一直注视着我们。

她忽然举起一只手，士兵们立刻停马不前。她和扎克又往前骑了几步，在两队人马中间的空地处停下。她故意没有看我，只盯着我身旁的那几个人。

"真是个不错的联盟，"她说道，"一个蒙羞的领袖，被自己的议院抛弃；一个阿尔法人，非要自贱身份跟欧米茄人生活在一起；还有一个被赶出了议会的议员……"

"省省吧，别浪费口舌了。"派珀说。

她没理他，转向我说道："还有你，一个先知，靠自己的幻象领着抵抗组织从一个大屠杀迈向另一个大屠杀……"

"我们解放了新霍巴特，"派珀道，"没有卡丝，我们不可能做到。"

扎克打断了他："没有主事人的帮忙你们才无法做到，不是卡丝。而且，你们丧失了一半的兵力。"他从派珀看向我，然后又看着派珀。"自从她出现之后，事情对你来说都不怎么顺利，不是吗？你丢掉了自由岛，也丢掉了自己的位子。你们的人大批大批被杀死。你还没弄明白吗？"他往前俯了俯身，将声音降低到近似耳语："她就是毒药，一直都是。"

我回击道："只要你乐意，随便你怎么称呼我。但是，你害怕我，一直都是。"

他的声音就像鞭子，迅速而狂怒。"在我面前小心说话，"他说，"你有把柄在我手上。"

将军打断了他："虽然听着很有趣，但我们大老远来，可不是为了让你和孪生妹妹讨论你们的复杂关系的。"

"她说得没错，"主事人道，"我们得谈谈，接下来我们要怎么办。"

"没有什么'我们'，"将军说道，"你们攻下了新霍巴特，没准还能守住它。但这都只是拖延时间，仅此而已，就像毁掉数据库一样。这世上还有其他的定居地，其他的城市。"

"你阻止不了我们，"扎克插进来说道，"你们所做的一切，都是毫无意义的牺牲生命，只不过将我们推向战争。而我所做的一切，都是为了挽救生命。"

"通过把我们扔进水缸里，来挽救阿尔法人的生命，"我说道，"那比死还要惨，你心里最清楚。"我知道水缸所代表的意义，即永远处在垂死边缘。"而且，你对孩子干出那种事，还有什么脸来说挽救生命？"

将军微笑起来，目光却没有移开，只有嘴唇在动，就像匕首的边缘一样锋利。"既然不能在新霍巴特亲自欢迎你们，我们想确保士兵们给你们留下一份大礼。"

她转向主事人说道："现在你不能再回温德姆了，你在议会的日子已经结束了。"

"很久以前就结束了，"主事人道，"自从你们两个开始掌握实权以来，已经过去多少日子了？"

"你觉得自己现在能将权力握在手中了？"她无情地嘲笑道，"仅仅因为一群不满的士兵投奔了你？他们雄心没有，迷信倒是一流。如果这场暴乱持续下去，你真的认为他们还会追随你吗？"

"他们能认识到你在做的事是错的。"我说。

扎克摇了摇头。"卡丝啊，你还是像以前那么天真。他们并不是动了恻隐之心才去投奔主事人，主事人也不是因为怜悯才帮助你们。这都源自对禁忌的恐惧。他们智商太低，根本意识不到技术能带给我们什么。"

"他们的恐惧通过教育就能修正。在招募来实施水缸计划的人身上，我亲眼见识了这一点。一开始每个人都很犹豫，但是当他们知道我能带给他们一个新世界，在这个世界里永远也不用担心孪生兄弟姐妹，他们开始看到了好处。没有什么能比自私自利更容易化解恐惧了。"

"你呢？你又能给他们什么选择？"他看着我的样子，就像我是一个愚蠢的小孩。"我能带给他们一个摆脱孪生关系的未来，"他继续道，"而你只会带来战争，成千上万的人会死去，阿尔法和欧米茄都一样。就算你赢了又如何？仍然毫无进展，致命的孪生关系仍然存在，对每个人来说都是负担。我们的命运，仍然并非由自己掌控。当人们理解了这一点，你真的认为他们还会追随你吗？"

"如果你觉得自己的地位固若金汤，为什么还要提出这次会面呢？"主事人反问道，"你们已经开始害怕了，我们夺回了新霍巴特，你们意识到是时候开启谈判了。"

"跟欧米茄人没法谈判，"将军说道，"他们不配。"她冲我、西蒙和派珀指了指。"这一直都是你们的问题，因为你们无法生育，不适合当父母，所以并不像我们一样有责任为下一代考虑。这就是你们目光短浅的根本原因。"

"不适合当父母？"我反问道，心中想起艾尔莎将夭折的孩子们脸上的头发顺回脑后时温柔的抚弄，还有妮娜，为保护那些由陌生人带来收养院的孩子而献出了生命。"你们对小孩子干出那样的事，还有什么资格坐在那里对我说这些？就算是以前，也是你们阿尔法人会把一半的孩子驱逐出家门，我们可做不出来。我们收养他们，爱护他们，尽最大努力保护他们免受你们的伤害。"

主事人插口说道："这不是互相指责的时候。我们都想要避免内战，所以先来讨论下我们的要求。第一步，议会需要做出保证，将会严格维持禁忌法令。"

"你们的要求？"将军问道，"你想要谈判？"她缓缓点点头。"很好，我带给你们一样东西，算是另一件礼物，如果你们喜欢的话。让我们用它来开启谈判之门。我想你们可能很乐意见到它。"

她没有转身，冲着扎克举起一根手指。扎克转身驱马回到士兵们等候的地方，招呼两个人走上前来。他们奉命而行，我看到他们抬着一个木头箱子，悬挂在两匹马之间。

扎克翻身下马，把缰绳递给其中一名士兵。他们把箱子慢慢放低，扎克用左手将它扶稳。箱子落在地面上时，里面有什么东西哐当作响。士兵们牵着扎克的马，策马回到原来的位置。

"打开它，"他对我说，"来。"

"你来打开它。"我说。

扎克抬起头笑了。我们仍骑在马上，他独自一人站在我们面前，但他对此毫不在意。他往前走了两步，打开了箱盖。

一开始我还以为里面是人头，因为大小和形状都差不多。随后里面的气味传来，在冰雪弥漫的空气里显得格格不入。它将我直接带回自由岛，那里空气中永远弥漫着海盐的气息。迎面而来的就是这种味道。我在马背上俯身越过马的脖子，近距离仔细观察箱子里的两样东西。那是某种木雕刻品。扎克拎了一只出来，我看到那是一个女人头部的雕像，长长的鬈发垂到肩后。木质已经年久褪色，面部容貌因为历史久远已看不清了，鼻子几乎不复存在。只有颈部的颜色与别处不同，有斧子凿过的尖锐印痕，露出里面深色的木头。

我转头看向派珀。他闭上了眼睛，几秒钟之后再次睁开，又看了一眼雕刻的头像，然后抬起头望着将军。

"你在哪儿拿到的？"他轻声问道。

"这并不重要。"她说。

"这是什么？"

我低声问派珀。此时扎克转过身，将第二个雕像从箱子里拿出来，随手扔在我面前。我的马喷了个响鼻，往后退了几步。木质头像在地上翻滚了几下，然后栖身在浅雪中，面孔朝上，盲目地盯着白色的天空。

"罗萨林德号和伊芙琳号的船首饰像，"将军代派珀回答道，"你们最为宝贵的战船。"

23

乔的秘密

"这证明不了什么，"佐伊说道，"船员们可能已经安全登陆了，将船泊在了岸边。"

"看来你是希望我把你朋友霍布的人头带来喽？"将军道。我看到派珀握着缰绳的手一紧。

将军继续说道："他们在返回自由岛的途中，被我们的巡逻船在远海发现了踪迹。"

"船员们在哪里？"西蒙问道，"霍布和其他人呢？"

"水缸里。"将军淡淡说道。她说出这几个字，就像咳嗽几声一样随意和轻蔑。"当然，在那之前我们问出了情报，"她补充道，"我们知道他们在寻找什么。"

扎克漫不在意地迈过地上的雕像，往前走了两步站到我面前。"你错误地以为我们不会发现你去了自由岛，你也看到我们对那些小崽子做了什么。现在，仔细看清楚这个，你要牢牢记住，就算在最遥远的海洋尽头，我们也会找到你。在这个地球上，无论你逃到哪里，都不可能摆脱我们。"

将军低头看了他一眼，冲他微微点了点头。他走回士兵们等候的地方，翻身上马。

"你以为我大老远来到这儿恐吓你们，仅仅是因为你们夺回了这座城市？"将军道，"你以为我会鞠躬道歉，然后我们将坐下来好好谈谈，从今以后如何按照你们的想法从事？"

她拨马回身。"你阻止不了我们。你甚至根本不了解我们的能力。"说着她策马离开。

我驱马向前，派珀抓住马缰，把我拉了回来。身下的马在原地踏步不前，我大声叫住扎克。将军和士兵们也转回身来，但我只盯着扎克一人。

"你刚刚说的，'在这个地球上，无论你逃到哪里，都不可能摆脱我们'，原话送还给你。"我说道，"所有这些血腥暴行，这些阴谋诡计，都是因为你和你的同类害怕承认我们和你们并无不同。更重要的是，我们是你们的一部分。"

将军扬起了眉毛。"你们是我们的附带产物，仅此而已。"

说完她骑马离去。扎克盯了我一会儿，然后策马转了个圈，沿着马路追上将军。那个箱子就那么扔在地上，盖子打开，里面空空如也。人头雕像弃在一旁，雪花又飘飘洒洒地落下了。

*

在城门处，我们把马匹交给守卫的士兵。我直接就要去找艾尔莎。

"我们应该跟着其他人回去，"佐伊跟在我身后穿过大街，走向收养院的所在，"我们得讨论一下，议会下一步将会怎么做，我们接下来又要去向何方。而且，你独自一人到处晃悠并不安全。"

"你想回去就回去吧，"我说，"但没什么好讨论的。扎克和将军想把我们吓倒，从而产生内讧。他们想恐吓我们停止寻找方外之地，还有方舟的相关文件。他们想让我们怀疑自己，我可不会让他们得逞。"

我们拐了个弯，进入艾尔莎住的那条街。雪地上有脚印，但见不到一个人影。我们经过左边一座狭窄的房子时，一扇窗户砰的一声猛然关上。

收养院是这条街上最大的建筑，虽然没有倒塌，但前门已经不见了，窗户也被撞碎。佐伊等在门口放风，我迈步走了进去。

我穿过门廊，叫着艾尔莎的名字。最后我在厨房找到了她，她手上和膝盖上都是瓦罐的碎片。

"我们想阻止他们抢走孩子时，他们把这里砸得乱七八糟，"艾尔莎说，"发生了这么多事，我还没有机会好好清理一下。"

在她身后我能看到院子里，如今已变成烂木头的坟场，有百叶窗的横条，还有断腿的桌椅。在院子一角，家具被堆起来付之一炬，只剩下一堆黑乎乎的木条，上面落满积雪。火势沿着墙角往上蔓延，在墙面和半个房顶留下一道黑印。

"你今天已经干得够多了，"我对艾尔莎说，"就先这么放着吧。"我挥手指了指厨房里的残骸。"你需要休息。"

"还是忙点好。"她看也不看我，说道。

我想起几个钟头前她刚刚跟我说过的话："我已经没有时间再承受谎言了。"我不再浪费时间想着怎么说开场白。

"你丈夫……你从没告诉我他是怎么死的。"

她慢慢站起身来，像孕妇一样双手按着后腰。

"那时谈论这个太危险了，"她说，"我必须得为孩子们着想。"

她仍然不敢直视我的目光，开始把瓦罐碎片扫成一堆。陶瓷碎片摩擦过石板，发出很大的动静。她偶尔发现一个碗或一只杯子虽然有缺口但其他部分完好无损，就会弯腰将它捡起来，细心地放在一旁。

"你攒这个又有什么用呢？"我说着从她手里夺过一只缺口的杯子，"他们不会再回来了。"

"总会有更多的孩子送来的。"她说着又开始扫地。

"你觉得阿尔法人现在还会把孩子们送来这里吗？这是一场战争，艾尔莎。如果我们不能打败议会，他们从出生开始就会被关进水缸里。"

除了扫帚清理陶瓷碎片的动静，其他什么声音都没有。

"你从未告诉我你丈夫死亡的真相，因为你不想危及孩子们。现在看看你周围吧。"我指着空荡荡的院子，还有脱离了铰链的百

288

叶窗，"一个孩子都没有了，他们都被淹死了。没有需要你保护的人了。"

她手一松，扫帚掉在石板地上，发出咔哒的声音。她抬起头盯着我。

"他们抓走了他。"她说。哭了一整天，她的嗓音听起来和地板上破碎的盘子擦过一样粗糙刺耳。"你已经猜得八九不离十了。四年前，他们深夜闯进来抓走了乔，还把这里翻了个底朝天，所有东西都撕成了碎片，连孩子们宿舍里每个床垫都被割开来检查过，厨房里每个瓶瓶罐罐也都被翻空了。"

"他们找到要找的东西了吗？"

"如果他们找到了，那我也没见到，"她说，"虽然我冲他们大喊大叫，让他们告诉我发生了什么事，要把乔带去哪里，究竟是为了什么，他们却一个字都没告诉我就离开了。"她抽了下鼻子。"有时候，你能记住的，留在你脑海里的事情很有意思。当我想起那天晚上，总是记得是我的尖叫吓坏了孩子们。他们也曾见过士兵打人，从那时起，孩子们就知道，不能对穿红衣服的人抱有任何希望。而那天是我失控了，吓到了他们。妮娜竭尽全力安慰他们保持镇定，而我却让他们惊呆了。"她低头看着膝下，两只手交缠在一起互相摩擦。

"那是士兵们的错，与你无关，"我说，"他们抓走了你丈夫，毁了你的家。"

"这我知道，"她抬起头来，"他们抓走乔的时候，我就知道他们会杀了他。他们果然这么做了。"

"你怎么知道的？"

"我等他的消息，等了好几个星期，甚至跑到税务所去问税务官。士兵甚至不让我迈上那里的台阶，什么都不肯告诉我。最后我把孩子们留给妮娜看管，去了乔孪生姐姐的村子。那里快到海边了，要往西走很远，我差不多走了三个礼拜。而且沿途都是阿尔法村庄，所以一路并不容易。别指望能求来一张床过夜，甚至在谷仓里也不行。人们不止一次用石块扔我，我只能从村子里落荒而逃。不过，你也知道我的性格。"她笑了，听起来却和哭差不多，"我不会轻易放弃的。"

我可以想象，拖着两条弯腿走进阿尔法村子里要求答案，对她来说是多么艰辛的经历。

"当然，我从未见过他的姐姐。我所知道的就是她的名字，还有她和乔出生的村庄在哪里。我甚至不清楚，她是否还住在那儿。"她说着望向窗外。"结果，她确实还在那儿，不过是在六尺之下的坟墓里，上面种着鲜花，有个漂亮的墓碑，以及其他装饰。"

她从没能把丈夫的遗体要回来埋葬。我又想起吉普躺在发射井地板上的尸体。

"他村子里的人一心想把我赶走，但我就是赖着不走，一天到晚在村外四处晃悠，想找个肯跟我说话的人。有人威胁说要叫士兵来把我驱逐出去，但是到了最后，我猜他们还是发现，把我想知道的全部告诉我更加容易些。他们说她一个月前就死了，跟我推测的差不多，就是他们把乔抓走几天之后。"她又陷入沉默，嘴唇紧紧闭在一起，下巴却微微颤抖。

"他死得并不轻松。"艾尔莎的声音低了下来，每说出一个字，就像从嘴里吐出一颗牙齿。"他们是这么说的，她开始大哭大叫，一连持续了两天。"她抬头看着我。"乔是犯了不少错，但并不至于遭到如此的虐待。"

我们坐着沉默了片刻，看着院子里堆起来的破烂家具。

"你知道他们在找些什么吗？"我问，"你有没有听过方外之地，或者一个叫方舟的地方？"

"不知道。"她耸耸肩。"他很少谈论自己买卖的东西。说实话，我也并不想知道，我很乐意从另外的角度看待这件事。而且，我手里的事情也不少，这么多孩子都要照顾。他在黑市上交易没错，也会买入一些史前遗物和可疑的玩意儿。但他并不蠢，任何机器或者有电线的东西，带来的麻烦肯定比其价值要大，对此他非常清楚。说老实话，这些东西会让他惊惶不安，而且我也不会让他带到收养院来。他买卖的那些大爆炸之前时代的零碎都是些劣质货，像是文件啦，破陶罐什么的，还有一些金属。大多数人对这类东西的兴趣并不是很大。我也不用瞒你，接近一半的东西甚至都不是大爆炸之前的。有一年夏天，他和他的同伙格雷格做了一笔成功的交易，买入一大批据说是禁忌的陶器，其实只是一些从阿尔法运货马车后厢里偷来的花哨玩意儿，然后故意弄坏，放在茶水和泥垢里浸泡之后做旧的。人们有点喜欢这类东西，与众不同，还有些危险。"她黯然一笑。"我的乔并不是一个喜欢找麻烦的人，他太懒了，肯定不会这么做。他只是对杂七杂八的小东西感兴趣，能够很快脱手，多挣几个零钱，税务官并不会知道。"

"他又不是第一个买卖禁忌物品或者避税的，"我说道，"这并不能解释他们为什么杀了他，之前还要折磨他好几天。"

听到折磨俩字，艾尔莎像受到震动一般畏缩不已。

我继续问道："你从没见过他买卖的东西？"

她摇摇头。"孩子们住在这儿，我不会允许任何可疑的东西在这里出现。而且，他生意上的东西都存放在集市旁边的货栈里，他也常常睡在那边，我不想他喝酒后跟孩子们混在一起。"

"那个货栈还在吗？"我问道。

"别犯傻了，他们把他抓走后第二天，货栈就被烧了，面包店的后墙也受到了牵连。当然，这绝不是一场意外，格雷格见到议会士兵们在黎明之前把那里搜了个遍，里面所有东西都被带走了。"

"自那之后，我一直在等着他们来找我，"她说，"但最后结果对我们有利，因为他们根本不承认欧米茄婚姻。他们知道有时他会在收养院干活，否则就不会彻底搜查这里了。不过，由于他还有自己的货栈在集市那边，他们认为他是住在那里的。而且，因为他们觉得我们和动物没什么不同，所以从未想过我们结婚了。"

她再一次陷入沉默。

"告诉我他们在找什么，"我说，"求你了。"

"我已经告诉你了，"她不耐烦地说，"他从未告诉过我那件东西的任何细节。"

"但这并不意味着你不知道。"

以前我从未见过艾尔莎这副模样。我曾见过她一边给女孩编辫子，一边和妮娜讨论要买的东西清单，而如今她像泄了气的皮球，双肩内拢，目光散漫无神，双唇紧紧闭着。

"这个秘密憋在我心里已经四年。"尽管厨房里没有别人，她的声音仍然很低。"我曾目睹他们如何对待乔，现在我又目睹了他们如何对待孩子。"

"我不会跟你说不要害怕，"我说，"你害怕是很正常的。你目睹的惨剧我一样见到了，是我帮你把孩子们从水缸里捞出来的。我们都清楚议会能做出什么坏事，但正因如此，你才必须告诉我。"我拉起她的手。"如果我们不能找到他们正在寻找的东西，就无法阻止他们，就会有更多的水缸，更多的杀戮，一直到我们都被关进水缸为止。"收养院的宿舍里不会再有孩子的身影，院子里不会再有吵闹声，只剩下沉默的水缸，还有漂浮其中的孩子。

她一动不动，就像水缸已经将她困住了。

"你知道乔藏了些什么吗？"我问。

"不知道。"艾尔莎说道。她挺直肩膀，在围裙上抹了一把手。"不过我想，我知道他藏在哪儿了。"

24 树洞

她一屁股重重坐在凳子上。"在他们来抓他之前，乔的心情很差，不过这并不罕见。之前那个礼拜，他藏了一批东西，是买来的，找到的还是偷来的，他从没说过，我也没问。一开始他以为自己碰到好东西了，觉得或许能靠这玩意儿大发一笔。不过后来他说，看起来这只是一堆废纸，仅此而已。这很难脱手，至少欧米茄人不会买。他像大多数人一样不识字。我曾想教他认几个字，但他从来都没耐心学。要在以前，他还能试着把这些文件卖给阿尔法人，他们和我们一样对大爆炸之前的东西充满好奇。他认识几个阿尔法人，不时会跟他做交易。不过，他已经多年没跟他们打过交道了。自从大干旱那几年以来，还有议会出台的新改革措施，你无法保证他们不会因为你打破了禁忌而举报你。所以，他在出售这些文件时遇到了麻烦。我所知道的就这些。"

"你从没见过那些文件？"

"我告诉过你了，我从不允许他把那些东西带到收养院里来。

一开始，我以为那些文件肯定是在货栈里，他们在把那儿付之一炬之前，肯定已经找到了。但是后来我才发现，他们拷打了他。我还记得他们把这里翻了个底朝天。所以我想到了亲吻树。"

我茫然地看着她。

"他发现这棵树时还是个少年，"她继续说道，"我们刚认识那会儿，经常会去那里。当时我住在寄宿公寓，乔住在货栈里，但格雷格总是在那晃悠，碍手碍脚的，没什么隐私。所以他就带我去亲吻树那里约会。"

"那棵树可真大，树干里面是空的，是个私密的好地方，至少能遮风挡雨。"她看起来并不难为情，相反地，我回到新霍巴特以来，第一次见到她露出熟悉的笑脸。"乔还在里面搭了架子，我们在里面放了蜡烛、火柴和一条毯子。虽然后来我们结婚了，我接管了收养院，有时我们还会去那里，搞个野餐，享受没有孩子们烦扰的安静时光。"她缓缓呼出一口气，回顾自那时起的漫长岁月。"他们抓他的时候，我们已经好多好多年不去那儿了。不过那个地方仍是我们之间的秘密，只有我们两个人知道。我还知道他有时会去那里藏东西，就是那些他不想让议会得到风声的违禁品，或者有时候是他不想跟格雷格分成。"

"亲吻树在什么地方？"

"南边的森林里。"

我一屁股坐在她身旁，垂头丧气想着那些黑乎乎的树桩。

"别太难过，"艾尔莎说，"你并没有把整个森林都烧光。而且就算树已经没了，我也不是百分百肯定有东西藏在那儿。"

"你从没去看过？"我问。

"难道你没听明白吗？"艾尔莎说道，"我亲眼看着他们带走了乔，弄清楚了他们对他下的毒手。"她缓缓摇了摇头，"我要是去到亲吻树方圆一里之内，只可能是亲自去把那棵树连同里面的东西一起烧得干干净净。"

*

佐伊仍然在外面等着，随后她跟我们一起去了税务所，告诉派珀和其他人这个消息。他们坚持要我们带一小队抵抗组织士兵一起去森林里。虽然目前还没有议会大部队逼近新霍巴特的迹象，但我们不能再冒险。在主事人的命令下，守卫南门的士兵给了我们战马。佐伊帮我上马，我将受伤的胳膊靠在胸前，但在她扶我跨上马鞍时仍痛得深吸一口气。艾尔莎之前从未骑过马，所以她坐在我身后，紧紧搂住我的腰。

那场战役已经过去三天了，战场上的尸体已被我方士兵收走，但大地冻得严严实实，没办法给他们下葬，而且也根本没时间举行葬礼。当我们绕过攻击时藏身其后的小山丘，我看到成堆的尸体，马和人都堆在一起。雪地就像一张死亡地图，红色污痕显示了尸体被挪动的轨迹。我方士兵曾试图把尸体烧掉，但大雪和潮湿的木头让火苗无法烧起来，所以大部分死尸仍保持原样。同样地，我猜冰雪也阻止了尸体腐烂，空气中并没有腐尸的味道，只有血腥味伴着肌肉烧焦的浓烈气味。在死尸堆旁边，一只狐狸禁受不住食物的诱惑，勇敢地站在那儿盯着我们，离我们的战马经过的地方不到二十英尺远。我控制自己不去打量它的红鼻子。

"西蒙下令把尸体拖到这里，"佐伊说道，"这是最好的选择。别的不说，这能让议会难以利用山丘作为掩护，如果他们在准备一场攻击的话。"

此时我想起的只有扎克的话："你又能给他们什么选择？你只会带来战争，成千上万的人会死去。"

我没见到艾尔莎和我用白布裹起来的那些尸体。"孩子们呢？"我问。

"他们会被火葬，"佐伊说，"主事人想把他们和其他死尸一起扔在这里，说把尸体焚化纯粹是浪费时间和燃油。不过派珀跟他争辩起来，他已经让人在北边的围墙内准备柴堆了。"

派珀曾救过我很多次，但我从未像现在这般感激他。

我们骑马继续向前，我忍住不去回望那些没有下葬的死尸，但平原上的积雪里，仍有遗物不断提示之前发生的鏖战，在一把断剑旁有一摊血，一只孤零零的靴子，等等。我们的马踩过一片红色边缘的冰块时，艾尔莎将我的腰抱得更紧了。

终于抵达了森林边缘，被烧毁的树干矗立在雪地中，这对我来说是一种解脱。

"看来得有相当长的一段时间，人们不能来这里野炊了。"我们穿过原来的森林边界时，艾尔莎说道，"你们俩可真是把这里搞得面目全非。"

我在这世界上留下一道烧焦的路径，而森林仅仅是开端。现在这里又多了一些半烧焦的尸体，还得算上在自由岛遇害的那些人。我怀疑在大屠杀之后议会士兵是否把他们埋葬了，还是任由死尸横陈在庭院里，曝骨在蓝天下。

还有孩子们的尸体，被白布裹着堆在马车里，像抽屉中的蜡烛。这并非我的错，我的哥哥要为此负责。但现在这成了我的责任，事实跟扎克一样冷酷无情。或许扎克在马路上说得没错，我就是毒药。我很难跟留在身后的这些死尸争辩。我就是死亡之地派出的使者，一路散播致死的灰尘。

艾尔莎的呼吸喷在我耳朵上十分温暖。她继续说道："当森林燃烧时，虽然刮的是北风，我们仍有好几天呼吸困难，因为烟太浓了。但是这延缓了他们的进度。利用这个，还有集市上的抗议游行，我们分散了士兵的注意力，把更多的人成功送到了城外。至少我知道的就有几个，因为各种原因被议会通缉，在这一切开始时成功地逃了出去。"她将半边脸靠在我背上，"我看到起火时，就知道一定是你和吉普干的。"

我们花了很长时间才找到那棵树。艾尔莎径直把我们带到森林的东侧，但年月久远，再加上大火焚烧，这里已经面目全非，她无法找到一个昔日的参照物。我们翻身下马，将马匹留给守卫看管，然后一起游荡在黑色树桩以及躲过大火的少数树木之间。

最终艾尔莎还是找到了它。在大火燎原之前，亲吻树周围被小一些的树木环绕，还不会这么显眼。如今它几乎独自矗立，是目光所及范围内最大的树。亲吻树的树冠跟周围的树一样被烧掉了，但它粗壮的树干可没那么容易清除。我们走近前去，守卫们则呈扇形散开，背对着我们绕成一圈，警惕地环顾四周。

树干表面已被烧成焦炭。大火毁掉了树冠，但粗壮的树干仍在，我们三人围在一起也无法将它合拢。在树干底部有个裂口，只有几英尺宽，高度也差不了多少。树干就像个前面开口的斗篷，露出里面的空间。以前这里能提供山洞般的遮蔽，足够两个人蜷着身子躺在里面，现在六英尺以上的部分都消失不见了，树洞也没有了顶棚，雪花从上面的圆口飘落下来。

"我很抱歉。"我说。

"卡丝，他们严刑拷打我的丈夫，还杀了他。他们淹死了我所有的孩子，还杀了妮娜。"她耸耸肩，略微摇了摇头。"一棵被烧掉的树又算得了什么。"

佐伊四肢着地，透过树干的裂口往里望了望，随后爬到里面呆了几分钟，探头四处打量整个树洞。"如果乔在树洞里藏了任何东西，现在已经不见了，这多亏了你那一把火。"她喊道。她从里面钻出来站起身，拍了拍膝盖。"如果他把东西放在架子上，那么已经没有了。根本没有架子的痕迹，整个树干从里到外都烧焦了。"

"那我们得往下挖了。"我说。我双膝跪地，只能用左手挖。积雪和最上面那层泥土很快就被除掉了，但挖了一两寸之后，我的手指甲撞到了冰冻的土地上。

艾尔莎跪在我身旁叹了口气。"乔太懒了，不会把东西埋得太稳妥。如果这底下有什么东西，至少不会埋得很深。"

佐伊来到我另一侧，我们三个一起开始挖掘工作。树洞的裂口太窄了，我们彼此都有些碍手碍脚，冰封的泥土也冻得非常坚固。挖了几分钟之后，我的左手就冻得没有知觉了。我们花了将近一个钟头，才挖出一个两尺见方的坑。

当我们终于挖到箱子时，我冻僵的指尖根本没感觉到，不过我听出了挖在上面的声音有些不同，是指甲划过生锈铁罐的动静。

我们继续将周围的泥土挖松，然后合三人之力才把这个箱子从洞里弄出来。箱子个头很大，至少有三尺宽，两尺来高，它重得要命，让我很担心里面的东西都被水浸透了。箱子的金属表面失去了旧有的光泽，上面生满赭色和绿色相间的锈，我们用手拂掉上面的树枝和泥土时发出刺耳的摩擦声。箱子没有上锁，但铁锈已经把箱盖封住了。佐伊用一把匕首撬了好几分钟，还对准缺口狠狠踢了一脚，盖子才弹开一寸左右的缝隙。

我站起身来，拽住佐伊往后拉了拉。

"让艾尔莎先看一眼吧。"我说。

"别担心，"艾尔莎说，"我可没指望这里有什么情书。我知道乔的性格，这里藏的都是违禁品，跟我没有任何关系。"

箱子上方的泥土都已被清理干净，但她还是又抚了一遍，动作无比缓慢。随后她将盖子拉起来，发出吱吱嘎嘎的响声。

箱子里堆满了文件。散乱的书页叠放在一起，经年累月上面都生了霉菌。我不禁怀疑这是否是在挖掘时我没有感觉到下面箱子的原因，这些霉菌、铁锈和水分跟周围的泥土相比差别不大，完全将其掩盖住了。

艾尔莎从最上面取下一页。潮气让纸张变得厚重，弯曲时发出噼啪的声音。

她大声读了出来，由于对上面的语句并不熟悉，念得有些吞吞吐吐。"元年10月23日。方舟临时政府备忘录（14b）：安全协议。"

"老天哪，"佐伊道，"我们需要弄一辆马车来，把这些东西带回去给派珀。我们需要立刻行动。"

第三篇

方　舟

25 骸骨迷宫

我们派了一名守卫回城去叫马车。等我们把箱子运回新霍巴特，在税务所门前卸下来时，天色已经黑了。要想不让主事人知道这件事根本没有可能，随我们一起去森林的人中有他的士兵在内，守城门的也是他的人。不过，当人们都聚集在会议室里，我把箱子打开时，我看到他的上唇扬起，一脸厌恶的神色。

"我可不想碰这东西。"他说着往后退了两步，其他人则都凑了过来。

"艾尔莎的丈夫不是因为碰了这些文件才死的，"我说，"他是被你们议会折磨致死的。如果你不想知道这里面有什么东西，那就别挡着我们。"

派珀拿起最上面那张纸，大声读了出来。在念到一些奇怪的词语，以及纸张发霉或者破碎的部分时，他不得不停顿一下。

元年11月24日，方舟临时政府备忘录（14b）：安全协议。

……保证方舟的安全仍是我们的第一要务。不过，地表幸存者的状况（尤其是幸存者视力丧失变成盲人的比例在65%以上，参见考察队报告2），让我们可以断定，目前的安全措施是足够的……

"这不可能是真的。"主事人说道。我们告诉过他有关莎莉的方舟密卷的事，但我能理解他的质疑。目前我们的整个社会都是在大爆炸之前世界的灰烬上建立的，史前的一部分竟能在大爆炸中幸存，即便只存在了很短时间，也是难以想象的。

"乔究竟是怎么找到这个的？"佐伊问道。她蹲在箱子旁边，拿出更多文件来。"听起来他可不像是什么探险家，不可能是他自己发现这些方舟文件的。"

"我认识他二十年了，除了离这里几天路程的集市城镇之外，他从未去过更远的地方。"艾尔莎说道。

派珀耸耸肩。"肯定是有人把这些文件从方舟里弄了出来。不管是谁首先无意中撞进方舟里，可能都比议会发现得要早。随着时间的推移，这些文件丢失了或者被偷了。它们很可能倒过手，天知道被转手了多少次，或者曾拥有它们的人是否认识上面的字。最后它们终于落到了乔这种低级投机分子手中，我猜他根本不知道自己遇到的是什么东西。"

"他试图将这些东西脱手时，肯定给别人看过部分文件，"我说，"有人意识到这些文件的重要性，然后向议会通风报信了。"

"他怎么找到这些文件无关紧要，他是如何被举报的也没人关心。"主事人说道。他又离箱子远了两步。"这里面能有什么好东西呢？大爆炸之前又有什么好东西呢？我们确切知道的是，正是这些人和他们的机器毁掉了这个世界。是他们导致了这一切。"他挥舞着手臂，可能是想暗示墙外那个破碎的世界，地里到处都是碎石，禁忌城市一片废墟，还有东方的死亡之地。不过，我们都知道他话中真正的含义，当他说到这个残破的世界时，指的其实就是我们。

他继续道："我解放了这座城市，是因为我想维持禁忌法令，阻止机器的复兴。除了更多机器，这个方舟还能带给我们什么？"

"你太害怕了，"派珀说道，"你过于担心机器，而没有想到这对我们意味着什么，如果我们能找到方舟的话。"

"我是害怕。"主事人坦承。他从我们脸上一个个望过去。"如果你们像我一样了解内情，也会害怕的。你们应该感激禁忌法令，我们都一样。要是你哥哥不是因为顾忌到人们对机器发自内心的恐惧，他可不会只造出水缸这么简单。我初次认识他时，他刚刚来到温德姆，还没有将自己的名字改为'改造者'，那时他就已经开始谈论大爆炸之前的人们使用的东西了，那些机器和武器你都没有办法想象。他一直都对大爆炸之前时代很感兴趣。在开始探索这些禁忌之物前，想想自己在做什么吧。如果不是因为禁忌法令，改造者的士兵将会坐在不用马拉的车辆里追捕你们，速度将快上一百倍。他们将利用新式武器在新霍巴特把我们击溃，从半英里之外就能杀光一个中队。你认为他没有殚精竭虑寻找这些东西，然后重造它们？幸好大多数都被毁掉了，他无法再次开发出来，因为他找到的遗物并不完整。他曾经讲过很多关于燃料的事，还有一些他无法驾驭的材料。不过他了解，这些困难并不是唯一的阻碍，禁忌法令也在挡他的路。如果有一天他骑在某种电车上从温德姆出来，肯定会被人们用私刑打死的。人们不会容忍这个，他们对于机器的恐惧早已根深蒂固。"我记起派珀站在水缸阴影中时，脸色变得苍白无比；佐伊小心翼翼地在电线和管子之间移动。"正是因为知道了水缸计划，才驱使半数的军队来投奔我，"主事人说道，"人们是不会容忍机器的，现在还不是时候。利用人们对机器的恐惧，是我们目前对抗你哥哥和将军的唯一机会。"

"你说得没错，机器是很危险，"我说道，"但忽视这个更危险。如果议会不是意识到这些文件的重要性，就不会对乔施以严刑拷打。赞德说过，方舟里又出现了人类的踪迹，虽然不知道它在哪里。我敢以自己的性命打赌，扎克和将军很早以前就发现了方舟。箱子里这些文件只是方舟计划的一小部分，它们必然非常重要，才会让议会不断寻找。"我冲着面前打开的箱子挥了挥手，"这里可能有方外之地或者方舟本身的地图，武器的设计图纸，或者能帮助欧米茄的机器和药物。谁知道还有些什么呢？"

"正是如此，"主事人顺着我的话说道，"你在跟自己无法理解的东西打交道。"

"她对很多东西的理解超出你的想象，"莎莉咆哮道，"如果你让她说下去的话，你也会了解更多的。"

我试图以派珀和佐伊那样肯定的语气说话，这是我一直羡慕不已的。"如果我们不知道扎克和将军在做些什么，就没办法阻止他们。"我说道。

"是我的军队使这座城市免于沦陷。"主事人说。辩论时我的嗓音不断升高，而他的声音仍然低沉镇定，比咆哮更具威慑力。"没有我的人马，你们立刻就会被击溃，每个人都会被关进水缸里，所用的正是你要寻找的机器。士兵们追随我，是因为他们清楚我会带领他们全力对抗机器，如果我背叛了这份信任，就会失去他们的效忠，而新霍巴特必将陷落。"

"这个箱子里的知识，有可能改变一切，"我说道，"不是你通常想象的那种改变，比如议会换了个统治者，或者一种更温和的避难所和税收制度。我所说的是真正的变化。有机会去发现大爆炸之前时代的真相，他们到底有何种能力，是否存在方外之地，那里会有什么不同，这类事情能够永远地改变一切。这种改变或许能挽救你的妻子和孩子们。"

他迈步上前，一把抓住我的手腕。"没有什么能够挽救他们。你竟敢拿他们来举例子？"

派珀和佐伊都已冲上前来。我听到匕首出鞘的声音，就像打火石的摩擦声。我直视着主事人的双眼，想起艾尔莎在收养院厨房里说的话："总会有更多孩子的。"

"你说得没错，没有什么能够挽救他们。"我说道，"但还会有其他人的妻子和丈夫，其他未出生的孩子。问题在于，你是否对知识有太多恐惧，让他们没有机会生活在一个完全不同的世界里。"

他抓着我的手腕良久，随后用力将我推开。

"留下这些文件，好好检查它们。不过，我希望无论你找到什么，都会有一份完整的报告。"

*

……如今我们已进入第二十年，就不用再自欺欺人了。方舟在大爆炸之前设定的目标是聚集在不同领域最杰出的人才，这不可避免地导致现在的人口结构过于老龄化。现在方舟内有1280人，处于生育年龄的不足20%。大爆炸发生后，只出生了348人，且70%以上出生在前十年。显而易见的，方舟之内的生育水平是不可持续的。我们的给养足够维持数十年，核动力电池也将持续提供能源，但长期地下生活产生的心理影响，将继续在很多方面困扰我们。如果受保护的人口无法保证人类物种的永续生存前景，那么，将方舟孤立于地表之外的意义又在哪里呢？

……起初的目的在于保证全体人类的存续，而不是为少数幸运儿提供避难所。即便到了现在，为潘多拉计划提供的电力仍然凌驾于其他事项。我们，本文件的具名人，重申我们的希望，即临时政府将会重新将工作重心转移到方舟内外幸存者的迫切需求上来，而不是继续优先考虑……

*

　　我们把箱子运到艾尔莎的收养院。在那儿我能安心工作，避开税务所里持续不断的烦扰，哨兵和信使日夜不停进进出出。再次跟艾尔莎住在一起我也很开心，但派珀和佐伊坚持安排了一个哨兵守卫在收养院门口，另一个布置在院子后面的小巷里。我没有反对，能离开税务所那间交织着忠诚和质疑的大厅，我只感到解脱。西蒙、派珀、莎莉和主事人在那里坐镇，会见侦察兵，化解双方部队的争端，辩论下一步的计划。就算在会议室的一片嘈杂声中，我仍能感觉到主事人持续不断注视着我。

　　不再听到赞德的喃喃自语，也给了我喘息的机会。他从未有意让我烦心，这没错，除了莎莉之外，他对其他人都不感兴趣。但是，每当他神志恍惚，或是喋喋不休"罗萨林德号回来了"之类的话，我都会不由自主看着自己的双手，寻找他即将抽搐的迹象。我注意到佐伊也在回避他，对此我无话可说，因为我清楚自己是如何害怕与他接触。

　　来到收养院，我住进孩子们的宿舍，这地方够大，能把文件都展开放好，我还试着按照顺序摆放它们。一开始我把文件摆在空床上，很快地板也沦陷了，文件摆得到处都是，就像雪花从院子里飘进来似的。有一张床空着供我睡觉，但我要想过去，得避开一大堆文件的阻挡。我的胳膊上仍绑着吊带，就这样没日没夜地蹲坐在地板上，翻着那些文件。

艾尔莎在重新整理收养院之余，会到宿舍里来陪我坐一会儿，看我阅读那些文件。她从未上过学，尽管多年来通过自学有了基本的阅读能力，这对她来说仍是个艰苦的过程。这些文件读起来尤为困难，每个字都混杂在一堆霉菌和破洞中，与其说是阅读，不如说是拼凑的过程。在尝试几次之后，她放弃了读下去的欲望。尽管如此，她仍会来陪我坐着，从一堆纸张当中挑出发霉的页数，然后放在膝盖上。当收养院里到处都是孩子时，她一直很活跃，忙个不停。但在铺满纸张的宿舍里，她变得死气沉沉。她的双手红肿，因为擦洗狼藉不堪的收养院，上面满是伤痕。她拿着这些导致乔丧命的文件，长时间呆若木鸡，一动不动。

　　她陪我坐着时，我也一言不发，埋头工作。我们共同的话题，像是孩子、妮娜和吉普，恰恰是我们不敢谈论的事情。不过，我们逐渐适应了彼此的沉默，在宿舍里共同度过的数个钟头，以及在寒冷的厨房里吃饭时，有一种心安的感觉。

　　然而大部分时间我都独自一人，只有文件和幻象的陪伴。文件的多样性让我感到挫败不已。有时我能将一些看似共通的碎片串联起来，尽管它们不在同一页上。但是，更多的情况下，这些纸张看起来像是从完全不相关的文件中抽出来放在一起的，有的被撕掉了一半，还有的过于潮湿，黑色霉菌和字迹很难分辨。在自由岛上我见过孩子们解渔网的工作，从受损的纸张上挽救上面的文字，这个过程感觉和解渔网并无二致，都需要将它们理顺。甚至在那些完整的纸张上，也经常会有词语或是整段的内容我无法理解。不过我能猜出个大概，将它们粗略地分成不同的门类。很多都被标记为"报告"或是"备忘录""附录"，还有"简报"，使用的语言跟莎莉数十年前发现的文件一样枯燥无味，复杂晦涩。另一些则只是数字的清单或者图表，很多页都如此，我根本无法解读。

连这些文件用的纸都并不常见。除了霉菌侵蚀的部分，纸张摸起来平滑无比，而且非常薄，放到光线下时都能看到另一面写的字。纸张在我手指上留下精细的粉末，有一些在我手掌中瓦解。那些看起来处于破碎边缘的文件，我都重新抄录了一份，连那些完全看不懂的数字和符号也没落下。用左手从事这项工作，干起来十分吃力。

少数文件上标示了日期。大爆炸之前的纪年同其他东西一样，都已毫无意义。这些文件的日期开始于元年，我能发现的最近的是第58年。不过，就算是那些没有标明年月的文件，通常也能通过文件的形式推测出大致的时间。最早的文件是打印的，字体要小一些，而且比我以前见过的所有印刷字体都要整齐。然而第43年及以后的文件不再是打印出来的了，从那时起，方舟里的人们改为手写。通常，纸张会被重新利用，早期打印文件的边缘和空白处，密密麻麻挤满了后来填上去的手写字体。每页纸上都讲述了两个不同的故事。

*

第38年3月12日，备忘录（18b）：上面双胞胎的涌现

在上面的幸存者中，报告显示不育（或者难产）的比例仍然很高，考察队已收集到证据，表明流产、死产或婴儿先天不足出生后即夭折的比例非常之高（参见附录6）。然而，考察队报告49显示了较高的生产成功率，特征是双胞胎（异卵双生，一男一女）突然大量涌现。这种新现象的重要意义在于健康婴儿的增加，虽然并不一致……

……在考察队目击的每个案例中（以及听闻的其他17个未经证实的案例），包括一名主要的孪生婴儿，没有任何变异现象，以及一名次要的孪生婴儿，变异情况比较严重……

……次要孪生婴儿的变异都处于7级水平以上。考察队报告49列出的病例包括多肢畸形，先天性无肢，多指/多趾、并指/并趾（很多情况下，孪生婴儿显示出多指/趾并发），性腺发育不全，软骨发育不全，神经纤维……

……报告显示，主要孪生婴儿不仅毫无变异现象，而且在所有指标上都优于人类平均值（力量、肺活量、对病毒和细菌感染的抗体等）。虽然次要孪生婴儿的副作用令人遗憾，主要孪生婴儿仍是大爆炸以来产生的最具有活力的生命。

……虽然存在争议，仍可被归类为极端的基因突变，本质上是一种针对长期暴露在残留辐射物中的自然补偿……换句话说，为了创造一个成功的对象（主要孪生婴儿），变异被有效地转移

到次要孪生婴儿身上，可被视为一种不幸但必要的附带现象。

*

　　四天之后，莎莉带着赞德来到收养院，想看看他是否能告诉我们关于文件的一些秘密。我们领着他缓慢穿过宿舍，地板上铺满一沓沓的文件。在房间正中，他停下来环顾四周，点了点头。

　　"闻起来像骸骨迷宫。"他说。

　　"方舟？"莎莉意图提示他。

　　"我告诉过你，他们在寻找。"他说。

　　"就是这个吗？"我问，"他们寻找的就是这个吗？"我指了指地上的纸张，焦黄如同老人的牙齿。

　　但他只是重复了一遍："一切远未结束。"

　　"什么还没结束？"我抓住他的双手问道，"哪张纸才是我们需要的？"

　　赞德吸了吸鼻子，脸上露出痛苦之色。

　　"闻起来像骸骨迷宫。"他说着手肘高高举起，将脸孔藏在后面，另一条手臂左右挥舞，像是在阻挡什么东西。他转身奔向莎莉，一脚将最近的纸堆踢到了床底下。在他造成更多破坏之前，我们不得不把他从房间里拖出去。莎莉搀扶着他穿过院子时，我仍能听到他在喊叫："骸骨迷宫……永恒烈火……"

　　我花了一个多钟头，才把他踢飞的文件重新整理好。当我终于睡去时，梦中的幻象除了大爆炸和吉普漂浮的身体，还多了纸张的碎裂声，以及霉菌和墨水的气味。

*

……很明显，我们不能认为这是某个地域的局部现象。这与最近的考察队报告（40和41）一致，他们观察到，孪生现象在远至……的东方仍然涌现。

备注5：主要孪生婴儿健康状况的改善，并不意味着我们可以安心自得，上面的婴儿死亡率仍然非常之高。与上面幸存者的访谈报告显示，在多起案例中，尽管主要孪生婴儿健康状况良好，仍在突然之间猝死。鉴于这些婴儿的死亡都与次要孪生婴儿的死同时发生，而次要婴儿之前就有发病迹象，最有可能的成因在于某种环境因素，或者某种未经确认的强力病毒。然而，这些报告的样本数量太少，不具有任何统计学上的意义……特别工作组仍然坚信，后续的监视工作将证明，双胞胎的涌现必然会显著提升人口数量和预期寿命……

*

每过几天派珀就会来看我一次。"把自己关在这里，这太不健康了。"他说。他会把我拖出去散步，走到税务所，或者绕城一周，边走边问我在文件中发现的所有信息。

在某种程度上，新霍巴特的大街小巷已经恢复了正常。破碎的百叶窗已被取下来，窗户上钉着草草劈成的木板以抵挡风雪。面包店又开业了，几个小商贩也重新在集市广场做起了生意。不过，我们为这座城市赢来的自由有些古怪。议会士兵被赶跑了，但主事人的军队穿着同样的制服，仍然在围墙外巡逻。

欧米茄巡逻队已经加入进来，轮班防守这座城市。由于在城市里招募了不少欧米茄新人，西蒙的部队壮大起来，但阿尔法和欧米茄巡逻队仍在换班和职责划分上有所争执。有一天傍晚散步时，派珀不得不在东门停下来，跟刚刚加入巡逻的几名欧米茄士兵谈话。在等待他期间，我无意中听到主事人的士兵正在嘲笑一个无腿的弓箭手，这位弓箭手正要代替他在监视塔值下一班岗。

"如果围墙被攻破，你将会怎么做？"正要离岗的哨兵看着欧米茄弓箭手将自己拖到监视塔的梯子上，不屑地问他，"把自己拖到战场上，对阵敌人的骑兵？"

欧米茄弓箭手没有回答，只是沿着木梯往上爬，弯弓斜挎在肩头。

新霍巴特居民和本应保卫他们的主事人的士兵之间也发生了冲突和争执。举例来说，主事人想要维持身份证明文件，这引发了争议。派珀告诉我，有一群居民聚集在税务所的台阶上，将他们的身份文件付之一炬。那场火在雪地上留下黑色的污迹，第二天还能看到。

城市居民如今可以自由出入了，很多人都带着细软财物，直奔东方而去。据派珀说，目前已经走了数百人，如果留下来的人有地方可去，冬天又没那么寒冷的话，更多人会离开的。对此我无言以对，我们都知道一场大反攻正在酝酿之中。侦察兵和瞭望员报告称，议会军队已在城墙数英里之外的地方集结。他们还未对城市形成包围，主事人坚称如果发生另一场战役或者城市彻底被困，他能在人数上与议会匹敌。但一切都未发生，议会士兵只是在远处观望等待。

　　城里的阿尔法和欧米茄士兵都烦躁不安。没有迫在眉睫的战斗，他们只能在风雪中日夜巡逻。粮食很少，因为商人不再光顾新霍巴特，而过早降下的大雪将冬季作物都冻死了。这是一个冷酷的冬天，生火的燃料也极度匮乏。城市近处的森林都被烧光了，很多市民不愿意去到离开围墙太远的地方，因为议会士兵正在那里集结。在街道上，派珀和我不时遇到弯腰背着木柴的人，这些木头都是从毁坏的房子里找来的。不少居民都在战斗中受了伤，所有人都瘦骨嶙峋，冬衣根本遮不住枯瘦的手腕，以及憔悴的面容。我不断想起扎克说过的话："你又带给了他们什么？"那场战斗留下大堆半烧焦的尸体，简直惨不忍睹。但战斗暂停之后，持续不断的战争余波另有一番恐怖氛围。

　　不过，也有一些时刻，为这几个礼拜以来的黯淡无望增添了一丝色彩。有一次，我和派珀散步时经过一块被烧焦的空地，之前这里蠹立着一座房子。我们看到三个欧米茄小孩在踢球，当球滚到围墙附近时，主事人手下一名年轻士兵将球踢了回去，还加入他们一起玩了起来。几分钟之后，他所在中队的队长喊他回去。这名士兵跑开时没有回头，但我看到他边跑边举起手在肩头摆了摆，这是不经意间做出的再见手势。还有一天，在蹄铁匠的牲口棚外，巡逻的马匹都在这里钉掌，我们看到一名欧米茄士兵帮忙抓住一匹脱缰的马。当他把缰绳递回给阿尔法士兵时，对方毫不迟疑地伸手接过，他们还在一起翻着白眼抱怨，蹄铁匠那个笨手笨脚的学徒惊到了这匹马。这很难说是和谐，只不过在冰封的大街上聊了几句，片刻就结束了。但这些细微处的互动给了我极大希望，跟在战斗中获胜同样至关重要。

但这些片刻的交流远远不够，因为议会正携机器大军压境。方外之地和方舟仍是我们最大的希望。"我们应该派更多侦察兵去海边，"当我在税务所加入众人的讨论时，一次又一次提出，"我们应该装备更多船只，去寻找方外之地。"

"目前我们已经竭尽全力了，不光要守卫这座城市，从温德姆到海边还不时有冲突发生，"主事人说道，"每个宣称效忠于我的卫戍部队都面临着议会大军的攻击。"

我看向派珀寻求支持，但他避开了我的目光。自从扎克把船首头像扔在我们脚下之后，派珀对于方外之地这个话题也变得沉默起来。

我向派珀施加压力，但他只是摇头。"如果方外之地确实存在，那么我们最大的机会在于方舟能够提供一些确切的信息。哪怕我们现在资源充足，我也不能盲目派出更多船去。"他低头看着自己的手，说道："已经有够多的人被我送入死地了，无论是海上还是陆地上都一样。"

赞德又开始喃喃自语"罗萨林德号回来了"，我们都没有心情告诉他最新的情况。

*

第49年11月23日，后勤简报

潮气已经渗入B区，开始影响电线和通风设备。维修小组试图重新封闭通风管道，但沃尔什表示，大爆炸造成的A区沉降让人无法进入……

地表考察队报告61：仪器测出的辐射值没有改变，东方仍然维持较高水平（3号营地以东地区）。在5号营地以东没有发现幸存者。

位于F区的精神病房越来越难以维系，安定药剂已经出现短缺。超过一半病人都应该安置到位于D区的隔离病房，但D区发电机故障，因此无法转移。我们再三要求将潘多拉计划的备用电力转移部分到精神病房，但仍在等待临时政府的回应。所需电力不仅用于照明，还用于冷冻设备，如今食品已经被迫存放在药物冰柜里……

26 潘多拉计划

　　佐伊、派珀、西蒙和主事人聚集在宿舍里。我曾见过他们在税务所设立审判庭裁决事务，如今他们坐在孩子们吱嘎作响的床上，被一摞摞的旧纸堆包围，看起来有些格格不入。主事人拒绝坐下，他双手抱胸，独自站在床脚边。

　　我花了三周时间才阅读整理完毕这些文件。此刻我的前臂仍然红肿，手腕一使劲就剧痛无比，但至少我不再需要夹板了，手掌也已灵活自如。

　　"在这张纸上第一次提到孪生现象。"我说。

　　派珀接过我递给他的纸页，大声读了出来。

第38年3月12日，备忘录（18b）：上面双胞胎的涌现

　　"上面？"他抬头看了我一眼。

　　"'上面'指的是这里，"我指着窗户说，"我的意思是，地面之上。在早期的文件里，他们称之为'地表'，不过到了后来，他们就开始使用'上面'这个词。"

"这里说的是我们，是吧？"派珀用手指着那页纸说道，"他们说什么次要孪生婴儿，指的是欧米茄。"

他们开始读到欧米茄的首次出场，我默默望着他们。

考察队报告49列出的病例包括多肢畸形，先天性无肢，多指/多趾，并指/并趾（很多情况下，孪生婴儿显示出多指/趾并发），性腺发育不全，软骨发育不全，神经纤维……

这些变异好像无比恐怖，无法用普通的词汇来形容，于是作者只好引入一种全新的语言来描述它们。派珀往下读时我紧盯着他，不禁想到在这些混乱不堪的术语里，哪一种指的是他的独臂，或者描绘了我作为先知的思想，在时间的长河里往来穿梭。

派珀和佐伊的头部弯向同一角度，一行行读下去时，眼睛移动的速度也完全一致。

……极端的基因突变，本质上是一种针对长期暴露在残留辐射物中的自然补偿……换句话说，为了创造一个成功的对象（主要孪生婴儿），变异被有效地转移到次要孪生婴儿身上，可被视为一种不幸但必要的附带现象。

"这里面有一半我都看不懂，"佐伊说道，"一多半都不懂。基因？附带现象？"

"我也是，"派珀道，"不过这看起来跟我们一直想的并无区别，不是吗？我们进化成这个样子，才能确保人类物种的延续。我们欧米茄人担负了大爆炸造成的变异。"

我点点头，记起数周之前在马路上与将军会面时，她对我们说的话："你们是我们的附带产物，仅此而已。"她也读过这些文件，或者类似的描述吗？

"你们一定要看下这部分内容。"我说着从小床的另一头捡起一张纸。它看起来非常容易损坏，上面布满了窟窿。我没有递给他们，而是直接大声读了出来：

第46年12月14日，简报文件：上面孪生现象的治疗方法

针对在上面观察到的双胞胎同时死去的现象不断发生，持续的研究结果确认他们之间存在一种关联，超出现有的对孪生现象的理解（无论是异卵双胞胎或是同卵双胞胎都一样）。这种关联的机制仍不清楚，但我们已能确定，孪生现象本身可以治愈。通过对主要孪生婴儿的适当药物治疗（参见附录B的药物清单），孪生现象应该会在未来的世代得到扭转。这种治疗共同……

派珀打断了我。"他们提到的药物清单，"他问道，"在那个箱子里吗？"

我摇头道："就算以前在，现在也不见了。它可能还在方舟里，或者一同被毁了。"

"那一页上再没有别的了吗？"

"没了。"文字逐渐消失，被霉菌侵蚀掉了。我抬起头，想看一下这些晦涩的语句是否清楚传达了它们的含义。屋子里一阵沉默，比灰尘还使人感到压抑。

佐伊首先开口道："怪不得他们杀了乔。该死的，破除孪生的方法！"

他们全都站了起来。佐伊的手紧紧按在派珀肩头，西蒙缓缓摇着脑袋，脸上漾出一丝微笑。主事人的双眼眯了起来，眉毛聚拢在一起。

"事情没那么直截了当。"我说。他们应该知道，在这个被大爆炸扭曲的世界里，没有如此简易的解决方案。"听听这一段。"我继续读下去：

然而，经过与临时政府地表指挥部（参见附录A）磋商，特别工作组对这种治疗项目是否明智产生了争议，原因在于，如果治疗导致地表对象不再以双胞胎形式出现，他们仍会继续产生变异。终结孪生现象的治疗很可能会缓解最糟糕的变异情况，这意味着之后不再以孪生形式出生的对象，应该会较少出现最严重的变异现象，而此刻这种严重变异全由次要孪生婴儿携带。虽然如此，我们的计算模型显示，变异仍将广泛存在。

支持采取治疗手段的一方认为，尸检结果显示，所有次要孪生婴儿的变异都包括生殖系统的完全功能障碍，显然导致他们无法生育。然而，地表指挥部的一些人坚称这是一种进化中产生的限制，能够切实有效避免变异的代际延续。

进化中产生的限制，能够切实有效避免变异的代际延续。派珀重复了一遍。"听起来他们当中的一些人对我们无法生育感到十分满意。这不过又是阿尔法论调而已，不是吗？将我们看作低人一等的东西，不把我们当人。"

我点点头。"这正是解除孪生关联产生争议的原因，那将终结阿尔法和欧米茄时代。听起来他们认为，如果这样做的话，畸形仍将存在，而且产生在每个人身上，但没有我们现在这么严重。"

"如果使用了药物治疗，欧米茄人也能生育了？"佐伊问道。

"那将不会再有欧米茄人，"我说，"也不会再有阿尔法人，只剩普通的人而已。"

"但是所有人都会有变异？"主事人问。

我点点头。"上面是这么说的。"

"方舟里的人宁可冒着让人类物种灭绝的危险，"派珀说，"也不愿让人类带着变异延续下去。"

他说这话时看着主事人，生怕他会维护方舟居民的决定。主事人迎上他的目光，但仍然保持沉默。

"这里只谈到了未来的世代，"佐伊说着小心翼翼地从我手里接过那张纸，看了一遍，"没有提及解除现有双胞胎的生死关联，或者解决不育问题？"

"没有。"我看了她一眼。如果有一种方法能解除她和派珀之间的关联，她会去尝试吗？

派珀打断了我的思路。"就是这样？他们知道如何解决孪生现象，但却无法达成一致意见来实施？"

"存在不同意见并非唯一的问题所在，"我说，"还有其他原因。"我拿起下一页纸递给佐伊，她大声读了出来：

推荐的治疗方案本身并不复杂，但实际操作起来困难重重，由于上面幸存者的人口分布极为零散，更加大了实施难度。

现实的困难包括药物的供应、存储和发放。我们的预测显示，方舟现有的药品储备能够生产出足量的化合物，治愈超过5000名病人（费根和布莱尔的研究结果表明，每个病人只需服用三剂）。然而，这些药物需要冷冻和……

……实施大规模治疗的主要障碍仍在于，上面的幸存者对于技术十分敏感，而且据观察，这种敏感正不断增强。在方舟之外，大爆炸后幸存下来的与技术有关的设施正被有组织地破坏。数次考察队报告声称，在进行医疗测试时遭遇了敌意对待，其中三次发生设备被抢夺损毁的事件。最近出发的两组考察队员仍未返回。鉴于外部环境存在多种风险，现在将他们的失踪归因于上面幸存者对技术发起的暴力清洗运动仍言之过早。尽管如此，这仍是一项切实存在的紧迫顾虑。

"这是禁忌，"我说，"幸存者开始对抗机器。"

"你不能为此责备他们，"主事人说，"大爆炸与他们无关，他们却要承受它造成的恶果。"

"不仅如此，"我说，"他们还有其他理由害怕方舟居民及其机器。"

我走到另一个床边。我在上面放了一些文件，都出自同样的手写体。字写得乱七八糟，阅读这些手写字带给我的挑战，不亚于纸张褪色潮湿造成的窟窿和霉菌。

"这些文件都是同一个人写的，这里写着他的名字叫希顿教授。他记述了他们是如何进行实验的。"

归功于费根和布莱尔教授的辛勤工作，我们仍有机会让方舟计划发挥其价值。如今地表上孪生现象已非常普遍，我们完全有能力修复这一进程。布莱尔和费根的研究结果充分表明，通过谨慎调配我们现存的资源，这种治疗方案完全可行，至少能够扭转方舟周边区域的孪生现象，并且显著降低未来世代的死亡率和严重残疾的比例。

这项研究实施的方式（我已通过私人意见和官方申诉渠道表达了异议）在别种情况下是一个大问题。抛开这些道德顾虑不谈，研究结果已经表明，在极端情况下对他们实施治疗并不明智，存在失败的风险。

"这项研究实施的方式，这句话是什么意思？"佐伊问道。

"这里有写。"我说着递给她下一张纸。

派珀靠在她肩头，两个人一起读起来。

费根和布莱尔的研究存在诸多问题，其中最严重的道德破坏在于，他们使用的来自上面的研究对象并非自愿参与。鉴于进出方舟的安全条款十分完备，如果没有最高层的准许，这些研究对象根本无法进入方舟内。这意味着直接参与此项计划的人和临时政府沆瀣一气，同谋造就了这场伦理惨剧，鉴于研究对象极高的致死率，这已是骇人听闻的犯罪行为。

"这即是说，他们从上面抓人来进行实验，"派珀说道，"导致一部分人死亡，或者全都致死了。"当他像此刻这般愤怒时，我才会记起他是如何具有威慑力。这不仅仅是因为他是个大块头，还在于他绿色的眼睛里没有丝毫疑惑，愤怒表现得如此彻底。

"而且在他们这么干的过程中，我们仍是他们害怕的存在，"我说，"他们把自己关起来，担心所谓的安全条款，来保护他们与我们隔离。"我短暂寒心的笑声在宿舍里回荡。

撇开对作为研究对象的双胞胎的忧虑不谈，我仍然希望，如此不择手段能够产生正当的结局。然而，如果研究结果只停留在学术层面，仅仅是为了满足方舟居民的好奇心，或是只为了我们自己的将来所需而保存下来，那么已没有丝毫正当可言。我强烈要求你，作为临时政府的代表，能够重新考虑这一决定，并且实施这一治疗方案，这样做将会显著改善上面幸存者的生活状况，并且带给他们最佳的生育机会。

这不是我第一次要求临时政府重新考虑针对上面幸存者的态度，我也不是对此事项表达关切的唯一一个方舟公民。如果目前用于潘多拉计划的资源（主要是电力），能够转而用于针对上面幸存者的大规模治疗，我们有望在下一代人身上看到积极的疗效。

我看着派珀聚精会神思考时眉宇间的两道弧线，还有佐伊解读那些语句时咬着下唇的模样。他们是如此相似，却对此毫不在意。

"他们没这么做，是因为他们认为这不够重要。"我说，"因为他们忙着关注自己的事，对地表的幸存者又充满恐惧。随后，方舟里的情况也开始变得不如意起来。"

我领着他们来到一堆文件前，这些纸张一直摆到另一面墙附近，上面密密麻麻写满了难辨的字迹，记述了方舟的最后岁月。不仅仅在于印刷体改成了手写体，还有对纸张的大面积重复利用，标示了这些属于晚期文件，语言的风格也发生了变化。

"早期文件的行文都很刻板，很正式，"我解释道，"这个备忘录那个先决条件什么的，跟人们实际说话时采用的语言一点也不像。有些文件一直如此，尤其是技术文档。但其他大多数文件里的语言都在改变，开始变得不连贯，充满绝望情绪。看这里。"

我递给派珀几张后期的纸，上面纵横交错写满了潦草的笔记。报告开始变得了无修饰，简短敷衍，就像语言本身已经被烧尽了。

斯普林菲尔德家婴儿降生，男性，身体健康，体重七磅六盎司，但是母亲不能（或是不愿意？）哺乳。

F翼照明出现故障，所有剩余居民临时安置到B翼。每日18点至次日凌晨6点停止对居民的电力供应（A区潘多拉计划和食堂冷冻设备除外）。

"你希望我会对这些人感到难过吗？"佐伊反问道，"这是他们自找的。他们把自己封闭在舒适的地方，而上面的世界一片焦土。他们没有帮助地表上的幸存者，只是研究他们，就像孩子抓到蚂蚁关进罐子里。"

"我知道，"我说，"我可没说他们是什么好人。我只想让你了解发生了什么，下面的一切是如何失控的。我猜测，越来越多的人开始精神失常，因为他们在地下居住了太长时间。听这一段。"

F区已经封锁起来，以集中关押那些精神失常的病人，以及对方舟其余人口造成严重安全威胁的人。这一象限的所有武器装备都已移除，但临时政府慷慨地维持了对他们的食物和饮水供应。电力供应已被切断（通风设备除外），来优先保证其余人口的需求。

将他们释放到地表这一方案经过考虑，但并不可行，原因在于他们与上面幸存者互动时，会对方舟的存在产生安全威胁。

所有出口都已被永久封闭。鉴于他们严重的精神状况，我们并不认为针对他们的禁锢措施将会持续很久。

"他们用这种说法掩盖了一切，不是吗？"我说道，"居民的实际意思是囚犯，并不认为针对他们的禁锢措施将会持续很久，意味着他们很快就会死去。他们在希望发疯的人自杀，或者自相残杀。"

"你认为只有他们才会玩这种文字游戏吗？"派珀说道，"阿尔法今天仍在这么干。想想避难所吧。"

我想，不只是阿尔法人这么干。无数次我都在言辞和事实之间的巨大差距中寻求平衡。当我告诉派珀和佐伊关于吉普的死讯时，我说的是"他不在了"。这些词汇没有包含丝毫吉普死去那一刻的真相，它们干净整洁，他躺在水泥地板上，像打破的鸡蛋般变成一摊血肉时，那场面可一点也不干净。当周遭世界陷入困境时，我们使用言辞来作为不流血的符号。当西蒙的侦察兵骑着马去召集军队为新霍巴特之战做准备时，他们带来的讯息是"战斗，自由，起义"，丝毫没有提及长剑刺穿内脏，或是雪地中堆满半烧焦的尸体。

"我们跟方舟里这些人并不一样，"佐伊说道，"他们活埋了关在F区的那些人。他们要么将彼此撕成碎片，或者活得足够长的话，也会最终饿死。"

"他们都被活埋了，"我说，"不只是被关起来的那些疯子。方舟里的每个人到最后都难脱被活埋的命运，困在地底，没有了照明，然后又丧失了食物来源。"

"那也比在地表上要好得多，"派珀道，"地表幸存者不只要应对大爆炸的影响，还有随之而来的漫长寒冬，以及后来所有贫瘠的年份。"

他说得没错。而且，因为这些人没有方舟，也没有记录，我们永远不会知道，他们最初几十年在地表的生活是什么样子的。多年来，我只听到过几首关于漫长寒冬的歌，被吟游诗人传唱。他们唱到，辐射影响了子宫里的婴儿，他们生来就没有鼻孔或者嘴巴，无法呼吸，在出生那一刻就面临着死亡；孩子们融化成一团血肉，里面还有半成型的骨骼。身体变成了难解之谜。但是，我们永远无法了解那个时代的所有恐惧，就算传唱下来的这些故事，也和那些年出生的婴儿一样扭曲反常。

"他们为什么在方舟里待那么长时间？"西蒙问道，"如果文件的日期标示无误的话，足足超过了五十年。几十年后辐射已经没有那么厉害了，他们的报告也是这么说的。我不是说上面轻松如常，但一切都开始重新生长，幸存者也开始繁衍后代。这些人应该出来的。"

"并不是地表上的世界让他们害怕，"派珀说，"也不是因为辐射。是因为我们。"他看着自己没有生出手臂的左肩。"你听过阿尔法人对我们的称呼吧，这还是他们对我们习以为常了。"

在过去数周之内，即便是在新霍巴特的围墙里，我也听到过这类称呼，任何欧米茄人都不会陌生："怪物！死人！"

"你自己来读一读，"派珀继续说道，"你也看到了，方舟里的人甚至还在争论，扭转孪生现象是否值得。他们认为携带变异的种族，像我们这样的人，根本不值得挽救，甚至比整个种族灭绝还可怕。正因为此，他们才一直待在地下，以避开我们。"

"同时，也能避免变得跟我们一样。"

27 希顿教授

我回到希顿教授用独特的草书写就的那堆纸旁边。

"在方舟里，并非所有人都放弃了地表幸存者。希顿一直在讨论解除孪生现象的事，并且主张这么做。他并非孤军奋战。"我给他们看了第20年写就的申诉信，里面明确指出，方舟居民继续在地下繁衍生存的可能性越来越小，至少有一部分人想要帮助上面的幸存者。

"这个人，这个叫教授的，"佐伊说，"他写……"

"教授不是他的名字。方舟里很多人都是教授。这是某种头衔，我猜跟议员差不多。他是希顿教授。"

"他写了所有这些？"佐伊指着那堆写满难以辨认的手写字的纸，问道。

"没错。"

我向他们展示了自己对文件做的粗略分类。乔的箱子里有一大捆文件都是希顿教授写的。图表文件也占了很大一部分，复杂的蓝色线条绘成形状和图案，我根本看不明白。但数量最多的还是数字文件，连篇累牍除了数字什么都没有，成行的0像失明的眼睛回瞪着我。有几列数字打了标签，但上面的字我完全不懂：居里（Ci），伦琴（R），辐射吸收量（RAD）。我想到神甫说起机器时，用的词我之前从未听说过："发电机""算法"……她对于机器语言的运用已十分流利，但对我们其他人来说，这些仅是一串串无意义的字符而已。

"这并没告诉我们任何事。"派珀说着将另一页纸扔在地上，上面写满无法理解的数字。

"事实并非如此，"我说，"这证明方舟里的人能做到我们无力完成的事。我们知道他们有能力阻止孪生现象，虽然他们决定不这么做。但如果我们能找到方舟，将更多信息放在一起比对，让我们最聪明的人加以研究，我们将能做到这一点。这或许需要很多年，甚至几代人的努力。想想扎克和议会的水缸计划能做到的事吧。"

"你认为那是应该向往的事情？"主事人的话像一根鞭子，狠狠抽打着我们之间的空气。

"你是故意要曲解我，"我说，"你知道我的意思，水缸计划是邪恶的，但它表明，我们能用机器做到自己都无法想象的事。"

"我们不需要想象，"派珀说道，"我们一直都被迫在机器破坏的世界里苦苦求生。"

"机器确实做出了很可怕的事，"我说着提高了嗓门，"但我们已经在对它们的恐惧中生活了太久，从没有思考过它们也能做到不可思议的好事这种可能性。"

"你说的话越来越像你哥哥了。"主事人道。

"你知道我比那要好得多，"我说，"方舟里的技术能够解决孪生问题，如果我们找到它，就能改变一切。"

"能吗？我的意思是，我们能找到它吗？"派珀反问，"如果我们找不到方舟，那这一切都毫无意义。如果真如你所说，议会已经找到了它，那么你的哥哥很可能去过那儿。如我们所知，他可能现在就在那里。这不能帮助你找到那个地方吗？"

我重重吐出一口气。"目前还没有。我已经尝试了一次又一次，想要感觉到它，但并没有类似地图或者地名的东西浮现在我脑海里。"

他们都望向我。

"你曾在数百英里之外，找到了去自由岛的路。"主事人道。

"这没错，"我不耐烦地说，"但我不是个机器。我出生以来就一直听到关于自由岛的传说，好多年都在梦到它。但关于方舟，我以前从没想到过它的存在。"

在阅读文件的那些漫长的日日夜夜里，曾有那么一些时候，我以为自己能感觉些许蛛丝马迹，能够增强对于方舟的了解。但对于我飘忽不定的先知幻象来说，方舟就像风中传来的气味，足够引起我的注意，扬起头来闻上一闻，但并不能将我引向具体的方位。

"当一个先知，并不是你想怎样就能怎样的，"我对主事人说，"从来就没这么简单。你觉得如果我能控制它，还会每天因为大爆炸的幻象尖叫着醒来吗？"

佐伊此时转开了话题，我对此十分感激。"赞德说过，他听到那里有什么动静。你没有找到证据证明这些人能够繁衍至今，仍然存活着吧？"

我摇摇头。"在地下过去四百年了，这不可能。"我找到的最后一份文件标明的日期是第58年。那时事情已经开始失控了，方舟里所有区域的电力都已丧失，他们生活在黑暗和潮湿中。几乎所有人都已是垂暮之年，而且精神失常像湿气一样在方舟里蔓延。"他们再也维持不下去了。赞德说那里曾经十分安静，现在却发生了变化。人们扰动了尸骨。方舟原本的居民没有生存下来。如果赞德说他能感觉到方舟里又有了活人，这更证明议会已经找到了它。"

"那他们为什么没有实施治疗计划呢？"西蒙不解道，"如果议会知道存在终结孪生现象的可能性，很可能还知道如何操作，他们为什么没有这么干呢？他们憎恨跟我们的命运捆绑在一起，比我们的意愿要强得多。数十年来，他们一直在进行试验，实施生育改良计划，莎莉和其他渗透者在议会内卧底时，确认了这一点。那还是几十年前的事情。辛苦忙活了这么长时间，如果他们已经找到了解决方案，为何不肯实施它？"

"因为方舟没有提供给他们梦想中的完美解决方案，"我说着指了指那些文件，"假设他们能够复制方舟里的人可以做到的事，仍然无法阻止变异的发生，只是终结了孪生现象。如此一来，每个

334

人都将携带变异，而不仅仅是欧米茄人。它们可能没有我们现在携带的变异那么严重，但到时也就不会有完美无缺的阿尔法了。"

"你真的认为他们宁愿和欧米茄绑在一起，也不愿见到自己所有的孩子都产生变异？"派珀问道。在他身旁，佐伊双臂交抱在胸前。

"他们不需要再从两者之间做出选择了，"我说，"水缸计划改变了一切。如今，他们认为自己有了另一个不同的选择。他们可以结束孪生现象，那样每个人都要承受变异的负担。或者，他们继续维持现状，保留阿尔法和欧米茄之间的致命关联，然后把欧米茄都关进水缸里，对他们来说，这是一个两全其美的办法，既能继续拥有作为阿尔法的所有好处，身体强壮，完美无缺，又没有风险，因为孪生欧米茄都被安全地关进水缸了。"

派珀重重呼出一口气。"他们和方舟里的人没什么不同，不是吗？"他说，"数个世纪以前，他们就有机会结束孪生现象，却同样不予实施。"

佐伊的目光中毫无怜悯之色。"他们所有人都死在地下自己挖的老鼠洞里，对此我可毫不难过。"

"不是所有人。"我又拿出一份文件，这张纸被重复利用过，密密麻麻的手写字挤在印刷数字的行距之间，标题为"辐射值：地表考察队报告11"。

"这是我能找到的希顿写的最后一份文件。上面没有他的名字，但我很肯定这是他的笔迹。"

我大声读了出来：

第52年7月19日

收件人：临时政府

鉴于临时政府长期以来对上面幸存者的救助不力，无视我和其他仍在执行地表侦察（如今次数越来越少）的同僚的再三请求，我在临时政府的角色已经违背了自己成为医生时的誓言，也让我良心感到不安。接受在方舟中的职位时，我曾相信自己正成为一项历史性工程的参与者，对于人类物种的延续至关重要。然而，由于政府拒绝援助留在上面的人，更不用提实施针对孪生现象的治疗方案，我认为，继续留在方舟中变成一种自私自利的行为。如今，地表考察事实上已经被终止，政府甚至不再假装最初的理念，即方舟的存在是为了更广大人群的利益……

……因此我将辞去自己的职位，即刻生效。等到你们发现这封信，我已经离开了方舟。我不指望能在上面存活多久。进入方舟时我还是个年轻人，如今我已年迈老朽，健康堪忧。不过我仍然希望，当我离开后遇到上面的幸存者时，能对他们有所帮助。

我不会天真地认为方舟里的人会想念我。最近几年我越来越遭到排斥，被定性为"煽动者""异议者"，甚至有人质疑我的精神状态，这都是由于我明确反对潘多拉计划对方舟资源持续不断的优先占用权，这些资源本可以用来缓解上面幸存者的苦难状况，并且……

后面的内容消失在一片铜绿色的霉菌中。我弯下腰去，将那页文件小心地放回纸堆中，小床的弹簧被压得咯吱直响。

"他只是一个人，"佐伊说，"一个独自离开的老头，在地表上又能带给人们多大帮助呢？"

"可能不多，"我说，"但我很高兴，至少他尝试了。我希望我能知道他后来怎么样了。"

但现在已没有时间考证这个了。派珀跪在地上，从摆在他附近的纸堆里快速翻寻。"这个潘多拉计划被提到过很多次，"他说，"难道没有关于这个计划的更多细节吗？"

我摇了摇头。"提到过它的地方我都给你看了。它出现了这么多次，证明对这些人必然很重要。就算方舟开始分崩离析的时候，他们仍在保护它，确保它的运行。"

"那么，这就需要我们一探究竟了。"派珀说。

*

一直到晚上，他们四个人都在埋头研究我整理好的文件。我没有管他们，而是去给艾尔莎帮忙。大火烧到了院墙的灰泥，留下一片焦痕，我帮她一起设法除去。连续好几个星期蹲坐在宿舍的地板上，猫着腰研究文件，此刻再次从事体力劳动让我感觉很惬意。虽然头发里沾满了灰尘，双手也被泥巴染成灰色，我仍然觉得，与在死去很久的人写就的故纸堆里摸索相比，这项工作更加干净整洁。

我回到宿舍时天色已黑，佐伊和西蒙已经走了，派珀站在窗户旁，手里拿着一小摞文件。主事人独自坐在宿舍的另一边，我进门时他站了起来。

"在我离开之前，想给你看看这个。"他说。

他拿起旁边一张纸递给我。我简单浏览了一遍，这是一份技术类报告，我之前已经读过，跟其他报告堆在了一起。一行行的数字，跟上面的图表一样，完全看不懂。

"你遗漏了一些信息。"他指着那页纸的下半部分，那里霉菌十分严重，纸上覆盖着一层绒毛。"这里有几段手写的字，你很难辨认出来，但确实存在。"

我抬起头恼怒地说道："你一直等在这儿，就是为了让我难堪，因为我遗漏了什么东西？你也看到了，我有多少页文件要阅览。"

"我不是要指责你，"他说，"我觉得你想看到这个。"

我从他手里接过那张纸，看了看手写部分的标题，字迹十分黯淡：惩戒审讯（第52年9月10日）。

"这部分我确实读过了，"我说，"有几页是这样的，记载了他们对犯罪的惩罚措施，就像是在议员前举办的听证会记录。"

标题下是一列名字，下方都有注解。

安珀察，J.

从食堂偷窃物资，罪名成立，限制口粮六个月，发配至实施长时间电力限制的D区。

霍克，R.

在宵禁时间使用电力，罪名成立，限制口粮三个月。

安德森，H.

过失杀人罪名不成立，较轻的指控：过度使用武力罪名成立，转移至非武装岗位六个月。

我抬起头看着他："我告诉过你，这些我都读过了。"

他摇摇头。"再看仔细些。"他指着纸张的边缘，将边角竖了起来。这下我看到了，在边缘位置潦草地写着一段补充注释，几乎没办法分辨清楚褪色的墨迹和旁边的霉菌。上面写的什么基本无法看清，我不得不拿着纸移到油灯旁仔细观看。

未经许可擅自离开方舟的任何行为，都将严重威胁到整个方舟的安全，因此，安德森的做法被认为是在保安人员的职责范围之内。然而，他在遇到希顿试图进入主通风井时，没有试图将其制服，而是直接采取了击毙措施。纪律委员会承认安德森对希顿做出了口头警告，但结果发现……

接下来的字迹已无法辨认。

"希顿没能离开方舟，"主事人说着将那张纸收了回去，"我们应该想到政府会阻止他。他清楚方舟的位置，知道怎么进来怎么出去。政府肯定害怕他会带来一群上面的幸存者。"

"听起来你好像挺赞同他们把他杀了这件事。"

"我从没这么说过。我只是能看明白他们的想法，"他说着朝门口走去，"不管怎样，我以为你想看到这个。"

"我宁可你没有给我看过。"我在他身后喊道。

他在门廊转过身来。"就算他能活着从方舟逃出来，你觉得在地表上他又会遇到什么呢？你读过那些报告，上面是一片废墟。幸存者仅能勉强生存。希顿在上面是无法活下去的，他已经太老了，肯定会生病或者饿死。至少现在这种方式他能死得痛快些。他们的武器一定很有效。"

他说到死亡时如此随意，就像那只是一个简单的词语而已，和日常巡逻或天气一样再普通不过。

"我知道他在上面很可能活不下去，"我说，"问题在于他也清楚这一点，但他还是付诸行动了。"我想起派珀在战斗开始前对我说过的话，当时我们认为取胜毫无希望。"这就是希望。"他说。

主事人耸耸肩。"你自己说过，你想要知道他后来怎么样了。"

他伸出一只手来抚摸我的脸，在我的下巴边上停留片刻。上次他碰我，还是在税务所里争执时，抓住了我的手腕。

我猛地甩开他，往后退了几步。他低头看着自己的手，好像那根本不是自己的，脸上充满厌恶的表情，我猜自己也是一样。

他闪身退入黑暗的院子里，转眼消失不见了。我将手按在脸上，转身回到宿舍，发现派珀仍在旧纸堆里忙碌，对刚才发生的事一无所知。

那天晚上派珀走后，我脑海里想着的并非主事人，而是希顿。我确实说过我想知道他的下落，主事人说的也没错，比起在地面上被辐射荼毒然后饿死，他的死很可能要痛快得多，也没那么痛苦。但是，当我躺在床上时，却希望自己并不知道希顿最终的结局。我希望能够想象着他爬到出口处，最后一次将盖子推开，看着阳光透过天空中弥漫的灰尘照射下来，然后迈步走进外面的世界。

26 坐标

　　派珀在天色破晓时回来了。我已经醒了，事实上，几乎整个晚上我都没睡。在午夜过后没多长时间，我就被大爆炸的幻象惊醒，然后一直躺在那儿，想要浇熄仍在我脑海中闷烧的火焰。当听到院子里传来脚步声时，我赶紧到枕头底下去摸匕首。

　　"是我。"他说着将门推开，门板砰的一声撞在墙上。他的眼里布满血丝，黑眼圈非常明显。

　　"你昨晚睡觉了吗？"我说着坐起身来，把腿搭到床下去。

　　"我觉得我能找到方舟，看这里。"他说。

　　他想递给我一张纸，但我挥手让他走开，然后开始穿套头衫。

　　"至少先让我穿上衣服，"我说，"方舟已经存在四百年了，它不会跑到别的地方去的。"

　　宿舍里很冷，我把毯子裹在肩上，蹲下来仔细看他放在地板上的那几张纸。

　　"这里。"他说着将一张纸推到我面前。上面并没有标示日期，但整齐的印刷字体显示，这属于方舟早期的文件。它是一份考察队日志，记录了地表的辐射水平。

"看第一行。"他说。

标题写着"以方舟第一入口为基准，每间隔一英里的辐射值（Bq）"，下面标注了数字，西部1（W.1），W.2，W.3……往下整页都是如此。

"但辐射值到W.61就没有了，"派珀说，"而在这张纸上，"他递给我第二张纸，上面是类似的一行行数字，"另一个考察队去往东方，走得远了不少，一直到东部240英里（E.240）。"

"所以呢？他们往西方去时不得不早点往回走，可能按照计划就要走这么远，或者途中碰到了某种麻烦，遇上一些充满敌意的幸存者，只能往回跑。"

他使劲摇头。"他们显然并不着急，在回程的路上还在测量辐射值，你看看第三行。"他说着抬起头看着我。"他们停下来，是因为到了海边。"

"好吧，"我顿了一下，驱走眼里的睡意，"但是，就算事实如此，又能在多大程度上帮助我们呢？它证明方舟在离海边六十英里远的内陆里，但是从哪里的海岸线算起？那可有六百多英里长呢。"

"看这里，"他在摆好的文件里快速翻找，然后递给我一张纸，"看底下那部分，讲到水源那块。"

这是一份方舟的日常状态报告，上面记录了日常供给的最新情况，疾病的暴发，以及这座地下建筑本身的一些问题。

第3年8月9日，基础设施和资源简报（管理委员会）

饮用水状况：按照当下的消耗速度，储存的水源还能维持26个月，比预期时间要短一些，原因在于7号储水池在大爆炸中被震裂了。之后，我们将只能依赖外部水源供应。外部供水净化系统运作正常，除去灰烬和残渣后虽然能显著降低辐射水平，远远低于地表四号考察队测量到的净化前的辐射值，但仍明显高于……

我抬起头看着他。"他们能采集到饮用水，所以他们离溪水或者河流很近？"

"方舟里有一千多人，水源的规模显然不能太小。"

"那么，我们说的是一条河，流经海岸线以内六十英里左右的内陆地区。这并没有明确给出一个位置。"

"这里。"他早已准备好了另一张纸，下半部分已经被撕掉了。

标题写的是：**第18年4月18日，地表考察队报告23：观测（地形勘察/考虑未来重新安置的可能性）**

不过，派珀并没有等我全部读完，而是直接伸手敲了敲这半截纸接近末尾的部分。"这里，读一下这段。"

鉴于辐射水平未能降低到预期值，未来数十年内，任何在地表的重新安置，应选择距离方舟足够近的地方最为理想，以能继续使用其各类设施，尤其是净化水系统以及……

方舟所处的地理环境，虽然从降低爆炸冲击角度考虑最为理想，但对于地表重新安置来说却有诸多局限。这个区域的重黏土极为适合挖掘工事，能够确保架构的稳定，但却并不适宜农业耕种。

"现在翻到后面看一看。"派珀说。

我虽然小心翼翼，但在翻转过程中，还是有一些纸屑和灰尘飘落到地上。

"后面什么都没有，"我说，"只有一块污迹。"这张纸背面没有写字，只有一块褪色的棕褐斑点，从底部向上蔓延，似乎是很久以前洒在上面的茶渍。

"我一开始也这么认为，"他说，"但后来我想到，这页纸的背面为什么没有重复利用。其他的纸上，所有空行都填满了，怎么会留下这半页纸是空白的呢？他们应该重复利用的啊！"

我弯腰凑近了仔细查看，褪色的部分有重叠层，从左手边渗了出来。

"这是一幅画。"派珀揭晓了答案。他从我肩头伸过手来，将那页纸翻向一边。随后我就看到了，那些污渍根本就不是污渍，而是绵延的山脉，一直伸向光秃秃的天空。"跟那堆纸上的画可不一样，"他指着我扔在一张床上的技术类图表文件说，"这幅画里没有细节，不是为了展示某样东西的工作原理。它跟我父母挂在家里墙上的画更像一些。"

我不禁想到，这究竟是谁画的呢？我试着想象他们在有限的考察途中忽然停下来，想带回方舟里一幅图画，画里是他们失落已久的那个世界。

"看这里。"他说着从我背后俯过身来指着那幅画，手臂搭在我肩膀上。他的体温透过我的背部传来。主事人触摸我时我全身颤抖不已，但派珀则像肩头帆布背包的重量，或者围在脖子上的毯子质地一样熟悉。

"你看那座山，"他继续说道，"就是顶峰从另一边直落下去的那座，那是断脉山从西边看过去的样子。旁边那座有高原的，应该是奥尔索普山。"

我转身去看他的脸，他正咧着嘴笑。上次从他脸上看到这样的笑容已经是很久以前的事了。

"脊柱山脉往西有个平原，在西北方，距离这里大约八十英里远，佩勒姆河流经那座平原。那里跟画中的地形一致，与海岸线的距离也相符，还有黏土特征也符合。"

我想起在自由岛时，他挂在小小的临时会议室墙上的那些地图。即使在他加入抵抗组织之前，他已然同佐伊一起浪迹天涯数年之久。他对这块大陆的了解非我所能及，作为先知，我对山川地理只有一些模糊而未知的幻象，而他是经过多年的艰辛游历得来的一手知识。他知道穿过重兵巡逻的山脉的最佳出口，哪个海岸的洞穴在涨潮时会被淹没，以及避免所有大路而通过沼泽地的最快途径。

"如果我能找到它所在的区域，你能准确定位它吗？"他问。

"那里肯定有重兵把守。"我说。

"我问的不是这个，"他说，"你能定位到它吗？"

我闭上双眼。当我寻找自由岛时，就像有一座灯塔，发出的光芒指引我前去。方舟的感觉却完全不同，只是一片黑暗，黑得如此彻底，我甚至无法感受到它究竟在哪个方向。我再一次尝试，想到它时不再本能地避开，而是转身面对它。我试着描画从山峦中远眺平原以及河流的景象，随后我感觉到了一阵最轻微的触动，温柔而使人不安，像一只小虫子在头发里爬行。在那个被掩埋的地方，有什么东西在等待着我，等我们去探询那些尸骨的记忆。

我缓缓点了点头。

他也点头回应。"这样的话，我们今天就走。"

*

我敲了敲艾尔莎的房门，她很快就出来了，睡袍上裹着一件披肩。我告诉她我们要走了，她什么都没问，只是把我紧紧抱进怀里，我都能闻到她皮肤和汗渍的暖意，以及双手上的大蒜味。我们都没有寒暄希望能再次见面之类的话，言语上的廉价安慰对我们已经没有用处。

其他人都在税务所里等候。

"我已经下令，在门口给你们准备三匹最快的马，"主事人说道，"我还提议派一些士兵跟你们一起去，但派珀拒绝了。"

"派珀是对的，"我立刻回应，"我们三个人赶路会更快一些，而且不容易被发现。"

让我很奇怪的是，主事人没有坚持。我知道他并不信任我们，也对这次的方舟探索任务充满怀疑。

他俯下身，在我耳旁悄声道："你觉得我需要浪费兵力来确保你们不会背叛我吗？"他缓缓摇了摇头，"如果你们背叛我，或者释放更多机器来将我们置于险境，你要记住，这一城的人命悬我手，卡丝。包括你的艾尔莎，莎莉，还有赞德。"

他没有赤裸裸地威胁，但提到他们的名字已足够。

他站直了身形。"一路小心。"他提高声音道。对旁边聆听的其他人来说，像是祝福，但我清楚其中的含义。

莎莉走进来，扯开脸上的围巾。

"我刚刚跟早间巡逻队谈过，"她说，"情势跟昨天相同，南方有炊烟，出现的议会士兵也越来越多。他们跟城市保持着距离，但一直待在那里。你们得等大雪降临，借助其掩护才能平安离开这里。"

我望向窗外。天空的云阴沉沉的，厚重无比，但已经两天没有下雪了。外面马路上人来人往，已将积雪踩成了灰色泥浆。

派珀也盯着窗外说道："以前，露西娅预报天气最准了。"我飞快地看了他一眼，但他仍面朝着窗外。他很少提起她，现在说起时声音中充满柔情。"她在的话，应该能告诉我们下一场雪什么时候落下。"

"可是她不在了。"佐伊说的话就像一把斧头，砍断了派珀的言语。

*

黄昏之后，乌云终于变成降雪落下。雪下得很快，在黑暗中

348

映出一片白光。我们没有多长时间用来告别。莎莉拥抱了派珀和佐伊，然后捏了捏我的手臂，这让我吃惊不小。

赞德不肯从窗前移开，站在那儿望着雪花在狂风中漫卷飞舞。我接近时他并未转身，只是将下巴靠在窗沿上，呼出的气息将他在玻璃上的倒影模糊了。

我们想过带他同去，毕竟是赞德第一个感觉到了方舟。但有了他和莎莉的拖累，我们就无法避开议会士兵，也不能快速行进，更别说进入严密防守的方舟之内了。

"我们得走了，"我对他说，"我们不能带着你一起去。"

"你们要去找罗萨林德号吗？"他问。这是他数周以来说过的最清晰的句子。我无法告诉他，罗萨林德号的船首雕像已被砍下，扔在东方大道的积雪中，而船上的船员们又已经启航，只不过是在议会的水缸里。

"我们去找方舟，"我说，"就是骸骨迷宫。"

如果他理解我在说什么的话，也没有任何迹象显示出来。

"我很抱歉。"我轻声说道。确实如此，并非因为我们别无选择，只能将他留在这里，而是因为我一直在逃避他。他的思想就是我自己发疯之钟的铃锤，而我并不够勇敢，跟他共享更多的时光。

如今望着窗外的飞雪，他比我见过的大多数时间都要沉静。我握了握他的手，然后转身走开。

"永恒烈火。"他低语着，像是一句承诺。

29 迈进

帆布背包在我肩上叮当作响，戳着我的肩胛骨。我们对于方舟里的环境一无所知，所以谨慎起见装了一盏灯笼，几罐灯油，当然还有食物、饮用水和毯子。莎莉、西蒙和主事人看着我们迈进风雪之中。

在大门旁的十字路口，西蒙的六名手下正在等候我们，其中有克里斯宾，牵着我们的马缰。派珀跟他低语几句，其他人都无法听见，随后点了点头，转回我和佐伊身前。

"我们将在克里斯宾的护卫下骑行，"他说，"这给了我们绝佳的机会，能够在不被发现的情况下离城而去，如果议会士兵在瞭望这边的话。不要向巡逻队透露我们要去哪儿，或者去干什么。"

马鞍袋里装满了燕麦。我们骑上马，从东门鱼贯而出。没有了围墙的遮挡，雪花狠狠击在我们脸上，我赶忙将围巾拉到眼睛下方。我们跟着克里斯宾沿主路往东走了大约十分钟，然后转而向南，绕着城市的围墙转了一个大圈。墙边不时有火把亮起，照着漫天的飞雪。瞭望塔上的灯笼也闪着光。与环绕城市的火光相比，我们的前方显得更加黑暗。

我忽然闻到一股烟味，此时克里斯宾指向南方，说道："往那边走几英里，有议会士兵的一个营地，有一百来人。我们的侦察兵上周就开始盯着他们。"在黑暗中，他们的唯一迹象就是在厚重的飞雪中的一股烟迹。"主事人和西蒙在策划一场突袭，很快就会实施。"克里斯宾说。

我点点头。在更多议会士兵到来，将新霍巴特完全包围之前，发动一场突袭是很明智的事。但无论多么必要，想起要发生另一场战斗，我就忍不住要呕吐。我逐渐认识到，这就是暴力的真理，它拒绝克制，只会不断扩散，就像是一场刀剑的瘟疫。

巡逻队在沉默中沿城市南部骑行，左边就是被烧焦的森林遗迹。当我们转向北方时，我听到了音乐声。很快乐声就被狂风吹得消失不闻，我在马镫上站起身来向四周张望，其他人则继续骑行，好像什么都没听到一样。音乐片段持续传来，像雪花一样落在我四周。我叫住前面的派珀，但他说自己什么都没听见。这时我才意识到，除了风声和马蹄踏在雪地上的声音，其他什么动静都没有。音乐声是从我脑袋里传来的。

我们的路线是穿过从新霍巴特延伸到西方的主道，但此时位于巡逻队最前面的克里斯宾举起手来让我们停下。在那棵孤独的橡树下，前方的路上有什么东西。克里斯宾的手下呈扇形散开，刀剑已出鞘。透过厚厚的雪花，很难分清楚那是什么玩意儿。它看起来像是一个人形，但明显太高了点，而且还在狂风中不停摇晃。有那么片刻我还以为这个人在飞，好像我们遇到了一个鬼魂，在战斗中死去而没有被埋葬的尸体来这里显灵。随后另一阵狂风吹来，片刻间将雪花吹到一旁。

原来那个人是吊在树上，从脖子的角度可以看出，这毫无疑问。克里斯宾和两名手下骑向那具尸体，三只乌鸦忽然从上方的树枝上惊飞而起。

我策马向前奔去。"你留在后面。"派珀说着伸手拦住我，飞刀已经拿了出来，与此同时，佐伊和其他士兵仔细扫视着周围的空地。

"是个欧米茄人，"克里斯宾回头对派珀喊道，"上次巡逻的时候他还不在这里，但什么痕迹都没有，他们肯定是在黄昏下雪之前将他吊上去的。"

身下的马儿感受到了我们的不安，不断喷着鼻息往后退步，聚拢在一起。

"这是一则消息，"派珀说道，"他们把他留在这儿，就为了让我们的巡逻队发现。"

"我得看看这个。"我说。

"你想再次面对议会牢房的内墙吗？"佐伊呵斥道，"如果你不听我的，最后肯定会落得如此下场。我们已经离围墙一英里之远了，你我都清楚，这可能是一个埋伏。"

我无视她的警告，踢马向前。派珀在我身后跟上来，大声喝止我，但我根本不听他的。我脑袋里的音乐声我很熟悉，那是避难所之歌。我离那个摇摆的人越近，音乐就越跑调，旋律的音符都是错的，像是在松弛的琴弦上弹奏一般。

被吊在树上的人是伦纳德。他的吉他被打烂了，带子绕在他脑袋上。吉他的扶手让他身形越发显得扭曲。一阵风吹过，他随风转了过来，我能看到他的双手被绑在背后，有些手指以奇怪的角度突了出来。我无法确定这些手指是在挣扎中或是在拷打中折断的，或者只是他的身体变僵硬的正常反应而已。我也不想知道。

派珀和佐伊分左右来到我两旁，抬头看着伦纳德，狂风吹过，又将他的脸转了过去。

我哀悼的并不是伦纳德残破的身体，而是仍在他脑海里的那些曲子，还有仍将被传唱的那些歌词。

"我们得把他放下来。"我说。

"这不安全，"派珀说，"这里马上会有议会士兵，我们必须与巡逻队分开，尽快离开这儿。"

我没有理他，翻身下马，把缰绳缠在低处的树枝上，然后开始解开伦纳德手腕上的绑绳。麻绳系得很紧，我尝试将绳结放松，纤维在一起互相摩擦不停，发出的声音让我的牙齿打战，而触碰到伦纳德冰冷的肌肤时并没有这种感觉。

"你能把他的尸体带回新霍巴特，妥善安葬吗？"我对着克里斯宾喊道，他仍在观望着通往西方的大道。

他摇摇头。"他们要处理的尸体已经够多了。我们是巡逻队，不是收尸的。我会派一个人回到城里去报告，两个人侦察这片区域。其他人需要完成这次巡逻。"

"好吧，"我说，"我会亲自埋葬他。"

"我们没时间干这个。"佐伊嘘道。我没理她，继续埋头解绑在伦纳德身后的麻绳。

伦纳德的双手被解开后并没有垂落身旁，仍然弯在背后，像是因为僵硬或者冻住了，难以动弹。

我够不着吊着他的绳子，使劲跳了几次，想用匕首将绳子割断，却并不成功，只是把我的马吓得够呛，还把伦纳德的尸体弄得团团转。

"如果你来帮把手而不是在那观望，这事早就干完了。"我对派珀说。

"我们根本没时间给他挖个像样的坟，"他说，"我们把他放下来，但之后我们就得走了。"

"好吧。"我气喘吁吁地说。

我们尽了全力才把他放下来。派珀坐在马鞍上割绳子，与此同时我抱住伦纳德的尸体往上举，然后我们一起把他放到地面上。他的体重让我好了一半的手臂又开始疼痛起来。派珀从马上跳下来，将吉他从伦纳德脖子上取下，佐伊帮他牵着马。琴木咯吱作响，碎片纷纷掉落。我俯身想将他脖子上的套索解下来，用匕首割开绳子。套索勒过的肌肉已变成深紫色，没有弹回来，而是仍然保持着绳索的勒痕。

我们一起把他抬到路边的壕沟里。当我们把他放低到地面时，他的尸体在腰部弯曲下来，发出折断的声响。在这条路上每多待一分钟都有风险，我们赤手空拳，地面又冻得硬邦邦的，根本没有时间将他妥善安葬。最后我从自己的毯子上割下一角盖到他脸上，庆幸的是他没有眼睛，不用瞑目。我们都快要上马了，我忽然又跑回树下，取回派珀随手扔在那里的破吉他，将所有的碎片抱在一起，放在伦纳德身旁的壕沟里。

*

我们跟克里斯宾及其两名手下一起往北走，他们继续绕着城市巡逻，但当我们离大路半英里远时，派珀策马往西而去，佐伊和我赶忙脱离队伍跟上他。其他人连马都没有停，只有克里斯宾回过身来举起一只手说道："一路小心。"派珀也举起一只手作为回应。

我们骑得很快，去得很远。在风雪和黑暗之中，我们就像瞎子一样盲目前行。我想起伦纳德，他的世界如此刻般都是永恒的黑暗。有两次，我的马差点在雪中失蹄。有一次我感觉到在我们北边不远处有人活动，于是我们躲避到溪谷中。一会儿，有骑兵从我们上方的山脊路过，幸亏降雪已将我们的踪迹完全掩盖。

我们一路向西，直到天光放亮才转而向北，沿着岩石遍布的溪谷摸索前行。中午时分，我们已经逐渐接近脊柱山脉的山麓。之前我们借以掩护行藏的积雪，如今变成岩石上的冰层，马儿们本已疲惫不堪，此刻踟蹰不前，好几次我们不得不下马牵着它们前进。

骑在马上的时候，我一直在思考派珀说过的"露西娅预报天气最准了"这句话。这是他第一次主动提及这名已逝的先知。通常，他和佐伊都会回避露西娅的名字，好像她是带刺的荆棘丛一般。在税务所派珀说到她时，佐伊曾经凶了他。我记起每次提起露西娅时，他和佐伊都会交换眼神，意味深长。当赞德问到露西娅时，佐伊面色僵硬，而派珀的嗓音中则满是悲痛。"她不在了。"他这样说道。

这跟方舟十分相像，它一直都存在于地表之下，如今当我理解了它的意义，一切都改变了。此刻我一旦意识到派珀对露西娅的感情，很多事情都开始变得明朗。在自由岛上他很快就对我充满热情，并情愿违背议院的意志来释放我。他充满热情的对象并不是我，而是他对露西娅的记忆。

这也解释了佐伊的很多行为，她对我充满敌意，对我的幻象表示失望。即便是面对疯掉的赞德时，她也一直沉默而冷淡。

曾经在他们的生命当中，只有彼此两个人。我了解那种关系，因为我跟扎克有过那样的生活，一直到我们分开。佐伊和派珀的关系又比我们紧密得多，因为他们在派珀被烙印并放逐之后，选择了仍在一起。尤其是对于佐伊来说，她做出这样的选择，离开父母，放弃阿尔法人的轻松生活，只为了跟随他。选择他，意味着一生可能都要不断逃亡。然而突然有一天，他离开了她。他不仅去了自由岛，一个她永远无法追随的地方，还找到了另一个人，发展出更亲密的关系。佐伊可能对此感到心神不定，我完全可以理解。人生经历告诉我，亲密关系有很多种类型，与恋人之间的关系一样牢固。我记起在泉眼旁偶遇她时，她闭着眼睛倾听歌者音乐时的神色。那是唯一一次，我见到她如此毫无戒备。她脸孔朝上，将孤独展示给无垠的天空。在她对我大发脾气并一阵风般离开之前，她曾告诉我，小时候她和派珀曾一起偷偷溜出去听歌者卖艺。

天色变暗时，我们在一个小树林停了下来。一条小溪从中流过，两边都已经冻住了。我们把马拴在下游，然后生了一堆火。寒冬时分树木都已变得光秃秃的，在雪地上看去没有什么遮掩。

我一直等到吃过饭后，才开启这个话题。佐伊坐在我身旁，将戴着手套的双手伸到火苗上，我都能闻到烧焦的羊毛味。派珀背对着我们坐着，从树木之间向远处眺望。

"我知道跟自己的孪生哥哥关系亲密是什么感觉，"我对佐伊说，"我也理解你们两个是最亲密的，毕竟你们一起经历了那么多。"

"你到底想说什么？"她用一根长木棍戳着火堆。火星向上飞溅，然后被黑暗吞灭。

"我清楚这对你来说很不容易，"我继续说道，"你们两个一定互相倚靠了很久。"

"你这段独白有什么要点吗？"她仍抓着那根木棍，末端已经着火了，她将之举起来，就像举着火把。

"现在我明白关于露西娅的事了。"

她扬起一道眉毛。派珀飞快地转过身来，腰带上的飞刀叮当作响。我将要说出的话语就像石头，在我将它们扔进池塘之前，要先测测它们的重量。

　　"你是在嫉妒，"我对佐伊说，"因为派珀爱过她。那时你不想露西娅跟你分享他，现在你也不想我跟你分享他。派珀和我甚至都不是恋人，但有另一个先知出现对你来说已经很过分了，不是吗？正因如此，你才一直对我发火，一直批评我。"

　　"卡丝，"派珀说着站起身朝我们走来，掂量着自己的语气，"你根本不知道自己在乱说些什么。"

　　佐伊失手将着火的木棍掉在地上，在离我的脚半英寸的地方猛烈燃烧起来。派珀弯腰将它捡起，扔回火堆里。

　　我还以为佐伊会揍我一顿，但她仅是缓缓摇了摇头。"你以为自己了解我的生活？你以为自己理解我和派珀？在睡梦中见到大爆炸尖叫个没完，并没有带给你任何特殊的洞察力。"她凑近了些，缓慢但清晰地说道："你真可怜，自以为聪明机智，与众不同，比赞德和露西娅强得多。我希望你赶紧完全丧失理智。你比赞德难相处多了，至少他并不认为自己有多特别，而且他有时候还知道闭嘴。"

　　一阵狂风吹过，我不得不提高嗓门。"你跟讨厌我一样憎恨露西娅吗？"我问道，"我敢打赌，她死的时候你一定很高兴，这样你就能把宝贵的派珀据为己有了。"

　　她将手伸向腰带，我不知道她是不是要送我一刀，而派珀会不会保护我。如果到了刀剑相对那一步，他会选择谁？

但她却转过身去走开了。我看着她走进漆黑的夜色中，慢慢地，除了火光照射在树干上，其他什么都看不到了。

派珀也走出几步，似乎要去追她。

"我很难过，"我在他身后喊道，"不是因为我对她说的话，那是她数月以来应得的。我是为你感到难过。"我顿了一下，"我知道那有多艰难，我很难过你失去了露西娅。"

"你根本不知道自己在说什么。"他说道。

"我失去了吉普，"我说，"如果你告诉我露西娅的事，我会理解的。你表现得像是希望我们关系更亲密些，但你连她的事都不告诉我。你得等我把这一切理顺了。"

我期待着无数种反应，但却没有预料到，他看了我很久，然后笑了。他向后仰着头，喉结随着笑声上下摆动。

我不知道如何回应。他是在嘲笑吉普吗？嘲笑我在自己失去的爱人和他的之间所做的比较？他的笑声在树干和火堆之间回荡，连火焰看起来都像在嘲笑我。

最后他终于低下头，深深吸了一口气。

"我不应该笑的，"他说着用手抹了一把脸，"不过，好久没有这么好笑的事了。"

"这对你来说很好笑吗？吉普和露西娅都死了！"

"我知道，"他停止大笑以后，眼睛周围的皱纹全都消失不见，"这并不好笑，不过你完全搞错了。"

"那就告诉我，告诉我是怎么一回事。"

"我不能为佐伊解释这件事，"他说，"你也知道她那个人。"

"显然不知道，"我说着嗓门又高了起来，"显然我搞错了每件事。"

"我知道你没有恶意，但你得跟她解决这件事。"

他走向放哨的方位，将我一个人留在火堆旁。

*

我们在树干上搭了一张帆布，挡住天空落下的雪花。我爬进下面的空间里，不过并没睡着，直到佐伊在午夜之后回来。她什么都没说，钻进帆布下面躺在我身旁。当她睡着之后，我感觉到她在战栗。

她梦到了大海。我们分开睡好几个星期了，我一直待在收养院里，如今我们别无选择，只能靠在一起睡觉，我又见到了她关于大海的梦境，像潮汐一样真实。或许正因如此，我才意识到自己的错误。当派珀扳着我的肩头把我摇醒去值岗时，我忽然了解了关于露西娅的真相。

30 佐伊的往事

派珀和佐伊都睡了，我坐在监视哨的位置，回想着我错失和误读的每个线索。

然后我就想起，佐伊比派珀要善于处理我产生幻象时的场面。当他急着想问我看到了什么时，她会对他说："她还不能说话……她还会维持一分钟左右。"我曾将之简单理解为对我的轻蔑，却没能意识到，这是一个见惯这种场景的人对此轻车熟路而已，因为她与一名先知共度过数不清的日日夜夜。

她曾对我说："你又不是第一个先知。"

她对航海非常抵触，在我们离开沉没滩时，双手紧紧握在船沿上。

我曾奚落她："我敢打赌，露西娅死的时候你一定很高兴。"然而，每个晚上佐伊睡着后，不断在梦中寻找的是她爱人的尸骨。

我回头望向派珀和佐伊躺着睡觉的地方，他们上方的帆布已经因为积雪而变得下垂。他们背靠背睡在一起，如同在战场上战斗一样。在严寒的夜里，毯子往上拉得很高，直到脖子处，他们看起来就像是一个双头人。

我对于事物的理解一直在出错。原来我比伦纳德还要盲目。我弄错了神甫的动机，以为她是在追捕我，其实却是在追捕吉普。我弄错了佐伊的梦境，还有关于露西娅的事。拥有幻象是一回事，但理解它们却另当别论。幻象指引着我找到了自由岛，但是我们却又把神甫引了过去。幻象向我展示了发射井，最终我们摧毁了数据库，但却搭上了吉普的性命。幻象的世界如此丰富，我却只能一知半解。

不用我去叫醒佐伊值岗，她像往常一样自己醒了，从帆布下爬出来，站到我身后。天色仍然很暗，下游处有匹马轻嘶了一声。

"你去睡吧，离天亮还有好几个钟头。"她说。

"原来是你，"我说道，语气中并无疑问，"是你爱过露西娅。"

她的脸在夜色中看不清楚，但我能看到她呼出的白气。

"我们曾彼此相爱。"她淡淡说道。

听到她谈论爱情，那种感觉非常古怪，毕竟，这是那个爱翻白眼，耸肩膀，扔飞刀的佐伊。

"我很抱歉，"我说，"我一直是个笨蛋。"

"这又不是第一次，我怀疑这也不会是最后一次。"她的语气中并无恶意，只有疲倦。

"我不知道自己为什么一直没意识到。"我说。

"我知道，"她说，"因为我是个女人，因为我是个阿尔法，而她是个欧米茄。因为虽然你自认为能超脱于世人的假设和偏见之上，到头来却发现自己跟他们没什么不同。"

她的指责像烟尘一样落在我身上，我却没办法反驳。

"为什么你不告诉我？"最后我问道。

"这是我的事。"她停顿了一下。她的双眼在黑暗中发着光，瞥了我一眼，然后又移开了。"我感觉她留下的痕迹越来越少，我并不想跟人分享。"

我记起自己也曾拒绝谈论吉普。曾经有一段时间，我觉得他的名字就是件遗物，是我仅存的关于他的全部，如果我说出这个名字太多次，它可能就耗尽了。

"在泉水旁那天，你听着歌者的音乐，告诉我你和派珀小时候曾经听过的歌者故事，我还以为你在想着派珀。"

她哼了一声。"我一直记得那个歌者。第一次遇见露西娅时，她就让我想起了那个人。她们都有美丽的双手。"她说着轻笑了一下。"露西娅也爱唱歌，当她早上梳头时，总是哼着歌给自己听。"

说完她沉默了片刻。

"我希望你能早点告诉我关于她的事，"我说，"我会理解的。"

"我不需要你的理解。"

"可能我会需要你的理解。"我说。

她耸耸肩。"我和露西娅的感情，不是为了教你如何处理悲痛而存在的。她的死，并不是为了让我们可以彼此哭诉各自的故事。"

她坐在我身旁的木头上，手肘拄着膝盖。她将面前的头发梳往脑后，我能看到她的双手指尖较淡的肤色，在黑夜中像五个苍白的点。

"无论如何，我习惯了不跟别人谈起她。我们一直都得非常小心。为抵抗组织工作，最不需要的就是引人注意，阿尔法和欧米茄的恋情是要挨鞭刑的，更别说还是在两个女人之间了。所有那些关于阿尔法人有责任生育后代的屁话，好像那些就能改变我是谁一样。"她哼了一声。"好像我就会找一个漂亮的阿尔法男人，开始生儿育女一样。"寒冷的空气似乎吸尽了她的笑声。

"她在自由岛上的日子很难过。你也知道人们是怎么看待先知的，即便在最好的年代，也总是充满疑心，刻意疏远。随后他们发现了我们两个在一起这件事。自那之后，他们就不再理她。"她的双手已握紧成拳。"我为他们工作多年，对抵抗组织的贡献比他们大多数人都要大，露西娅也冒着生命危险为他们工作，但这些都无关紧要了。他们不再跟她说话。他们仍乐于从她的幻象和努力工作中获益，但却不跟她交谈。他们把她从居住的房子里轰出来，称呼她叛徒，阿尔法情人。

"派珀尽了全力帮助她，为她在要塞里找了个地方，还试图阻止他们干坏事。但他有整个抵抗组织的事要管，也只能做到这么多了。就是从那时开始，她变得神志不清。我知道事实上是幻象造成了这些，但如果她有朋友聊聊天的话，能处理得更好些。一旦他们对她置之不理，她剩下的就只有幻象了。"

我记起在保管室那段与世隔绝的时光，目光所及只有囚室的四面灰墙，根本没有东西能让我从幻象的恐惧中分神。

"当时我不在她身边，"佐伊继续道，"她想在大陆上生活更多时间，甚至永远搬过来。但我告诉她太危险了，直到我能为我俩找到一个安全的栖身之所为止，在东部某个能避开巡逻队的地方。她的精神越来越不稳定，越来越难以隐藏行迹，保持安全。渐渐地她彻底失常了，不只在幻象来的时候尖叫不止，在其他时间也无法控制自己的言语。你见过赞德的样子。我们不能指望她保持理智，更别说编个假身份藏起来了。"

佐伊停下来，低头看着自己的双手。大风将云层从月亮旁吹开，天色微微亮了些。她从腰带里抽出一把飞刀，开始摆弄起来。

"是我让她上的那艘船。"她沉默地用那把小刀砍来砍去，劈着空气。"那时她已经憎恨回到自由岛上，但我还是让她上了船。她想要拒绝，我吼了她，告诉她这是为她的安全着想。"

她惨然笑了笑。"就像派珀那天说的，她对天气十分在行。你知道自己对地点有多在行吧？天气就是她的特长。她总是能感觉到风暴的增强，甚至注意到风来前的变化。正因如此，多年来她才对抵抗组织如此有用，让他们知道何时可以安全穿越海峡。"

她的双手静止了片刻，小刀在她手掌上一动不动，像一件贡品。

"她本应警告他们会有风暴，她总是能预感到。但他们不再听她的了，因为她开始行为怪异，而他们都因为我们的事看不起她。他们称呼她叛徒，而且他们想回到宝贵的自由岛上。"她直视着我，意图激起我的否认。"我知道她一定尝试过警告他们关于风暴的事。"

她欲言又止。我静静等待着，她直直盯着前方，缓缓调匀呼吸。

"我目睹了她是如何一步步变疯的，还有赞德。"她说，"当你刚出现时，一开始我曾希望你会不一样。派珀对你是如此上心，而你自己找到了去自由岛的路，我无法忽视这一点。"

"即使在我遇到你之后，我也希望你能学着控制自己的幻象，这样你就不会如露西娅和其他先知般陷入绝境。我想要帮助你，但所有这些幻象，这些梦中尖叫，你看到大爆炸后眼睛转动的方式，一切只是周而复始。甚至这些天你在跟我们说话时，有时就像在看着我们身后有什么事情在发生。或者说，你的目光透了我们。"她低下头去。"到了后期，她也是如此。"

"正因如此，我才不想再跟先知混在一起。"佐伊说道，"当你尖叫着醒来时，我早就知道那意味着什么。当你谈论大爆炸的幻象时，我早就全都听过了。我知道那结局是什么。"

我早就习惯了她看着我的眼神中充满鄙视或者愤怒。我早就习惯了她抱怨我半夜尖叫会招来议会巡逻队，或是埋怨如果没有我拖后腿，她和派珀将会以两倍的速度赶路。然而她现在看着我的眼神，我以前从未想到过能从她脸上看到，她在同情我。我脑海中浮现出赞德乱挥的双手，不安的眼睛，就像看到了自己的未来。

她迎上我的目光。"我无法再将希望押在一个先知身上，无论是抵抗组织的未来，或是派珀的幸福。我无法再看着这一切重演。"

她说完转过身去。我等了几分钟，但她没再说些什么。我钻回帆布下派珀温暖的身体旁。醒来前那几个钟头，我梦到了她的梦境。昏暗的海水在风暴中翻腾，大海黑色的表面下，藏着它所有的秘密。

*

到了早上，佐伊不见了。我发现派珀站在岗哨的位置，双肩低垂，精神颓丧，很显然他已经知道了。

黎明将至，东方天际已被晨曦染红。

"她把灯笼留了下来，"他说，"还有全部的肉干。"

"你不能去追她吗？"

他摇摇头。"如果她不想被找到，那我也没办法。"

他看着我问道："你昨晚跟她说露西娅的事了？"

我点点头。"我还以为我们交流之后会有所不同，她也许就没那么讨厌我了。"

"这跟你无关，卡丝，"他说，"这从来就与你无关。"

他回到帆布棚那里，蹲下来将它收好，将上面的雪抖下来，然后塞进帆布包里。

"之前你知道她将离去吗？"我问。

"不知道，"他说完停顿了很长时间，"不过我并不感到奇怪。"他站起身，将背包放到肩上，"失去露西娅对她打击很大，这并非始于沉船事故之后，远在露西娅开始变得疯癫时就开始了。这一切我都看在眼里。现在她要看着你和赞德被各自的幻象所困扰，触景伤情，心里也很难受。"

当天晚上，我们坐在火堆旁，我想着大海迟迟不肯交出露西亚的尸骨，我想起伦纳德躺在浅浅的壕沟里，而吉普的尸体倒在发射井地板上。他们把他移走并安葬了吗？还是发射井就那样被废弃了，变成他和神甫的坟墓？他的尸体会被陌生士兵搬走，葬在某个地方？还是他被永远留在倒下的地方？这两种念头，我不知道哪个更糟糕一些。

那天夜里，我又梦到吉普漂浮在水缸之中。我大喊着醒来，声音大得把马都惊到了，不停扯动缰绳。派珀用他的独臂抱着我，直到我不再颤抖为止。

过了一会儿，当我脸上的汗水凉了下来，双手也不再颤抖，我坐在派珀身旁，告诉了他吉普过去的真相。有些事在黑暗中说出来要更容易些。他默默地听着，不曾打断我的讲述。最后，他终于说道："他以前做过坏事，但已经遭到报应了，不是吗？人们把他一只手臂砍下来，然后扔进水缸里关了好多年。最后他通过自杀，终于救了你。"

我不知道应该如何回应。一条手臂，或者一条命能够换来多少谅解？又由谁来决定如何惩罚，或者算计这些？我知道不可能是我，我还有自己的罪恶没有赎清。

*

我们又往前骑了五天。其间我们只看到一次议会追捕的迹象，有天晚上，天色刚黑不久，我们遇到一名骑兵。这里地形复杂，到处是嶙峋的石头，没有什么遮挡，我们穿过通向北方的宽阔马路时，决定冒险走近路，去往几英里之外的森林里寻求遮蔽，用肉眼就能看到那里。

那个士兵首先发现了我们。当我看到他的红色制服时，他已经在前方几百码远的地方拨转马头准备往回跑了。虽然离得很远，他肯定还是看到了派珀缺少一只胳膊。欧米茄人骑马已经是重罪，要被处以鞭刑。如果那个骑兵跑回驻地，肯定会带更多巡逻队来抓我们。

派珀没有征询我的意见，只是伏在马背上，催马加速狂奔。我也快马加鞭，不清楚自己是为了追上那个士兵，还是想要阻止派珀。

我们永远也赶不上那个士兵的，他起步已经占了很大优势，而我们的马经过连日来在冰雪中奔驰，早已疲惫不堪，饥肠辘辘。但派珀的目的并不是追上他。我们离他三十码远的时候，派珀将飞刀扔了出去。一开始我还以为他没扔中，那个士兵并未动弹，也没有叫喊出声。但奔出几码之后，他的身体开始往前跌去。当他趴在马背上，脸部贴往马鬃的位置，我看到匕首的锋芒在他后脖颈处闪烁。随后，他异常缓慢地滑往一旁。当他终于从马鞍跌落时，一只脚却挂在了马镫上，马受到惊吓加速前奔，他被拖行了好长一段距离。马蹄声之外掺杂了多余的撞击声，士兵的头骨在结冰的路面上不断弹跳。

这场离奇的追逐似乎要永远持续下去。前面的马发疯一般乱蹦乱跳，我们只能在后面狂追，一点点拉近距离。士兵上下翻腾，脑袋拖地向前，不时被弹起几秒，甚至在马的后腿之间乱撞。当我们终于追上时，马已经发狂，黑色的皮毛上都是汗滴。派珀抓住了它的缰绳，它后退几步，似乎要把脑袋从自己脖子上晃下来。它在原地打转，马蹄不断敲打在冰冻的地面上。

要是以前，我会冲派珀发火，质问他为什么这个士兵和他的孪生姐妹非死不可。但如今我什么都没说。如果我们被抓，那么，方舟和方外之地就会离抵抗组织更远一步。扎克和将军就会赢得胜利，水缸终将被填满。

派珀跳下马来，将士兵的尸体从马镫上摘下来。我也翻身下马，将缰绳绑在一块大石头上。我们合力把尸体从马路上拖到壕沟里藏起来。我跪在派珀身旁，跟他一起将积雪堆到正在变硬的死尸

370

上。他脖子下面蓄积的血迹已经变黑，而伤口边缘则是粉红色。

我比以前更加深刻地意识到，扎克在新霍巴特城外的马路上跟我说的话绝对是事实：我真的是毒药。他说的一点没错。就算只在远处瞥了我一眼，看到一个在风雪中围头巾的人形，对这个士兵来说也意味着死亡。过去数月以来，我的旅程中留下一幅尸骨地图，横穿了整个大陆。

如果我是个先知，那我能预告的只有死亡，而我也充分履行了自己的预言。自从发射井事件以来，我一直在努力，想认清我所知道的那个吉普，是否就是神甫描述的那个人。如今，我第一次开始怀疑，如果他还活着，还会认得我吗？

派珀伸出手去，审视着仍不断落下的雪花。

"至少这场雪能掩盖我们的踪迹，给我们争取一些时间，要是他今晚成功拉响了警报，那就没这么乐观了。在白天到来之前他们是找不到这具尸体的，就算意识到他失踪了也没用。不过，我们现在必须离开这条大道了。"

我们将死者的马拉着一起离开。这匹马仍有些激动不安，不停猛拉缰绳，派珀和我都被累得够呛。午夜之前我们抵达那片森林，我们将马拴在那里，然后派珀值第一班岗，我先睡了几个小时。后来我被大爆炸的幻象惊醒，却无法将这两种极端联系到一起：我的身体正因寒冷而颤抖，我的脑海里却在燃烧着熊熊烈焰。

派珀正在看着我，但明显心神不定，自从佐伊离开之后，过去几天我已逐渐习惯了他这种表情。他看起来似乎神游天外，总是扫视着我脸孔之外的距离。

他从未因佐伊的离开而责备我，因为没有这个必要。如今，我以她的眼光来看待自己。我仍驻留在自己的身体中，同时还能感知到它，感知到幻象来临时我是如何颤抖，当我梦见水缸时，大张着嘴喘着气醒来，就像我刚刚从水缸里甜腻的液体中钻出来一般。我好像第一次听到大爆炸幻象来临时我发出的声音。那压抑的尖叫声从未指望有人能听到，因为已经没有人留下来听了，世事早已面目全非。

"你觉得佐伊能去哪儿？"我问他。

"在很远的东部有个地方，她曾想在那里为自己和露西娅建一座栖身之所。那里是乡下，土地贫瘠，就在死亡之地的边缘地带。不过，那里离所有这些都远得很。"他没必要解释话中的含义。

要是以前，我可能会跟他争辩，说我不认为佐伊会放弃抵抗组织。不过，在犯下如此巨大的错误之后，我没有脸面再声称自己了解佐伊，或是要求比她已经给予的更多的东西。

"你认为她会回来吗？"我问他。

他没有回答。

31 通风井

我首先感觉到的是那条河。我们从森林中走出来，进入开阔的草原地带，随后我就感觉到在静止的平原上，有水流的动静。派珀指向东方横跨地平线的山峦，从方舟的那幅画中，我认出了断脉山挺拔的顶峰，还有奥尔索普山上的高原。

又往前骑了几个钟头，我开始感觉到方舟的存在。它隐藏在大地之中，但与周围的环境完全不同。我能够感觉到，在我们前方的平原之下，那一片坚硬的东西既不是泥土，也并非岩层。在这片被掩埋的硬壳之内，本应是泥土的地方，却充满了空气。

我也感觉到那里被重兵把守着。我似乎听到赞德的声音：骸骨迷宫里有动静。整个方舟在发出嗡鸣声。如果以前我对议会是否发现了方舟还存有一丝怀疑的话，如今所有疑心都消散了。它就像是一个蜂巢，随时都会孕育出一群飞舞的蜜蜂来。

我们把马匹拴在离大河几英里远的一个小树林里，将剩下的大部分燕麦撒在稀疏的草丛中。我本不愿就这样把它们留在这里，除了几个半结冰的浅水坑外，没有其他水源，而我也并不知道我们会离开多久。但是，让它们自行离开又太冒险了，可能会被议会士兵注意到。"而且，我们可能还会用到它们。"派珀说道。我注意到他说的是"可能"，原来我们都在想着同一件事，那就是，如果我们还能回得来的话。

我们猫着腰穿过高高的草丛。在前方，平原升高变成宽阔的山丘，树木在嶙峋巨石中争抢着小块的土壤。大河从西方绕着山丘蜿蜒流过，并没有受到寒冬的影响，黑色的河水太深，水流又湍急，因此不曾结冰。

"我们要穿过这条河吗？"派珀看着奔流的河水，小心翼翼地问道。

我摇摇头，指着山丘说道："方舟在这一边，就在下面。"此刻我对它的感觉比以往都要强烈，在山丘下有金属物质，我嗅到了钢铁的味道。所有的铁门和过道，如同地下金属和空气的纹饰。

我领着派珀在树木中穿行，从山脚下往上爬了一段，在那里某个位置，我能感觉到有一条通道通往外面。金属的气息在那里很强烈，我能感觉到嵌入山坡中的钢板，那些是一道道铁门。

我们还没到门口，就看到第一批士兵。一辆四匹马拉着的有篷马车，左右共有八名骑兵护卫。派珀和我弯下腰去，蹲伏在雪地中。草丛足够高，完全能将我们挡住，但每次某个士兵转过脸来扫视平原时我都会紧张地屏住呼吸。当他们经过路中间的曲线时，离我们已不足三十码远，我都能看到驾车那名士兵的红胡子，还有最后一名骑兵制服上的裂口，很明显是被剑柄磨成这样的。

随后他们又离我们远去。我们望着他们逐渐接近山坡上一个缺口，从前出口处的铁门必然在那里，但现在已经没有门了，只有在山体中凿出来的空间，大约四十码深。在过去四百年的大多数时间里，这座石砾组成的山丘包容着门道，两者融为一体。从表面看起来，议会的挖掘工程并不容易。旁边堆满了泥土和石块，有些圆石像马一样大，树也被连根拔起拖到一旁，树根暴露在空气之中。这可是历经几个世纪侵蚀而成的岩屑。在出口前面，站着一排士兵，有十人左右，看起来就像是这座山开口处的红色舌头。

我们盯着入口观望了一个多钟头。士兵们在马车和黑暗的入口之间进进出出，但守门的护卫却一直坚守岗位。他们也并非孤军作战，派珀指给我看山上的弓箭手，她就藏身在入口上方二十码处的巨石后面，一般人很难注意到。要不是派珀告诉我，我可能会以为她露出的弓尖是棵小树苗。但当她转身观察山下面的情况时，弓尖在轻轻移动。要是有人敢从平原的草丛中钻出来，还没接近入口五十码远的地方，肯定就已是死人一个。

我用双手将枯草分开，把地上的积雪推到旁边，然后闭上眼睛，把脸贴在冰冻的地面上，想要感觉一下位于下面的方舟全貌。我花了一段时间才弄明白，为什么会感到它似曾相识。它就像一个倒过来的自由岛。自由岛是扣在海面上的圆锥形空间，而方舟则是一个翻转的圆锥形，向下聚拢到一个中心点上。外部的通道接近地表，大致呈圆形，直径约有数英里。在这个圆环内，向下越收越窄，一层层布满挖掘出来的房间和通道。一圈圈的圆形通道往下越来越小，也越来越深入地下。方舟最外部的圆环也并非挨着地面，在我们前方被掩埋的门径之外，一条通道笔直向下与外围圆形通道相连。我的思想在岩层和钢铁中摸索时还意识到，方舟的布局是对称的，通往地表的通道不止一个，沿方舟的外环每隔相同距离就出现一次。

"还记得文件中怎么说的吗？"我对派珀低语道，"辐射值是在方舟一号入口测量的。这表示还有其他入口，我能感知到在方舟外环之中，还有另外三个入口，跟这个一起四面分布，差不多位于外环的平均分割点上。"

那天接下来的时间，我们绕着遍布石砾的山丘转了一圈，在高高的草丛中蜷伏观察。我三次感觉到有通道通往地面上来，但每次当我们潜伏得足够近时，都会遇到同样的场景：大批守卫全副武装，弓箭手暗中埋伏。在西门前面还扎着一堆帐篷，足足装得下上百名士兵。

南方的门离大河最近，海拔并不高，并非是胡乱凿出来的，从外面能看到钢铁的结构与地面齐平，上面锈渍斑斑。它呈圆形，因此不像门，反而更像是个舱口，约有两人高。看起来议会是将它爆破开的，在舱口中央有个洞，边缘都是金属尖刺，伸向里面，如同怪兽的牙齿。

我们撤退到看不见方舟入口的地方，派珀慢慢呼出一口气，闭眼沉思片刻。"我们得带着军队回来。就算加上佐伊，我们三个也绝不可能攻下任何一个入口。就算我们能成功，也只不过是在踏入方舟那一刻起，就被围困起来而已。"他边说边踢着地上的积雪。

但是，我们已经没有时间了，不可能再冒险原路返回新霍巴特，然后再次回来，然后发动另一场战役，洒下更多鲜血。我们究竟还剩多少时间，多少运气？每过一天，议会士兵在方舟里就会获取更多知识，更多力量，而每过一天，避难所也会吞没更多欧米茄人。

派珀坐在一块大石头上，凄凉地笑笑。"那个可怜的老鬼希顿，因为想逃出方舟而被打死了，而如今，我们则绞尽脑汁想要进去。"

听到希顿这个名字，我的头猛然间抬起来。

"还有另一个入口。"

他叹了口气。"那有什么意义吗？他们是不会留下一个未加防守的入口的。"

"那个入口跟其他几个不一样，并不是一扇门。"我说道，"你一说希顿，恰好提醒了我。还记得主事人在那份报告中找到的，在希顿意图逃走时杀死他的那个人吗？"

派珀点点头。之前我曾告诉过他和佐伊关于主事人的发现，以及希顿的最终结局。

"报告上记载了发生这件事的地点，"我继续道，"说他在意图进入通风井时被杀。我不知道那是什么意思，从来没认真想过，但这意味着他并不是想从任何一个主门离开，四个主门肯定都被严格把守着。他想要从另一条路逃走。"

"通风井……就是某种地下的烟囱？"

"我猜如此。他们肯定需要通过某种手段，将新鲜空气引入地下。"它感觉上像烟囱，于是我调整自己寻找的重点，即通往地表的一个通道，比主入口要小一些，也陡一些。

"这玩意儿能让一个人钻过去吗？"派珀问道，"还有，它安全吗？"

"希顿认为可以。"

"但他因此可没得到什么好下场。"

"但那并非因为他对通风井的看法是错的，"我说道，"只不过是因为他们抓了他的现行。"

"既然他们抓到他想从那里逃出去，不会采取措施把它封闭吗？"

"如果他成功了的话，可能会如此，但现实的情况毕竟是，他没能逃出去，所以可能没有封上。在他们看来，安全系统是有效的，没有人能逃走。还有，想一想这个东西的名字吧，通风井，那可是用来把空气引入地下的通道，不是那么容易说封就封的，尤其是他们还有那么多选择。"

"那么，你认为议会还没找到通风井并把它封上？"

"除非他们知道它的存在。"我说。

我担心的不只是议会已把它封上了，还有几个世纪以来，大地变迁，树木盘根错节，已将四个主要入口中的三个掩埋起来。

那些外部入口都被重兵把守，但彼此间隔着数英里之远。我们潜伏在东部和北部入口中间的位置，一直等到天色全黑，才从平原的草丛中冒出来。在踏上环绕山丘的蜿蜒小道之前，派珀告诉我要在石头间跳来跳去，这样就不会在雪地中留下脚印，以免被经过的马车士兵看到。

穿过羊肠小道，踏过山上的嶙峋怪石，我们已位于方舟正上方，也是四个议会瞭望哨的正中间。此刻方舟就在我们身下，我对它的感觉更加清晰透彻。方舟的大小和深度让人吃惊，尤其是从山坡上根本看不出来下面藏着什么。我对下方的空间感觉如此强烈，导致在雪地上迈步时都小心翼翼，不敢相信脚下的地面，虽然我知道要再往下几百英尺才是方舟的所在。方舟的部分空间内有动静，但也有整片的区域我什么都感知不到，只有大地中的裂缝，还有泥土下的空气。

月光微弱黯淡，穿过嶙峋乱石爬上这座大山并不容易，要不是先知的直觉引导着我，我怀疑我们根本无法找到通风井口。它看起来不过是地上的一处凹陷，在巨石和树木之间长满杂草的地面上的浅坑而已。但我能感觉到在这个开口下面，并没有泥土存在，如同去往莎莉家路上的隐蔽陷阱一样，只不过这个要深得多。我跪下来凑近了观察，将草丛分开，露出锈迹斑斑的井盖，与环绕周围的泥土颜色相比，呈现出更深的橘红色。

我们把雪推到一边，然后将野草拔下来。野草又尖利又刺手，把我的手指都切出了小口子，被拔出来时底部结满泥土和苔藓。我们清理出一个圆形区域，舱口就露了出来，开口呈圆形，直径仅约两英尺，深深嵌在金属框中。井盖并不是密实的一块，而是钢铁栅格，部分埋在泥土中。在它的边缘，四根铁杆子露在外面，每个尽头处都锈迹斑斑，参差不齐，正好突出地面。

"以前这上面肯定有某种结构挡着，类似盖子之类的东西。"派珀说道。

无论那曾经是什么，总之现在已不见了，不是毁于大爆炸，就是在接下来数个世纪的时光中湮灭。

我俯身看着井盖，它看起来可真小，跟我的肩膀差不多宽，在派珀看来它一定更小，他的肩可有我的两倍那么宽。

"天哪，卡丝，你觉得这个叫希顿的家伙块头有多大？"

"这附近还有其他通道。"我能感觉到多条换气通道从地表通往方舟核心，我们脚下的山体好像被叉子捅过一般，又像是在检验蛋糕的凝固程度。

"其他的比这个要大？"

我摇摇头。"比这个小得多。"我感觉到它们都不过几英寸宽。"想想那张纸上是怎么说的吧——主通风井。很显然，这是最大的一个。"

派珀用匕首在井盖边缘刺探，挖出不少泥污和苔藓。当他挖完一圈之后，我将手指插进井盖栅格的缝隙中，用力往上拉。井盖并未动弹，只是不情愿地嘎吱响了一下。

派珀又在井盖边缘挖掘一番，雪地上多了一道道铁锈，变成妖艳的橘红色。他低声抱怨匕首都被磨钝了，但并没停下来。刀锋剔过铁锈发出刺耳的摩擦声，我们都咬紧牙关死撑着。

派珀冲我点点头，用力甩掉匕首上的附着物。我又试了一次，但还是纹丝不动。不过，当派珀伸手到我的两手中间跟我一起拉时，井盖终于在一阵刮擦声中离地而起。

我们把井盖拖到一边，扔在雪地中，但通道口仍然被一层看起来像是泥污的东西封闭着。派珀蹲下身来，用匕首尖刺探了一下，刀锋陷进泥污中一寸多深。他用匕首往旁边划了划，留下一道痕迹，露出尘土下的网眼。这是一张用来过滤空气的滤网，将能通过上方铁栅格的颗粒物过滤掉。我用匕首在边缘划了一圈，这张细网并没发出什么动静就断掉了。它像一个圆盘，布满灰尘和网眼，我将它捡起来轻轻翻转，上面的灰尘纷纷撒落，但并没落下多远，在我们移除第一张滤网之后，下面还有至少四层，每一层都比上面的深上几寸，最后一层安装在离地面好几尺的地方。派珀抓着我的腰带，我趴在地上，整个躯干探进通道里，才能将最后一层滤网割掉。

派珀把我拉上来，我随手将最后一张滤网扔在井盖旁。这些滤网制造得比我见过的任何东西都要精致，轻若无物，落在雪地上毫无痕迹，网纹如同蛛丝一般纤细。它们是阻隔在方舟与外面世界之间的薄膜。

我们除掉的灰尘和泥污很可能是数个世纪以来的沉积物，如果仔细筛分每层滤网，或许能够通过上面的残余物来推测年份。最上面是这个冬天的雪花，还有日常熟悉的灰尘、泥土和草籽。往下是贫瘠年份的尘土,当时复苏还很脆弱,难以确定,可能首次出现植物的碎片,它们在那时开始重生。再往下是漫长寒冬年代厚厚的灰烬,遮盖天空好多好多年。最后一层是大爆炸时产生的灰烬,建筑和尸骨的碎片。

我们望着下面的通道。它是由钢铁制成的管子,虽然不是直上直下,但坡度仍然很陡。我们站立的地方已是深夜,但这点黑暗同下面深洞里的一片漆黑比起来,显得明亮多了。

"至少我很高兴,我们终于要追随希顿的脚步了,"我说,"好像冥冥中他在给我们引路。"

"他是想从里面逃出来,"派珀指出,"而我们要做的与他正好相反。"

我无视他的话,只是比了比他的肩膀有多宽。

"这个洞对你来说太小了。"我说。

"你不会独自一人下到里面的。"

他把帆布包取下来放到地面上,然后跪在通道边缘。虽然我没有说出口,但我感到自己松了口气,我并不用一个人去面对这无尽的黑暗了。

这个管子太窄了,我背着帆布包也没办法进去。我们把口袋里塞满火柴和肉干,还给油灯加满油。我把水壶的带子套在肩膀上,然后我们一起将背包藏在附近的大石头下。

派珀点着油灯。"我先下去。"他说。

"那不行,我需要靠感觉来领路。"

我拿起油灯，虽然我并不是靠眼睛来引路，而是利用畏缩不已的念头缓慢向前，感受里面的空间、空隙和障碍物。

"你准备好了吗？"我问。

他微笑着说道："当然，我已经准备好了。我将跟随一名先知，而她跟随的是数百年前意图逃出去却不幸失败身亡的一个陌生人，进到一个满是议会士兵的地下废墟里。这又能出什么问题呢？"

32 入口

　　以前我也曾在狭窄的空间里出没过。比如吉普和我逃出温德姆时的通道，里面又黑又窄，根本伸不直腰。把我们从水缸密室排出的滑槽同样密不透风又漆黑一片，但我们当时猝不及防，根本没时间害怕。但这次就不同了，我们以缓慢的速度进入一个狭窄的滑槽，我只能把双臂伸展在身前，因为放在身侧就没办法钻进去了。我试图回头去看派珀，脸只能紧贴在金属侧壁上，我能辨认出的只有自己身体的轮廓，还有通道金属侧壁反射回的灯光。在我前面，油灯微弱的光线无法照射到的地方，像有一堵完全漆黑的墙，我们向下爬行，步步推进，而那堵墙则一寸寸向后退却。

　　要想转身往回爬是不可能的，我尽量不去想如果前路被堵住了，我们该怎么办。滑槽向下的坡度很大，很难想象要如何才能反转向上。我能听到派珀跟在我身后，他的呼吸粗重，腰带里的匕首蹭在滑槽壁上发出沉闷的响声。我们越往下，就越暖和，方舟里有着自己的气候，与我们身后大地表面上的严寒完全无关。我的汗水与通道内的灰尘混合在一起，弄得身上黏糊糊的。我的双手滑溜溜的，根本无法撑在光滑的侧壁上，所以我相当于在半爬半滑。我开始感觉到上方的河流。虽然我们听不到它的动静，但我能感觉到它无休止的流动，还有它的重量似乎在压迫着我。

前方的通道越来越窄，我确切感觉到它在压迫我的胸腔。我试图让自己保持冷静，但身体却拒绝平静下来。我的呼吸越来越急促，直到最后变得混乱不堪。

派珀的声音传来，在通道里变得扭曲而陌生。

"卡丝，我需要你保持冷静。"他说。他的语气十分沉着，但我知道他的胸腔肯定比我挤压得还要厉害。

我的回复很简短，每说一个字都要急促呼吸一下。"我……不能……不能……呼吸。"

"我是跟你来到这儿的。你是唯一一个知道怎么走的人。我需要你保持冷静。"

如果他试图命令我，我可能会陷入更严重的恐慌中。但他说的是"他需要我的帮助"，而我知道这是事实。如果我不能保持清醒，那我们都会死在这里。佐伊和扎克也无法幸免。这一切都将完蛋，而且没有人能找到我们的尸体。我们将深陷地下，但却永远无法被安葬。

我再次想起吉普，还有他下落不明的尸体。

我赶忙将这想法甩出脑外，然后继续往前爬去。与对吉普的回忆比起来，通道前方的黑暗根本算不了什么。我往前挪了挪，将两只手撑在圆形通道的内壁上。

有两次滑槽弯曲的角度很大，我们不得不痛苦地扭动着转过一个狭窄的拐角，第一次我们水平爬行，喘息了片刻，然后又一个拐弯，几乎是垂直的。通道内出现了三次分岔口，我只能尽量推测正确的路径。我紧闭双眼，让我的思想在前方探索，直到我能感觉到前路是通的为止。这种感觉就像将一块石头扔进井里，然后等着听它的回响。派珀从不发问，我犹豫不决时也从未抱怨。他只是默默等待，直到我足够确定可以前进为止。在我前方油灯微弱的光线照射范围之外，是一团漆黑，最后我干脆一直闭着眼睛集中精神，不去查看通道的内壁，寻找根本不存在的线索。让我感到安心的是，我感觉不到有人在我们附近的地方。我仍能感到东面有人的响动，就在方舟更深入地下的区域，但在我们下方的空间里，虽然漆黑黯淡，但至少没有呼吸声和说话声。虽然不能完全相信这些感觉，但我知道得更为透彻，相比对人的感知，地点对我来说更加容易些，当然它们都需要集中精神来感受。我的思想在过去、现在和未来之间晕乎乎地往来穿梭，这总是增加了另一重风险。但此时此地，在方舟这密不透风的封闭空间内，人的存在似乎产生了回响，而其他区域里则充满沉重凝固的空气，渺无声息。

我们根本没办法猜测已经下降了多远，不过我想，肯定已经超过几百英尺。下面非常暖和又潮湿无比，我不禁觉得上面雪地中的野草属于另一个时空，另一个不同的世界。

我本应感到前方变宽了，但通道忽然到了尽头，这让我大吃一惊。我伸出手去，却发现没有滑槽可以支撑了，于是我往下滑了几尺，落到一个地板上。我并未受伤，不过却喘息不止，赶忙大声警告派珀。地板上的灰尘有一寸多厚，我是双手和脸先着地的，吃了满嘴土，连忙伸出舌头，皱着眉想把灰尘和唾液的混合物吐出来。我掉下来时灯罩碎了，但油灯仍在燃烧。我低头寻找摔破的碎片，但它们已消失在尘埃之中。我转过身时，派珀的胳膊正从滑槽里伸出来。他翻了个身，稳稳当当双脚着地，灰尘在地上扬起复又落下。

我并未意识到派珀之前有多害怕，直到我透过下面摇摆的油灯发出的光芒，看到他脸上宽慰的表情。他欢欣鼓舞，喜笑颜开，牙齿在灯光下闪闪发亮。

"别动。"我说。

他往下看了看，明白了我的意思。我们被管道扔进一个圆形房间内，大概有十五码宽，中央位置有个圆洞，比我们溜出来的滑槽要宽好几倍，如果派珀再往后退一步，就会从洞口边缘掉下去。

"你感觉不到有士兵在附近吗？"他问。

我摇摇头说道："没有。他们所在的位置要更深一些。我们还没到达方舟的主体，这些房间明显不是给人建造的，只不过是通气用的。"

尽管如此，我们说话仍很小声。派珀接过油灯往下照了照，地板上的洞里并不是空的，里面有个中轴，很多片扁平的扇叶围绕轴心扩散开去，像是车轮的辐条一般。每个扇叶约有六尺长，一尺多宽，就像风车的翼板，但是水平分布，嵌进了坚实的金属中。

派珀用靴子踢了踢最近的扇叶，整个装置嘎吱作响，缓慢转了半圈。

"我敢打赌，以前电力还在的时候，它是自己旋转的。"我说。

"希顿想在它旋转的时候从里面爬上来？"

"他是个聪明人，肯定知道怎样关掉它，至少留出能够通过的时间。"

派珀又用脚踢了踢一片扇叶。

"这肯定是空气过滤系统的另一部分，"我说，"它将新鲜空气引下来，把大爆炸的灰尘挡在外面。他们在下面没有产生变异，也未出现孪生现象是有理由的。看看这所有的一切。"我指着四周的墙壁，上面爬满电线和厚厚的管子。墙上每隔一尺左右就有一个圆洞，像手掌那么大，有的里面伸出管子，还有的张开像尖叫的嘴巴。每个圆洞下面都贴着标签，镌刻在金属板上，不过当我擦掉上面的灰尘后，却仍无法理解上面的字句：**真空管471，循环进气管2，排气阀。**

我早预期到会在方舟里发现机器，但我之前没有意识到，方舟本身就是某种类型的机器，它的结构精巧奇特，能让生命在如此深的地下存活。在方舟和上面的世界之间，间隔大得难以想象。对那些建造这个地方的人来说，仅仅把自己埋在几百码深的地下还远远不够，他们甚至不信任外面的空气，在中间加了一层障碍来进行过滤，然后才放心呼吸。地表的幸存者为了一个被焚毁的世界你争我夺，没有舱口、滤网和封闭通道的遮掩，而与此同时，方舟居民却躲在他们下面安然无恙地避难。

派珀蹲在洞口边缘，瞅了瞅下面扇叶之间的缝隙。

"下面并不深。"他说。

下方空间的地板隐约可见，离扇叶只有五六尺远，扇叶之间的缝隙刚好能让我们爬下去。

"我先来，"我说着转身背对着洞口，准备往下爬，"然后你可以把灯笼递给我。"我已经四肢着地，准备将腿伸过边缘，这时派珀忽然制止道："别动！你看上面的灰尘。"

我低头看了一眼，却没发现铺满水泥地面的灰色泥沙有什么问题。我的手已陷在尘土中一指来深。

"不是那儿，看扇叶上。"

我跪下来，转头看着身后的扇叶。

"扇叶上根本没有灰尘。"我说。

"一点没错。"

他弯腰把我拉了起来。

"这个轮子似的东西还在定期运转，所以灰尘才落不上去。"

这下面居然还有东西能够运转，实在是不可思议。不过他说得没错，扇叶上并没有沾染尘土。我仔细观察一番，发现在这个小房间里，洞口边缘的尘土比其他地方要薄得多，而房间边缘的灰尘堆积得要深一些，似乎是从中央位置吹过来的。

"已经过去四百年了，"我说，"可能还要久一些，那些文件里写的你也都看过，说方舟已经停止了运转。"

"显然不是全部。"他说。我记起在保管室的囚房里时，电灯偶尔也会出现故障。在方舟里也是这样吗？在黑暗之中渐次转换，时亮时暗？"我们并不知道他们的机器如何运转，"他继续说道，"至少先等上一会儿，如果你在爬过去的时候它突然启动，那肯定会把你切成两半。"

我们从扇叶旁走开，坐在墙边的尘土中。盯着这个机器看它是否会重焕新生，这种监视工作真是有点古怪。我们很少说话。这里面十分闷热，声音被灰尘抵消，在狭小的空间里回荡，听起来怪异得很。

"这并没什么用，就算我们看到它动了，还是得穿过去。"我说。

"让我们先看看这是什么情况。"他说。

我们一直在等着轮机转起来，但灯光先亮了。没有任何声音或是警示，整个房间突然亮堂起来，黑暗就像是一个窗帘，被突然扯掉了。我吓了一跳，背部贴到墙上。派珀一跃而起，手里握着匕首不断左右挥动，扫视着整个房间。与油灯微弱的光芒比起来，现在光线亮得有些刺眼。这些电灯跟我囚室中吊在电线上的不同，而是直接嵌在屋顶上，一排排发出稳定的白色光线。墙壁中也嵌有发光板，因此我们并未投射出影子。我们已经将影子留在地表上，与新鲜空气和浩渺夜空同在。

灯光亮起数秒钟后，轮机启动的声音响起，那动静像是脚下踩碎了玻璃一样。扇叶开始转动，刚开始很缓慢，但没过几秒，就转得比我想象中还要快得多，已经根本无法分清楚单个扇叶，下面的房间也从视线中消失了，扇叶似乎融合成了一个转动的圆盘。我的头发被从脸前吹到脑后，风扇将灰尘吹得漫空乱舞，我不得不举起手臂挡住眼睛。

派珀也遮住了自己的脸，目光从电灯转到旋转的扇叶，然后又看回电灯。我想起来他之前从未见识过电力的神奇。我在保管室的人工灯光下生活了整整四年，还见过水缸密室复杂的机关，以及神甫的数据库。但所有这些对他来说却是新鲜的，电灯的白色光芒，风扇的嗡鸣声，还有电灯发出的电流声，嗡嗡嗡的像蜻蜓翅膀振动般响个不停。过了一会儿，他将匕首放回腰带里，但膝盖仍然微曲，随时准备快速行动，手臂也扬起，拳头紧握，好像电流可以用拳头挡开一般。

"真是神奇，"他在风扇的噪音声中对我说道，"过了这么多个世纪还能动。"

我抬头望向电灯，觉得派珀说得没错，我在恐惧之中也混杂着惊叹。我大着胆子屈身向前，凑近了风扇，扇叶掀起的空气不断冲击着我的脸，让我错以为在刮风。在如此之深的地下，没有什么风能够抵达这里。

我抑制不住地想象，如果在扇叶启动时我正在穿过去，会是怎样一种场景。我想，至少一切会发生得很快。切割动作如此迅速，根本来不及感到疼痛就死了，而扎克也会同样迅速地死在某个地方。可能是在议会会议上，或者在某个避难所的新建筑里检查水缸。他会像断线的木偶般，突然间倒在地上。

亮光和声音持续了几分钟之久，当然，时间在这个地下世界里并不那么确定。忽然间，电灯闪了两下，然后完全熄灭，油灯又成为我们对抗黑暗的唯一保障。扇叶继续转动了一会儿，但已经没有我们刚才见到的那么迅速了，而是转了几圈，一圈比一圈慢，然后轮机就彻底停了下来。

"我们还是得穿过去。"我说。

"我知道。"派珀提着油灯照向扇叶，它们锋利的边缘闪着亮光。

我只希望他没意识到轮机还在运转。无论如何，我们都要依靠扇叶的慈悲才能活命。至少在派珀揭穿安全的幻觉之前，我们会感觉更轻松些。

他晃着油灯照了照整个房间。"这里没什么东西能用来卡住它。"他说。他说得没错，没有什么器械或是控制板能被撬松下来，卡在扇叶和洞口的边缘之间。

"我们不能慢慢爬下去，"他说，"我们得跳下去。我们通过得越快，风险越小。"

我们又鼓起勇气，一起来到洞口外缘。扇叶之间最宽的距离是在靠近边缘的地方，宽度仅为两尺左右，我们需要在跳下去时把握得十分精确，才不会撞到扇叶上。最好的情况是撞在地上疼一会儿，最糟糕的结局则是被切破皮肉。当然，这还得扇叶保持不动才行。如果电流正好在我们穿过时恢复，那根本就没有什么最好或最坏的可能了，只会有一种下场。

我们又等了一会儿，想看看电流的恢复是否存在某种模式。我们在那里坐了差不多一个钟头，这段时间内电灯又亮了三次，随后风扇就开始转动。但我们没能发现其中的模式，前两次离得很近，中间仅隔了几分钟，第三次我们在黑暗中等了好久，却只持续了几秒钟，轮机刚刚达到全速运转就停下来了。

电流就像魔鬼，困在方舟的电线中。它的出现飘忽不定，给这个地方增添了新一层的恐怖氛围，让我在每次有灯光和响声出现时都吓得够呛。

电灯闪烁两次之后没过几秒，扇叶开始慢了下来。

"就是现在。"我说着再次走到洞口边缘。一切看起来都模糊不清，我的双眼还在重新适应油灯照射下半明半暗的环境。

"我先来，"他说，"如果我在通过的时候出了什么事，你就掉头回去。"

回去干吗？如果他死了，佐伊也会死，她将永不会回来，也不会被人发现。想到要在这狭窄的滑槽里往上爬，而与此同时，派珀的尸体留在下面，佐伊在上面某个地方，这感觉比想到风扇本身还要可怕。

"我们一起来。"我说。

他看了我一眼，然后点点头。我们面对面站在洞口外缘。

"只需要往下跳一小段距离。"他说。但我们都清楚，并不是往下跳这段距离让我额头冒汗。可怕的是在我们落地之间需要穿过的东西。

"你感觉不到什么吗？"他问，"察觉不到它何时会重新启动？"

我摇摇头。"我甚至都没意识到它还能运转。"

"好吧，"他说，"我们数到三就跳。你想来数数吗？"

"你有幸运数字吗？"我问。

他淡然一笑。"还是不要依靠我的运气了。"

于是，我慢慢数到三。在吐出最后一个音节时，我往后退缩了一下，但"三"还是数出来了，我们一起跳了下去。

我运气不是很好，落下去时左膝在一片扇叶边缘别了一下，导致另一片扇叶撞在我肩膀上。派珀手里仍拿着油灯，像一团模糊的灯光从我对面跳了下去。随后我们都落在下面的地板上。派珀吐出一口气，我听到自己在笑，尽管我还在检查肩头有没有出血。风扇的声音再次响起，我们的笑容全部冻结了。

轮机开始在我们头顶转动起来，我们在正下方屈膝弯腰躲避。风扇转动的力量无比之大，刮起一阵旋风，将我们推往地面。

"如果我们再多等几秒钟的话，"派珀大声喊道，以盖过风扇的噪音，"如果我的幸运数字是10，那我们就会被切成一片片着地了。"

"或许你的运气并非那么差。"我也喊叫着回应他，一边爬到墙边，那里的风感觉没那么强劲。

我们环顾四周，和上面的房间一样，墙壁上到处都是电线、管子和按钮，数量比上一个房间还要多。金属面板上镌刻着标签，同样是熟悉的称谓，但令人沮丧的是仍然看不懂：**通风管层4，通过净化水闸改道**。在三面墙上都有巨大的金属出口，全都被某种黑色物质封上了，但已经裂开损坏了。

派珀问道："哪条路才是正确的？"他拉了拉黑色物质的边缘，结果那东西在他手中碎成粉末。我看到他比画了一下出口的大小。"老天哪，"他在我耳边大吼道，"我以为我们不用再爬通道了。"

"我们确实不用爬了，"我说，"你看。"

电灯恰恰在此刻熄灭，我们又陷入油灯照射的昏暗之中。

"好吧，"我在一片沉寂中说道，"那就听一听。"我往后退了两步，轻轻跺了跺脚。地上的尘土吸收了部分声音，但咣当声仍然听得到。有什么东西在我脚下移动，原来是嵌在钢铁地面中的一块面板松了。

派珀将油灯拎了过来，我们一起跪在地上，将脚下的灰尘扫到一旁，隐藏在下面的出口露了出来，上面写着字，镌刻在面板的金属中。

紧急维护入口专用。

出口开启时禁用进气阀。

离开控制室时请遵循净化程序。

"现在算得上是紧急情况吗？"派珀斜眼微笑着问道。

这个面板和墙上的出口一样被黑色物质环绕，已经损毁，一碰就碎。派珀拉了下把手，整个盖子很平滑地移开了。下面的通道比我们见过的其他滑槽都要宽得多，侧面安装着一架金属梯子。

沿梯子往下爬了三四十码，我的脚踩到另一个盖子。我停了一下，以确定在我们下方的通道里没有人活动。下面除了灰尘以及电流的嗡鸣声，什么都没有。

尽管如此，我还是尽量轻手轻脚移动，将灯笼小心放在地面上，然后伸手拉住盖子，将它推往一旁。

我从开口处穿过，往下滑了最后几尺，落在地面上，派珀跟在我身后。我们终于进入方舟之中。

33 搜索

在这里，我们终于回到适合人类的环境中。并不是说这里有多宜人，坚硬的灰色地面，天花板很低，一条长长的走廊通往两旁的黑暗之中。天花板上每隔几码就嵌着一个格栅，再往上，我能感觉到通风管道组成的网络，我们刚从里面出来。我们在主走廊上前行，油灯只能照亮前面几码远的地方。那里有个铁门开着，这里有个拐角，所有的线路都被灰尘柔化了。派珀提着灯笼四处探看，有另一扇开着的门通往另一个走廊，呈现出另一种黑暗。

数月之前，当佐伊、吉普和我穿过山路上的禁忌之城时，我的思想被死人的喧闹声吵个不停。而这里却完全没有那种感觉。我怀疑是否是因为那座城市里的人在大爆炸发生时突然死去，还没有收到警告，生命已经不存在了。在方舟里，空气中蔓延着另一种不同的沉重感，因过分安静而令人窒息。这里的人是缓慢死去的，经年累月的黑暗，还有上面的铁门，这种环境产生的不安感比我们上方几百英尺的石头、泥土和大河感觉还要沉重。

"很阴森，不是吗？"派珀说着，将油灯往左右晃了晃。

我根本没有必要回答。这个地方的每一寸都显示出它暗淡无光，阴森荒凉。

"我以为这里会不一样，"他说，"要更舒服些，我是这么想的。我还以为他们是幸运的人。然而，我无法想象自己长期被困在这下面。"

我对保管室的岁月仍记忆犹新，像这种环境能让人发狂。在囚室那些年，我的神经被各种坚硬的表面和紧锁的门所困扰，感官受到刺激支离破碎，而低矮的天花板像是上方看不见的天空在嘲弄我。

我在前面带路，沿着方舟的通道设计迂回曲折往西边走去。这里虽然没有狭窄的通风管道，但灰尘依然很厚，踩在上面毫无声息。毫无疑问议会已经探索了整个方舟，但我能感觉到，没有人在这一层移动或者呼吸。我甚至不用往房间里看，就能确定里面是空的，对我来说这就像灰尘一样明显，或者说，就像拿起水壶掂量一下它的重量，我不用拧开盖子就能知道里面是空的。

电力偶尔启动，将电灯点亮，每次都伴随着声音。在电灯本身发出的如昆虫般的嗡嗡声之外，还有沙沙声以及偶尔的叮当声从上面通风孔与走廊相接的地方传来。当电灯熄灭之后，我们就会陷入死寂之中。

"难怪这里那么多人都疯掉了，"派珀说道，"光在这里待了一会儿，我就感觉毛骨悚然。"

在一些区域，墙壁上有水滴下来。上方的大河虽然被挡在了外面，但它却从未停止向下顽强渗透的努力。走廊右手边的墙上有一大片黑毛，那是霉菌从天花板扩散下来，像是某种巨型动物展开的毛皮。我们往某个房间里望了望，整个地板已被恶臭味扑鼻的水坑覆盖，水滴还在从天花板上缓慢落下来，跟走路的步伐一致，导致我们转身走开时，我勉强保持镇定，不去回头看我们是否被人跟踪了。

*

我们走进一个巨大的房间里，黑暗吞没了油灯光线的边缘，像是要对抗亮光一般。里面有张长长的桌子，刀叉和盘子摆放得很整齐，上面布满了灰尘。我伸手摸了摸一把椅子的靠背，它既不是木头也不是皮革做的，所用的材料我根本不认识。在这个地下世界里放了四百年之久，它仍然没有发霉，也不曾碎裂。这种材料很坚硬，但摸起来却不像金属那么凉。

要不是落满了尘垢，这里就像日常场景一般，跟我预期在厨房或者小酒店能见到的十分类似。派珀把油灯放在桌上，拿起一把叉子，上面生满了铁锈。他随手将叉子又扔在桌面上，发出咣当的声响。我俯身将它放回原位，跟餐刀平行，随后我才意识到这有多么荒谬，我只不过是在为鬼魂收拾餐桌而已。

下一扇门同样是开着的，弹子锁裸露在外面。我伸手拂过门前，感觉到手掌下有镌刻的字迹。派珀举起油灯，我们看得清楚了些，虽然灰尘仍藏在镌刻字母的沟槽里，但能看出来上面写的是"F区"。

"这里是他们安置疯子的地方，对吗？"派珀说道。

我迈步进门，脚下忽然踩到什么东西，像饼干一样脆弱，发出碎裂的声音。派珀挥着灯笼照向四周，我不由得倒抽了一口冷气。

我的靴子踩碎的，是一具骨架的大腿骨。尸骨散落在我脚下，就在一进门的地方。

对面的墙边地上有更多骨架。电灯在我们身后的走廊里亮起，但我们进入的这个房间仍一片黑暗。我记起在文件中所记载的：电力供应已被切断（通风设备除外），来优先保证其余人口的需求。

我回头看了看门边的尸骨。这些被关在F区的人，在锁起来的房门旁边等了多久？而且是在一团漆黑当中？他们是否用手挠门，高声叫喊，乞求被放出去？金属门上并未留下痕迹，我无从得知。

在下到方舟之前，我所害怕的是议会士兵，还有未知的机器。我从未想到过，在某些更简单的东西上，比如一扇铁门，一堆尸骨，会蕴含着如此多的恐惧。

*

很快，我们遇到了其他尸骨。在一个小房间里，一具骨架侧着蜷曲在双层床上，灰尘像雪一样盖在上面。沿走廊继续深入，一堆尸骨散落在地面上，看起来好像是被人踢到旁边的。几码远的地方，一具头骨孤零零倒置在地，像牙齿形成的大碗。

"这是议会士兵干的吗？"我问。

派珀蹲下来检查了一番。

"不管是谁干的，时间都不会太久。你看这骨头断裂处的色泽。"

我俯身观看，在灯笼照射下，骨头折断的地方呈现亮白色，横截面十分干净，而骨头表面则一片焦黄。

他提着灯笼，沿走廊继续向前走去。

前面的门被卡住了，半开半闭，上面标示着"**G区**"。我们只能侧身而入，突出的弹子锁钩住了我的衬衫。

这里面没有床，只有一排工作台，上面布满管子和手柄，还有嵌进钢铁表面的盆。我往里面瞅了一眼，底部有个排水孔，旁边趴着一只死蜘蛛。

房间后面有很多架子，上面摆满了巨大的罐子，因为年代久远，玻璃已经模糊不清。有的罐子碎裂了，被一圈尘土环绕着。

我凑到架子旁仔细查看。以前罐子里肯定有什么液体，就像我妈妈的腌菜罐子里的盐水，用来保存里面的东西。或者，类似议会的水缸。如今，液体都消失了，只在罐口下面留下一道残余物质的黑线。每个罐子底部都存有微小的骨头。

要不是我曾在温德姆议会城堡下的岩洞里见过婴儿骨架，我可能还会希望这些只是某种小动物的尸骨。但我已无法否认。我强迫自己仔细观看，很明显这些小小的头骨属于人类，每个都小到能放在我手掌上。

"你瞧。"派珀说道。他将油灯放在架子上，拿起一个头骨，举到我面前。

我伸手接过来，它轻若无物，就像蛋壳一样，已经变成黄褐色。我将它转了个方向，然后就看到了派珀注意到的东西：上面有三个眼洞。我将它轻轻放回其他骨头中间，那三只眼洞森森地望着我。

"这些就是上面来的非自愿研究对象了。"派珀说道。

下一个房间的架子要大一些，架子上的罐子有小型水桶那么大，每个罐子底部都有两具骨架，两个头骨。这些一定是早期的双胞胎。我俯身透过模糊不清的玻璃，往最近的罐子里看去，里面的两具头骨混在了一起，其中一个下颌骨张开，像是正在哭泣。其余的骨头都被拆散了堆在旁边，像是一堆木柴。

大多数标签都已腐烂无法辨认，或者长满了黑菌。不过，有些标签上的字仍能看出来。

第四组（次要婴儿：牙齿过多）

第七组（次要婴儿：多头症）

其中一个头骨有两排牙齿，重叠相交。在另一个罐子里，较大的头骨上有四个眼洞，两个鼻子。

我试图想象方舟居民标注这些罐子的情景。他们为欧米茄贴上复杂的名字，好像这些标签能让我们的尸体没那么难以控制。他们不断寻找我们与他们不同的地方，将孩子们的尸体切开又组装好，数着骨头的数量。

下一个房间的整面后墙，从上到下都建成了抽屉。我拉开一个抽屉，里面比我想象的要深得多，拉出来的部分已经超过一码长，要不是因为我听到骨头的响动停了下来，肯定还能拉出来更多。一个头骨森然盯着我，仍在轻轻颤动。

我们打开的每个抽屉都一样。我开始感到，整个方舟并非由钢筋水泥建成，而是用尸骨堆成的。

派珀见我脸色惨白，赶忙将我托着的抽屉一把关上。

"这些尸骨无法告诉我们什么，"他说道，"这里为什么没有文件，没有记录？"

"议会已经把它们都收走了。"

这里没东西能够告诉我们，方舟居民是如何解除双胞胎的致命关联的。如果这些信息还在，那肯定是被扎克和将军收走或者毁掉了。

派珀狠狠踢了一脚离他最近的抽屉。里面有什么东西晃动了一下，撞在钢铁上咣当作响。

"还有更多层需要我们搜索，"我尽量掩饰声音中的绝望，"而且，他们还没将方舟研究透彻。士兵们仍留在这里是有原因的。"

我们在这些落满灰尘的房间里搜罗了好几个钟头。墙壁布满铁锈，潮湿无比。婴儿的头骨和梦魇一样重。工作台上摆满尸骨，像是商店的陈设。

*

此刻，在我们下方的走廊里，有士兵正在移动。我能感觉到他们，正如我能感觉到在我们上方流过的大河一样。这种感知并非依靠听觉，也不是亲眼所见，但却同样真实生动。不过有那么一两次，确实有声音从下方传来，有金属互相撞击的声音，还有不太清晰的叫喊声。我不敢领着派珀下去，但在上面两层搜索了好几个钟头，除了霉菌和尸骨，其他什么都没发现。议会或者之前的人已经将所有有用的东西都收走了。士兵们也在很久之前就放弃了上面这两层，满地灰尘就是证明。

我拖了一把椅子，放在天花板的通风格栅下面，派珀站到椅子上，用匕首去拧金属栅条。上面已经锈住了，因此他费了不少劲才成功，当把格栅扔到地板上之后，我们从缺口钻了进去，回到通风管道组成的网格中。

管道里每隔几码就有通风格栅，我们沿走廊上方的管道往前爬，不时能够瞥见下面的空房间和走廊的情景。我在前方引路，沿着向下倾斜的管道爬行，这是一段通往下层的楼梯，随后我弄熄了灯笼，以免灯光会暴露我们的踪迹。接下来我们陷入完全的黑暗中，只有电灯突然点亮时，才能看到一条条光线透过格栅投射进通道中，能够望见下方的水泥地板。

我们听到士兵过来时，电灯已经熄灭了。从脚步声听出来有两个人，还有一辆手推车发出的动静。他们绕过角落，灯笼挂在手推车上，不停晃来晃去，在走廊墙壁上投下模糊的阴影。

我僵住了，尽量保持镇静，在钢铁管道里，连呼吸的声音都被放大了。

手推车忽然蹭在墙上，颠簸了一下，其中一个士兵咒骂起来："扶稳点儿！你推的可不是干草料。"

他们差不多位于我们正下方。我看到年长士兵光秃秃的脑袋上正在淌汗，他停下来稳住推车。

第二个人抱怨道："这下面可真他妈热，我正急着出去，你可不能怪我。"

我眯起眼睛，想看清楚推车里装的什么东西，但只看到一捆电线，还有金属的闪光。

"你要是把推车弄翻了，摔坏了里面的东西，那我们俩哪儿都别想去了，"秃头男人道，"克里夫的下场，你也看到了。"

年轻男人什么都没说，脚步却慢了下来。"见识过这后面的情景，你就不会遗憾了。"他说。

"你不是要跟技术员待在一起吗？"

年轻男人摇了摇头。"等这一切都搞定了，我将会去参与建设新的掩体。"

他们已经走出我的视线，但说话声还是能听到。我不敢跟着他们，我们只在他们头顶一码高的地方，要是爬行弄出什么动静的话，那就太冒险了。

年长男人说道："你不会等太久的，如果一切顺利的话，还要两个星期，昨天他们在帐篷里是这么说的。不过我估计，三个星期更现实一些。"

"至少三个星期。"他的同伴说道。我得竖起耳朵才能听到他说的话，因为他们越走越远。"除非他们开始让我们晚上也开工。清理最后那几个房间可是个苦差事，那下面的走廊窄得很，只能容下移动发电机。有些部件还得在现场拆开。"

接下来我们只能听到推车的动静，随后什么声音都没有了。在那之后我们移动得更加缓慢，每次不小心膝盖和手肘碰到金属管道上发出回声时都吓得够呛。一个士兵独自在下方穿过，随后另一对士兵推着推车路过，但他们走得太快了，我们透过格栅根本看不到任何细节。偶尔有对话的片段传来，说话的人我们甚至都看不见，声音也因为管子而变得扭曲。"回到通信室……没有电池的话……如果今晚还是鱼，我发誓……检查变压器下面……"

过了一个多钟头，我注意到他们都开始向同一个方向聚拢，那就是外面通往西门的楼梯。

我们强迫自己又等了一个钟头。一秒一秒地计时，让我能将念头从高温和饥饿，以及穿过通道对膝盖和手肘造成的伤痛中转移开。

士兵消失后过了一个钟头，我再也感觉不到附近区域有人的动静，于是重新点燃油灯。要想悄无声息离开通风管道是不可能的，我用匕首去撬生锈的螺栓，刀尖都磨钝了，最后我只能往前挪了挪，让派珀用手肘猛力撞了几下，才将最后的螺丝弄断，面板直接掉到往下六尺处的水泥地面上。这里经常有士兵来回活动，地上根本没有灰尘可以消减面板落地的撞击声。

派珀随后迅速落到地上，我也紧跟在后面，几乎以为自己将要陷进一场埋伏里。但下面只有派珀手持匕首，因为走廊太低了，身体略微前倾。

"帮我把面板安回去。"我低声说道。

"如果刚才的动静都没把他们引来，那你就没必要窃窃私语了。"他答复道。不过，他还是按照我说的做了，拿住格栅另一侧，帮我把它装回原位。士兵需要凑近了仔细观察，才会发现它不再如原来那么固定到位。

在地表上，夜幕肯定已经降临，士兵们守在我们上方的山体入口处。我饿得够呛，让我想起自己已经在方舟里待了许久。派珀和我吃了一些肉干，虽然它们放在我口袋里，但还是混进了一些尘土。我们沿着狭窄的走廊默默前行，检查着两边数不清的房间，有一些空荡荡的，还有一些里面仍有家具，但所有的架子都被清空了，抽屉全都是打开的，里面空空如也。

走廊尽头的小房间却不一样，里面没有家具，墙边都是机器，金属盒子嵌在墙壁之中。机器的按钮和表盘上落满灰尘，但远没有上面几层堆积得那么厚。有些机器的外壳是打开的，某些部分被拆了下来。一团乱糟糟的电线从面板上伸出来，让我想起在新霍巴特之战中见过的某个人，他的内脏从割开的肚皮上流了出来。

电灯忽然亮了。我走到一面墙边，想要读出标签上的字，但上面写的东西我完全不懂：4号卫星，三角定位，无线电2号频道。

派珀站在我身旁，用手抚过一块黑玻璃平滑的表面，手指在灰尘中留下一道痕迹。

突然之间，说话声充满整个房间，声音非常大，又显得很遥远。派珀迅速转过身，将我推向门边，随后将匕首握在手中。不过，声音并非来自门口，也不是某个方位，它似乎在房间里回荡，同时在四周响起。

我的手也摸到了匕首上，但根本没有士兵可以对敌或者恐惧。我无法将自己耳朵听到的与双眼看到的情景联系起来：房间里空荡荡的，我感觉到除了我们两个僵在门口之外，没有其他活人。

说话声停下又开始，就像赞德努力想说些什么，但语言能力却被锁住了一样。在语句的片段之间还有突然出现的噪声，像干草堆着火的爆裂声。

"……这是一段录音传送……来自分散岛屿联盟……在大爆炸中遭到直接袭击……幸存者，但南部和西部区域仍然不适合居住……尽管无数生命丧失……农业获得重新发展，并且取得进步……除了偏远的岛屿之外，孪生现象的瘟疫被成功治愈……变异非常广泛，但程度各有不同……纬度和……请回应……回应……这是一段录音传送……来自分散岛屿联盟……在大爆炸中……"

我们一共听了六遍。同样的话语，同样的噪音。随后电灯再次熄灭，黑暗降临，声音也随之消失了。

以前我以为，电流就像魔鬼，困在方舟的电线中。但这才是真正的魔鬼，来自方外之地的说话声，出现在这个不通气的房间里。不晓得什么缘故，这则讯息穿越千山万水，经过无数岁月，通过这里的机器再现出来。

我的心脏在胸腔里怦怦直跳。派珀和我都没有说话。又能说些什么呢？我在此刻感觉到，语言似乎承受了新的重力，好像我第一次意识到言语的威力。这一连串断断续续的言语来自方外之地，由机器播放出来，每个字都像一场新的爆炸，重塑了我们的世界。

接下来的一个小时，每次电流重启时，我们都抓紧探索房间里的机器。但我们只能成功启动和停止说话声，还得按住派珀无意中触碰到的面板。其他机器在我们疯狂的指尖下毫无反应，很多都已被拆解开来，全都被灰尘覆盖。其他再也找不到什么东西了，没有文件，没有地图，没有比说话声更加实际的东西。

尽管我们还在搜索，但我清楚这只是徒劳。如果这些机器还能运转，可以接收到更多来自方外之地的讯息，那这里肯定会全天候被士兵把守。议会已经仔细搜索过这个房间，肯定比我们要细致得多。如今这些机器唯一能做的，就是不断复述这条讯息。这里能找到的东西我们都已发现，而且已经足够了。它证实方外之地幸存了下来，而且他们已经结束了孪生现象。此外，它也证明议会早就知道了所有这一切。

34 真相

在方舟里很难计算时间，阳光只能靠回忆，连空气中都满是灰尘。不过我们知道，士兵们肯定会回来，到了那一刻，我们将被迫退回到通风管道或者上面几层去。我也深深意识到，方舟的秘密我们并未完全了解。方外之地幸存了下来，但我们还是得找到它。消除孪生现象是有可能的，但我们还是得知道其中的方法。因此，我们离开了这个不时传出说话声的房间，我领着派珀穿过东边走廊，从楼梯走下去。

楼梯底部的门是被炸开的，只有一点铁叶子还挂在扭曲的铰链上。墙上的指示牌写着**A区，未经许可禁止入内（6a层）**。门外走廊里的灯光不再时亮时灭，而是一直亮着，并且不曾闪烁。方舟最深入地下的几层反而是最明亮的，这种感觉非常奇怪。不过，文件中记载得很清楚，即使方舟居民已经限时供电，还有一部分人被关进黑暗之中，潘多拉计划却一直在进行。这里是方舟的腹地，电力系统仍在持续正常运行。在乔的文件中已有暗示，方舟内有某种永远不会枯竭的燃料：核动力电池的寿命比我们所有人都长得多。

不过，在一张发霉的纸上读到这些是一回事，其中用的词汇难以理解，其含义早已随方舟一同被埋葬，而亲眼在这里看到，电力照明系统已经持续了如此长的时间，这又是另一回事了。这似乎是某种魔法，某种机器制造的巫术。

派珀已穿过门廊，我在他身后迟疑了片刻。方舟的可怕之处在油灯微光照耀下，在时断时续不时亮起的电灯下已如此恐怖，而在A区的一切，无论是什么，我们都要在完全明亮的环境下面对。我慢慢吸了两口气，然后随派珀穿过门口。

那一瞬间我以为自己撞到了头。大爆炸的景象如此鲜活，发出的光芒如此强烈，我不由得尖叫出声，双手捂紧脸庞，摇摇晃晃向前倒去，晕眩在派珀身上。派珀的嘴唇在动，但我脑海里烈焰的怒吼吞没了其他一切声音。他扶着我站起来，我甩肩将他推开，踉踉跄跄往前走了两步，双手抱头蹲在墙边。

幻象消退后我才能再次站起来，但我的视线仍模糊不清，眼前一片白点，鼻子仍能闻到浓烈的烧焦味。

"继续往前走吧。"我说着挥手示意他向前，使劲摇晃脑袋，想把幻象清除出去。沿着走廊往里走时，我一只手扶在墙上，才能稳住身体，保证不会摔倒。这里有一种声音，方舟其他地方都听不到。我闭上双眼认真倾听，原来是水流声。自从我们进入方舟之后，我一直能感觉到大河在我们上方流动，但是此刻我已能听到河流的声音。除了通风管道，天花板上方还有巨大的水管，同大河的黑色潜流一起隆隆作响。

房间一个接一个，都是空荡荡的，但跟我们此前见识过的上面几层不一样，那里光秃秃的灰墙看起来就像一直如此。A区的房间挪空了，里面的东西都已拆除，墙壁本身被拆走一半，整块的面板都不见了，电线和管子暴露在外面。其他地方的电线被剪断了，只留下伸出墙壁的一小截，铜线从破损的地方露出来。

大爆炸又在我脑海中重现，余波不断反复，像是方舟上面几层明灭不定的电灯。我咬紧牙关，试图聚焦在这些房间的残骸上。这里的房间太多了，有宽敞的大厅，还有分支出去的小房间，全部都被洗劫一空。

这里没有机器被打烂留下的痕迹，不像吉普和我在发射井里意图破坏机器时留下的满地狼藉。这里没有机器，完好的砸坏的都没有，只留下一些很短的电线从墙里冒出来。从水泥上整齐的锯痕可以看出，他们在把墙壁里的东西移走时非常小心，将整个结构都挖开了。如今这里只剩下门上或墙上的标签，而它们所标示的东西早已不复存在。

3号冷却剂泵

冷凝液出口

辅助压力阀

"议会并没有破坏什么东西，"我说，"他们只是把它挪到别的地方去了。"我想起几个小时之前，那个士兵提到的"新掩体"。

不过，他们还未将A区搬空。在里面狭小的房间里，我们发现有些还没有被清空，或者清理得并不彻底。墙上的控制板仍然完好无损，每个上面都布满表盘和按钮。有几个上面还有一排排的指示灯，闪着绿色或橙色光芒。在有些房间里，拆除工作只完成了一半，控制板被移走了，里面的东西暴露在外。地板上有一张羊皮纸，上面详细绘制了旁边控制板的原型，每根电线和每个插口都有编号。旁边有一辆手推车，里面装着被拆解的机器，每个部件都被贴上标签编号。我检查了一下地上的示意图，却什么都没看懂，只有数字和奇怪又陌生的词汇：发射坐标，手动控制。这些机器的构造复杂无比，转移这些设备显然已花费了多年的时间。这就如同将整个沙滩拆解掉，然后重新安置，每一粒沙子都要精心标注。

下一个房间虽然很小，但里面却有动静。

打开的门上镌刻着标牌：

H₂S 计划

绝密

仅限经过认证的H₂S技术人员入内

我抬头看着派珀，然而他的神情和我一样茫然。

"你在乔的文件里没有看到过关于这里的描述？"他问。

我摇摇头，迈步走了进去。

我还以为会见到令人恐惧的新东西，但在这个半明半暗的房间里，迎接我们的东西却很熟悉。在看到水缸的轮廓之前，通过气味我就闻了出来。水缸上方有闪烁的信号灯，除此之外再无照明。房间里的空气中充满水缸液体那种甜到发腻的臭气，还笼罩着一种灰尘和时光混合产生的腐臭酸味。

这里有十个水缸，整整齐齐排成两行。玻璃已经污秽不堪，围绕水缸底部基座的金属圆环生满橘红色锈迹，蔓延到水缸玻璃上。

大多数水缸里都有人影漂浮。我曾以为莎莉算够老的了，但这些人已经老到极致，有点返老还童的意思。他们蜷曲在水中，皮肤浮肿，肌肉松弛，身体表面苍白又潮湿，好像刚脱完痂一般。他们的鼻子和耳朵看起来非常大，如同这两个部位一直在生长，而身体其他部分没有同步一样。

他们都是男性，如果他们以前还有毛发的话，如今全都不见了，就连眉毛和睫毛也都消失无踪。他们的指甲长长地拖在水缸底部，缠绕在一起，如同新霍巴特附近沼泽地里悬垂的树根。他们的脚指甲已变成棕褐色，紧紧扭曲在一起。有个男人的眼睛微微张开，但只能看到眼白，不知道是他将眼球翻到了后面，还是这些年的浸泡漂白了他的虹膜。

吉普和我驾船驶往自由岛时，曾经见过水母漂浮在黑色的海水中。这些水缸里的人让我想起了水母，它们形状不定，皮肤表面湿漉漉的肿胀不堪。

派珀凑近水缸观看，嘴巴扭曲，鼻孔微张，脸上充满了厌恶的表情。

"他们还活着吗？"他问。

我又仔细看了看，在靠近门口前排的水缸中，人的鼻孔里和手腕上仍有管子伸出来，皮肉已经长在管子上，很难分清哪里是皮肤，哪里是管子。我把脸贴到玻璃上，盯着他们的手腕，上面长出肉质结节，将管子的前面几寸完全吞没，那情景真是恶心极了。水缸上方的机器仍在嗡嗡作响，里面的人随着机器的节奏，极轻微地不断振动。

后面那排水缸的机器则被拆掉了，管子也被除去，两个水缸里仍然有人，但他们纹丝不动，液体表面也不因电流声而有任何波动。

我指着他们说道："这些人已经死了，水缸里的液体让他们不致腐烂，但议会肯定将机器挪走研究它们的原理去了。"

后排的另三个水缸里是空的，盖子已经打开，液体也被抽走，只在水缸底部还有几寸黏糊糊的液体粘在上面。在一个水缸上方，两根管子无精打采垂在那里。

"这几个呢？"派珀冲前排水缸扬了扬头。

"还没死，"我说，"但也没活着。只剩下他们的躯壳。"

"他们真的是大爆炸之前时代的人吗？"

我根本没必要告诉他。我们面前的景象已经说明了一切：古老的水缸，与管子长在一起的皮肉，被漂白而失去颜色的皮肤，浸泡在数个世纪的沉默中。

"这是谁干的？"派珀问道，"我还以为这是扎克的发明。为什么有人会在大爆炸之前将这些人关在水缸里呢？他们又不是像我们一样有双胞胎。"

我摇摇头。"我觉得是他们自己这么做的。"

我早应该知道，水缸计划这个主意起源于这里。议会或者说是扎克发现了这里，然后加以复制。在扎克的运作下，这个房间里的十座水缸孕育出成千上万个将会灭绝欧米茄人的水缸。派珀和我只看到这里的残忍气息，认为这一切毫无意义，但扎克和将军从中看出了机遇。

我走到墙边，上面挂着一张牌匾，墙上的锈迹已经将其侵蚀，但我举起油灯照向牌匾时，发现这些年有人已将镌刻在中间的字擦拭干净，能够辨认出来。

方舟临时政府的幸存成员保存于此，希望其他地方能有人类幸存，最终发现并唤醒我们，以分享我们那个时代的知识，传递给新的一代人。

"我们那个时代的知识？"我不由得笑了起来，似乎这笑声是我的身体用于对抗眼前所见的最后防线。"等了那么长时间，希望人类能找到他们。一直以来，他们明明知道，地表上就有幸存者。"

我走到派珀身旁，背靠着水缸。

"他们最后肯定意识到，没有人会来找到他们。"我继续说道，"他们听到了来自方外之地的讯息，但其他什么都没有了。如今已过了这么多年，好几百年……"我皱着鼻子看向里面的尸体。虽然身体肿胀，但他们没有畸形，没有多余的肢体，或者缺失的眼球。每个漂浮的人就像一件被腌制的完美艺术品。他们在挽救自己，却不是为了我们。我站在派珀身旁，双手举起摸着水缸，他也用独臂抚着旁边的玻璃。对这些人来说，派珀和我不过是他们嫌恶的对象而已。

派珀盯着离得最近那个人的手腕，上面的血肉已经变成了管子，或者是管子变成了血肉。

"如果他们还活着，我们应该把他们弄醒吗？"派珀问道。"跟他们聊聊？天哪，如果他们真是方舟里大爆炸之前时代的人，想想他们能告诉我们什么吧。他们肯定知道关于方外之地的更多信息。"

"议会已经试过了，"我说着指了指那三个空水缸，"不过我能帮他们省省力气，这些人什么都说不出来。"我往前迈了一步，凑近玻璃观察里面的人那发白的眼睛。我将双手按在水缸上，但除了掌心处的玻璃，其他什么都感觉不到。当我在温德姆下方的密室里看着水缸中失去意识的欧米茄人时，能感觉到每个人体内还有一丝灵魂。这正是其让人感到恐怖的地方，我知道每个悬浮其内的身体中，都困着一个思想。但此刻漂浮在我面前的这个人只是一堆血肉，毫无意识和生机。

"他们虽然没死，但已经没有思想了。"我说。

他们不再是人，就像漂流木不再是树一样。

我们离开此地，留下他们困在为自己建造的水缸里。过了好久，那股气味仍然缠绕着我们。

我们穿过更多半空的房间和周而复始的走廊。在A区南部尽头，大爆炸的幻象再次出现。派珀在我前面，已经走进一个很大的房间。我紧跟着他，关于烈焰的记忆从门口辐射而出。爆炸幻象如此强烈，我的双眼恨不得躲进脑袋里。我一阵眩晕，向后摔去。我肯定是叫出了声，因为我感到派珀抓住我的腰阻止我倒下，随后一切都消失了。世界并未变成一片昏黑，而是被烈焰吞没无踪。派珀将我放到地上之前，我已经失去了意识。

*

当我醒来时，正躺在水泥地板上。我用手摸了摸脸，感到汗津津的皮肤上沾满了灰尘。

另一道闪光在我眼后爆发。

"我受不了了。"我说着使劲摇头，好像那样能让幻象停下来。

"冷静，"他说，"认真听我说。"

"别告诉我该怎么应付这个，"我冲他吼道，"这是世界末日，正在我脑海里一次次重复出现，你根本不知道那是什么情景。"唯一知道的人是赞德，还有露西娅，可是她被大海带走了。这些就是唯一能够理解我的人，死人还有疯子。

"如果它不是你想的那样呢？"派珀平静地说道。

我盯着他说道："你又不用每天忍受它，你觉得自己能更好地应付它或者理解它吗？"

"我没那样说，"他回应道，"我只是要你仔细想一想。"他俯身凑近我问道: "为什么在那个幻象里你看到的是过去, 而其他都不是?"

我很难集中精神去想他的问题, 烈焰仍在我脑海边缘燃烧, 上方的大地和河流正向我压下来。

"有时我确实会有其他关于过去的幻象," 我坐了起来, "至少是过去的印象。" 我不是总能分清楚幻象、梦境还有回忆, 而时间在它们当中都变化无常。在山顶的禁忌之城, 我曾感觉到四百年前的生命和死人悬浮在城市上空, 像是海市蜃楼。当派珀在自由岛大屠杀发生一周后告诉我当时的惨剧时, 我又看到了情景重现。有时, 我能看到其他地方正在发生的事情。我早已知道, 如果我目睹了一个人死去, 那么幻象很可能会迫使我同时目睹其孪生兄弟姐妹的死亡。

"我知道这没那么直白," 派珀说道, "但是, 几乎你所有真实的幻象都是关于未来而不是过去的。大爆炸为什么会不同呢?"

我摇摇头。"但是大爆炸不只是关于过去, 它不像其他事那样与时间强相关。" 派珀曾和我一同骑马穿过死亡之地的灰烬, 他最应该知道大爆炸从未结束。在我们残缺的身体里, 在这个荒凉的世界上, 我们每天都在体会它的威力。

"你听我说," 他继续道, "一直以来你都假设大爆炸幻象是历史的闪回, 但是, 如果你不再试着解释它们为何与其他幻象不同, 而是考虑一下它们完全一样的可能性……" 他的目光一直注视着我。"否则, 为什么大爆炸的幻象发生得越来越频繁? 不只是你，还有赞德，甚至在露西娅死前也一样。"他停顿了一下。我能听到上方的河流，还有电流的嗡鸣。我的脉动重击在我头上，像跑动的脚步一样迅速。"有些事要发生了，卡丝。如果你看到的大爆炸并非过去，而是未来，又会怎样？"

"不！"我的声音听起来自己都觉得陌生，尖利而又颤抖。

"他们在A区从事的是潘多拉计划，不是为了找到方外之地，也不是为了解除孪生现象。是为了大爆炸，用机器再来一次大爆炸。"

"不！"我大喊起来，语气中满是乞求。我想让他噤声，他的话语似乎能释放出火焰。如果他看到了我所看到的情景，如果他目睹世界一次次燃烧殆尽，他就不会蹲在那里提出这个见解，好像大爆炸是可以被控制的东西。

除了深深的恐惧之外，还有一些东西在触动着我。那是对这种看法的认可。我的整个身体都在承认，终于认识到大爆炸的真相：它们并非回忆，而是幻象。

大爆炸将会再次发生。

35 房间

我们一起坐在地板上，四周都是沙尘，混合着被锯下来的水泥碎屑。我的耳朵里有嗡嗡的响声，我不知道这究竟是大爆炸幻象留下来的动静，或者只不过是电流的嗡鸣声。

我直勾勾盯着水泥墙壁。能聚焦一样简单的东西实在是件幸事，毕竟在这个世界上，每件事都有它的两面性。扎克是我的孪生哥哥，也是我的敌人。我曾爱过吉普，但他也相当陌生。大爆炸发生在过去，但也预示着未来。赞德已经疯了，但他说的话将会成为现实：永恒的烈火，无穷无尽。

派珀说道："自从我看到大爆炸幻象困扰你的次数越来越多，心里就十分害怕，但我还是不太理解。他们不可能利用爆炸机器来对付我们，那对他们造成的伤害是同等的。这是孪生现象的一个好处，它让大规模屠杀变得毫无意义。这对他们和对我们来说都一样，都意味着灾难。如果他们能用这种方式对付我们，很早以前就应该这么做了。这正是他们对大爆炸之前时代的武器从不热心的原因。"

"现在他们开始热心了。"我说。

"为什么？为什么费这么大劲制造另一场大爆炸，却永远不能用它来对付我们？"

我抬起头看着他，欲言又止。我不想告诉他自己知道些什么，他的负担已经够重了。但是，我无法独自承受这一切。

"他们不是要用大爆炸来对付我们。他们要对付的是方外之地。"

我指了指这个房间，以及通到这里的其他房间，大部分都已被完全清空。"他们知道方外之地确实存在，甚至可能已经发现了它的具体位置。而且他们知道方外之地能够解除孪生现象，而我们正在寻找它。如果他们认为方外之地威胁到他们的统治，肯定会毫不犹豫使用爆炸机器的。"

我再次想起将军，她在微笑时眼神像死鱼一样沉静。还有扎克，愤怒在他体内流动，就像河水流过我们上方的管道一样。

"我又一次搞错了，"我的声音在钢筋水泥之间回荡，"我的一生中都在看到大爆炸的幻象，而我一直都理解错了。我看到的每件事都是扭曲的。"我用双手擦了擦眼睛，好像这样就能将视线擦干净，重新聚焦起来一般。

"是你发现了乔的文件，"派珀说道，"是你找到进入方舟的途径。要是没有你，我们不可能做到这些。"

"我以为我们会在这下面找到答案。"我平淡地说。

"我们找到了，"派珀说道，"只不过这个答案并非我们想要的而已。"

*

在我们下面还有一层没有探索过，但我开始感到，在通往地面出口的外部走廊里，又有人在移动。气流发生了变化，灰尘扬了起来。随后，闹哄哄的声音通过管子传了下来。我们离开灯火通明的底层，冲上楼梯，回到旋开的通风格栅处。我们刚刚爬回管道里，将盖子放好，第一批士兵就从下方走了过去。不过，他们弄出的动静太大，又忙着将空荡荡的手推车推回来，根本没有注意到金属摩擦的声音，以及上面某个地方传来的轻微的呼吸声。等他们走过去之后，我们又开始行动，拖着精疲力竭的身躯朝方舟上层爬去。又有五组士兵从下方经过。他们的对话熟悉而又陌生，既有士兵日常无趣的唠叨，又有方舟中的奇怪用语。

"不太可能，除非核电池……西门又送来两个手推车，准备装上下一辆马车……大爆炸以来就一直在那儿，着什么急呢？……在冷却管下面，没有钻头不可能打开外壳……"

有一个词却让我猛然侧头，撞在管道壁上。"改造者。"我也听到派珀在我身后深吸了一口气。我没有动弹，但却认真聆听。视线范围内看不到士兵，但说话声和脚步声从附近某个地方传来。

"据说他要亲自检查，所以赶紧把那儿清理干净。你知道他这个人……"

说话声消失了。

在方舟内某个地方，我的哥哥正在等候。上次我见他，还是在新霍巴特城外的马路上，当时我裤子的膝盖部位仍是湿的，之前我正跪在地上给淹死的孩子们盖尸布。我想起路易莎的小牙齿，圆圆的像是墓碑一样。

在派珀和我爬回上层的过程中，很长一段时间我都在想着士兵说的那句话："你知道他这个人……"这对我来说还适用吗？在他干下这么多坏事后，我现在还能声称自己了解扎克吗？他还了解我吗？

十多年前，他通过对我的深刻了解，设局让我曝光，被打上欧米茄的烙印。当他宣称自己是欧米茄时，他早就知道我会挺身而出。他把我看得太透彻了，确定我不会让他被打上烙印放逐出去。他将我们的亲密作为武器，利用它来对付我。而我居然允许他这样做，还选择了保护他，不管自己将付出什么代价。如今，在方舟某个地方等待的那个男人甚至已不再是扎克，他变成了改造者。我也变了一个人吗？

派珀和我爬到上面被废弃的那几层后，我们从管道里翻身而下，进入F区旁边那个落满灰尘的房间。我们坐在装尸骨的罐子中间，吃了一些肉干，把剩下的水差不多喝完了。我曾以为自己没办法休息，毕竟我们在进入方舟后看到了那么多惨状，了解了更悲惨的事实，但我们已至少两晚没睡觉了。于是我们找到一个没有尸骨的小房间，躺下来休息。

这次我没有梦到大爆炸，而是见到了吉普。透过玻璃缸和其中的液体，他的身影显得很模糊，但这模糊的轮廓已经足够，无论在哪儿，我都能认出他的身躯。

我忽然醒来，刹那间意识到，这些吉普漂浮在水缸中的幻象和大爆炸幻象一样，并非来自过去，对此我十分确定。在新霍巴特城外的马路上，扎克曾告诉我，他手里有我的什么东西。当时他把船首饰像扔在我面前的地上，我还以为他说的是那两艘船和上面的船员。然而，我此刻明白了他的意思。

"他在这里，"我说，"在方舟里。"

"这我们已经知道了，"派珀说道，声音中仍带着睡意，"你也听到士兵们说的了。"

"不是扎克，是吉普。"我说道。

派珀手肘撑地坐了起来。地上的灰尘沾到他的头发和脸颊的胡楂上。他耐心地说道："你太累了，我们今天见识的需要慢慢消化，对谁来说都一样，尤其是你。"

我并未接受他的同情，那就像不受欢迎的拥抱。

"我没疯。自从他死后我就一直见到他悬浮在水缸中。我以为那只是我在温德姆城下发现他时的记忆，但你说得没错，事情并非如此。"我想起看到吉普在水缸里的鲜活画面，虽然我在睡梦中，那景象仍重重击中了我。"那是个幻象，不是回忆。如果大爆炸会在未来发生，那么这个也同样如此。他们手里有吉普，他又被关进水缸了，或者将被关进去。"

支撑我站起来的并非是希望，我知道吉普早就死了。我目睹了他受到的伤害，没有人能从那么高跳下来还活着。我听到了他落地的声音，也看到神甫的尸体失去了呼吸，像是水从破布上拧出来一样。

此刻充满我全身的不是希望，而是愤怒。他被关在水缸中多年，对他造成的伤害我早已目睹。想到他又被关回水缸里，这念头过于恐怖，卡住我的咽喉，让我喘不过气来。

我把他从温德姆城下的水缸密室里救出来，一同逃离之后，在大河边的悬崖上，他告诉我，他宁可跳下去摔死，也不想再被抓回水缸里。几个月之后，在发射井里，他确实这么做了。我虽然是先知，但吉普预言了自己的命运，并且遵守了它。

然而现在，扎克连他这个愿望也要剥夺。

*

我们又多等了几个钟头，等待夜幕降临，士兵们渐次离开，从西门回到外面的营地。那一刻，感觉方舟缓缓吐出一口气。我早已不耐烦，但想到在最下面一层等待我的将是什么，新的恐惧又攫住了我。我一直在想着当我提到吉普时，赞德对我说的话："一切并未结束。"

当下方的走廊都安静下来之后，我们沿着通道向下一层爬行。

这次当我们从A区的空房间上面经过时，我有了心理准备，紧紧咬住牙关，在大爆炸幻象突然出现时没有叫出声来。我们已经深入敌境，不能再因为无心的喊叫而被抓住，被夜间巡逻的士兵像老鼠一样抓出来。当大爆炸在我脑海中撕扯时，我将身体紧紧撑在管道壁上，心里想着吉普。烈焰终于离我而去，我把舌头都咬出血来，但却没有发出一点声音。

管道沿着最后的楼梯通往方舟最底层，就在我们前一晚探索过的房间下面。楼梯底部的门是关着的，锁得结结实实，但我们从通风管道里毫不费力地就穿过了门口。在外面，电流嗡鸣声仍然没有止歇，但唯一能看到的灯光是前方格栅处漏下来的柔和的绿光。我将脸贴在格栅上，向下望去。

一个巨大的房间占了几乎整整一层，几根柱子支撑着高耸的屋顶。和上面的房间一样，这里也被搜刮过，现出水泥的骨架，墙上到处都是凿过的痕迹，电线从墙壁和地板上伸出来。不过，上面的房间都是空的，而这间大屋子又被一排排的水缸填满了。我能看到，离我们最近的一排里面是空的。充斥整个房间的闪光来自水缸上方，控制板上小小的绿色电灯不停闪烁。

中间几排水缸的大小刚好能装下一个人，而排在两边的水缸则巨大无比，跟我们在新霍巴特发现的水缸同样型号。这里和温德姆下方的水缸密室一样，每排水缸旁边都有舷梯，方便从上面进入水缸里。数不清的管子和电线悬在水缸上面，在它们中间，也就是屋顶的中央位置，垂下来一根巨大的管子，有好几码宽，里面发出隆隆的响声，与奔腾的河水相呼应。

我用双肘撑着往前爬行到下一个格栅，正好位于一道舷梯上方。我再次点着灯笼，以便有足够的光线来拧开螺丝。我的匕首已经磨钝了，双手也因疲惫和愤怒而不停颤抖，但螺栓上的锈迹要少得多，用了几分钟，格栅就被打开了。我小心翼翼将格栅放到管道里，然后滑身而下，落在下方几尺远的舷梯上。

我落地时尽量放轻脚步，但脚刚碰在金属上发出声音，就有脚步声从房间中心位置传来。在昏暗的灯光下，透过成排的玻璃缸，我无法将他看清楚，但我知道他已经看到了我。

36 死结

　　扎克在二十码开外，当我终于认出他时，他正在往远处的门走去。派珀此时落在我身旁，扎克在同一时间停了下来。派珀的靴子还没落在舷梯上，手臂已经后扬，匕首作势欲出。他将刀锋捏在拇指和食指间，姿势十分优雅，然而我见过他出手杀人多次，很清楚如果他将匕首掷向扎克的咽喉，那场面可没什么优雅可言。

　　"杀了我，她也活不成。"扎克有恃无恐说道。

　　"如果你发出警报，反正我也活不成了，"派珀说道，"还要受尽折磨，卡丝也会被关进水缸里。她和我都知道到了那一刻，我们应如何选择。"我知道派珀和我记起了同样的场景：在新霍巴特城外，当战局对我们极端不利时，他将匕首指向了我。我们从未讨论过那件事，那根本没有必要。

　　"别想逃走，"派珀继续道，"就算你能躲开我的飞刀，她可不行。"

　　"天哪，至少先把灯笼给灭了，"扎克冲我吼道，"这些管子里有硫化氢，你会把自己的手炸掉的。"

扎克说的话我完全不懂，但他从灯笼望向我们上方的管子，双眼中的恐惧却是实实在在的。我掀开灯笼罩，将火苗吹熄，片刻间我们又被笼罩在机器的指示灯发出的黯淡绿色光线里。

"你可以随便用匕首指着我，"扎克对派珀喊道，"但你永远也别想逃出方舟去。"

"我知道你要干些什么，"我说，"我知道爆炸机器，还有方外之地。"

"你什么都不知道。"他说。

"好多年前在保管室里，你曾对我说过，你想用一生时间来做一件事，你说你想改变这个世界。你本可以用在这里找到的东西做到这一点，我说的不是爆炸机器，而是其他的。你本可以结束孪生现象。你很清楚那是可行的，方外之地已经做到了。"

"然后把所有人都变成像你们两个一样的怪物？你知道解除孪生现象就会有这种结局。这确实能让我们摆脱欧米茄，因为到时我们都变成了欧米茄。"

"你宁愿让人们继续被致命的关联所困扰？"派珀问道。

扎克轻蔑地挥着手臂。"我们找到了解决办法，"他说，"我找到了一种方法来摆脱你们，那就是利用水缸。我们不需要方外之地。四百年来，我们一直都在保护人性，正当的人性。它经历了大爆炸，漫长的寒冬，以及四百年的不毛之地和干旱，以及其他我们必须对抗的一切，顽强生存了下来。而如果你把方外之地扯进来，那将会终结这种人性。我们刚刚找到摆脱欧米茄的方法，而方外之地则会把我们都变成怪物。"

我摇摇头。"你真的以为在你建议的方案里还有人性可言吗？制造另一场大爆炸，毁掉方外之地，而不是解除孪生现象，接受普遍的变异？"

"如果你真的认为当一个欧米茄没什么好羞愧的，"扎克说道，"那你为什么要掩饰？为什么在我们的童年时期一直撒谎，那么费劲地伪装成我们中的一员？"

"因为我想和家人待在一起，"我直视着他说道，"我想和你待在一起。"

"并非如此，"他说道，"你想冒充阿尔法，剥夺属于我的生活。"

我和扎克的对话总是这样收尾。我们谈论大爆炸，地球的未来，这里和方外之地每个人的命运，但如果我和他的争论持续下去，总是终结在同一个地方：作为一个心中恐惧又充满愤怒的孩子，他害怕自己永远无法获得与生俱来的权利，怕人们会认为他才是怪物，而不是我。

与我们的世界所赖以存在的命运相比，这实在微不足道，但我能感觉到这是他一切行为的根源。如果将所有水缸，议会，方舟和爆炸机器都除去，就会看到他真实的样子：我的哥哥，一个小男孩，愤怒而又恐惧。

派珀打断了我的念头。"你真的愚蠢到以为大爆炸能被控制吗？"他对扎克说道，"如果你对方外之地施行爆炸，就不会伤到我们这里？"

扎克不耐烦地摇摇头。"他们离得很远很远。"

"你还没有找到他们。"我说。这既是祈祷，也是陈述。

"我们会找到的，"他说，"而且我们会在抵抗组织之前找到他们。我们知道他们在海外某处，我们知道他们的能力，已经干了些什么。"

"那就让他们保持原样吧，"我说，"他们既然在大洋之外，又有什么关系呢？"

扎克深吸一口气。"他们正在找我们。就算你和抵抗组织永远也找不到他们，他们还是在寻找我们。他们发了讯息，我们在这儿发现了这条消息，只有来自数百年前的短短几句话。对建造方舟的人来说，这消息来得太晚了，当时正是方舟末期，这下面一切都开始分崩离析。他们都没办法回复，更别说去寻找方外之地了。不过他们留下了这则消息。我们知道方外之地确实存在，而且他们仍保有机器。那么多年以前，他们就有能力发送这条讯息，甚至在当时就解除了孪生现象。"

"你不能这么做。"我说。

他嘲笑我道："不能？我们已经在做了。我们快把爆炸机器搬完了。多年以来我在这里发现的每一样东西，我都得一点点拼起来。没有什么是完整的，全都无法运转，而我们一直缺少燃料。不过，我们在这里找到的一切都保存得很好，文件说明也很详细。

我们用水缸做到的事你已经见识过了。我们会用爆炸机器再来一次。或许不会那么完美，没有神甫帮忙，事情难了不少。"他停了一下，咽了口口水。提起神甫，似乎比派珀仍指着他的匕首更让他烦恼。"她对机器有一种天分，"他终于继续说道，"这看起来很不可思议，她对机器的理解让人望尘莫及，教我的东西你都无法想象。不过就算没有她，你也不能阻止我们。在她死之前，已经监督完成了大部分工作，现在我最好的人手正在完成它。我们已经把大部分必需的东西从这里搬了出去。或许你能一路找来这里，我曾怀疑过你是否有这个本事。我们知道那些文件流传在外，而你就像个甩不掉的虱子。不过，你也就仅此而已。你是没办法阻止我们的。"他转向派珀道，"你现在可以杀了我，赔上她的性命，然而这仍然无法阻止大爆炸或是水缸计划。你以为如果我不在了，将军就会收手吗？是她下令要在这里建设更多水缸，单独这一层就能装下五千欧米茄人。"他说着笑了笑，"如今爆炸机器已被移走，这对他们来说真是绝佳的所在，反正他们在水缸里也不需要看什么风景。"

我忽然感到十分厌倦，不想再听他说下去。

"带我去看吉普。"我说。

我看到他脖子上的肌肉忽然紧绷起来。"我不知道你在说些什么。"他回复道。

我沿着梯子爬下舷梯，置身于水缸中间。弧形的玻璃和昏暗的灯光让空间感变得扭曲，好像空气本身也变成了圆筒形，压抑厚重。

我一言不发从扎克身旁走过，让派珀负责看着他。我朝着扎克在我们进入房间时出来的方向走去，我知道他深更半夜一个人在这里做什么，士兵们都已退回营地和监视岗哨。我还知道自己会发现什么。

在房间中央附近，有两个填满的水缸，被四周一排排空空如也的水缸包围。我将脸贴在离我最近的水缸玻璃上。

这感觉就像我第一次见到他时的情景。

然而这并不是。多年以前，他们砍掉吉普的一条手臂，将他伪装成欧米茄。伤口缝得如此细致，我从未见过疤痕。而这次就没有那么精细了。他的整个躯干到处都是伤疤，像是一堆肉被麻绳紧紧绑在一起。一条很宽的疤痕从他背后弯曲直到腹部，另一条从胸部中间径直往下。在他头部一侧，伤口被线草草缝上，皮肤被扯得很紧，左耳朵都被拉得变了形。我不自觉地伸出手去，想将它抚平，结果手指却撞在玻璃上。

伤疤并非唯一的区别，这次他的双眼紧闭，而且一动不动。我俯身过去，脸颊却撞在玻璃上。我知道吉普已经死了。除了他残缺的身体，其他一切都不复存在。这就像是一艘船被从海底捞了出来，但所有的船员都不见了。

下一个水缸里的人是神甫，她不像吉普那样有伤疤，赤裸的身体上毫无痕迹，只有管子伸进两边的手腕里。我曾害怕她多年，但现在她一点也不吓人了。她悬浮在里面，双膝弯曲朝向下颌，而且体型看起来比我以为的要小一些。她的手指蜷曲握成拳头，我知道它们再也不会张开。

"我必须得保存好她，"扎克朝我走来，派珀手持匕首紧跟在后，"这里有太多宝贵的东西了，"扎克说着指了指神甫的水缸，"数据库依赖于机器，但她的思想也同等重要。而且，是她破解了爆炸机器，想出办法来将它转移出去。她就是我的王牌，没有她，将军就会立刻接管一切。"他的嗓门越来越高，"夺走我打造的一切。"

我看着扎克走到我和神甫的水缸之间，将手按在玻璃上，似乎要保护她。

"看看我们都是什么下场。"我对他说。

"你在说些什么？"他都没有抬头看我一眼，仍然紧紧盯着神甫。

"你迫不及待将我撵出你的生活，"我说，"结果呢？看看你给自己找了个什么人亲近吧。"

"你跟她不一样。"

我点点头。"然而她是个先知，这没什么区别。而且，她可能是唯一一个童年生活跟我无比相近的人了。"

以前，我可能会说，那个人是扎克。现在我理解得更透彻了，他虽然跟我待在一起，但我们的经历却全然不同。我们都曾十分害怕，但这是两种不同的恐惧心理。我害怕被曝光，要跟他分开，而他害怕的是我永远也不会被送走，他要永远跟我绑在一起。

"不只是你，我也一样，"我说道，"到最后发现找了个跟你差不多的人。神甫在吉普自杀之前，告诉了我关于他过去的事。他和你一模一样。"扎克看了一眼吉普漂浮的枯瘦身躯，脸上露出厌恶的表情。我对此视而不见，继续说道："现在我明白了，在被关进水缸之前，他恨她，正如你恨我一样。他费尽心机让她曝光，将她放逐，然后过了一段时间又追踪到她，想将她关起来。"

"所以，如你所见，我们干了同样的事情，"我耸耸肩，"我们对此都毫无知觉，直到最后突然发现，我们找到的最亲近的人，正和对方一个模样。"

这些都是轮回，命运绕了一个大圈，又回到起点。扎克和我分开又聚到一起。吉普被从水缸里救出来，现在又回去了。大爆炸发生在几百年前，又要再来一次。

"你想要摧毁水缸计划，"扎克说道，"但这是唯一能让吉普和神甫活着的方法。"

"他们不是在活着。"我说。吉普的尸体可能不像A区水缸里的方舟居民那样浮肿褪色，但它们都同样没有灵魂。"或许你能将他和神甫从死亡的半路上拽回来，但也仅此而已。你很清楚他们无法再活过来，你再也不能利用她了。你将他们如此保存起来，因为你没有勇气放手让她离开。"

"不许这么说。"扎克的声音变得尖锐起来，手更加用力地按在神甫的水缸玻璃上。神甫漂浮在里面，无动于衷。"这一切都能改变，如果你帮助我的话，"他说，"如果你跟我一起努力帮助医生，我们能找到新的方法来救活他们。你不能就这样放弃他们。"

我已见过水缸对吉普造成的影响，他脑海中的记忆都被清空了。在他从高台跳下，又再次被关进水缸之后，扎克到底期望能从他和神甫身上挽救些什么呢？他会把他们保存数十年，直到变成和上面一层那些水缸里的人一样吗？

"你在指望我相信某种希望？"我问。

他仔细地看着我。扎克竭尽所能做的每一件事都教会我，希望是给另一个时代的其他人的。

我转过身面对着吉普的水缸。"这跟希望或者放弃他无关，"我对扎克说道，声音如此之轻，几乎只是嘴唇对着玻璃所做的口形，"这关乎选择，以及他想要些什么。他不会愿意自己是现在的样子，永远不会。"我再次想起上面A区水缸里悬浮的那些奇形怪状的人体，"甚至，神甫都不会选择如此下场。"

我走向铁制的梯子，爬上与水缸盖子平齐的舷梯。

"你确定要这么做吗？"派珀问道。

我继续往上爬，直到站在吉普上方。

我把盖子扔到一旁，水缸里的气息扑面而来，令人作呕。我在温德姆城下第一次发现吉普时，没有足够的力气将他举起来。但那时我刚刚在保管室里关了四年，如今我强壮了许多，而他则比那时候轻了不少。我用双臂抱住他的躯干使劲往上拉，感受到他身上的累累伤痕。

当他脱离水缸内的液体托浮之后，一下子重了不少，我不得不拼命往上拉，但没有任何事能让我放手。终于我将他从水缸边缘拖了出来，脸朝上平放在舷梯上。他的脸上滑滑的，沾满了黏糊糊的液体。他的手臂胡乱抽动了两次，好像他的手是一条被扔上甲板的鱼，正在拼命挣扎。液体从他身上滴下来，穿过舷梯的金属孔洞，落到下方地面上，一开始滴得很快，在地上飞溅开来，随后越来越慢，一次只有一滴落在水泥地面上。我将他手腕上的管子扯了下来，看着鲜血缓缓填满伤口处的孔洞。我又把他嘴里的管子拉了出来，像是他的第二条舌头。

扎克冲向梯子，但派珀拦住了他，将他按倒在地。如果扎克说了些什么，我也没有听见。我转身面向吉普，弯下身去看着他的脸。

他呼吸了两次，每次都将一小团温暖的气息喷在我脸上。第三次已不能算是呼吸，他只是张开了嘴，双眼一直紧闭。我感到很欣慰。

我转过脸靠在他胸膛上。我并未假装自己是在安抚他，因为我心中明白，他的灵魂早已不在。如果这最后的拥抱有任何安慰意味的话，那也都是为了我自己。

我抱着他已无知觉的身体，看着他紧闭的双眼，还有纤长的手指。我将手掌放到他脖子后面，托起他的头部，这一切似乎如此熟悉。他不再有气息。自从发射井事件之后，我第一次哭了。

*

我站起身来，回头看着下面神甫的水缸。她已沉到缸底，脖子仰向后方。她的双眼是睁开的，但脸上毫无表情。如今她已死了，不再像在世时那么神秘莫测。扎克背靠着她的水缸坐在地上，仰着头，眼中满是泪水。

"你们永远也别想从这里出去。"他说。派珀让他站起身来，但一直用匕首指着他的后背。"所有出入口都有人把守，"扎克继续说道，"你们会被抓住，而他还会被关进水缸里。我们会再次让他们活过来。"

"这不叫活着。"我说着小心迈过舷梯上吉普的尸体，回到我放灯笼的地方。火柴在我口袋里。第一次我失手了，火柴无力地擦过，然后断了。第二次火苗闪了一下，终于点着了。

"天哪，你在干什么？"扎克看我点着了灯笼，吃惊地问道。"我已经告诉过你了，这不安全。"

这次我大声笑了出来。"安全对我来说只不过是一个词而已。在这个迷宫般的方舟里，吉普已经死了，空荡荡的水缸在等着我，安全又能意味着什么呢？"

"你要干什么？"扎克看我举起燃亮的灯笼，又问了一遍。管道里河水的轰鸣声，在我听来似乎更响了。派珀站在扎克身后，匕首一直指着他。

我用手掂量了一下灯笼的重量，低头看着扎克。

"当我们被分开时，我接受了烙印，被从家里驱逐出去，这都是为了你，"我说道，"你知道我会这么做来保护你。而且自那以后，我一直在想方设法保护。现在，这一切都到头了。"我将灯笼高高举起，"这里将不会再有水缸，而你也无法得到爆炸机器最后的部分。"

我直视着扎克的双眼说道："你以为自己了解我？不，你一点都不了解我。"

说完我看了派珀一眼。我祈祷我们足够了解对方，希望他能看到将要发生的事。

"快跑。"我喊道。

我将灯笼扔了出去，不是向着扎克或者水缸，而是扔向屋顶，那里较细的管子汇聚到中间大号水管的底部。

我们上方的空气炸裂开来，发出闪光和巨大的声音。爆炸冲击波将我往后撞去，我举起一只手挡住自己的脸。派珀在看到灯笼划出的轨迹时已经闪身扑倒在地。扎克反应慢了点，被爆炸冲击波推向后方，撞在一个水缸上。

热浪过后，传来玻璃碎裂的声音，离爆炸最近的两个空水缸碎成片片。第三个水缸仍然直立未倒，但玻璃已经有了裂纹，不再是透明的。我抬头看着中间的水管，被爆炸波及的较细的管子已经断裂，大号水管也出现了裂纹，水从里面渗了出来，水滴越流越快，正如我的心跳一般。

扎克挣扎着站起身来，碎玻璃在他太阳穴上割出一道小口子，他的脸色苍白，上面沾满尘土。"仅此而已？"我的耳朵里仍回荡着爆炸声，几乎听不到他说话。"你打碎了三个水缸，这就是你的大动作吗？"

大号水管爆裂开来，河水淹没了他的笑声。大河来要我们的命了。

37 淹没

　　扎克遭到水流冲击，倒退着撞向门口。他用力抓住门把手，勉强站稳脚跟，大口喘着粗气。几秒钟之后，他在金属控制板上戳了几下，绿灯开始闪烁不停，门闩滑向一旁。他刚刚将门推开，水流的冲力就将门撞到后面走廊的墙上，他被迫松开门把手，回头又望了我一眼，河水已经接近他的腰部。头顶的水管有一大块掉了下来，撞碎了两个水缸。所有控制板上的绿灯都同时开始闪烁，整个房间陷入一片绿色微光中，像是黑色河水上的绿星星。紧接着红灯亮起，然后全都熄灭了，唯一的光线来自门外，扎克刚从那里跑出去。

　　除了逃跑，其他什么都做不了。我们在金属舷梯上飞奔，奔流的河水几乎已漫过脚面。等我们跑到格栅缺口处时，水流已经淹到脚踝。在我们身后某个地方，我知道昏暗的河水将把吉普的尸体卷走，但我没有回头，而是努力爬进通道中，然后听到派珀在后面跑动时发出的撞击声。

在方舟里这段时间，我一直能感觉到大河就在我们上方。此刻我们在通道的斜面上使劲往上一层爬，我能感到河水在我们下面奔流，填满了每一寸空间。

　　终于我们在河水到达之前上了一层，但我很清楚，我们在狭窄的通道中爬行的速度太慢了，肯定难逃一劫。我们回到前一天卸掉的格栅旁，跳回下面的走廊里。这里灯光仍然亮着，但很快河水就漫过了脚踝，即使隔着靴子依然感到冰冷刺骨。接着屋顶的电灯发出蓝色火光，然后全部熄灭了。在黑暗中，我只能听到派珀踩水的声音在我身旁不断响起。我们抵达下一个楼梯口时，河水已淹到我的屁股。

　　我们能跑多快其实并非那么重要。在方舟的某处，扎克也在奔逃，如果他没能逃脱，我也就完了。不过，他对这些走廊了若指掌，而且能毫无顾忌直奔出口。如果河水奔涌而出后还有卫兵守在出口处，扎克也无需害怕他们。

　　但我们仍拼命奔逃。上面几层的灯并未点亮，伴随着河水上升的声音，黑暗也越来越浓厚。在最上面一层，河水追上了我们。它已蔓延到主走廊，屋顶上火花四射，发出嘶嘶的声音，像是烧热的钢铁浸入了水里。灯光一闪即灭，在那一瞬间我看到一具头骨从我脚旁漂流而过，像是骨头做成的小船。黑暗重新笼罩了我们，我试图集中精力找到主通风管道，但这一片混乱，还有持续不断的水流干扰了我脑海中的走廊地图。我们从F区跑过，曾经静寂无声的房间里此刻充满了水流声。在某个交汇点我领错了路，不得不逆着水流往回跑了二十码。水已漫到胸部，我们几乎已是在游泳。河水冰冷无比，我几乎已无法呼吸。派珀在我身后的声音越来越微弱，由于只有一条胳膊划水，他逐渐落在后面。

如果水流不是冲着最后的走廊直奔而去，我们永远也无法抵达通往主通风井的入口。我的双脚已经离地，与其说我是在不断扑腾着往前移动，倒不如说我是被河水推向前方。不过，当我紧紧抓住入口的边缘，使劲想把自己拉上去，水流就变得没那么友好了。它拒绝放我离去，无情地拖拽着我，当我终于支撑着穿过入口时，双腿在钢铁边缘蹭下了不少皮肉。

在通风井的狭窄空间里，我终于可以抓住梯子，不过我的双手早已冻僵，不停从横档上滑落。派珀抓住我的脚，也从下方爬了上来，随后他也抓住了横档。

当我们爬进控制室时，河水紧跟而至，而上方是风扇的扇叶。每次上方的闪光照亮控制室，我都看到河水在墙边越升越高。一面墙上某个封闭的开口忽然被冲破，河水奔涌而入，带着一扇门撞在我屁股上。

河水与扇叶之间的距离只剩下几尺，水流已到腰部。随着空间越来越小，声音被不断放大，我们的呼吸声也变得粗重起来，每下呼吸就像手锯锯过木头的摩擦声。

我们根本没时间担心电力恢复或是风扇的边锋了，再拖下去，河水必然会将我们淹死，这是确定无疑的。派珀单膝跪地，这样我就能站到他的膝盖上，我曾见过他这样帮助佐伊。我在黑暗中用双手摸索着寻找风扇，派珀将我稳稳扶住。电灯一直没亮，风扇也纹丝不动，就连火花也不再闪烁，或许河水做到了四百年的光阴没能完成的事，将电力永远地淹没了。

派珀没有人帮忙举起他，只能靠自己。前两次他跳起来，我听到飞溅的水声，那是他又掉了下去。我跪在洞口边缘，什么都看不见，但我试图推测河水上升究竟有多快，还有多少空气能够留下来，我们还能呼吸多久，如果他再次掉下去，我是不是还要等他？

幸好我永远不用为此犹疑，他第三次跳起，手抓在了水泥地板的边缘。我用双手抓住他的胳膊，平趴在地上以抵消他的重量。我们的皮肤都被水冲得滑溜溜的，而且已经冻得麻木。他的手就像老虎钳，紧紧攥住我的手腕，感觉我的皮肤都被捏进了骨头里。我右腕的伤刚痊愈不久，又开始疼痛起来，当我喘息时，声音也被淹没在下方的水流声中。

最终他从缝隙中爬了上来。我们根本没时间说话，在这狭小的空间里也没有足够的空气，河水正从下方悄悄涌上来，几分钟之内就将淹过风扇，涌进这最后的房间里。我爬进管道中，如今已没有时间犹豫不决，也再没有其他选择。河水在下，空气在上，就是如此简单。我将湿透的靴子撑在通道外侧，双臂前伸往上爬。最陡的部分虽然并非垂直，但仍用尽了我所有力气。每次使劲往上撑一下，只能前进几寸，而且我的双手或双脚经常在环形的管道中滑脱。我的身体不停颤抖，没有一丝暖意，在通道中狭窄的角落里拐弯也耗尽了我的体力。唯一的安慰在于派珀的声音始终在我身后。

然而另一个声音开始在通道中追随着我，那就是河水爬升的声音。一开始它还很安静，像是我们的膝盖和手肘撞在钢铁管道上的回声，但是几分钟之后，派珀的腿每动一下，就有水声四溅。之前我还庆幸管道不是垂直的，如今我意识到问题的严重性，就算我比派珀的位置要高一些，也绝不可能漂浮起来，或是借助水流将我托到上面，这弯曲的管道将置我于死地。

有那么一刻，我甚至希望自己留在下面，在方舟底部的水缸中间被洪水淹死，至少这还死得痛快些。我能陪着吉普的尸体，在最后一刻与他同在。最惨的是陷在管道里慢慢等死，还要听着派珀在下面先被淹没，和佐伊同一时刻死去。我将死在这个管道中，没有任何安慰，只有钢铁将我紧紧包围，我甚至无法在最后时刻用双臂抱住自己。

这看起来有些奇怪，我梦到过那么多次烈火，结局却是死在水里。

我的心跳变成持续的呼喊声，只有自己能够听到："扎克！吉普！扎克！吉普！"

两点白斑突然出现在我眼前。我就要死了吗？是否因为我的身体早已冻僵，所以河水将我淹没了我还没意识到？还是扎克在方舟里某个地方最终被河水击溃？

然而，我眼前的光线一直很稳定。它们不是我幻象中的斑点，也不是自我意识的最后闪烁。它们是漫天星光。

36 无望角

上方只剩下最后几百码，夜空已经进入我的视线，我们爬到比河流水位要高的地方，通道中的河水也不再紧追在我们身后。派珀爬行时不再有水溅声，只有钢筋水泥发出的沉闷声响。

外面的月光无法照射进管道里，但我周围的黑暗逐渐发生了变化。我开始看到不同的钢管被焊接在一起的接缝处，在我们上方的出口外缘，我看到高高的野草在空气中舞动的剪影，那是受到风的吹拂，我以为自己再也无法感受到这一切了。

在方舟里经历了那么多事，上来却发现地表的世界毫无改变，这种感觉很奇怪。积雪仍覆盖在岩石上，大风吹动乌云，覆盖了星光。月亮对洪水、方舟或是大爆炸毫无兴趣，仍在慢悠悠穿过天幕。然而，当我扑倒在雪地中，仍能听到河水在我们下方隆隆作响，在方舟中四处奔涌。

我们全都湿透了，寒冷的夜风吹在身上，感觉就像遭到攻击一般。我低头看着自己的双手，它们颤抖不已，看上去模模糊糊。派珀双膝跪倒在草地上，我越过他盯着远处黑暗的大地，想起当我释放出河水后被淹没的一切：方外之地的魔幻声音；爆炸机器的残余部分，扎克还未能将之运走；成千上万的水缸与方舟古老的尸骨一起被水淹没；还有吉普，终于摆脱了水缸，也摆脱了自己残破的身躯。

接下来的几个小时，我们都在寒冷中度过。当我们找回背包时，东边通往方舟最近的入口旁传出呼喝声。灯笼在远处不停晃动，我们赶紧逃跑，在积雪覆盖的岩石中间穿梭而过。我们从山上跑下来，回到长满野草的平原，完全听不到追捕的声音时，仍然不停奔跑。穿着湿透的衣服停下来在雪地中睡上一觉，那肯定是找死。我湿透的裤脚已经结冰，每跑一步都撞在脚踝上。太阳升了起来，照着我蓝白相间的皮肤。我们抵达小树林找到马匹时，雪又开始落下来。我知道自己应该高兴，因为这会掩盖我们的踪迹，但与寒冷比起来，追捕似乎不是那么迫在眉睫的威胁。我身体前倾伏在马背上，紧紧贴着马脖子取暖。派珀骑在我身旁，牵着我们在来方舟的路上杀死士兵夺来的马。那似乎是很久以前的事了，在地下度过几个日夜，很多事似乎都改变了。

我回头向南望去，看到山丘盘踞在方舟上，还有营地的废墟，河水从方舟西边的入口涌出，将帐篷全部冲垮，白色帆布挂在下游的树上。

我慢了下来，几乎要从马背上滑落，派珀冲我大吼，让我继续前进。他策马驰近，抓住我的肩膀摇晃。我想把他推到一旁，但我的手太冷了，手指已经无法移动。我的身体变成了一个累赘，马驮着的，不过是一团冻僵的肉。

黎明之后不久，我们已经离开平原，回到长满树木的荒野中。派珀将我领到一个山洞里，将马匹系好，此时我的手指已经抓不住缰绳。在岩石的遮蔽下，我们脱掉结冰的衣服，只穿着内衣在干燥的毯子下抱成一团。他的皮肤紧贴着我，但并不舒服，我们都冻得够呛。寒冷如此彻骨，好像我们的皮肤连着衣服一起脱掉了。我把冻僵的手指一根根放在嘴里，试图让它们重新活动起来。当手指终于有了暖意之后，疼痛随之而来，血液重新挤回到肌肉当中。我不禁怀疑，扎克能感觉到这疼痛吗？在扎克的身体开始和我一起颤抖之前，我离死亡究竟有多近？我闭上双眼，在与世界的抗争中进入梦乡。

我梦到了海岸线。佐伊还在时，我曾分享过她的梦境，那毫无生气的波浪我已见过很多次，但这次完全不同，并不是毫无特点、一望无际的辽阔海洋。我看到白色的悬崖，矗立在陆地与大海之间。我看到船帆在风中飘扬，海水飞溅在木头上。

我之前从未见过这些白色悬崖，但与船上搭载的东西相比，那种陌生感更加逊色。

我猛然醒来，喊着方外之地的名字。

派珀正在洞口小小的火堆旁烤火，此刻转过身来。

当我穿上衣服，告诉他我看到的情景时，他说道："你跟我一起在新霍巴特，扎克给我们看了船首头像。这不可能有错，我了解舰队中的每一艘船。他们抓了霍布和船员，将军提到了霍布的名字。罗萨林德号和伊芙琳号已经被抓了，卡丝。"

我没办法与他争辩。我甚至都无法告诉他船的细节。白色船帆，映衬着白色悬崖，还有弧形的海平线。但是我知道，我们必须要去那里。我向他描述了白色悬崖，他点了点头。

"听起来像是无望角没错。但已经没有船会去那里了。我们得回到新霍巴特去，告诉西蒙和主事人我们在方舟里发现的东西。如今我们知道议会要再制造一次大爆炸，我们要想反击，必须联合抵抗组织。而且，新霍巴特的其他人怎么办？主事人的威胁怎么办？"

这些我不是没有想过，艾尔莎、莎莉和赞德还在主事人手里。"我们最后做到了主事人想要的结果，"我说，"如果他的间谍网带给他任何关于我们的消息，那他肯定会知道我们摧毁了方舟，还有残留其中的机器。就算是他也不能要求我们做得更多了。他不会背叛我们，因为他认为我们能帮助他对抗机器。"

我将指甲攥进了掌心里。自从我发现扎克在重建爆炸机器以来，时间就变得非常有限，如同我们在河水泛滥的方舟中时上方的空气一般，每一刻似乎都将耗尽。通过淹没爆炸机器最后的碎片，摧毁巨大的水缸密室，我可能拖延了扎克的计划，但这仍然不够。方外之地存在于某个地方，如果扎克和将军在我们之前找到了它，那里将变成一片火海。

"一艘船正在迫近，"我继续道，"我不知道那是什么船，为什么会来，但我知道的是，它与方外之地有关，我能感觉到这一点。"没有词汇能够解释，当那艘船驶入我的幻象时，我所产生的感觉。那艘船载有方外之地的线索，如同我身后的山洞一样确凿无疑。在那些满帆下面，有些东西对我来说完全陌生，既让我感到着迷，又让我觉得厌恶。

"那艘船正在回来，而且很快就到，"我说，"我们得在议会之前找到它，不然所有机会都将错失。根本没时间回新霍巴特了。"我说着站起身来。"我不是在征求你的许可。不管有没有你，我都会去那里。"

他盯着自己手指的关节，上面疤痕累累。我不禁想到，那些手指曾经多少次扔出飞刀，又有多少人命丧刀下？如果我想离开，他会阻止我吗？

他的脸色十分沉重。"如果我们要阻止议会，那么抵抗组织比以往更加需要你的帮助。在方舟里你几乎把我们都害死了，现在你不能说走就走，承受更多风险。"

"你说抵抗组织需要我，"我说道，"正因如此，你才在自由岛上放我一马。但是，如果抵抗组织需要我，那是因为我的幻象里有着宝贵的信息。所以，你要听从我的意见。"

他的声音变得低沉起来："抵抗组织也需要我。"他停顿了一下。"需要我干一些事，做出决策，甚至在毫无把握的时候仍要保持信心。"

他抬起头望着我。火光照在他的脸孔下面，将他的眼睛留在黑暗中。外面雪已经停了，一片寂静。

我记起几个月前他对伦纳德说的话："勇气有很多种不同的形

式。"我看过派珀上战场,我也看过他站在聚集的军队前,鼓舞他们上战场。然而,此刻他需要一种完全不同的勇气,才会选择跟随我。

"如果我现在出发,或许还能在大雪再次降下前穿过西部山脊。"我说。

"我跟你一起去。"他说。

"我很高兴。"我说道。在说出这句话之前,我就知道这确凿无疑。

*

在骑马西行的那些日子里,我不断想起在通风管道中的最后时刻,我重复默念着吉普和扎克的名字,像呼吸一样出自本能。

我也时常想起佐伊,虽然派珀从未提到过她。我们唯一知道的,就是她还活着。尽管我发现自己正在思念她用匕首剃指甲的声音,但我还是认为她离开更好一些,无论她在哪儿,都不用知道派珀和我从方舟里捞出来的消息。佐伊心中的负担已经够重了。

晚上,我梦到了大爆炸,还有等着船驶近的悬崖。吉普被关在水缸中的幻象不再出现,这对我来说算是一种解脱。不过,大爆炸的梦境产生了新的影响力,如今我了解了它们真正的意义。

"曾经我以为,幻象太让我失望了,"一天晚上,在大爆炸将我的梦境烧成灰烬之后,我对派珀说道,"因为它们模糊不清,反复无常,在某种程度上辜负了我。现在我知道了,其实是我辜负了它们。我只看到了自己想看的东西。"

"也许你看到的，是你需要看到的东西。"

我仰头盯着深夜的天空。

"也许你要处理的事太多了，"他继续道，"如果你早就知道大爆炸还将发生，那对你来说太难受了。可能你早就疯掉了，或者放弃了。"

有时我觉得，我的疯狂就像一座方舟，埋在我内心最深处。我能感觉到它，尽管他不能。很快，它就会浮现在我面前。

*

我们从方舟逃出来的过程中全身湿透，几乎被冻僵了，这导致我发起了高烧。整整三天，我都大汗淋漓，浑身颤抖，脖子肿胀，嗓子眼里像着了火一样。派珀虽然不会承认，但他的状况也不太好。他的皮肤黏糊糊的，还不停气喘咳嗽。在穿过山脉间高耸的通道时，好多地方积雪深厚无比，我们不得不下马牵着它们前行。当终于到达通道另一侧时，我已冻得牙齿不停打战，而派珀再也无法掩饰他身体的战栗。

我们都很清楚，再这样下去我们是撑不住的。在午夜过后，我们穿过小河旁一处小型定居地，村民家的窗户里没有灯光传出，四周一片黑暗。我们决定把马拴在上游的树林里，然后大着胆子偷偷潜进定居地边缘的谷仓里。我们爬上阁楼，躺在了干草堆里。我顾不上干草又扎又痒，使劲往下钻，只求能暖和点。在我身旁，派珀努力想抑制住咳嗽。我既冷又热，肿胀的脖子随着心脏跳动而抽痛。我们几乎已处于半昏厥半睡着的状态。

由于病得太厉害，我们再没有心思值班放哨，直到早上才被下面谷仓开门的声音吵醒。

我听到金属撞击的叮咣声，派珀已从腰带里抽出一把飞刀。然而没人从梯子爬上来，下面传来的声音不过是慢条斯理日常劳作产生的动静而已。一辆独轮车推进来，随后传来木头撞击的声音。我脸朝下趴着，慢慢将干草拨到旁边，然后透过顶棚的缝隙向下望去。下面谷仓门大开，曙光照了进来，一个独眼女人正在将角落里的一堆木头搬到独轮车上。

这时我听到了口哨声。寒冷的空气令音符变得模糊不清，但我立刻就听了出来，这曲调是伦纳德的歌。她正在吹副歌部分，弯腰抱起木头时会停顿一下，有时又因天寒而气喘吁吁，因此大半音符更像是呼吸而不是曲子。但是，对我而言曲调仍然十分清晰。随着音符伴随懒洋洋的寒风传来，在我脑海中已将歌词与节奏联系了起来。

噢，你将永不再劳累，你也永不会受冻

你将永远永远不会变老

而你要付出的唯一代价

只是放弃你今后的生活

派珀和我一样在微笑。我闭上双眼，摸索着握住他的手。此地在我们与伦纳德相遇之处超过一百英里的西北方，而这首歌已经流传至此。这并没有什么特别，只不过是一堆散乱的音符，在空气中停留片刻。相比于它所承载的水缸计划的讯息，这首歌看起来只是一件微不足道的小事，但它毕竟已广为传唱。

那个女人一离开，我们就从干草棚里溜了出来，借着微弱的曙光，逃离了此地。我一直在想伦纳德，他的尸体冰冷，破碎的吉他挂在脖子上。过去几个月，我已经见识了足够多的死亡，很清楚它的纯粹性。我见过自由岛上还有新霍巴特之战中的死尸，我也见过吉普躺在发射井地板上，全身分崩离析，还见到了他被保存在水缸中的第二次死亡。死亡绝无浪漫可言，无论是水缸、泪水或是歌曲，都无法起死回生。然而，在谷仓中听到伦纳德的歌，我确信至少有一部分的他已经逃离了绞索。

*

我们又用了两周时间才到达无望角。积雪已经融化，我们的高烧也已退去。多一匹马意味着我们能轮换骑乘，所以速度很快，不过到达阿尔法人居住的区域后我们只能在夜间赶路。我们用了一个多星期，才穿过村镇密布的山丘地带。我们在黑夜里悄悄行进，从未被发现，尽管派珀告诉我，西部地区议会最大的士兵中队就驻扎在数英里之内，我也并未感到害怕。我已见识过方舟，而且了解了它的秘密。每次我睡觉时，都会经历大爆炸。如今再没什么事能让我感到害怕了。而且，在干草棚听到的那首歌支撑着我，帮助治愈了我虚弱的身体，比派珀逮到的任何野兔都要有效。

终于，陆地又变得支离破碎起来，那是海风塑造的地貌，我们也不必再担心遇到阿尔法人。随后大海进入我们的视野。荒凉的悬崖延伸到海水中，我立刻想起，这正是我梦中见过的悬崖，像新切开鲜血还没渗出的肉一样呈白色。

在这里我梦到了大海，当我醒来时，意识到这些在我睡梦边缘破碎的海浪并非是我自己的梦境。我即刻坐起身来，希望能看到佐伊睡在我身旁，就像她从未离开过一样。然而我只看到派珀的背影，他坐在那里，从山洞口望出去，看着夕阳落在海面上。

"那块海岬就是无望角，"他侧头冲北方指了指，那里有一块陆地像手指一样指向深海里，"虽然看起来不像，但在北面有条小路通往一个小海湾。当自由岛的通讯船要来时，大陆上的侦察兵会在那里点一堆火作为信号，让他们知道派出登陆艇是安全的。"

我们到达海岬尾端时，天已经全黑了。我们捡来的木头十分潮湿，派珀只好将最后一点灯油洒在木头堆上，才能点着火。

我们等了整晚，却没见到海上亮起回应的火光，只有海浪击碎在悬崖下时偶尔闪现的白光。海鸥的叫声不时划破夜空。

黎明时分，火堆渐渐熄灭，变成一堆灰烬。

派珀吐出一口气，用手抓了抓脸。

"我们明晚再试一次。"他说道。我注意到他双肩低沉，嘴角的神情萧索。

我们早就应该绝望的，经历了自由岛大屠杀，经历了新霍巴特在水缸中死去的孩子，经历了扎克将船首饰像扔在我们脚下，还经历了方舟，那里什么都没有留给我们，除了另一场大爆炸。在这世界上，没有什么比抱有希望更加危险。

*

我们坐了很长时间。我们本应睡上一觉，但谁都不想回去蜷缩在山洞里，除了谈论可能永远不会出现的搜寻船外，没有其他话可说。因此我们就在悬崖上等候，看着阳光从我们身后射来，逐渐笼罩了整个海面。

在我的幻象中，那艘船干脆利落地穿过海面。而现实中我们看到的那艘船，绕过海岬慢悠悠地驶来。海风吹起时它略有颠簸，偏向左方。桅杆弯成了钩形，船帆皱巴巴的，上面有缝合的痕迹。不只船首饰像不见了，整个船头的木头都被凿掉了。好几处都用焦油和木板补上了，但伤痕仍然清晰可辨。

人们正在甲板上忙碌，还有一个人沿着绳索正往上爬。不过，在船头有个人双手放在护栏上，一动不动。

口哨声传来。海岬的风忽然吹起，将音符传来又送走，但我已经听得很清楚。派珀站起身来，我们一同跑向悬崖边的小路。风中回响着伦纳德所作的歌的曲调。

30 罗萨林德号

等我们向下爬到礁石遍布的海湾时，一艘小艇已经从船上放了下来，快要靠岸了。派珀蹚着深至大腿的海水前去迎接。我看着他拥住佐伊，独臂紧紧抱着她的腰，有那么一刻都将她抱了起来，其他水手不得不迅速变换位置，才能稳住小船。随后，他将佐伊放在旁边的海水中，她微笑着向沙滩走来，我正等在那里。我希望时间能在那一瞬间停止：佐伊正在微笑，而派珀在她身后的海水中满面笑容。我不想说话，在这个晴朗的清晨，她刚刚找到我们，相比之下，现在告诉她我们带来的消息实在太残忍了。

"我还以为你会去东部，"我说，"远远离开这一切。"其实我的意思是，远远离开我。

她摇了摇头。"我本来要去的，"她毫不掩饰地说，"第一天我确实朝东部走了。"她停了一下。太阳照在海水上反射出亮光，她不得不眯上了眼睛。"不过，那之后我一直在想着赞德。"

派珀也在倾听，但佐伊并没看着我们俩。她正盯着罗萨林德号在波浪中起伏。

"我不断想起，他一直在告诉我们，罗萨林德号要回来了，而我们总是忽略他。"她轻声说道，"我想我至少应该试一试。我们当中总有一个得相信他。"

看到她盯着海中的波浪，此时我明白了，她相信的不只是赞德，还有可怜的露西娅，到了最后根本没有人听从她的意见。

船员们从小艇上跳下来，其中三个开始把船往沙滩上拖，第四个水手蹚着海水一瘸一拐走向派珀。他用双手抓住派珀的手，两个人紧紧握手。

"这是托马斯，"派珀转向我说道，"罗萨林德号的船长。"

"我们直到天亮之前才看到火光信号，"他说，"我还以为无法及时赶到来见你们了。"

"我们还以为你们被抓了。"我说。

"差点就被抓了，"托马斯说，"离开自由岛大概一个月之后，我们在西部海峡遇到一场糟糕的夏季风暴。我们轻松避过了，但伊芙琳号不幸撞上了暗礁，严重损毁，一半的储水槽也都撞坏了，所以霍布只能调头回去。"他的脸色很凝重。"佐伊告诉了我们自由岛发生的事，还有船首饰像，将军说霍布及其船员被抓了，他们肯定是在议会刚刚控制自由岛的时候回去的，很可能直接驶进了议会的舰队里。"

"那你的船首饰像呢？"派珀转头看着罗萨林德号破破烂烂的船头问道，"我亲眼见到了它，他们究竟是怎么得到的？"

"当我们终于返回时，没能回到自由岛，一艘议会的战船在暗礁区外遇上我们，当时离得很近，破坏了我们的桅杆，不过我们最终在暗礁区西边甩掉了他们，成功逃脱。那时我们意识到，自由岛肯定已经陷落了。我们支撑着回到大陆，先按照计划来到这里，但没有看到信号，也没有抵抗组织的任何迹象。之后我们去了所有惯常的海上接头地点，却没有看到火光信号，只有越来越多的议会战船。在钱德勒湾停泊着三艘船，幸好天色很黑，我们才没被发现，悄悄溜走了。冬季风暴就是在那时开始的，我们变得绝望起来，甚至停泊在阿特金角，派了四个侦察兵登陆去那里的安全屋，却发现已被焚毁了。议会对海岸线的巡逻越来越严密，我们只能继续航行。一个月以前我们又被发现了，当时大风暴正从北方刮来，海浪滔天，我以前从未见过。议会的一艘双桅船盯上了我们，我们摆脱了它，但损失了两个人。我们在钱德勒湾外撞到了礁石，船开始进水，就是在那时船首饰像不见了，半个船头也没了。追我们的那艘双桅船肯定捡到了它。谁知道他们是真的以为我们沉没了，还是他们想让你们这么认为？

"风暴结束以后，我们甚至都找不到安全的地方靠岸把船修好，只能让船员日夜不停往外抽水。"

"就在我抛下你们之后，我先是来了这里，等了几个晚上。"佐伊接过话头，开始继续讲述，"后来又去了钱德勒湾，但一无所获。不过在那儿的酒馆里，一个打鱼的女人说她见过一艘船，倾斜得很厉害，向南方去了。她说那不是议会的战船，但也不可能是当地的捕鱼船，因为太大了。于是我去了西德尔角，在古老的瞭望台上点燃火光信号，一连等了三个晚上。第二天有一支巡逻队经过，离我藏身的地方不足一百码。我几乎都要放弃了。在第三晚，当我看到海上有灯光闪烁回应时，我几乎不敢相信。"

"我上船之后，我们就驶回了这里。"我想起佐伊每晚的梦境，心中清楚她再次回到海上航行，肯定并不好受。"巡逻船很少到这么北的地方来，"她继续说道，"所以我们把罗萨林德号停在冷港湾，花了将近一个星期才把船修好。"她看了我和派珀一眼。"要是你们晚几天来，就见不到我们了。我正要回新霍巴特去见西蒙，准备把船员留在这里保护帕洛玛。"

"那是一艘船吗？"我问。

佐伊摇了摇头。

*

他们划着小艇，把我们载到罗萨林德号上。两个水手扔下绳梯，当他们看到派珀时，马上立正向他敬礼。托马斯领着我们向船头走去，水手们沉默地站着，看着我们经过。他们的衣服因风吹日晒，盐渍雨淋而褪色，他们看起来就像罗萨林德号一样磨损严重，很多人都瘦骨嶙峋，还有一些人的胳膊和手上有坏血病的蓝红色斑点。

在船头，船首饰像剩余的部分突出指向天空，一队船员就坐在那里。我们走近时，只有一个人站了起来。

她离开那队船员，向我们走来，脚下略微有些一瘸一拐。一开始我以为她光着一只脚，虽然在冰冷的甲板上这说不通。等她走近了些，我才看到那只脚是假的。这跟我经常见到的木头假肢不一样，是用一种光滑坚硬的材料精心做成的，上面还有类似肌肉的纹理，看起来就像真的脚一样，虽然在她走路的时候踝关节没办法弯曲。

不过，我并非因为这神奇的假足才盯着她，也不是因为其他水手都穿着自由岛军队的蓝色制服，而她没有。我能感觉到，她在别的地方与我们不同，但过于缥缈，我无法把握。就好像她没有影子一样。

然而她又如此实在，我跟她握手时，她的手掌很有力。

"我是帕洛玛。"她说着放开我去跟派珀握手，但我仍禁不住盯着看。派珀看起来毫无察觉，他为何不像我一样对她有所畏惧呢？

"她没有孪生兄弟。"我听到了自己声音中的恐惧。我不想如此直白，但就好像我能看到她的伤口，而其他人完全看不见一样。她并不完整，只是半个人。

"在分散群岛，我们都没有。"那个女人说道，"我猜你们叫它'方外之地'。"

*

托马斯和帕洛玛先告诉了我们他们相遇的故事。尽管在北方冰冻的海峡里蜿蜒穿行了很久，去到其他抵抗组织的船都未到过的地方，罗萨林德号还是没能找到方外之地。相反的，帕洛玛的船找到了他们。

"以前曾经有发送和接收讯息的机器，在大爆炸后仍然存在，"她说道，"但没有任何消息传来，我们也从不知道，是否有人听到了我们的消息。后来，通讯机器全都无法运转了，因此，联盟几乎每年都派出搜寻船，至少人们记得的岁月里都是如此。"

她说话的韵律我之前从未听过。我本不应感到奇怪，就算在大陆上，也有很多种口音。当我遇到从东方死亡之地附近来的人时，通常能从口音将他们分辨出来。他们说起话来慢吞吞的，有些词像谱了曲一样拖得很长，和他们褴褛的衣衫、消瘦的脸孔般同样具有标志性。北方人说的元音很短，我父亲就有一点轻微的北方口音，他是在那里长大的。帕洛玛的口音比我以往听过的都要明显，熟悉的词在她嘴里说出来变得很怪，拖长了腔调让人摸不着方向。

"发现罗萨林德号后，我的船员航回破碎港报告这个消息，"她说道，"不过我们中两个人登上你们的船，作为第一批使者。后来凯乐布在风暴中身亡了，"她低下了头，"现在只剩我一个了。"

我们陷入了沉默。应该从哪说起？遇到一个全新的世界时，要先问什么问题？就算梦到方外之地，感觉都已经太大胆了，我从未梦到过细节，更别说想象方外之地来的人是什么样子了。这个没有孪生兄弟的女人脸色苍白，孤身一人，比我想象中更像我们，但又如此陌生，让我无法把握。

托马斯正在给派珀看一张地图，他和帕洛玛一起俯身指点着方外之地的位置，就在地图边缘之外某个地方。佐伊站在旁边安静地观看。

派珀要告诉佐伊和帕洛玛关于方舟的事，以及我们在那里的惊人发现，我无法面对这个场面。或许我太怯懦了。帕洛玛没有孪生兄弟这种状态，就像尖锐的高音，只有我能听到，我站在她附近时，不由得牙关紧咬，呼吸不畅。我转身离开走向船尾，留他们在那里交谈。只有永不平息的大海，才能分享我的不安。

*

过了一会儿，我听到佐伊的脚步声在甲板上响起。

"派珀告诉了我们你们在方舟里的发现，关于另一次大爆炸的事。"她说。

我点点头，仍然盯着海面。

"我很高兴。"她说着迈步走到栏杆旁，站在我身边。我皱了皱眉头。"显然不是关于大爆炸，"她继续说道，"不过我很高兴现在我知道了。我觉得，这让我更加理解露西娅了。"她顿了一下。"为什么大爆炸的幻象给她造成这么大的打击？在某种程度上，她肯定明白另一次大爆炸要来了。"

我点点头，想起赞德，还有他凌乱的思绪。赞德，露西娅还有我，生来就是为了目睹将要发生的悲剧。

"派珀也告诉了我吉普的事，"佐伊说道，"你找到了他。"

"我找到的不是吉普，"我纠正道，"只是他的尸体。"

她并未说些什么来安慰我，对此我很感激。她自己也经历过足够多的生离死别，很清楚这种事的痛苦无法缓和。她只是和我站在一起，看着波澜起伏的大海。

"尽管他看起来和以前大不一样，"我继续说道，"这仍是在神甫告诉我他的过往后，第一次我能恰当地记起他。"

"她跟你说的那个人不是吉普，"佐伊不耐烦地说道，"正如你在方舟里找到的那个人也不是吉普一样。你为什么就不能明白呢？不管他在被关进水缸前是什么样的人，他被你救出来时已经不再是那个人了，绝对不是。"

她转身面对着我说道："神甫并不了解他，这是她犯下的致命错误。那天晚上在发射井里她让你和吉普找到她，是因为她觉得，凭借自己与吉普的孪生关系，你将孤立无援。她以为将你引进了陷阱之中。跟她一起长大的那个吉普不会做出那样的事，他不会为了你而跳下去自杀。"

一只海鸥俯冲而下，落在海面上。

"如果你认为吉普的过去决定了他的人生，你将犯下跟神甫一样的错误。"她说道，"如此一来，你将再次让她将吉普从你身边夺走。"

向远处望去，在翻滚的波浪尽头，大海映出天上的云彩，像是有两个天空。

"我知道你关注吉普的过去是为了什么，"她继续说道，"因为我也这么做过。我聚焦在那些不好的事情上，如此一来就不用哀悼露西娅了。"

她闭上双眼沉思片刻，然后睁开眼睛平静地说道："虽然我每晚都梦到大海，但我希望我能梦到她。不是她的死亡，也不是她的疯癫，而是她本来的样子。她微笑时鼻子会轻轻皱起来。她随时随地都能睡着。她出汗时，脖子后面闻起来像松木屑的味道。"她几乎要微笑起来。"精神失常将她从我身边夺走，后来大海又一次将她夺走。然而我也背叛了她，因为我只记住了不好的部分。我应该恰当地记住她，尽管这样做要困难得多。"

*

派珀在栏杆旁找到我们时，太阳已经升得很高。他在我另一侧，双脚叉开稳稳站在摇晃的甲板上。

"帕洛玛告诉你了吗？"佐伊问他。

他点点头，转向我说道："她确认了我们在方舟里听到的消息。他们找到了一种治愈孪生现象的方法，就像方舟里的人一样，只不过在分散群岛，人们真正实施了治疗。治疗过程并不简单，也并非神奇的万能魔法。这跟乔的文件里说的一样，不再有致命的关联，但每个人都将携带变异。或许会一直持续下去。还有，他们无法解除已出生双胞胎的关联，只能作用在下一代身上，不过这些我们已经知道了。"

"你也告诉了她议会和大爆炸的事？"我问。

他点点头。"我不清楚她是否正确理解了这件事，不过她说她会留下来，她说她想要帮忙。"

我的人生就像一张地图，画满了其他人的牺牲奉献，尸体就像路标一样到处都是。如今，方外之地的所有人都处于危险之中。

"还有一件事，"派珀说道，"是托马斯告诉我的，与伦纳德创作的歌有关。托马斯说过他曾派几个水手登岸去安全屋侦察，他们在途经的一个定居地听到了一首歌，那是他们第一次听说新霍巴特之战，有一段是描写议会是如何被击败的。"

"这并不在那首歌里，"我困惑地说，"伦纳德是在我们解放新霍巴特一个月之前写的那首歌。"

派珀微笑道："它在不断演绎，正如伦纳德说过的，不断自我充实。越来越多的人听到它，然后往里面加入新的元素。"

"但已不再是伦纳德的了。"我说着想起伦纳德的尸体挂在树上的情景。

派珀看到我双唇紧闭，于是说道："一切并非毫无希望，卡丝。我们有主事人和他的军队做盟友，我们解放了新霍巴特。关于避难所和水缸计划的消息在迅速扩散。我们发现了议会企图制造另一场大爆炸的阴谋。你摧毁了方舟和里面的水缸，还有他们没来得及搬走的爆炸机器碎片。而且我们找到了方外之地。"

他说的不无道理。但这些日子以来，所有事情都具有两面性。新霍巴特如今免遭议会的魔爪，但我无法肯定我们能信任主事人多久。他会支持我们摧毁方舟，但对于帕洛玛，还有方外之地已经治愈孪生现象的消息，他的反应还很难说。

我们已找到方外之地，但议会和他们的爆炸机器也在搜寻之中。方外之地的人们要么成为我们的救世主，要么我们将成为他们的噩梦。

我低头盯着自己的双手，正握在罗萨林德号船尾的木栏杆上。自从发射井事件之后，有时我会看着自己的身体，充满了怀疑。扎克才是我的孪生哥哥，但感觉上是吉普的死让我几乎无法独活。然而，我已走到今天这一步。同样的双手，同样的心脏，仍在涌出血液。自从吉普跳下之后，我每天都在惩罚自己背信弃义的身体，持续不断如此。我一直在拥抱寒冷，拥抱饥饿和疲惫，似乎这些都是我应得的，直到方舟河水泛滥时，我才发现自己在为了生存而奋战。在管道里那些呼吸困难的时刻，我脑海中并没有什么挽救抵抗组织的高尚想法，只有挣扎求存的欲望。希望并非我作的决定，它只是一种难以摆脱的本能反应。身体不断向前扭动，只为了呼吸下一口空气，还有下下一口空气。

几个月以前，当我们从麦卡锡通道俯瞰下面遥远的大海时，派珀告诉我，这个世界上留下的并非只有丑恶。相信这一点，往往和相信方外之地一样荒谬可笑。但是在方舟的洪流中，我为了生存而抗争，对此我很欣慰，正因着当时没有放弃，此刻我才能双手握着船栏，和佐伊及派珀站在一起，眺望海天交接的水平线。

帕洛玛正在船头等待我们，还有信息需要分享，还有计划需要制定。冲突在以某种方式扩散到整个世界。所有的幻象都没能告诉我，应该如何应对这一切。但在那片刻之间，我不再尝试。我允许自己的身体适可而止。记得小时候，当我试图说服自己接受刚被烙印的脸时，曾对自己说过："这就是我现在的生活。"此刻在罗萨林德号上，我让这些话语再次在脑海中浮现："这就是我现在的生活。"然而，强调的重点已经发生改变。

我冲佐伊和派珀大声说出了我自己都还没准备好接受的话："以前我不想自杀，是因为我要保护扎克。现在，我要挽救的不再是他。"我抬起头看着他们。"我要挽救自己。我想要更多的时间，我想看到更多这样的景色。"我指着大海。海风吹过悬崖，海鸥在风中飞舞。"我想再次听吟游诗人歌唱，我想慢慢变老，像莎莉那么老，到时满脑袋都是回忆，而不是幻象。"

此时微笑似乎不合时宜。这小小的"想要更多时间"的宣告，在方舟的秘密面前，似乎比以往任何时候都要大胆。

我所有的回忆都与死亡纠缠不清。尽管如此，我仍然接受了它们，将它们积聚起来，就像收集伦纳德的吉他碎片。此刻，面对着无边无际的大海，我闭上双眼，让自己尽情回忆。

著作权合同登记号：桂图登字：20-2015-007 号

THE MAP OF BONES by FRANCESCA HAIG
Copyright © 2016 by De Tores Ltd. f/s/o Francesca Haig
Published by agreement with The Agency Group, Ltd, through The Grayhawk Agency.
Simplified Chinese edition copyright:
2016 Guangxi Science and Technology Publishing House Ltd.
All rights reserved.

图书在版编目（CIP）数据

骸骨迷宫 /（美）弗朗西斯卡·海格（Francesca Haig）著；旺呆译. —南宁：广西科学技术出版社，2016.12
ISBN 978-7-5551-0714-9

Ⅰ.①骸… Ⅱ.①弗… ②旺… Ⅲ.①长篇小说 – 美国 – 现代 Ⅳ.①I712.45

中国版本图书馆CIP数据核字（2016）第282967号

HAIGU MIGONG
骸骨迷宫

作　　者：[美] 弗朗西斯卡·海格	翻　译：旺　呆
产品监制：何　醒	责任编辑：何　醒　黄圆苑
特约编辑：孙淑慧	版权编辑：王立超
封面设计：天行健设计	版式设计：视觉共振设计工作室
责任校对：曾高兴　田　芳	责任印制：林　斌

出 版 人：卢培钊　　　　　　　　　出版发行：广西科学技术出版社
社　　址：广西南宁市东葛路66号　　邮政编码：530022
电　　话：010-53202557（北京）　　0771-5845660（南宁）
传　　真：010-53202554（北京）　　0771-5878485（南宁）
网　　址：http://www.ygxm.cn　　　　在线阅读：http://www.ygxm.cn

经　　销：全国各地新华书店
印　　刷：北京富达印务有限公司
地　　址：北京市通州区潞城镇庙上村　　邮政编码：101117
开　　本：880mm×1240mm　　1/32
字　　数：301千字
版　　次：2016年12月第1版　　　　　印　　张：14.75
书　　号：ISBN 978-7-5551-0714-9　　印　　次：2016年12月第1次印刷
定　　价：38.00元